Links, dickschädelig und frei

Eckart Kuhlwein

Links, dickschädelig und frei

30 Jahre im SPD-Vorstand in Schleswig-Holstein

Das Werk, einschließlich aller seiner Teile, ist urheberrechtlich geschützt. Jede Verwertung ist ohne Zustimmung des Verlages und des Autors unzulässig. Dies gilt insbesondere für Vervielfältigungen, Übersetzungen, Mikroverfilmungen und die Einspeicherung und Verarbeitung in elektronischen Systemen.

© 2010 Eckart Kuhlwein
Verlag: tredition GmbH
Herausgeber: rotation
Titelbild: Volker Ernsting
Korrektorat, Satz: Tamara Pirschalawa
Printed in Germany

ISBN: 978-3-86850-661-7

Inhaltsverzeichnis

Statt eines Vorworts

Kapitel 1: Der „linke Landesverband" (Seiten 12-55)

Ostpolitik und Gesellschaftsanalyse – Verteidigung der Bürgerrechte – Ökologie als „linkes" Thema – Widerstand gegen die Nachrüstung – Das Theoriegebäude 1971 – Ein „linkes" Heiligenhafener Programm – Instrumente der „Investitionslenkung" – Die Bedeutung Europas früh entdeckt – Ein „volkswirtschaftlicher Rahmenplan" – Wachstum, aber mit Qualität – Jochen Steffens politisches Erbe – Gegenwind für Günther Jansen – Kontrolle wirtschaftlicher Macht – 1977: Konflikt mit Helmut Schmidt – In Tönning keine Stimme für Vertrauen zu Schmidt – „Mit Spikes gegen das Schienbein" – „Umdenken und Verändern" – Der Umweltschutz rückt ins Zentrum – Ein Positionspapier für Johannes Rau – Entschließung: Deutschland und Europa – „Dickschädelig, reformfreudig, links und frei" – Linke Position Asylrecht – Konflikt um die deutschen Blauhelme – Oskar oder Rudolf „links"? – Kritik am Lauschangriff – „Zukunftsprogramm" in Schröders erster Krise – Franz Thönnes und das Grundsatzprogramm – Gegen amerikanische Wahlrechtsreformen – Thönnes will mehr Steuergerechtigkeit – „Mut zur Verantwortung – Mut zur Erneuerung"

Kapitel 2: Friedenspolitik (Seiten 56-69)

Von den Eutiner Beschlüssen zur „gemeinsamen Sicherheit" – Auf der Seite der Friedensbewegung – Gewaltverzicht in Europa? – Die „Grünhelme" von Willi Piecyk – Aussetzung der Wehrpflicht – Entscheidung für Blauhelmeinsätze – Auf der Suche nach einer neuen Strategie – „Deutschlands neue Verantwortung"

Kapitel 3: Der Radikalenerlass (Seite 70)

Kapitel 4: Chancengleichheit durch Bildungspolitik (Seiten 71-80)

Auf der Höhe der Reformdebatte – Zehn weitere Gesamtschulen angekündigt – Gesamtschule nur im „Angebot" – 1988: Große Nachfrage nach Gesamtschulen – Die Partei drängt – Die betreute Grundschule – Bund soll Ganztagsbetreuung mitfinanzieren

Kapitel 5: Die Energiepolitik (Seiten 81-94)

Von der Atomenergie zur Energiewende – Ja zur Atomenergie im Landtag – Die ersten kritischen Fragen – Jansens Konflikt mit Helmut Schmidt – Ersatzkonflikt um den „Schnellen Brüter" – Eine neue Energiepolitik – In der Regierung: Spitze bei der Windenergie – Sicherheit vor Wirtschaftlichkeit – Forderungen an das neue Energiewirtschaftsrecht – Den Umbau der Energieversorgung fortsetzen

Kapitel 6: Gleichstellung der Geschlechter (Seiten 95-102)

Vorreiter in Sachen Gleichstellung – Ein Programm für die Landespolitik – Gleichstellung und Grundwerte – Zehn Jahre später: Umsetzung in der Landespolitik – Die erste Ministerpräsidentin

Kapitel 7: Distanz zur Gentechnik (Seiten 103-107)

Kennzeichnungspflicht für Lebensmittel – „Biotechnologie und Gentechnik verantwortlich gestalten"

Kapitel 8: Die Zukunft der Arbeit (Seiten 108-109)

Die Suche nach neuen Konzepten – Kritik der Wachstumsideologie

Kapitel 9: Der rote Faden der Gerechtigkeit (Seiten 110-114)

Ein Markenzeichen wird formuliert – Protest gegen Kohls „Zerschlagung" des Sozialstaats – Sozialpolitik nicht Anhängsel der Wirtschaftspolitik – Sozialpolitik wird „Schwerpunkt"

Kapitel 10: Die Krise von 1993 (Seiten 115-128)

Die Barschel-Affäre und die Folgen – Jansen will nicht mehr kandidieren – Jansen wusste, „dass das falsch war" – Die „Schubladen-Affäre" – Gansel kritisiert Engholms Verhalten – Heide Simonis wird Nachfolgerin – Engholm und Jansen nehmen Stellung – Piecyk in Sorge – Ein letzter Befreiungsschlag – Börnsen wollte das PUA-Gesetz ändern – Die „Schublade" dichtmachen? – Widersprüche in den SPD-Aussagen

Kapitel 11: Der Streit um den Transrapid (Seiten 129-132)

„Wirtschaftlich unsinnig" – Bahnchef Mehdorn stoppt das Projekt

Kapitel 12: Landespartei und kommunale Basis (Seiten 133-136)

Die Jusos gründen die SGK mit – Der Streit um die Direktwahl – Es dauerte drei Landesparteitage – Zweischneidige Erfahrungen mit Bürgerbeteiligung

Kapitel 13: Umwelt und Nachhaltigkeit (Seiten 137-151)

„Nachhaltige" Leitsätze 1981 – Das Land als „Öko-Valley" – Vorreiter beim Umweltschutz – Mut zu einem neuen Naturschutzgesetz – Ökologische Erneuerung im Programm – Energieversorgung umbauen – Widerstand beim Naturschutzgesetz – Die Partei arbeitet im Umweltbereich – Gründung eines Nord-Süd-Forums – Und dann kam das „umweltforum" – Ein eigenes Klimaschutzprogramm – „Ökologische Modellregion" – Das umweltforum bleibt aktiv – Umweltpolitik im „Bündnis für Arbeit" – Ein Diskussionspapier zur Umweltpolitik – Studie „Nachhaltiges Schleswig-Holstein" – Ein „nachhaltiger" Koalitionsvertrag

Kapitel 14: Organisation im Wandel (Seiten 152-159)

Anfang der 80er war die Welt noch in Ordnung – Die Lage: Nachwuchs außen vor – Die Antwort: Ein „Jugendforum" soll gegründet werden – Parteireform mit „Service 21" – Die größte Organisationsreform – Parteiarbeit auf neuen Wegen

Kapitel 15: Der Landesausschuss als Kleiner Parteitag? (Seiten 160-162)

Kapitel 16: Der Umgang mit SED und DDR (Seiten 163-167)

Anerkennung der Elbe-Grenze – Unsicherheit nach dem Fall der Mauer

Kapitel 17: Das Verhältnis Partei und Regierung (Seiten 168-174)

„Die Landespolitik frisst uns auf" – Die Aufarbeitung der „Schublade" – Die Landesregierung kämpft auch in Bonn – „Die Genossen hatten sich lieb" – Aufstand gegen Franz Thönnes

Kapitel 18: Die SPD auf Partnersuche (Seiten 175-184)

Ein Spitzengespräch mit Ronneburgers FDP – Fragen nach den GRÜNEN – Zum ersten Mal Rot-Grün – „GRÜNE wollen in die Regierung" – Noch einmal mit den GRÜNEN

Kapitel 19: Der Streit um das Asylrecht (Seiten 185-186)

SPD beschließt „Zuwanderungsbegrenzung"

Kapitel 20: Das Karussell der Personen (Seiten 187-198)

Jansen wird Landesvorsitzender ... – ... und Walter sein Nachfolger – Engholm an der Spitze der Bundespartei – Heide Simonis Ministerpräsidentin – Kindsmüller scheitert an der „Schublade" – Putsch gegen Thönnes 2003 – Claus Möller muss einspringen

Personenregister

Anmerkungen

1) Jochen Steffen schreibt 1972 an die schleswig-holsteinischen MdBs
2) Aus dem „Heiligenhafener Programm" von 1973 „Demokratie sozialer machen", S. 10
3) Karsten Henke in den „Kieler Nachrichten" 1977 über den Tönninger Parteitag
4) Aus den Beschlüssen des Parteitags von Timmendorfer Strand 1989 zur Friedens- und Sicherheitspolitik
5) Aus der Rede von Björn Engholm auf dem ordentlichen Landesparteitag 1991
6) Aus dem schriftlichen Rechenschaftsbericht des Landesvorstands zum Segeberger Parteitag 2003
7) Aus dem Beschluss des Landesparteitags von Tönning 1983 zur Friedensbewegung
8) Aus der Rede des SPD-Landesvorsitzenden Willi Piecyk auf dem Parteitag in Reinbek 1999
9) Aus „SPD in Schleswig-Holstein – Bildungspolitischer Kongress in Lübeck 16. + 17. Januar 1971, Ergebnisse des ersten Tages"
10) Energiepolitik im Regierungsprogramm 2000-2005 „Volle Kraft für unser Land"
11) Aus der Geschichte des Arbeitskreises Gentechnik
12) Gentechnik im Regierungsprogramm 2000-2005 „Volle Kraft für unser Land"
13) Aus dem Grundsatzpapier „Zukunft der Arbeit", beschlossen auf dem Landesparteitag 1985 in Reinbek
14) Aus dem Beschluss des Landesparteitags von Meldorf 1986
15) Aus den Beschlüssen des Landesparteitags von Damp 1995
16) Eckart Kuhlwein am 27. März 1993 unter der Überschrift: „Barschel-Affäre – eine unendliche Geschichte" im „Stormarner Tageblatt"
17) Die Eckernförder Erklärung

18) Die Zeitungen zum Thema Transrapid und Raumordnung
19) Die Argumente des Landesausschusses zur Direktwahl
20) Der Beschluss von Damp zur Reform der schleswig-holsteinischen Kommunalverfassung im Einzelnen
21) Der Gegenantrag von der kommunalen Basis
22) Aus dem Zwischenbericht der Projektgruppe Grundsatzprogramm 2003
23) Aus dem Entwurf der „Leitsätze" auf dem Landesparteitag in Harrislee 1981
24) „Die Natur als Kapital" im Wahlprogramm 1987
25) Die ökologische Erneuerung im Landtagswahlprogramm 1992
26) Die Energiepolitik im Landtagswahlprogramm 1992
27) Das eigene Klimaschutzprogramm im Regierungsprogramm 1996-2000
28) Antrag „Bündnis für Arbeit und Umwelt" vom Reinbeker Parteitag
29) Integration des Prinzips „Nachhaltigkeit" im umweltforum
30) Nachhaltige Politik im Wahlprogramm 2000-2005
31) Das Papier von Hans-Peter Bartels im Wortlaut
32) Aus dem Rechenschaftsbericht zum Landesparteitag 2001 unter der Überschrift „Zukunft im Norden: SPD 21 (ZINS 21)"
33) Das Papier von Kuhlwein im Wortlaut
34) Der Brief von Heide Simonis im Wortlaut
35) Kuhlweins Rede zum Asylrecht im Landesausschuss
36) Der Konflikt um Dr. Beermann MdB auf dem Heiligenhafener Parteitag am 10. November 1973 (nach einer Niederschrift des Sekretariats)

Statt eines Vorworts

Ich war von 1973 bis 2003 Mitglied des Landesvorstands der schleswig-holsteinischen SPD, einige Jahre davon gehörte ich auch dem Geschäftsführenden Vorstand an. Ich habe in dieser Zeit viel Einfluss auf die programmatischen Entwicklungen der Partei gehabt und gar nicht selten die Programmarbeit koordiniert. Ich gehörte zu einer Gruppe von jungen Politikern, die Ende der 60er Jahre des vorigen Jahrhunderts als Jungsozialisten antraten, um die Welt im Interesse der schwächeren Mitglieder der Gesellschaft zu verändern. Einiges von dem, was wir für richtig hielten, ist in den Jahrzehnten seither Praxis geworden. Anderes bleibt noch zu tun. Und nicht alles, was wir wollten, hat politischen Bestand gehabt. Ich habe in diesem Buch aufgeschrieben, was ich in den 30 Jahren im Landesvorstand in und mit der Partei erlebt habe. Ich habe die ideologischen Höhenflüge aufgeschrieben und die innerparteilichen Konflikte. Natürlich spiegeln sich auch die Schwerpunkte meiner eigenen Arbeit wider: Bildungs-, Finanz- und Umweltpolitik. Diese Zusammenstellung der Ereignisse in der Landes-SPD erhebt keinen Anspruch auf historische Vollständigkeit. Viele Vorgänge werden durch meine ganz persönliche Brille und meine eigenen Erinnerungen reflektiert. Mögen andere notwendige Ergänzungen dazu tun. 30 Jahre Landesvorstand sind mehr als ein Spotlight auf die Geschichte der SPD im Norden. Sie sind auch mehr als „Oral History". Sie sind ein Kompendium jahrzehntelanger politischer Prozesse und der Rolle vieler interessanter Individuen in ihnen.

Eckart Kuhlwein

Kapitel 1: Der „linke Landesverband"

Was machte die SPD in Schleswig-Holstein in den 60er Jahren so attraktiv für junge Leute? Die SPD war 1959 mit dem Godesberger Programm zur „Volkspartei" geworden, sie wollte keine reine Arbeiterpartei und schon gar keine Klassenpartei mehr sein. Und da gab es dann im Norden unter Führung des Journalisten Jochen Steffen (Vorsitzender von 1965-1975) einen Landesverband, in dem man Marxist sein und die Vergesellschaftung der Schlüsselindustrien fordern durfte, der gelegentlich Tabus anpackte (Deutschland- und Ostpolitik, Anerkennung der Oder-Neiße-Grenze), dem „Mainstream" der Bundespartei widersprach (eigene Ostkontakte, Tolerierung des Sozialdemokratischen Hochschulbunds, Beteiligung an Vietnam-Demonstrationen) und die in der Großen Koalition zwischen Bundeskanzler Kurt-Georg Kiesinger und seinem Außenminister Willy Brandt verabredeten Notstandsgesetze bekämpfte.

Mit diesem Poster des Grafikers Volker Ernsting warben die Jusos im Landtagswahlkampf 1971 für Jochen Steffen.

Dabei war die Linie der schleswig-holsteinischen SPD durchaus nicht widerspruchsfrei: Jochen Steffen verfolgte damals ein eher technokratisches Wachstumsmodell, in dem das „oberste Klasseninteresse" im strukturschwachen Schleswig-Holstein mit dem Wunsch nach Industrialisierung gleichgesetzt wurde und zusätzliche Kernkraftwerke ihren Platz hatten. Von Ökologie und den „Grenzen des Wachstums" (Club of Rome 1972) war in den 60er Jahren in der SPD Schleswig-Holstein nicht die Rede. Und die forschen Thesen zur Ostpolitik wurden nur noch sehr gedämpft vorgetragen, als die Sowjetmacht am 20. August 1968 den „Prager Frühling" mit Panzern niederwalzte.

Dennoch: In Kiel (Universität), aber auch in anderen Teilen des Landes stießen junge Leute zur SPD, die sich – auch in Abgrenzung zu anderen Teilen der 68er Bewegung – „undogmatische" Marxisten oder Sozialisten nannten und die Aufforderung von Karl Schiller zum großen „Come in" (SPD-Parteikonferenz 1967 in Bad Godesberg) in die SPD ernst nahmen, nicht ohne zugleich auch einen innerparteilichen Machtanspruch anzumelden. Jochen Steffen öffnete ihnen nach kritischer Begutachtung die Türen und sorgte dafür, dass die Landes-SPD sich personell erneuerte. Das bedeutete dann umgekehrt, dass sich diese 68er in der schleswig-holsteinischen SPD lange Zeit auf Steffen bezogen, der vielen von ihnen zum ideologischen Ziehvater wurde. Das war kein Schaden: Die Fähigkeit zur kritischen Gesellschaftsanalyse, der Glaube an die Vernunft der Menschen, die Behauptung der Priorität des Politischen gegenüber der Wirtschaft, das sind Qualitäten, die auch heute noch in der Politik gefragt sein sollten.

So begannen sie damals ihre politischen Karrieren: Björn Engholm (MdB 1969, Bundesbildungsminister 1981/82, Ministerpräsident 1988/93, Parteivorsitzender 1991/93), Günther Jansen (Landesvorsitzender 1975, MdB 1980, Sozialminister 1988/93), Norbert Gansel (MdB 1972, Kieler Oberbürgermeister 1997/2003), Gert Börnsen (MdL 1975, Fraktionsvorsitzender 1983/96), Gerd Walter (MdEP 1979, Landesvorsitzender, Bundesrats- und Europaminister 1992/ 2000), Heide Simonis (MdB 1976, Finanzministerin 1988/93, Ministerpräsidentin von 1993-2005), Bodo Richter (Oberbürgermeister in Schleswig und Flensburg, Staatssekretär im Umwelt- und Bildungsministerium, Staatssekretär in Sachsen-Anhalt), Klaus Matthiesen (MdL 1971, Fraktionsvorsitzender und Oppositionsführer 1975/ 1983, Umwelt- und Landwirtschaftsminister in NRW, Fraktionsvorsitzender im Düsseldorfer Landtag), Berend Harms (MdL 1971, Umweltdezernent in Neumünster, Landrat des Kreises Pinneberg 1991 bis 2003), Klaus Klingner (MdL 1971, Justizminister 1988/96), Günther Heyenn (MdB 1976-1994), Hans Wiesen (MdL 1975, Landwirtschaftsminister 1988/96), Claus Möller (Finanzminister 1993/2003, Landesvorsitzender 2003/2007, Vorsitzender des Parteirats seit 2006), Gisela Böhrk (MdL 1975, Frauenministerin und Ministerin für Bildung 1988/1998), Klaus Rave (Landesgeschäftsführer), Horst

Jungmann (MdB 1976-1994), Uschi Kähler (MdL 1987-2005), Reinhard Ueberhorst (MdB 1976/81, Gesundheitssenator in Berlin 1981), Lieselott Blunck (MdB 1981-98), Eckart Kuhlwein (MdL von 1971 bis 1976, MdB von 1976-1998, 1981/82 Parlamentarischer Staatssekretär in Bonn) und viele andere.

Die meisten von ihnen fingen bei den Jungsozialisten an, kandidierten in Wahlkreisen zum Landtag oder Bundestag, wurden später Regierungsmitglieder oder landeten in einflussreichen Positionen in öffentlichen Verwaltungen. Aber wie das die 68er so an sich hatten: Frauen wurden nur wenig gefördert. Der Durchmarsch zur Gleichstellung der Geschlechter begann erst in den späten 70er Jahren.

Ostpolitik und Gesellschaftsanalyse

Schleswig-Holsteins SPD zählt sich in der Mehrheit auch heute noch zum „linken" Flügel der Partei. In den 60er Jahren war der Landesverband Vorreiter der Ostpolitik, und das wurde als „links" empfunden. Die Gesamtpartei folgte unter Willy Brandt und seiner Kanzlerschaft nach 1969 sehr schnell diesem Kurs. Im Übergang zu den 70er Jahren entwickelte Jochen Steffen dann eine kritische Gesellschaftsanalyse.

Im Mittelpunkt seiner Analyse stand die Frage nach den Möglichkeiten der Politik, Einfluss auf ökonomische und damit gesellschaftliche Entwicklungen zu nehmen. Zahlreiche Strukturkrisen hatten die deutsche Wirtschaft und als Opfer vor allem die Arbeitnehmer gebeutelt. Von der Kohle über die Werften bis zur Landwirtschaft. Umweltprobleme blieben im Selbstlauf der Marktwirtschaft ungelöst. Steffen wollte erreichen, dass durch Planung und Investitionslenkung über die demokratisch gewählten Vertretungen die Menschen selbst bestimmen könnten, was und wann und wo investiert und produziert wird. Dabei definierte er den Menschen „als gesellschaftliches Wesen, auf Freiheit angelegt, das sich in Selbstbestimmung verwirklicht". Die Analyse war bestechend. Vorschläge zur Umsetzung in der gesellschaftlichen Wirklichkeit der Bundesrepublik Deutschland waren jedoch nur in allgemeinen Ansätzen zu finden.

Zu den linken Positionen gehörten auch Mitbestimmung in allen Bereichen der Gesellschaft und die Wahrung der Bürgerrechte. Steffen war schon in den 60er Jahren für die aufmüpfigen, der SPD ursprünglich nahestehenden Studentenverbände wie SDS und SHB eingetreten, mit denen er sich gleichwohl ideologisch auseinandersetzte. Vor allem dort, wo von einer gewalttätig durchgesetzten sozialistischen Revolution schwadroniert wurde, oder wo die Ächtung der Gewalt als politisches Mittel nicht konsequent formuliert wurde.

So war es auch nur folgerichtig, dass Jochen Steffen nach der gewonnenen Bundestagswahl 1972 (in Schleswig-Holstein hatte die SPD 48,6 Prozent der Zweitstimmen eingefahren) die Abgeordneten aus Schleswig-Holstein im Namen des Landesvorstands in einem Brief darum bat, sich in dem neu entstandenen „Leverkusener Kreis" zu enga-

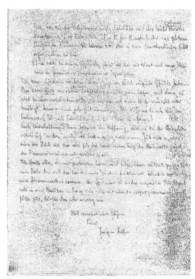

Jochen Steffen empfiehlt 1972 den MdBs aus Schleswig-Holstein, sich im „Leverkusener Kreis" in der Fraktion zu engagieren. Der war damals aus dem „Frankfurter Kreis" der Parteilinken entstanden.

gieren. Der wollte damals die Parteilinke in der Bundestagsfraktion organisieren. Steffen argumentierte damit, dass der „Apparat" der Fraktion sich „faktisch in den Händen der Kanalarbeiter" (des Bundesministers für Innerdeutsche Beziehungen Egon Franke, eher rechte Gruppe in der Fraktion – d. Verf.) befinde, und warnte vor dem ebenfalls entstandenen „Fritz-Erler-Kreis", der durch Helmut Schmidt und Hans-Jochen Vogel gegründet worden sei. Anmerkung 1)

Die Landesgruppe der Schleswig-Holsteiner im Bundestag bestand aus Lauritz Lauritzen, Egon Bahr, Walter Suck, Detlef Haase, Friedrich Beermann, Hermann P. Reiser, Klaus Konrad, Elisabeth Orth und den beiden damaligen Nachwuchspolitikern Björn Engholm und Norbert Gansel. Dass alle der Empfehlung des Landesvorstands folgten, ist eher unwahrscheinlich. Das deutliche Bekenntnis zur Fraktionslinken gab es erst, als 1976 eine noch größere Gruppe von jüngeren Sozialdemokraten in den Bundestag eingezogen war: Horst Jungmann, Günther Heyenn, Reinhard Ueberhorst, Heide Simonis und Eckart Kuhlwein. 1981 rückte dann auch noch Lieselott Blunck nach. Einige davon machten später wegen Unzufriedenheit mit der Führung der Leverkusener auch noch bei der „Wahren Linken" mit, die sich regelmäßig im Bonner Hoppegarten traf.

Verteidigung der Bürgerrechte

Die Bürgerrechte, also auch die Abwehrrechte gegenüber dem Staat, waren unter Steffen und seinen Nachfolgern ebenfalls „linke Positionen". Das hatte Folgen, vor allem für die Auseinandersetzung um einen Beschluss der Ministerpräsidenten gemeinsam mit Bundeskanzler Willy Brandt vom Januar 1972, nach dem Mitgliedern „verfassungsfeindlicher" Parteien und Organisationen die Aufnahme in den öffentlichen Dienst verwehrt werden sollte. Der Beschluss ging als „Radikalenerlass" oder „Extremistenbeschluss" in die Geschichte ein. Geprüft wurde die Gesinnung von Bewerbern auch ohne förmliche Parteizugehörigkeit, wenn sich in deren politischem Vorleben Anzeichen für „radikale" Äußerungen oder Handlungen nachweisen ließen. Die Folgen für die Einzelnen waren „Berufsverbote". Und das erzeugte ein Klima der Einschüchterung und Angst bei vielen kritischen jungen Leuten, die in der Folge zum demokratischen Staat auf Distanz gingen. Schleswig-Holsteins SPD hat in dieser Frage sehr früh Stellung bezogen und die Argumente auch im Landtag gegen die Regierung Stoltenberg vorgetragen.

Ökologie als „linkes" Thema

Jochen Steffen entdeckte Ökologie als „linkes" Thema.

Später wurde die Kritik an der Atompolitik zum Symbol der „linken" SPD im Lande. Die Ökologie war als Thema entdeckt worden. Zwar hatte Jochen Steffen noch im Landtagswahlkampf 1971 zur Sicherung der eigenen Energieversorgung neben Geesthacht und Brunsbüttel zwei weitere Kernkraftwerke gefordert, doch der späte Steffen machte nach 1975 eine Kehrtwende: „Wenn die Atomkraft-Kritiker auch nur zu 20 Prozent Recht haben sollten, dürfen wir dieses Risiko nicht mehr eingehen." Links-Sein war auch ein Mittel der Abgrenzung gegen die SPD-Mehrheit im Bonner Parlament und die Regierung von Helmut Schmidt, deren Energiepolitik als Folge der Ölpreiskrise 1973 stark auf die Atomenergie setzte.

„Links" war die Partei schließlich auch in der Wachstumsdebatte, wo sie sich – vor allem dank Gerd Walter – gegen eine ungesteuerte Entwicklung wandte und stattdessen eine Verbesserung der „Lebensqualität" forderte. Steffen teilte diese Auffassung und ließ die Jüngeren die entsprechenden Papiere schreiben.

Widerstand gegen die Nachrüstung

Und schließlich nicht zu vergessen: Die Friedenspolitik. Als glühende Anhänger der Entspannungspolitik von Willy Brandt und Egon Bahr wurden Schleswig-Holsteins Sozialdemokraten durch die Nachrüstungspolitik der Regierung Schmidt bei den Mittelstreckenwaffen („NATO-Doppelbeschluss") besonders getroffen. Und sie engagierten sich früh auf der Seite der Friedensbewegung und versuchten, auch gegenüber der Mehrheit der Bundestagsfraktion, eindeutige Beschlüsse auf Bundesparteitagen zu erreichen.

Später kamen „Arbeit und Umwelt" und die Gleichstellungsfrage zur „linken" Tradition der SPD hinzu. Und natürlich auch die Forderung nach Aufrechterhaltung des Sozialstaats und nach sozialer Gerechtigkeit auch durch Umverteilung von „oben nach unten".

Alles zusammen genommen brachte das Gerd Walter auf einem Parteitag auf die Formel: „Dickschädelig, reformfreudig, links und frei".

Das Theoriegebäude 1971

Das Theoriegebäude der schleswig-holsteinischen SPD der damaligen Jahre findet sich im Landtagswahlprogramm 1971:

> „Die SPD geht davon aus, dass zur Koordinierung und Durchsetzung des privaten Bedarfs das Selbststeuerungssystem der Marktwirtschaft ein ergänzungsbedürftiges Instrument ist. Sie wird daher weiterhin auch gegen die Widerstände der CDU darauf hinwirken, dass
>
> - ein gesamtwirtschaftlich und räumlich gleichgewichtiges Wachstum durch eine regional differenzierte Stabilitätspolitik gesichert wird,
> - die Bemühungen um eine gerechtere Einkommens- und Vermögensverteilung intensiviert werden,
> - durch die Mitbestimmung der Arbeitnehmer und ihrer Vertreter die Sozialgebundenheit der Produktionsmittel mit durchgesetzt wird,
> - der Schutz vor der Ausübung wirtschaftlicher Macht über eine verschärfte Wettbewerbspolitik wirksam unterstützt wird.

Bei der Abstimmung und Durchsetzung der gesellschaftlichen Bedürfnisse versagt das marktwirtschaftliche Prinzip. Dort muss es ersetzt werden durch den Grundsatz der infrastrukturellen Rahmenplanung. Nur so können die soziale, kulturelle und wirtschaftliche Entwicklung und das dazu erforderliche Wachstum vorangetrieben werden."

Ein „linkes" Heiligenhafener Programm

1973 hat die SPD Schleswig-Holstein sich ein eigenes „Grundsatzprogramm" gegeben, in dem die Analyse, aber auch die Strategie von Steffen aus vielen Fragmenten zusammengeschrieben wurde. Durch die Hintertür kamen in den Abstimmungen auf dem Landesparteitag in Heiligenhafen auch noch in Form von „Spiegelstrichen" die Verstaatlichung bestimmter Banken und die Vergesellschaftung der Schlüsselindustrien hinzu. Wesentlicher jedoch blieben die Analyse der Machtverhältnisse in der Gesellschaft und die Forderung nach Selbstbestimmung und Mitbestimmung der Menschen. Als Autoren waren vor allem Eckart Kuhlwein, Klaus Klingner und Günther Heyenn beteiligt.

Klaus Klingner (links), Günther Heyenn (zweiter von rechts) und Eckart Kuhlwein (rechts) arbeiteten am Heiligenhafener Programm mit und bildeten mit Werner Liebrecht den „Vorarlberger Kreis".

Das Programm formulierte zunächst positiv, den meisten Menschen unseres Landes gehe es besser als je zuvor. Aber dieses Wachstum an privatem Wohlstand sei mit einer Fülle neuer Probleme bezahlt worden:

„Noch nie war die Luft so ungesund für uns Menschen, noch nie war sauberes Wasser so knapp. In den Ghettos der ausländischen Arbeitnehmer, in menschenunwürdigen Lebensverhältnissen, schaffen wir das Unterproletariat von morgen, produzieren wir gesellschaftspolitischen Sprengstoff. Und während unsere Städte durch die Zusammenballung von immer mehr Menschen in Müll und Autos ersticken, bleibt in weiten ländlichen Räumen kaum noch eine Mindestversorgung an Bildung oder Gesundheit für die Zurückgelassenen."

Das Letztere bezog sich vor allem auf die fehlende regionale Strukturpolitik in Schleswig-Holstein.

Aber dann kam der strategisch entscheidende Satz:

„Wir laufen Gefahr, von den sozialen Folgen unseres privaten Wohlstandes überrollt zu werden. Weil die Erfahrung zeigt, dass die Probleme schneller zunehmen als die Bereitschaft und die Mittel der Gesellschaft und des Staates zu ihrer Bewältigung."

Wenn jedoch die Probleme schneller wüchsen als die Möglichkeiten der Gesellschaft zu ihrer Lösung, müsse man nach den Ursachen fragen, ob die Menschen nicht selbst die Verantwortung dafür trügen, dass sie die Grenzen hemmungslosen Wirtschaftswachstums zu spüren bekämen. „Die meisten Probleme von heute wurden frühzeitig erkannt oder hätten erkannt werden können. Aber sie wurden bei den Planungen von Investition und Produktion nicht berücksichtigt." Der Widerspruch zwischen gesellschaftlicher Produktion und privater Aneignung bestimme noch immer die Gesellschaft der Bundesrepublik. Und eine Minderheit könne dadurch verhindern, dass die Mittel und Möglichkeiten der Gesellschaft genutzt würden, um unsere Probleme zu lösen.

Weiter ging es um „die Machtstrukturen einer Gesellschaft, in der Bürokratien und Verwaltungen sich oft an Problemen von gestern orientieren, anstatt den erkennbaren Schwierigkeiten der Zukunft rechtzeitig nach den Interessen der Mehrheit zu begegnen". Das sei aber auch der Widerspruch zwischen den Strukturen von Staat und Gesellschaft, wo der Staatsapparat häufig hilflos sei gegenüber Großindustrie und Banken, welche die modernsten Techniken praktizierten, und wo der Staatsapparat noch nicht in der Lage sei, langfristige politische Planungen zu entwickeln.

Und schließlich kam es sehr modern: Die Politiker würden für Entwicklungen verantwortlich gemacht, die sie gar nicht verschuldet hätten und auch gar nicht oder kaum beeinflussen könnten. Das treffe für Preissteigerungen genauso zu wie für Strukturprobleme in Landwirtschaft oder Bergbau. Solange dem Staat die Möglichkeit verweigert würde, planend und lenkend in den Wirtschaftsprozess einzugreifen, so lange könne man ihm nicht vorhalten, dass er genau das nicht getan habe. Die Menschen hätten das selbst in der Hand. Sie könnten politische Entscheidungen verlangen, mit denen in Bund, Land und Kommunen der Druck der Probleme gemindert und der Entscheidungsraum für Lösungsmöglichkeiten ausgeweitet werde. Und weil das Heiligenhafener Programm auch ein Wahlprogramm war, kam dann der Appell, eine Partei zu wählen, die für mehr politischen Einfluss auf die wirtschaftliche Entwicklung, für mehr Planung und Lenkung der Volkswirtschaft eintrete.

Instrumente der „Investitionslenkung"

„Deshalb müssen in der Bundesrepublik die Instrumente der Planung und Lenkung wirtschaftlicher Prozesse überprüft und – soweit national möglich – ergänzt werden. Dazu gehört vor allem die Einführung einer parlamentarisch kontrollierten Lenkung der großen privaten Investitionen nach Art, Ort, Umfang und Zeitpunkt. Dazu gehören für die staatlichen Investitionen neue Instrumente der Raumordnungspolitik, um die knappen Mittel dort einsetzen zu können, wo sie die Lebensqualität am meisten verbessern. Dazu gehört aber auch eine langfristige Aufgabenteilung zwischen Bund und Ländern mit gemeinsamer Rahmenplanung und klarer finanzieller Verantwortlichkeit. Voraussetzung dafür ist allerdings die vom Grundgesetz und der Landessatzung geforderte Neugliederung des Bundesgebietes in wenige, aber leistungsfähige Bundesländer. Und schließlich gehört zu diesen Instrumenten auch ein neues Bodenrecht, damit in Städten und Gemeinden Kommunalpolitik auch gegen die Profitinteressen einzelner Spekulanten und Bauhaie durchgesetzt werden kann.

Diese Grundsätze müssen in praktische Reformschritte umgesetzt und durch weitere Maßnahmen ergänzt werden. Deshalb wird eine

SPD-Landesregierung in der Bundesrepublik folgende Initiativen ergreifen oder unterstützen:

- Gerechtere Verteilung der Steuerlast durch eine umfassende Steuerreform;
- Überführung der Banken, die Investitionsentscheidungen beeinflussen und damit große wirtschaftliche Verfügungsmacht in wenigen Händen konzentrieren, in Eigentum der öffentlichen Hand unter demokratischer Kontrolle;
- Vergesellschaftung von Schlüsselindustrien und von anderen markt- und wirtschaftsbeherrschenden Unternehmen;
- Entwicklung von Mitteln zur Preiskontrolle, damit auch dort, wo Großunternehmen den Markt beherrschen, wo das Angebot künstlich verknappt oder ein Patentmonopol ausgenutzt wird, die Preise im Interesse der Verbraucher reguliert werden können;
- Schaffung von staatlichen Eingriffsmöglichkeiten nach den Erfordernissen des Umweltschutzes und der Raumordnung bei Investitionsplanung und Produktion unter Beteiligung der Gewerkschaften;
- Einführung der qualifizierten Mitbestimmung in den Unternehmen der Großwirtschaft;
- Verbesserung des Betriebsverfassungsgesetzes und des Tarifrechtes sowie ein Verbot der Aussperrung und die gesetzliche Absicherung der politischen Betätigung im Betrieb;
- Maßnahmen zur Humanisierung der Arbeitswelt und zur menschengerechten Gestaltung der Arbeitsplätze;
- Reform der Berufsausbildung und ihre schrittweise Eingliederung in ein Gesamtschulsystem;
- Integration der ausländischen Arbeitnehmer in die Gesellschaft der Bundesrepublik und Finanzierung der erforderlichen Maßnahmen durch die Arbeitgeber;
- umfassender Schutz des Verbrauchers vor Täuschung und vor Gesundheitsgefährdung durch Lebensmittel;
- Beschränkung der Werbung auf Information über die objektiven Gebrauchswerteigenschaften und die Preise von Produkten, wobei die Werbung für Produkte, die gesundheitsschädi-

gend wirken können (Alkoholika, Tabakwaren, Arzneimittel usw.), verboten werden soll;
- Reform des Krankenversicherungssystems mit dem Ziel einer allgemeinen Volksversicherung;
- langfristiger Aufbau eines an den Interessen der Patienten orientierten staatlichen Gesundheitswesens, in dem die freie Arztwahl gesichert ist;
- vollständige Ersetzung der privaten durch staatliche und kommunale Vermittlung von Grundstücken und Wohnungen im Rahmen der öffentlichen Daseinsvorsorge;
- Abbau der Konzentration im Pressewesen und Ausweitung der inneren Pressefreiheit."

Der Instrumentenkasten in der Textziffer 36 des Programms wurde erst in letzter Minute durch die Diskussionen auf dem Parteitag ergänzt. Das war ein radikal linkes, aber auch sehr staatsgläubiges Programm. Immer aber wurde auf die Mitbestimmung gesetzt, die über die Gewerkschaften ausgeübt werden sollte.

An die besonders radikalen Positionen wie Verstaatlichung bestimmter Banken und Vergesellschaftung von „Schlüsselindustrien" ist später nicht mehr angeknüpft worden. Aber sie waren typisch für die Diskussionen, die Anfang der 70er Jahre bei den Jungsozialisten und in der Parteilinken geführt worden sind.

Die Bedeutung Europas früh entdeckt

Schon damals gab es in der schleswig-holsteinischen SPD die Erkenntnis, dass die Probleme mit nationaler Politik allein nicht mehr zu lösen sein würden. Europa wurde zur wichtigsten Perspektive. Angestrebt wurde die politische und soziale Union Europas in einem parlamentarisch-demokratischen System mit einem direkt gewählten Europa-Parlament. Es ging um die Gründung europäischer Parteien und Gewerkschaften und um gemeinsame Tarifverträge. Das alles sollte Basis sein für eine „europäische Währungsordnung, die Kontrolle und Lenkung von Investitionen im europäischen Maßstab und die Kontrolle der Politik multinationaler Konzerne in Europa durch gewählte Vertreter der Bevölkerung". Anmerkung 2)

Ein „volkswirtschaftlicher Rahmenplan"

In einer wirtschaftspolitischen Resolution des Landesparteitages in Bad Oldesloe hieß es 1975, die schleswig-holsteinische SPD unterstütze alle Bemühungen ihrer sozialdemokratischen Regierungsmitglieder und der SPD-Bundestagsfraktion, Versuchen einer sozialen Demontage entgegenzutreten, eine weitere Umverteilung zu Gunsten der Unternehmer zu verhindern und im Interesse der drängenden staatlichen Reformaufgaben eine Einnahmeverbesserung der öffentlichen Haushalte durchzusetzen.

Als erste Schritte zu einer Investitionslenkung wurden vorgeschlagen:

- Einführung eines volkswirtschaftlichen Rahmenplanes, nach Sektoren und Regionen gegliedert, der zunächst für den privaten Sektor noch unverbindliche Ziele der Investitionslenkung enthält und bei der jetzt schon stattfindenden staatlichen Wirtschaftslenkung sowie in öffentlichen und staatlichen Unternehmen Berücksichtigung findet;
- Weiterentwicklung des Bundesraumordnungsprogramms zu einem Bundesentwicklungsplan durch Bund, Länder und Gemeinden, der die verschiedenen öffentlichen Hände bei Planung und Finanzierung verbindlich koordiniert;
- Veränderung des Bundesbankgesetzes zur Eingliederung der Kreditpolitik in die Wirtschaftspolitik der Bundesregierung und Einführung von Maßnahmen zur Durchsetzung der Bundesbankpolitik auf den Kreditmärkten;
- Einführung struktur- und regionalpolitischer Ziele in das Stabilitätsgesetz;
- Einführung von demokratisch gewählten paritätischen Wirtschafts- und Sozialräten zur Beratung des volkswirtschaftlichen Rahmenplans und des Bundesentwicklungsplans.

Wachstum – aber mit Qualität

1975 zog sich Jochen Steffen vom Vorsitz der Landespartei zurück. In seiner Abschiedsrede als Landesvorsitzender markierte er auf einem Landesparteitag in Travemünde noch einmal, worum es ihm ging:

Klaus Matthiesen (rechts) und sein Vize in der Fraktion, Landtagsvizepräsident Kurt Hamer, strebten im Land eine Koalition mit FDP und SSW an. Sie hatten Probleme mit Günther Jansens Kritik an der sozialliberalen Bundesregierung von Helmut Schmidt.

„Es geht nicht darum, einen Kreuzzug für die Wachstumsrate Null zu starten. Es geht darum, begreiflich zu machen, dass durch Kontrolle, Planung und Lenkung das qualitätslose Wachstum mit Qualitäten ausgerüstet wird, die am Menschen und seinem Wohlbefinden und an der Natur und ihrer Erhaltung gemessen werden. Tun wir das nicht, dann fahren wir fort, Fremdenverkehr als Wachstumsindustrie zu propagieren, und machen gleichzeitig Boden, Wasser und Luft kaputt. Dann können wir uns selbst und alle Investitionen unter Ehrung Verstorbener abbuchen. Je später wir mit dieser Veränderung beginnen, umso früher geraten wir in Gefahr, unter dem Problemdruck zu ersticken!"

Jochen Steffens politisches Erbe

Klaus Matthiesen, der damalige Fraktionsvorsitzende im Landtag, würdigte den linken Vorsitzenden 1975 in Travemünde:

„Ich habe Jochen Steffen stets zu verstehen versucht aus dem, was ihn über 50 Jahre lang politisch geprägt hat. Er ist ein Mann des Jahrgangs 1922, also 19 Jahre älter als ich. Er gehört damit zu jener Generation, die zu jung war, um für den Aufstieg des Nationalsozialismus verantwortlich gemacht zu werden, die aber alt genug war, alle Konsequenzen dieses Naziregimes tragen zu müssen. Diese Generation wurde um ihre Jugend betrogen, sie wurde über die Schlachtfelder Europas gejagt. Sehr viele von ihr sind gefallen, verschollen und gedemütigt worden. Die übrig blieben, standen vor Trümmern.

Ich glaube, Jochen Steffen gehört zu den Wenigen, die ihr Leben lang um dieser bitteren Erfahrung willen für Menschlichkeit und Gerechtigkeit gekämpft haben, und er gehört zu den Wenigen, die nicht mit zunehmendem Wohlstand alles vergaßen, was sie sich in den Stunden der Befreiung und des Zusammenbruchs geschworen hatten. Jochen Steffen blieb ein Nonkonformist. Er gab sich nie mit dem reinen Protest gegen Zeichen der Demütigung und zertretener Menschenwürde zufrieden. Es ging um die Alternative. Und deshalb ging es ihm um die Erklärung der Ursachen und gleichzeitig um die Darstellung eines anderen Weges in die Zukunft."

Gegenwind für Günther Jansen

Auf Steffen folgte Günther Jansen als Landesvorsitzender. Zunächst fehlte ihm die Autorität Steffens. Es regte sich Widerstand gegen den linken Kurs der SPD-Führung in Schleswig-Holstein. Gegen die Ansprüche der Jungsozialisten hatte sich auf Bundesebene bereits ein „Kurt-Schumacher-Kreis", in Schleswig-Holstein, vor allem in Lübeck, ein „Julius-Leber-Kreis" gegründet. Günther Jansen erklärte dazu in den „Kieler Nachrichten" im Sommer 1975: Wenn Sozialdemokraten meinten, sich außerhalb der gegebenen Formationen in der Partei noch zu Sonderkreisen zusammenschließen zu müssen, dann sei das durchaus eine persönliche Entscheidung. Aber:

„Wir müssen dabei aufpassen, dass in einer Partei die innerparteiliche Demokratie an erster Stelle steht. Das heißt, die Gremien haben die Entscheidungen zu treffen, die für alle Mitglieder gelten und von allen nach außen zu vertreten sind. Wenn Gruppen glauben, daneben eine besondere Rolle spielen zu können, dann werden wir verpflichtet sein, an bestimmten Punkten nachdrücklich darauf hinzuweisen, dass dafür in dieser Partei kein Spielraum ist. Ich werde, wenn es solche Gruppierungen gibt, die ihre Sonderrolle falsch verstehen, bereit sein, innerhalb einer großen Toleranzbreite mich mit ihnen zu unterhalten. Ich werde aber genauso klar sagen, wo der Punkt ist, der eine Zusammenarbeit nicht mehr zulässt."

Kontrolle wirtschaftlicher Macht

1975 wurde auch erstmals Stellung zum Orientierungsrahmen '85 genommen, einem grundsätzlich angelegten Entwurf der Bundespartei, der mittelfristige Ziele der SPD benennen und die Parteidiskussion anregen sollte. Schleswig-Holsteins SPD war mit den bis dahin vorliegenden Papieren überhaupt nicht zufrieden und schrieb in einem Parteitagsbeschluss Änderungsanträge auf, in denen zwar „der Versuch" begrüßt wurde, „die grundlegenden Werte und Ziele des demokratischen Sozialismus als Maßstab der Analyse an die gesellschaftliche Wirklichkeit anzulegen", in denen aber die ersten Antworten als unzureichend kritisiert wurden.

Dabei ging es ihr einmal um die Länder der dritten Welt und die Frage nach ihren Entwicklungsmöglichkeiten:

„Kann die Menschheit überhaupt die bisherige industrielle Entwicklung und die damit verbundene Wohlstandssteigerung unbegrenzt fortsetzen, ohne die Energie- und Rohstoffvorräte der Erde zu erschöpfen und die natürliche Umwelt des Menschen zu zerstören?"

Und zum anderen standen die Kontrolle wirtschaftlicher Macht und die Umverteilung im Mittelpunkt, nämlich die Forderung, „wegen der politischen Bedeutung wirtschaftlicher Macht die Verfügungsgewalt in der Wirtschaft demokratisch legitimierter öffentlicher Kontrolle zu unterwerfen und Einkommen, Vermögen und Teilhabe an den Gemeinschaftsleistungen ohne Rücksicht auf Herkunft, soziale Stellung oder Geschlecht gerechter und gleichmäßiger zu verteilen".

1977: Konflikt mit Helmut Schmidt

Die kritische Haltung der SPD Schleswig-Holstein gegenüber Bundeskanzler Helmut Schmidt blieb in den eigenen Reihen nicht ohne Widerspruch. Am 6. Mai 1977 kam es zu einer Sondersitzung des Landesvorstands. Initiatorin war Brunhild Wendel, Bürgermeisterin von Schacht-Audorf und Landtagsabgeordnete. Günther Jansen hatte öffentlich harsche Kritik an der Bundesregierung Helmut Schmidts geübt. Jansen hielt an seinem Recht auf Kritik fest, die SPD Schleswig-Holstein müsse in kritischen Zeiten auch kritische Alternativen zur Bundespolitik formulieren können. Die Frage sei, ob damit auch der Machtverlust riskiert werden dürfe. Karl-Heinz Luckhardt (damals Parlamentarischer Geschäftsführer der Landtagsfraktion, später Oberbürgermeister von Kiel) nahm Jansen in Schutz. Er sei nicht Verursacher der Probleme, schuld seien ein „versuchter Rentenbetrug", eine dogmatische Kernenergiepolitik, die Entwicklung auf dem Arbeitsmarkt, Abhöraffären, das Parteiordnungsverfahren gegen Klaus-Uwe Benneter (der gerade als frisch gewählter Juso-Bundesvorsitzender zügig aus der Partei ausgeschlossen worden war) und die Gründung einer (rechts-sozialdemokratischen – d. Verf.) „Erler-Gesellschaft".

Kurt Hamer, Landtagsvizepräsident, monierte, Jansen spreche nicht für die Mehrheit des Landesvorstands. Man müsse auf die Parteimitglieder Rücksicht nehmen, immer mehr von ihnen trieben in die Resignation ab. Es müsse ehrlich gesagt werden, ob wir die Regierung noch wollten. Gerd Walter: Es sei nicht die Frage von Regierung oder Opposition, es gehe vielmehr um die Inhalte der Politik. Brunhild Wendel warnte davor, dass wir in der Opposition „nicht den geringsten Minischritt" machen könnten.

Egon Bahr stellte die Frage nach dem „Stil". Jansen habe versprochen, das abzustellen. Die SPD dürfe nicht Vokabeln der CDU benutzen („SPD trügt und lügt"). Steffen erklärte, die SPD sei auf Jahre hinaus oppositionsunfähig: In der Friedens- und Entspannungspolitik, in der regionalen und sektoralen Strukturpolitik, in der Gesundheitspolitik. Die Partei reagiere wie immer in schwierigen Zeiten: 60 % erklärten die Notwendigkeit des Kapitalismus, 40 % forderten seine Abschaffung. Er hätte, wenn er noch genügend Arbeitskraft hätte, seine Beiträge nicht mehr an die SPD-Fraktion überwiesen (meint: eine neue Partei aufgemacht). Leo Langmann, Gewerkschafter und Landtagsabgeordneter, sah die Probleme in der Partei, nicht beim Kanzler. Klaus Konrad, Bundestagsabgeordneter, sprach von ressentimentgeladener Verdrossenheit der Kommunalpolitiker vor der Kommunalwahl 1978. Egon Bahr hielt fest, dass nationale Maßnahmen heute nicht mehr in der Lage seien, international verursachte Arbeitslosigkeit zu beseitigen. Die Frage sei heute nicht, ob die FDP weiter mitmache, sondern eher die nach der Regierungsfähigkeit der SPD.

Am 14. Mai wurde die Debatte in Büsum fortgesetzt. Matthiesen bedauerte, dass der Landesverband „desintegriert und desorientiert" sei. Die Beziehungen zur Bundesregierung müssten geklärt werden, ihre „grundsätzliche Unterstützung" müsse deutlich gemacht werden. Helmut Schmidt sei nicht für alles verantwortlich zu machen, die „Strukturen gehören auf die Anklagebank". Jansen solle Vorsitzender bleiben, aber „mit Konfliktminimierung". Bahr forderte dazu auf, keine Entscheidung zu treffen, welche die Linke in der Gesamtpartei schwächen könnte. Die Koalitionsfähigkeit mit FDP und SSW in Schleswig-Holstein müsse erhalten bleiben. Am Ende stimmten für Jansens Wiederkandidatur 10 von 12 anwesenden LV-Mitgliedern.

Günther Jansen spitzte die Kritik an der sozialliberalen Koalition zu. Dabei ging es nicht nur um die Verschiebung einer zugesagten Rentenerhöhung durch Helmut Schmidt, sondern vor allem auch um die Atompolitik, die vom sozialdemokratischen Bundeskanzler nach der Ölpreiskrise von 1973 forciert wurde.

Im Landesausschuss am 18. Mai betonte Jansen, dass er Kritik an der Form seiner Äußerungen gegen Helmut Schmidt akzeptiere. Aber es gehe um die Sache. Karl-Heinz Harbeck (Vize in der Landeszentrale für politische Bildung) sah jedoch nicht nur eine Stilfrage. Er teile die Empörung über die Regierungspolitik, die SPD sei dabei, ihren „Selbstmord vorzubereiten", aber Schleswig-Holstein sei die Samurai-Garde, die Harakiri mache. Jansen habe Probleme mit der Identitäts-

Hirte Helmut Schmidt, umkreist von Egon Bahr. Eine Karikatur aus den „Kieler Nachrichten" zum Parteitag in Tönning 1977.

findung als Nachfolger von Jochen Steffen. Hamer wollte die Frage beantwortet haben, ob Schleswig-Holsteins SPD die Bundesregierung noch für lernfähig halte, so dass ihre Politik wieder solidarisch mitgetragen werden könne. Sonst müsse man das sagen. Aber auch die Frage nach dem möglichen Bündnis mit der FDP in Schleswig-Holstein beantworten.

Matthiesen hielt „personalisierte Kritik" für nicht brauchbar, weil dabei nicht über Rahmenbedingungen und Alternativen diskutiert werde. Man dürfe der Bundesregierung nicht alle Folgen des westlichen Kapitalismus aufladen. Und die Verbindung zur FDP dürfe nicht unnötig belastet werden (Matthiesen hoffte für die Wahl 1979 auf eine Koalition mit der FDP unter Uwe Ronneburger und dem SSW, der Partei der dänischen Minderheit unter Karl-Otto Meyer – d. Verf.) Er sei bereit, einem anderen Spitzenkandidaten (zur Landtagswahl 1979) Platz zu machen, wenn dadurch die Chancen auf Ablösung der CDU-Regierung stiegen. Jansens klare Antwort: „Auch ich will keine Regierung stürzen."

In Tönning keine Stimme für Vertrauen zu Schmidt

Viele Bonner Entscheidungen der sozialliberalen Koalition nach 1976 wurden in der Landes-SPD heftig kritisiert, vor allem ein Steuerpaket, in dem die Vermögensteuer von zwei auf ein Prozent gesenkt wurde. Gleichzeitig gab es Kürzungen im Bereich der Sozialpolitik, bei den Renten bei der Krankenversicherung. Auf dem Tönninger Parteitag 1977 spitzte sich die Lage zu. Eine von einem Ortsverein gewünschte Solidaritätserklärung für den Kanzler bekam keine Unterstützung. Karsten Henke schrieb dazu in den „Kieler Nachrichten" unter der Überschrift „Kein Pardon für Bonn", für den nach eigener Einschätzung letzten intakten linken Landesverband der SPD gebe es mittlerweile kaum etwas, „das größeres Misstrauen verdiente, als die sozialliberale Bundesregierung". Über Helmut Schmidt heißt es in dem Artikel, „der Macher" habe bei den schleswig-holsteinischen SPD-Funktionären ausgespielt. Anmerkung 3)

„Mit Spikes gegen das Schienbein"

Die Strategiedebatte ging weiter. Und die Unzufriedenheit mit der sozialliberalen Regierung in Bonn wuchs. 1979 sagte Günther Jansen auf dem Landesparteitag an die Adresse derjenigen, die auch im Landesverband mehr Vertrauen in die Regierung Schmidt forderten, zum Thema „Gefolgschaftstreue":

„Nur in Kaderparteien oder in Kanzlerwahlvereinen üben sich die Diskutanten in der Litanei der Tabus, indem sie vor dem, was sie sagen wollen, das sagen, was sie der persönlichen Verantwortung für ihren Beitrag enthebt. Und das hört sich bei uns so an: Ich will meinen Kanzler nicht stürzen. Ich habe keine Sehnsucht nach der Opposition. Ich habe nicht die Absicht, das imperative Mandat einzuführen. Ich habe nicht vor, eine neue Partei zu gründen, ich hoffe, dass weder die Presse mich falsch zitiert noch der Verfassungsschutz mich falsch versteht ... Wir sind mit unseren Forderungen auch regierungsfähig. Denn die Regierungsfähigkeit sozialdemokratischer Politik wird nicht aus der Partei, sie wird immer wieder von der Regierung selbst in Frage gestellt, und manchmal auch durch zu viel Taktik Einzelner und Wahlkämpfe, die einer Waschmittelwerbung näher kommen als politischer Vertrauensarbeit."

Günther Jansen hatte wenige Wochen zuvor auf einer Landeskonferenz der AfA, der „Arbeitsgemeinschaft für Arbeitnehmerfragen", den Streit mit Helmut Schmidt fortgesetzt, der ihn dafür öffentlich als den „Bürgermeister von Süsel" abtat, den man nicht ganz ernst nehmen müsse. Jansen hatte erklärt, dass man den Kanzler „mal gegen das Schienbein treten" müsse, und zwar „mit Spikes". Eine nicht ganz kleine Minderheit des Landesverbandes nahm ihm das übel. Bei den Wahlen zum Vorsitzenden bekam er 1979 von 175 abgegebenen

Stimmen nur 129, aber immerhin 39 Gegenstimmen. Einige Jahre lang wurden daraufhin auf ordentlichen Landesparteitagen „Goldene Spikes" an diejenigen verliehen, die in den letzten beiden Jahren den besten innerparteilichen Schienbeintritt praktiziert hatten.

Auf dem Landesparteitag 1981 in Harrislee war der Konflikt noch lange nicht ausgeräumt. Die Regierung Schmidt hatte erneut tiefe Einschnitte in die Sozialausgaben vornehmen müssen, um die Haushaltslöcher nicht zu groß werden zu lassen. Eckart Kuhlwein hatte deshalb in einem Antrag für den Landesvorstand Einsparmöglichkeiten, Einnahmeverbesserungen und Beschäftigungsprogramme aufgezeigt, die auch so in Richtung Bonn beschlossen wurden.

Die Kernaussage war: „Keine Senkung der Staatsquote durch Demontage des Sozialstaats". Finanziert werden sollte das u. a. durch eine schrittweise Reduzierung des Verteidigungsetats, durch Privatisierung der Kosten für die Atomenergie, durch Einsparungen beim Kanal-, Flughafen- und Fernstraßenbau, durch eine Arbeitsmarktabgabe für Beamte und Selbstständige, durch die Abschaffung von Subventionen wie Sonderabschreibungen, Bauherrenmodell, Repräsentations- und Bewirtungskosten, durch die Reduzierung der Möglichkeiten für die Steuerhinterziehung u. a. durch die Schaffung weiterer Planstellen für Steuerfahnder, durch die Erhebung einer Ergänzungsabgabe auf höhere Einkommen mit dem Ziel einer Erhöhung der Spitzensteuersätze und durch eine Wiederanhebung der Vermögensteuer. Der Parteitag ergänzte den Katalog auch noch durch die Streichung bzw. Reduzierung des Ehegatten-Splittings für Ehepaare, die keine Kinder erziehen.

Ein Beschäftigungsprogramm sollte es auf folgenden Feldern geben: Neue Technologien zur Energiegewinnung, Fernwärme durch Kraft-Wärme-Koppelung und Nutzung industrieller Abwärme, wärmedämmende Maßnahmen im Althausbereich, Wohnungsbau und Stadtsanierung, Investitionen in die Verbesserung der Umweltbedingungen, Technologieförderung für kleine und mittlere Unternehmen, Fortsetzung der Strukturhilfe für die Werft- und Stahlindustrie sowie eine Verbesserung der Leistungsfähigkeit der Bundesbahn.

Die Spannungen mit Helmut Schmidt hinderten die MdBs aus dem Hamburger Umland nicht daran, sich im Skatblatt mit dem Bundeskanzler zu schmücken – Eckart Kuhlwein, Günther Heyenn, Reinhard Ueberhorst.

Die Frage, wie mit solchen Forderungen die Koalition in Bonn aufrechterhalten werden könnte, blieb auf dem Parteitag unbeantwortet, zumal vor allem die Nachrüstung mit Mittelstreckenwaffen die Partei beschäftigte (siehe Kapitel Friedenspolitik). Der Kreisverband Plön beantragte sogar, die Forderungen ohne Rücksicht auf Verluste durchzusetzen:

„Mit den vorstehenden Forderungen ist natürlich die Koalitionsfrage gestellt. In einer Parlamentarischen Demokratie bedeutet es aber kein Unglück, in einer solchen Situation die Verantwortung an den Wähler zurückzugeben ... Statt rücksichtslos kapitalistische Gruppeninteressen durchzusetzen, sollte sie (die FDP – d. Verf.) sich der wirtschaftlichen Vernunft beugen. Diese Minderheitenpartei sollte aufhören, den großen Koalitionspartner zu erpressen und die SPD sollte sich nicht mehr erpressen lassen."

Es kam – auch ohne Zutun der Schleswig-Holsteiner – zum Bruch der Koalition in Bonn. Die Bundestagsabgeordneten aus dem Land hatten trotz der Kritik ihrer Basis bis zuletzt mit Helmut Schmidt gestimmt. Björn Engholm war Bundesminister für Bildung und Wissenschaft, Eckart Kuhlwein in der Schlussphase sein Parlamentarischer Staatssekretär. Den Bruch vollzog die FDP mit Bundeswirtschaftsminister Graf Lambsdorff, der immer härtere marktliberale Forderungen stellte.

„Umdenken und Verändern"

In den nächsten Jahren beteiligten sich die schleswig-holsteinischen Sozialdemokraten intensiv an der Grundsatzdiskussion. Damit sie nicht ausschließlich auf die Papiere aus der Zentrale in Bonn angewiesen waren, arbeiteten sie an einem eigenen Programm, an den „Leitsätzen" (1981), die das Gesellenstück von Gerd Walter wurden. Dort wurde vor allem der „Reformbegriff" definiert, aber auch die Frage nach dem Wachstum gestellt. Das Papier trug denn auch die Überschrift „Umdenken und Verändern":

„Demokratischer Sozialismus ist keine geschlossene Weltanschauung. Demokratischer Sozialismus ist auch kein perfektes Gesellschaftsmodell, sondern die ständige reformpolitische Aufgabe, die Gesellschaft nach den Interessen der Mehrheit der Bürger zu gestalten und zu verändern. Demokratischer Sozialismus lehnt die Herrschaft einer Minderheit über die Mehrheit ab. Das gilt für den schrankenlosen Kapitalismus genauso wie für den orthodoxen Kommunismus oder die Diktatur einer ökologisch bewussten Elite ...

„Vordenker" Gerd Walter (links) mit dem umweltpolitischen Sprecher der SPD-Landtagsfraktion Konrad Nabel. Im Vordergrund Jens von Häfen – damals noch Juso.

Demokratischer Sozialismus bejaht den demokratisch-parlamentarischen Weg. Wir wollen aber den Parlamenten als gewählten Vertretungen der ganzen Bevölkerung die Macht geben, die ihnen nach dem Grundgesetz zusteht. Deshalb bekämpfen wir Gruppen und Verbände, die die Macht der Parlamente usurpieren. Und deshalb streiten wir gegen den unkontrollierten politischen Einfluss wirtschaftlicher Macht."

„Sozialdemokratische Reformpolitik setzt mehr Mit- und Selbstbestimmung für den Bürger voraus, über die Beteiligung an Wahlen hinaus. Deswegen wollen wir die Demokratisierung der Wirtschaft. Deshalb fördern wir die Mitbestimmung am Arbeitsplatz, in Unternehmungen und Verwaltungen. Deshalb unterstützen wir das Engagement des Einzelnen in Verbänden und Bürgerinitiativen. Und deshalb weisen wir jeden Versuch zurück, freie Meinungsbildung, Liberalität und Rechtsstaatlichkeit zu Lasten der Bürger einzuschränken ...

Sozialdemokratische Reformpolitik erfordert Umdenken. Das gilt auch für die SPD. Eine sozial gerechte Verteilung wirtschaftlicher Zuwächse – das war der wichtigste Hebel sozialdemokratischer Gesellschaftspolitik in der Vergangenheit. Die Grenzen des Wachstums und die Krise des Fortschrittsglaubens zeigen auch die Grenzen einer solchen Politik. Wer vom Bürger Umdenken verlangt, muss dazu auch selbst bereit sein ...

Sozialdemokratische Reformpolitik heißt Umdenken und Verändern. Sie ist angewiesen auf eine breite Übereinstimmung in der Bevölkerung über die Grundlagen einer neuen Politik. Sie sucht den Dialog. Die Mitglieder der Gewerkschaften, die Kirchen, die alternativen Bewegungen, die sozialen Verbände und Organisationen – sie alle sind aufgerufen, daran mitzuwirken. Die Frage heißt, wie wir in Zukunft leben wollen."

Der Umweltschutz rückt ins Zentrum

Nach der verlorenen Bundestagswahl im März 1983 begann die SPD auf Bundesebene sich neu zu positionieren. Schleswig-Holsteins Landesverband beteiligte sich intensiv an dieser Diskussion: Am 14. Mai 1984 wurden im Landesvorstand „Eckpunkte der SPD Schleswig-Holstein zur wirtschaftspolitischen Diskussion auf dem bevorstehenden Bundesparteitag" beschlossen.

Die SPD Schleswig-Holstein wollte sich auf dem Bundesparteitag und in der innerparteilichen Diskussion der nächsten Jahre über die Zukunft der Arbeit vor allem dafür einsetzen, dass zum Schutze der Umwelt

> „dort die Notbremse gezogen wird, wo Natur noch zu retten ist (d. h. zum Beispiel Sofortmaßnahmen zur Rettung der Nordsee); dort, wo Natur zerstört ist, so schnell wie möglich

der ursprüngliche Zustand weitgehend wiederhergestellt wird, Gefahren eingedämmt bzw. beseitigt werden (d. h. zum Beispiel ein Aktionsprogramm gegen das Waldsterben); die Weichen der Wirtschaftspolitik so gestellt werden, dass der Schutz der Umwelt und die Erhaltung der Arbeitsplätze als gleichrangige Ziele miteinander verschmelzen (d. h. zum Beispiel den politischen Neuanfang mit dem Programm ‚Sondervermögen Arbeit und Umwelt' wagen); gezielt neue Technologien gefördert werden, für die sich zunehmend international ein Absatzmarkt herausbildet (d. h. zum Beispiel gezielte Förderung der Recycling-Industrie, alternativer Energiequellen wie Sonnenenergie)".

Gleichzeitig forderten die Schleswig-Holsteiner radikale Schritte der Verkürzung der Wochen- und Lebensarbeitszeit (35-Stunden-Woche), die volle Parität in der Mitbestimmung, die Beteiligung der Arbeitnehmer am Produktivvermögen in Form von Lohnfonds, die Anhebung der Kaufkraft der unteren Einkommensgruppen zur Stärkung der Binnennachfrage, Sozialabgaben auch auf Maschinen und ein Bildungssystem, das alle Menschen befähigt, selbstbestimmt zu leben.

Ein Positionspapier für Johannes Rau

Björn Engholm als Kieler Oppositionsführer und Günther Jansen als Landesvorsitzender schrieben für den Parteirat im Dezember 1985 ein Positionspapier auf, mit dem sie Forderungen an das Bundestagswahlprogramm von Johannes Rau für 1987 formulierten. Unter der Überschrift „Hoffnungen in der Bevölkerung" wurde großer Wert darauf gelegt, dass die Positionen, welche die SPD in der Ära nach Helmut Schmidt erarbeitet hatte, wiederzufinden waren. Die wesentlichen Themen waren Abrüstung und Friedenspolitik, Politik für die Dritte Welt, Umweltschutz und Ökologie, die Bekämpfung der Massenarbeitslosigkeit, die Gleichstellungspolitik, „eine neue Sozialpolitik" und die Medienpolitik.

Im Einzelnen tauchte dann eine Reihe von Forderungen auf, die vor allem vom linken SPD-Flügel vertreten wurden, so

- die Rücknahme der Stationierung von Pershing II und Cruise Missiles;
- sofortige Verhandlungen über eine atomwaffenfreie Zone nach dem Vorschlag der Palme-Kommission;
- die Umstrukturierung der Bundeswehr unter Einbeziehung der Nato-Strategie zur „strukturellen Nichtangriffsfähigkeit";
- Abbau der Handelsbeschränkungen gegenüber den „Entwicklungsländern";
- Aufstockung des Etats für „Entwicklungshilfe";
- Entwicklung angepasster Technologien und Produktionsweisen in Zusammenarbeit mit den „Entwicklungsländern";
- ein Schuldenerlass für die ärmsten Länder.

Für die Ökologiepolitik wurden „gravierende" Maßnahmen gefordert, so u. a.

- die Beendigung der Schnellbrutreaktor-Technologie und Aufgabe des Projekts der Wiederaufarbeitungsanlage, die in Wackersdorf (Oberpfalz) geplant war;
- ein Ablaufplan zum Ausstieg aus der Kernenergie; Aufbau einer dezentralen Energieversorgung;
- ein bundesweites Konzept „Weg von der Müllbeseitigung, hin zur Abfallbewirtschaftung";
- sofortige Einführung eines generellen Tempolimits;
- die Einführung neuer Wege in der Landwirtschaft mit dem Ziel einer extensiven Bodenbewirtschaftung.

Die Massenarbeitslosigkeit wollten die Schleswig-Holsteiner u. a. mit folgenden Schritten angehen:

- Mit einer aktiven Beschäftigungspolitik des Staates, die Vorrang in der Gesamtpolitik erhalten soll;
- einer Ausbildungs- und Beschäftigungsgarantie für Jugendliche;
- einer Qualifizierungsoffensive in den Bereichen von Ausbildung, Fort- und Weiterbildung;

- einer umfassenden Umverteilung von Arbeit; dabei dreht es sich um alle Formen der Arbeitszeitverkürzung; Schwerpunkt und Nahziel ist die 35-Stunden-Woche;
- dem Ausbau der betrieblichen und Einführung der gesamtgesellschaftlichen Mitbestimmung (unter Beteiligung der Arbeitnehmer am Produktivvermögen sowie Einsetzung von Wirtschafts- und Sozialräten auf allen politischen Ebenen);
- durch eine Stärkung der Binnennachfrage durch eine solidarische Einkommens- und Besteuerungspolitik (u. a. Arbeitsmarkt- und Ergänzungsabgabe).

„Unverzichtbare frauenpolitische Maßnahmen" waren u. a.:

- Durchsetzung des Rechts auf Arbeit für Frauen;
- Ausbau der eigenständigen Alterssicherung der Frau;
- Einführung des Elternurlaubs;
- Erhöhung des Mutterschaftsgeldes auf 750,- DM;
- Einrichtung einer Leitstelle für die Gleichstellung der Frau, ressortübergreifend beim Bundeskanzleramt;
- die Schaffung eines Antidiskriminierungsgesetzes, das sich auf alle Lebensbereiche bezieht und
- die Beteiligung von Frauen mit mindestens 30 Prozent an der Regierung.

Unter den sozialpolitischen Forderungen fanden sich ebenfalls viele alte Bekannte: Ein neues Arbeitszeitgesetz zum Abbau von Überstunden, ein Sonderprogramm für Ausbildung und Arbeit für junge Leute, eine Mindestsicherung über den durchschnittlichen Sätzen der Sozialhilfe für alle Arbeitslosen, die Rente nach Mindesteinkommen, die bedarfsorientierte Mindestrente und die Einführung eines Babyjahres für alle Frauen. Später sollte es dann auch einen „Wertschöpfungsbeitrag" geben. Und schließlich wurde eine Pflegeversicherung angemahnt. Im Bereich der Krankenversicherung sollten durch eine Strukturreform die Rechte der Krankenkassen gestärkt werden. Und dann folgte noch eine Reihe von medien- und rundfunkpolitischen Forderungen, aus denen vor allem die Bestands- und Weiterentwicklungsgarantie für die Anstalten des öffentlich-rechtlichen Rundfunks bei gleichzeitiger Struktur- und Programmreform hin zu mehr Bürgernähe herausragte.

Entschließung: Deutschland und Europa

1989, die Mauer war noch nicht geöffnet, aber die Verhältnisse in Osteuropa waren instabil geworden. Gorbatschow hatte in Ostberlin gesagt, wer zu spät komme, „den bestraft das Leben". Auf einem Landesparteitag im Oktober in Timmendorfer Strand versuchte die SPD Schleswig-Holstein sich in der Tradition ihres Mitglieds Egon Bahr an der Entwicklung neuer Kooperations- und Sicherheitsstrukturen. Und sie griff weit in die Parteigeschichte zurück, um die Kontinuität ihrer als „links" verstandenen Friedens- und Entspannungspolitik zu dokumentieren. Es ging ihr darum, in der Öffentlichkeit deutlich zu machen, dass der Ostblock nicht trotz, sondern wegen der Entspannungspolitik der Regierung Brandt zusammengebrochen war.

Willy Brandts Ost- und Europa-Politik war ganz im Sinne der schleswig-holsteinischen SPD. Hier besuchte er ihre Bildungsstätte in Malente. Rechts Jochen Steffen, Eckart Kuhlwein neben Willy Brandt.

Unsere Politik sei richtig gewesen. Sie müsse heute um „die sozialdemokratische Vision eines einigen und friedlichen Europas ergänzt werden". Zum ersten Mal in der Nachkriegsgeschichte bestehe die „reale Möglichkeit", Krieg in Europa unmöglich zu machen. Gleichzeitig wird selbstkritisch angemerkt, das „Modell der Zwei-Drittel-Gesellschaft im Westen" sei keine Alternative zur Herrschaft der östlichen Parteibürokratien. Auch im Westen seien ökologische und soziale Reformen notwendig.

In dem Beschluss von Timmendorfer Strand kommt gleichzeitig die Sorge zum Ausdruck, es könnte bei der Auflösung des Ostblocks zu gewaltsamen Auseinandersetzungen kommen. Strategien der Destabilisierung und Hoffnungen auf Zusammenbrüche seien unverantwortlich. Das Modell der SPD in Schleswig-Holstein zielte (noch) nicht auf die Wiedervereinigung ab: „Nicht anachronistische Angliederungsvorstellungen, sondern nur die bedrohungsfreie und solidarische Begleitung einer eigenständigen und souveränen Reformpolitik in der DDR und in Osteuropa kann den Völkern in Osteuropa und den Deutschen helfen." Anmerkung 4)

„Dickschädelig, reformfreudig, links und frei"

Der Landesvorsitzende Gerd Walter fasste auf dem Landesparteitag 1991 in Travemünde, auf dem er sein Amt an Willi Piecyk abgab, noch einmal zusammen, was die SPD in Schleswig-Holstein nach seiner Überzeugung ausmachte, und was sie auch künftig beachten sollte:

„Wenn die SPD in Schleswig-Holstein länger als vier Jahre regieren will, dann muss sie die alten Tugenden aus den Zeiten der Opposition dauerhaft mit den neuen Qualitäten der Regierungspartei verbinden. Die SPD Schleswig-Holstein ist so weit gekommen, weil

- sie bei vielen politischen Diskussionen vorneweg marschiert ist und für ihre Positionen auch bei Gegenwind gestanden hat,
- sie wenig Spuren von Marxismus zeigt, dafür zwischen Niebüll und Pinneberg ein Verein wertkonservativer Dickschädel ist,
- in ihr der radikale Pragmatismus aus der nordischen Sozialdemokratie zuhause ist,
- sie keine Flügel, aber Respekt vor unterschiedlichen Auffassungen kennt,
- wir immer zusammengehalten haben,
- wir uns das Gefühl dafür bewahrt haben, dass wir auf den Schultern der Alten stehen: Ohne Karl Frohme, Luise Schröder, Otto Eggerstedt, Julius Leber, Bertha Wirtel, August Rathmann, Walter Damm, Willy Geusendam, Jochen Steffen und Kurt Hamer wäre die SPD Schleswig-Holstein nicht das, was sie heute ist.

Dickschädelig, reformfreudig, links und frei – so habe ich vor vier Jahren die SPD Schleswig-Holstein beschrieben. Das ist das Markenzeichen einer Regionalpartei, in der sich viele Eigenheiten unseres Landes wiederfinden und mit der sich viele Menschen identifizieren können. Diese Identität der SPD Schleswig-Holstein war eine Grundlage des Wahlerfolges unserer Partei. Wer sie preisgibt, sitzt morgen wieder in der Opposition. Jetzt müssen wir zusätzlich unsere neue Identität als Regierungspartei festigen."

Und dann trat Willi Piecyk in Gerd Walters Fußstapfen und beschwor den Gemeinschaftsgeist der linken Schleswig-Holsteiner:

„Als die SPD Schleswig-Holstein noch aus Jochen Steffen und einer Schar Jünger bestand, da hatte sie einen Traum: Wir machen mal ein bisschen anders Politik. Ein bisschen mehr nachdenken statt flotter Parolen. Ein bisschen mehr diskutieren statt parieren. Ein bisschen mehr Dickschädel statt Anpassung. Ein bisschen mehr ‚Wir' statt ‚Ich'.

MdEP Willi Piecyk (1948-2008) als Landesvorsitzender: „Dickschädel statt Anpassung."

Und tatsächlich entwickelte sich eine kleine, aber feine politische Kultur, die vielleicht nur aus der Verlegenheit der Daueropposition, vielleicht aber auch aus einer besonderen schleswig-holsteinischen Mentalität zur richtigen Blüte erwuchs. Diese besondere politische Kultur bestand – und besteht heute noch – in der Abstinenz, innerparteiliche Flügel- oder Grabenkämpfe anderer Landesverbände nachzuvollziehen.

Wohlgemerkt – keine absolut linke Tugend: denn so unterschiedliche Menschen wie Steffen, Matthiesen, Schulz, Gansel, Kuhlwein, Jansen, Walter, Hamer, Bahr, Börnsen oder Engholm haben sie vollzogen. Mit Erfolg. Und das ist mein Dilemma. Denn jetzt sind wir nicht mehr Opposition. Die Partei in Schleswig-Holstein ist nun eine Gemeinschaft nachdenklich diskutierender Dickschädel, die ihren eigenen Ministerpräsidenten auf Trab bringen, zugleich vor ihm herlaufen und mit ihm als künftigem Parteichef einen ordentlichen Paarlauf absolvieren soll. Eigentlich eine Akrobatennummer für alle Beteiligten. Ich habe also ernsthafte Zweifel, ob Jochen Steffen sich das damals richtig überlegt hat, als er eine politische Strategie auf den Weg brachte, die am Ende alle seine Jünger in Amt und Würden sah, ja selbst den Norbert Gansel nicht vergaß. Bei Wehner wäre das nicht passiert.

Aber im Ernst, Genossinnen und Genossen. Die guten alten Oppositions-Partei-Zeiten sind vorbei. Jetzt heißt es nicht nur Flagge zeigen, sondern auch Tugenden bewahren, die unter den Sachzwängen von sozialdemokratischen Ministerpräsidenten und Bundesparteivorsitzenden allzu leicht unter den roten Teppich geraten könnten.

In der nächsten Woche wird Björn Parteivorsitzender. Und in unserem Laden kann das niemand als Drohung missdeuten, wenn ich sage: Björn Engholm kann sich auf die SPD Schleswig-Holstein so felsenfest verlassen wie wir uns auf ihn. Björn ist dann Vorstandsvorsitzender. Und wir sind der Aufsichtsrat einer Denkfabrik mit fast 40.000 mitbestimmungswütigen Angestellten. Doch ehe Björn auf die Idee kommt, wir hätten kapitalistische Unternehmens-Strukturen verinnerlicht, möchte ich den vielleicht wichtigsten Grund für meine Kandidatur nennen:

Das Betriebsklima in dieser SPD im Sinne Jochen Steffens mit den Inhalten, für die Günther Jansen so glaubwürdig und schweißringend gekämpft hat, was von Gerd Walter hartnäckig und umsichtig fortgesetzt worden ist, das will ich gern erhalten."

Linke Position Asylrecht

Björn Engholm war 1991 zunächst designierter Parteivorsitzender. Eine der schwierigsten Fragen in seiner kurzen Amtszeit bis zum Mai 1993 würde der Umgang mit der Asyl-Frage werden. In der Union gab es eine starke Strömung, wegen der wachsenden Zuwanderung aus Osteuropa das Asylrecht des Grundgesetzes abzuschaffen oder wenigstens zu beschneiden. Noch hielt die Bastion der SPD gegen eine

Grundgesetzänderung. Engholm legte auf dem Landesparteitag 1991 ein Bekenntnis zum geltenden Grundrecht auf Asyl ab. Es sei schon schlimm, wenn „Biedermänner, die in Wahrheit Brandstifter sind, heute ihre Süppchen aus Überfremdungsängsten und kalt berechnetem Kalkül zu kochen versuchen". Engholm fürchtete, dass in dieser Auseinandersetzung „die politische Kultur" erheblich verdorben werden könnte. Anmerkung 5)

Als Parteivorsitzender öffnete Engholm dann allerdings im Herbst 1992 die Tür für den umstrittenen „Asylkompromiss" und die entsprechenden Verfassungsänderungen, die im Bundestag von vielen schleswig-holsteinischen SPD-Abgeordneten nicht mitgetragen wurden.

Konflikt um deutsche Blauhelme

Eine heftige Auseinandersetzung gab es in der Partei zur Frage der Beteiligung deutscher Soldaten an militärischen Auslandseinsätzen. Willi Piecyk und Egon Bahr hatten dazu 1992 ein Papier ausgearbeitet, das unter der Überschrift „Statt des Rechts des Stärkeren die Stärke des Rechts" in der Partei zirkulierte. Norbert Gansel hatte sich schon früher für deutsche Blauhelme im UNO-Auftrag ausgesprochen. Eckart Kuhlwein, Klaus Potthoff (Friedensforscher), Manfred Opel (Nordfriesland, MdB und General a. D.), Ulrike Mehl (MdB aus Rendsburg-Eckernförde) und Lieselott Blunck (MdB aus Pinneberg) arbeiteten an einem Gegenkonzept. Für sie bedeutete „links" auch ein Stück Antimilitarismus. Sie trauten den Soldaten friedliche Missionen nicht zu. In ihrem Papier argumentierten sie wie folgt:
Deutschland habe eine gewachsene Verantwortung für den Frieden. Durch das

MdB Lilo Blunck (Pinneberg) arbeitete an der Alternative zu den Blauhelmen mit, die auf dem Parteitag eine Mehrheit fand.

Ende des Ost-West-Konflikts, die Auflösung der Sowjetunion und des Warschauer Vertrages, die staatliche deutsche Einheit habe sich die Weltpolitik erheblich verändert. Gleichzeitig sei deutlich geworden, dass der Menschheit nicht mehr viel Zeit bleibe, solle die Erde auch für künftige Generationen bewohnbar bleiben. „Ohne einen Ausgleich zwischen Industrie- und Entwicklungsländern wird die Zukunft der ganzen Menschheit gefährdet. Wo Hunger und Elend herrschen, kann Frieden nicht Bestand haben.", zitierten sie das Berliner Grundsatzprogramm. Neben ethnische und religiöse Konflikte träten immer stärker ökologische Verteilungskämpfe, ökonomisch und ökologisch bedingte Fluchtbewegungen und die flächendeckende Umweltzerstörung im Süden und Norden. In solchen Konflikten versagten klassische Mittel der Außen- und Sicherheitspolitik, wie die Androhung und Durchführung militärischer Interventionen. Es sei höchste Zeit für eine neue Welt-Innenpolitik im Rahmen der UNO und ihrer Regionalorganisationen und höchste Zeit für eine neue deutsche Außenpolitik, die mehr als bisher Verantwortung für den Frieden in der Welt übernehmen müsse.

Eine neue deutsche Außenpolitik müsse auf der Basis des ökologischen Umbaus der eigenen Wirtschaft und entsprechender Initiativen in Europa die Möglichkeiten der UNO für eine dauerhafte Entwicklung auf der ganzen Welt finanziell und politisch stärken, für eine gerechtere Weltwirtschaftsordnung eintreten, konsequente Schritte zur Abrüstung und zur Beschränkung von Rüstungsexporten unternehmen, die eigenen Mittel für Entwicklungszusammenarbeit erheblich steigern, personelle und technische Hilfen zur Bewältigung von Katastrophen, ökologischen Krisen und Versorgungsproblemen leisten und die Entwicklung von demokratischen Strukturen durch Verwaltungshilfe unterstützen.

Nach dem Papier sollte die Bundeswehr weiter reduziert werden. Dadurch würden Mittel für den Ausbau der Entwicklungszusammenarbeit verfügbar (das war die Anfang der 90er Jahre erhoffte „Friedensdividende"). Der Export von Kriegswaffen in Länder außerhalb der NATO sollte gesetzlich verboten werden. Die Subventionen für die Rüstungsindustrie würden schrittweise abgebaut. Ziel sei es, die Kapazitäten der Rüstungsindustrie auf den eigenen Bedarf Deutschlands zu reduzieren.

Egon Bahr und Eckart Kuhlwein diskutieren über deutsche Blauhelme. In der Mitte Günther Heyenn.

Bei der UNO forderte das Papier die Schaffung einer Konvention über die Entsendung nichtmilitärischer Hilfskorps bei Naturkatastrophen, Umweltkatastrophen und Hungersnöten. Die SPD bestätige ihre Vorschläge zur Aufstellung einer internationalen Friedenstruppe, die bei der Bewältigung von Katastrophen, ökologischen Krisen und Versorgungsproblemen helfen solle.

Am wichtigsten waren den Autoren „Instrumentarien zur rechtzeitigen Konflikterkennung, zur Vorbeugung von Konflikten und zur nichtmilitärischen Konfliktbegrenzung und -lösung", die fortentwickelt werden müssten, vorhandene Instrumentarien dieser Art müssten intensiver und schneller genutzt werden.

Die Bereitschaft einzelner Konfliktparteien, von der UNO unterbreitete Vorschläge anzunehmen, sei durch Hilfe zum Aufbau und zur Entwicklung zu honorieren. Die Verweigerung einzelner Konfliktparteien, konstruktiv an einer Lösung mitzuarbeiten, solle weitere Sanktionsmaßnahmen auslösen. Deutsche Einheiten (Schiedskräfte) sollten sich an multinationalen Einsätzen der UNO beteiligen, wenn die eingesetzten Einheiten nach polizeilichen Grundsätzen vorgingen. Zu diesen Grundsätzen gehöre, dass die Verhältnismäßigkeit der angewandten Mittel gewahrt sei – im Vordergrund stehe der Schutz von Menschenleben –, die Grenzen der Aktion wohldefiniert seien, ihre Einhaltung überwacht werde und Überschreitungen geahndet würden sowie ständige Öffentlichkeit gewährleistet sei.

Daher sollten solche Einheiten wie auch Blauhelme eine gesonderte Ausbildung und Ausrüstung erhalten und nicht in die Bundeswehr integriert werden. Die Bundesrepublik Deutschland biete – möglichst in Abstimmung mit anderen Staaten – der UNO derartige Einheiten an und lege deren Aufgaben nach Verhandlungen mit der UNO gemäß Art. 43 der UN-Charta fest. Die besondere Rolle dieser Einheiten sei in der Verfassung festzuschreiben. An Einsätzen direkter Gewalt beteilige sich die Bundesrepublik Deutschland mit solchen Einheiten nur unter Kommando und Kontrolle der UNO.

Die durch die Reduzierung der Bundeswehr in Truppenstärke und Beschaffungsprogrammen freiwerdenden Mittel sollten in erster Linie für die Entwicklungszusammenarbeit, für die Finanzierung ziviler Organisationen und Hilfsprogramme der UNO genutzt werden. Soldaten und andere Beschäftigte der Bundeswehr könnten im Rahmen ziviler Hilfsorganisationen und – nach entsprechender Umqualifizierung – in polizeilichen Einheiten im Auftrag der UNO eingesetzt werden. Ein Stufenplan sichere den sozialverträglichen Abbau der Bundeswehr und die teilweise Überführung in die für die UNO vorgehaltenen Einheiten.

Schließlich riefen die Autoren zu einem „globalen Marshallplan" (nach einer Idee des früheren US-Vizepräsidenten und späteren Friedensnobelpreisträgers Al Gore) auf, der folgende Ziele verfolgen müsse:

- Die Stabilisierung der Weltbevölkerung durch Alphabetisierung, Senkung der Kindersterblichkeit und Maßnahmen einer wirksamen Empfängnisverhütung.
- Die schnelle Schaffung und Entwicklung ökologisch angepasster Technologien und ihre Weitergabe insbesondere an die Länder der Dritten Welt.
- Eine umfassende, allgemeingültige Veränderung der wirtschaftlichen Spielregeln, mit der Auswirkungen unserer Entscheidungen auf die Umwelt gemessen werden durch weltweite Übereinkünfte.
- Die Aushandlung und Verabschiedung einer neuen Generation internationaler Abkommen über gesetzliche Rahmenbedin-

gungen, Verbote, Vollzugsmechanismen, Kooperation, Anreize, Strafen und gegenseitige Verpflichtungen zur Umsetzung des globalen Marshallplans.
- Den Aufbau eines kooperativen Bildungsplans für die Aufklärung der Bevölkerung über die globale Umwelt.

Auf dem Landesparteitag 1993 prallten die Positionen aufeinander. Die Idee mit der Polizei und dem Verzicht auf Kampfeinsätze blieb in der Mehrheit. Sie wurde später – an den Realitäten der 90er Jahre gemessen – relativiert. Aber im Verständnis von „links" war Polizei statt Militär damals noch eine saubere Position.

Oskar oder Rudolf „links"?

Rudolf Scharping hatte die Bundestagswahl 1994 gegen Helmut Kohl nur knapp verloren. Eigentlich war es selbstverständlich, dass der Fraktionsvorsitzende im Bundestag eine zweite Chance bekommen müsste. Der Landesvorstand der schleswig-holsteinischen SPD hatte deshalb folgerichtig in einem Beschluss vom 21. August 1995 den Parteivorsitzenden in seinen Bemühungen unterstützt, „endlich wieder die Auseinandersetzungen mit der Politik der Bundesregierung in den Mittelpunkt der öffentlichen Debatte zu stellen". Die SPD Schleswig-Holstein werde seine Wiederwahl auf dem Mannheimer Bundesparteitag im November unterstützen und begrüße seine

Schleswig-Holstein-Treffen vor der Bundestagswahl 1994: Die Kandidatinnen und Kandidaten Kuhlwein, Antje Steen, Lieselott Blunck und Norbert Gansel feiern schon im Voraus mit Rudolf Scharping (hinten links).

Bereitschaft, erneut die Kanzlerkandidatur zu übernehmen. Berliner Grundsatzprogramm und Wahlprogramm 1994 hätten die Orientierung der SPD auf eine ökologische und soziale Erneuerung festgelegt.

Dabei müsse es bleiben, wenn die SPD ihre Identität als linke Reform- und Volkspartei bewahren solle.

Der Beschluss richtete sich damals gegen öffentliche Störmanöver des niedersächsischen Ministerpräsidenten Gerhard Schröder, der aus dem fernen Hannover gern mit Häme über die Arbeit der Bundestagsfraktion herfiel. Auf dem Parteitag in Mannheim tauchte plötzlich die Frage auf, wer die „linken" Schleswig-Holsteiner besser vertreten würde. Oskar Lafontaine hatte in letzter Sekunde seine Bewerbung angemeldet. Und ohne Gewähr: Der Autor ist sicher, dass die meisten Schleswig-Holsteiner damals Oskar den Vorzug gaben – trotz Landesvorstandsbeschluss.

Kritik am Lauschangriff

1997 wurde mit der Union zur Bekämpfung der Organisierten Kriminalität über eine Verfassungsänderung verhandelt, mit der das Recht auf Unversehrtheit der Wohnung relativiert werden sollte. Die SPD-Führung war in Sorge, dass die Union sonst mit dem Thema Innere Sicherheit punkten würde. Aber es gab erhebliche juristische und verfassungsrechtliche Bedenken gegen die gefundenen Formulierungen. Der SPD-Landesvorstand bezog deshalb am 3. November 1997 Stellung – „links" als radikaldemokratische Position:

„Die vorliegenden Gesetzentwürfe für Maßnahmen zur Bekämpfung der Organisierten Kriminalität entsprechen in mehreren Punkten nicht den Beschlüssen der Partei (Parteitag Wiesbaden 1993). In der Zwischenzeit hat es dazu eine breite gesellschaftliche Diskussion mit vielen kritischen Argumenten gegeben. Zu den Kritikern gehören nicht zuletzt hohe Richter, die Datenschutzbeauftragten der Länder und die Kirchen. Der Landesvorstand hält Nachbesserungen der Entwürfe für dringend erforderlich.

Der Landesvorstand fordert deshalb die SPD-Bundestagsfraktion auf, sicherzustellen, dass in Wohnungen von Zeugnisverweigerungsberechtigten (Ärzte, Rechtsanwälte, Geistliche, Journalisten) nicht abgehört werden darf und dass in anderen Räumlichkeiten von Zeugnisverweigerungsberechtigten gewonnene Informationen nicht verwertet werden dürfen, und dass die Abhörmaßnahmen auf wenige Fälle von Schwerstkriminalität beschränkt werden. Außerdem sollten die Abhörmaßnahmen laufend richterlich auf ihre Notwendigkeit und ihr Ergebnis überprüft werden, und die steuer- und zollrechtlichen Zugriffsmöglichkeiten auf mutmaßlich illegal erworbenes Vermögen die versprochene Effektivität entfalten."

In den Ausschussberatungen wurde das alles nicht befriedigend geregelt. Deshalb stimmten am Ende auch rund 100 SPD-Bundestagsabgeordnete, überwiegend vom „linken" Flügel, darunter eine Reihe von Schleswig-Holsteinern, gegen die Verfassungsänderung, ohne sie jedoch verhindern zu können.

„Zukunftsprogramm" in Schröders erster Krise

Seit Herbst 1998 regierte in Berlin eine rot-grüne Koalition unter Gerhard Schröder. Die kam jedoch in den ersten Monaten erheblich ins Straucheln. Die Gesetzestechnik stimmte nicht. Und es gab vielfältige Stimmen zu jedem Tagesereignis. Schlechte Ergebnisse bei Landtagswahlen erzeugten Alarmstimmung. In Schleswig-Holstein wurde schon befürchtet, dass die Wahl in Kiel im Frühjahr 2000 schief gehen könnte. Im Herbst 1999 versuchte die Regierung Schröder, mit einem „Zukunftsprogramm" in die Offensive zu kommen. Die schleswig-holsteinische SPD war skeptisch.

Der Landesausschuss beschäftigte sich am 1. September 1999 in Rendsburg mit dem Programm und beschloss wie folgt, wobei die Finanzierungsvorschläge aus einer Neuregelung der Erbschaftsteuer und einer Sondersteuer auf hohe Vermögen sowie der Hinweis auf mögliche Einsparungen beim „Transrapid" besonders interessant sind:

„Der Landesausschuss unterstützt die Absicht der Bundesregierung und der Bundestagsfraktion, durch das Zukunftsprogramm die Bewältigung der von der Regierung Kohl hinterlassenen finanzpolitischen

Erblast zu erreichen. In die Einsparungen sind die Ausgaben für den Transrapid mit einzubeziehen.

Oberstes Ziel muss die Wiedergewinnung der politischen Handlungsfähigkeit sein.

Der Landesausschuss unterstützt die Bemühungen der Landesregierung um eine finanzielle Kompensation der im Zukunftsprogramm auf Länder und Kommunen verlagerten Ausgaben durch eine Abgabe auf hohe private Vermögen oder eine entsprechende Neuregelung der Erbschaftsteuer.

Der Landesausschuss hält eine öffentliche Diskussion des Zukunftsprogramms für selbstverständlich und unterstützt seine Abgeordneten in der verantwortungsbewussten Wahrnehmung ihres Mandats als freigewählte Parlamentarier.

Der Landesausschuss erwartet eine klare Umsetzung des Koalitionsvertrags. Das Bild der Vielstimmigkeit der SPD ist durch eine verantwortungsbewusste Diskussionskultur wieder zu einem Bild des geschlossenen Handels bei der Realisierung des Wählerauftrags zu entwickeln."

Franz Thönnes und das Grundsatzprogramm

Die schleswig-holsteinische SPD hat sich – als linke „Programmpartei" – immer gern an Grundsatzprogramm-Diskussionen beteiligt: Am Orientierungsrahmen, durch eigene „Leitsätze" (Gerd Walter), am Berliner Programm (1989) unter Leitung des Schönbergers Leo Derrik mit einer Reihe von Änderungsanträgen. Als der Bundesparteitag 1999 beschloss, ein neues Programm erarbeiten zu lassen, wurde auch der im selben Jahr erstmals zum Landesvorsitzenden gewählte Stormarner Bundestagsabgeordnete Franz Thönnes aktiv. Auf einer Klausurtagung beschloss der Landesvorstand eine eigene Kommission. Und er beschloss, dass Franz Thönnes selbst den Landesverband in der Bundeskommission vertreten sollte:

„Die SPD in Schleswig-Holstein wird sich an der Erarbeitung und der Diskussion des neuen Grundsatzprogramms intensiv beteiligen und die Diskussion so öffnen, dass sich möglichst viele Mitglieder der Partei sowie interessierte Bürgerinnen und Bürger daran beteiligen können. In der Programmdiskussion setzen wir zwei oder drei Schwerpunkte, die das Profil der SPD Schleswig-Holstein schärfen: Individualisierung und gesellschaftlicher Zusammenhalt, soziale Sicherungssysteme und nachhaltige Entwicklung."

Es kam dann zu einer Auftaktveranstaltung mit skandinavischer Beteiligung, aber die Arbeit schlief schnell wieder ein. Das hatte auch damit zu tun, dass in Berlin die Parteivorsitzenden und die Generalsekretäre häufig wechselten. Aber Franz Thönnes berichtete auch nicht über den Fortgang. Erst als im Sommer 2002 aus dem Kreisverband Segeberg der Wunsch nach einer Arbeitsgruppe auf Landesebene laut wurde, beschloss der Landesvorstand die Einsetzung einer Projektgruppe. Eckart Kuhlwein wurde damit beauftragt. Er wurde ab 2004 auch Vertreter des Landesverbandes in der Bundes-Programmkommission.

Gegen amerikanische Wahlrechtsreformen

SPD-Generalsekretär Franz Müntefering hatte im April 2000 unter der Überschrift „Demokratie braucht Partei" Überlegungen zur Rolle der Parteien und zur Reform der Arbeit der SPD vorgestellt. In dem Papier wurden auch Vorschläge für eine verbesserte Rekrutierungs- und Partizipationskompetenz gemacht. Dazu gehörten nach Auffassung von Müntefering, dass „mehr Menschen mit anderen als den üblichen parteipolitischen Erfahrungen in politische Ämter" gebracht würden. Deshalb sollten auch qualifizierte Bewerberinnen und Bewerber von außerhalb auf aussichtsreichen Listenplätzen platziert werden. Vorschlag war das Modell „Zehn von Außen".

Vorgesehen war weiter die Einführung von Vorwahlen bei den Kandidatenaufstellungen ab der Bundestagswahl 2006, wobei auch Nichtmitglieder mit entscheiden können sollten, und die Einführung des

Kumulierens bei Kommunalwahlen sowie die Einführung von Volksentscheiden auf Bundesebene.

Die SPD Schleswig-Holstein war zurückhaltend. Eckart Kuhlwein legte eine Bewertung im Landesvorstand vor: Wer sollten die Leute sein, die ohne parteipolitische Erfahrung zu Mandaten kämen, wie sehe ihre Anbindung an die Willensbildung der Partei aus, müssten Parteimitglieder vorher austreten, wenn sie in den Genuss des Parteilosen-Privilegs kommen wollten, wozu seien wir eigentlich in der Partei, würden sich viele Genossinnen und Genossen fragen.

Vorwahlen nach amerikanischem Modell hätten, anders als Müntefering es beabsichtige, (im ersten Kapitel des Papiers unterstrich er die Bedeutung der Parteien) eine Degeneration der Partei zum Spendensammel-Verein und zum Wahlverein zur Folge. Das Mitgliederprivileg, an der Kandidatenauswahl mitzuwirken, würde erheblich relativiert. Wozu sollte jemand dann noch in die Partei eintreten? Schließlich: Chancengleichheit zwischen Kandidaten bzw. Kandidatinnen im Vorwahlkampf wäre nicht gegeben. Oder solle die Partei dann auch noch für jeden/jede Bewerber/Bewerberin den Vorwahlkampf bezahlen?

Das Kumulieren bei Kommunalwahlen sei in den Kieler Koalitionsverhandlungen gerade von der SPD Schleswig-Holstein abgelehnt worden. Auch hier gelte, dass die Bedeutung der Mitglieder und ihrer Entscheidungen relativiert würde. Volksentscheide auf Bundesebene schließlich entsprächen der Beschlusslage der Partei. Der letzte Versuch dazu sei bei der Verfassungsreform 94 – erfolglos – gemacht worden. Heute erscheine eine Zweidrittelmehrheit im Bundestag vielleicht eher möglich.

Beschluss: Der Parteivorstand wurde aufgefordert, die Vorschläge von Generalsekretär Müntefering zur „Rekrutierungskompetenz und zur Partizipationskompetenz" in den Kommissionen und Gremien der Partei ausführlich zu diskutieren. Es dürfe keine gesetzgeberischen Schnellschüsse und keine endgültigen Festlegungen geben. Über „Zehn von außen", die Einführung von Vorwahlen und Normen zum

Kumulieren bei Kommunalwahlen müsse ein Bundesparteitag entscheiden.

Die Vorschläge aus der Feder des damaligen Bundesgeschäftsführers Matthias Machnig widersprachen den Vorstellungen der schleswig-holsteinischen SPD von der Rolle der politischen Parteien bei der Willensbildung. Auf einem Bundesparteitag hat sie später dafür gesorgt, dass die Pläne zunächst wieder in der Versenkung verschwanden.

Thönnes will mehr Steuergerechtigkeit

Immer wieder hat sich die Landespartei mit der Steuerpolitik beschäftigt, einmal um die öffentlichen Einnahmen zu verbessern, zum anderen aber auch um mehr Verteilungsgerechtigkeit zu erreichen. Als die Landesregierung von Heide Simonis in Berlin die Initiative zur Neuregelung der Erbschaftsteuer ergriff, nahm der Landesvorstand am 1. April 2001 Stellung und begrüßte den Vorstoß. Es gehe um eine verfassungsrechtlich einwandfreie Neuregelung der Bewertungsgrundsätze für Grundvermögen, die das Bundesverfassungsgericht bereits 1995 gefordert habe. Ohne eine solche Neuregelung könnte ab dem nächsten Jahr keine Steuerveranlagung mehr durchgeführt werden. Die Folge wären Steuerausfälle für die Länder in Höhe von rund sechs Milliarden Mark, erklärte der Landesvorsitzende Franz Thönnes.

Franz Thönnes schickt Eckart Kuhlwein mit einer Thermosflasche auf eine neue Reise nach Bonn.

„Diese Bundesratsinitiative stärkt die Finanzkraft der Länder und schafft die vom Verfassungsgericht geforderte Steuergerechtigkeit", sagte Thönnes. Er verwies auf einen Beschluss des Landesparteitages vom 10. März, in dem eine Umgestaltung der Erbschaftsteuer gefordert wurde, um die Besitzer größerer Immobilien-Vermögen stärker als bisher an der Finanzierung öffentlicher Aufgaben zur Zukunftssicherung in den Bereichen Bildung und Wissenschaft, Jugendhilfe und Sozialarbeit, Verkehrsinfrastruktur und innere Sicherheit zu beteiligen.

Deshalb werde die schleswig-holsteinische SPD die Debatte um die Erbschaftsteuer offensiv führen. „Es ist eine Frage der Generationengerechtigkeit, die Erben großer Vermögen an den großen Zukunftsaufgaben der Gesellschaft stärker und angemessener als bisher zu beteiligen", so die Auffassung im SPD-Landesvorstand. Das Nebeneinander von privatem Reichtum und öffentlicher Armut gefährde auf Dauer die Zukunftsfähigkeit und den sozialen Zusammenhalt der Gesellschaft. Thönnes: „Glänzender Marmor in den Einkaufszentren, und für die Bildung und Ausbildung unserer Kinder muss jede Mark zusammengekratzt werden. Das ist nicht unsere Vision von verantwortlicher Zukunftsgestaltung."

Die Kritik der CDU an der Bundesratsinitiative wies Finanzminister Claus Möller im SPD-Landesvorstand entschieden zurück:

„Wieder nur Panikmache, aber keine Alternative. Das durchschnittliche Einfamilienhaus ist und bleibt weiter steuerfrei. Überhaupt kann sich die Erbengeneration in Deutschland nicht beklagen. International werden Erbschaften viel stärker besteuert als bei uns."

„Mut zur Verantwortung – Mut zur Erneuerung"

Am 12. April 2003 hielt Franz Thönnes (inzwischen Regierungsmitglied in Berlin als Parlamentarischer Staatssekretär im Ministerium für Gesundheit und Soziales) seine vorläufig letzte Rede als Landesvorsitzender. Am Abend erhielt er bei der Wahl zum Landesvorsitzenden keine Mehrheit. Im Rechenschaftsbericht zum Segeberger Parteitag gab er die Linie vor, der er folgen wollte.

Thönnes bedauerte vor allem das ausgesprochen schlechte Abschneiden der schleswig-holsteinischen SPD bei den Kommunalwahlen am 2. März 2003 (im Landesdurchschnitt SPD 29,3 %, CDU 50,8 %), das er dem „Erscheinungsbild der SPD-geführten Bundesregierung" anlastete. Die Gesamtpartei habe ein Defizit an innerparteilicher Diskussion „über die großen Herausforderungen", wie Globalisierung, weltwirtschaftliche Krisensituation, demografische Entwicklung, Arbeitsmarkt und Reform des Sozialstaats. Thönnes sah außerdem eine „beispiellose Medienkampagne" gegen die Bundesregierung.

In der praktischen Arbeit der Landespartei hob er die Bildung einer „Kommunalakademie" und die Parteireform „Service 21" hervor (Einsparungen und Stellenreduzierung), die fortgesetzt werden müsse. Er kündigte eine Satzungsreform für die Gründung eines „Landesparteirats" und die Verkleinerung des Landesvorstands an. Als politische Schwerpunkte für die künftige Arbeit der Landespartei nannte er Arbeit, Bildung und Finanzierung der öffentlichen Aufgaben. Anmerkung 6)

2. Kapitel: Friedenspolitik

Von den Eutiner Beschlüssen zur „gemeinsamen Sicherheit"

Eine zentrale Rolle spielte viele Jahre im Landesverband das Thema Friedens- und Entspannungspolitik. Schon 1966 hatte der Parteitag von Eutin (Eutiner Beschlüsse) „Vereinbarungen mit den Machthabern im östlichen Teil unseres gespaltenen Vaterlandes" und eine Einigung mit Polen über die deutsche Ostgrenze „auf der Grundlage freier Verständigung" gefordert. Außer jenen legendären Beschlüssen findet sich in den 60er Jahren in Schleswig-Holsteins SPD nur wenig zur Friedenspolitik. Jochen Steffen gab übrigens selbst im August 1968 nach dem Einmarsch der Roten Armee in Prag das Zeichen zum Rückzug: Mit diesem brutalen Sowjetsystem schienen Verhandlungen unsinnig. Als Willy Brandt dann als Bundeskanzler gemeinsam mit Egon Bahr die Ostverträge aushandelte, hatte er die Schleswig-Holsteiner selbstverständlich an seiner Seite.

Egon Bahr wurde Schleswig-Holsteiner. Er entwickelte das Konzept zur „gemeinsamen Sicherheit" und hatte die SPD im Norden an seiner Seite.

1972 wurde Bahr, der „Architekt der Ostverträge", auf Empfehlung des Parteivorstands in Bonn und gegen alle Prinzipien der Schleswig-Holsteiner ohne Wahlkreis auf Platz 2 der Landesliste zur Bundestagswahl gesetzt (vier Jahre später war er Spitzenkandidat und direkt gewählter Abgeordneter im Wahlkreis Schleswig-Flensburg). Seine These von der „gemeinsamen Sicherheit" begründete auch die Position der Schleswig-Holsteiner zu der von Helmut Schmidt befürworteten „Nachrüstung" mit Pershing-Mittelstreckenraketen und Cruise Missiles als Antwort auf die Stationierung von sowjetischen SS 20 in der DDR. Danach sollten ab Ende 1983 auf dem Gebiet der Bundesrepublik 108 Pershings und 112 Cruise Missiles stationiert werden, wenn Moskau bis dahin die SS 20 nicht zurückgenommen hätte. Der „Doppelbeschluss" sah gleichzeitig Verhandlungen in Genf darüber vor. Deutschland hatte unter Helmut Schmidt dem NATO-Beschluss zugestimmt.

Auf der Seite der Friedensbewegung

Schleswig-Holsteins SPD hat sich in der Auseinandersetzung um die Nachrüstung sehr früh auf die Seite der Friedensbewegung geschlagen und dort auch aktiv mitgearbeitet. Aber Egon Bahr genoss als Vordenker für Entspannung und Abrüstung großen Respekt. Auf dem Landesparteitag 1979 in Burg/Fehmarn, am Beginn der heftigen Nachrüstungsdebatte, formulierte er zur „gemeinsamen Sicherheit":

„Angesichts ungeheurer Zerstörungskräfte haben wir keinen anderen Weg gesehen, als über die Sicherheit durch Abschreckung allmählich zur Sicherheit durch Zusammenarbeit zu kommen ... Die europäischen Völker haben nur eine Sicherheit, und das ist die gemeinsame. Sie sind deshalb Partner der Sicherheit."

Und zum NATO-Doppelbeschluss:

„Wenn das Ergebnis vierjähriger Bemühungen erfolgreich ist, wird verfahren, wie Ost und West beschließen. Wenn diese Bemühungen scheitern, werden die produzierten Waffen eingeführt, auch stationiert, um eine bis dahin entstandene Überlegenheit der Sowjetunion auszugleichen, übrigens allein bei amerikanischen Truppen, nicht bei deutschen und nicht allein in der Bundesrepublik."

Willi Geusendam, stellvertretender Landesvorsitzender, hat dann auf dem Landesparteitag im September 1981 in Harrislee die Verhandlungsbereitschaft der USA bezweifelt. In einem Papier, das maßgeblich von Uschi Kähler und Horst Jungmann miterarbeitet worden war, hieß es, die SPD fordere erste einseitige Abrüstungsschritte, die sofortige Aufnahme von Verhandlungen über das vorhandene Nuklearpotenzial in Europa und lehne die Lagerung und den Einsatz von allen Bund C-Waffen und der „Neutronenwaffe" (eine amerikanische Neuentwicklung, die Menschen vernichten konnte, ohne Metall oder Beton zu zerstören) in Europa ab. Das Einfrieren des investiven Teils des Verteidigungshaushalts sah sie als ersten Schritt zu einer Verringerung der Rüstungsausgaben zugunsten stärkerer Anstrengungen in der Entwicklungs- und Sozialpolitik. Und sie wollte: „Eine Einschränkung von Waffenexporten durch ein generelles Verbot in alle Nicht-Nato-Länder."

Der Streit um die Nachrüstung war in der Partei inzwischen eskaliert. Die Friedensbewegung rief zu machtvollen Protestkundgebungen auf. Es ging vor allem darum, ob die Raketen wirklich automatisch stationiert werden sollen, wenn die entsprechenden Genfer Abrüstungsverhandlungen mit der Sowjetunion kein Ergebnis bringen sollten:

Engagiert für den Frieden: Uschi Kähler MdL und Mitglied des Landesvorstands.

„Die SPD lehnt jede Automatik zur Stationierung von Pershing II-Raketen und Cruise Missiles nach ihrer Fertigstellung 1983/84 ab, nachdem die Verhandlungen über eurostrategische Waffensysteme so lange verzögert worden sind. Sie setzt sich dagegen für eine umfassende mehrjährig angelegte Friedensinitiative europäischer Staaten ein, die nicht durch eine Stationierung von Mittelstreckenraketen in europäischen Ländern belastet werden darf."

MdB Horst Jungmann war als Verteidigungspolitiker für einseitige Abrüstungsschritte. Hier in einem Gespräch in Kamerun.

Die Friedensbewegung wurde von der Union diffamiert (Fraktionsvorsitzender Alfred Dregger: „Dolchstoß"). Helmut Schmidts Regierung versuchte die Verhandlungsbereitschaft der USA zu fördern. Aber die Verhandlungen stagnierten. Der Widerstand in der SPD nahm zu. Auf dem Münchner Parteitag kam es im April 1982 in der Nachrüstungsfrage noch einmal zu einem Formelkompromiss. Als im Spätsommer desselben Jahres die FDP die Koalition mit der SPD in Bonn verließ, schrieben konservative Blätter, die SPD-Basis habe den Kanzler bei der Nachrüstung im Stich gelassen. Das war jedoch nur ein Teil der Wahrheit. Der andere Teil waren die Lage auf dem Arbeitsmarkt und die Kürzungen im Sozialbereich, die von den Gewerkschaften – allen voran der IG-Metall-Vorsitzende Franz Steinkühler – auf großen Demonstrationen zum kritischen Thema gegen die sozialliberale Koalition gemacht wurden.

Im Sommer 1983 erreichte die Friedensbewegung ihren Höhepunkt, zum Ende des Jahres 1983 drohten die Stationierung und die von vielen befürchtete atomare Eskalation. Sozialdemokraten nahmen im ganzen Land an Aktionen und Demonstrationen teil. An vielen Orten beschlossen sie – gegen das Verdikt der Kommunalaufsicht, die den Kommunen eine Befassung mit allgemeinpolitischen Themen untersagte – „atomwaffenfreie Zonen und Gemeinden". Ende April 1983 beriet der Landesvorstand auch über die Nachrüstung. Egon Bahr beschwor die mögliche Eskalation, wenn zum Jahresende wirklich stationiert werden sollte. Wenn die Verhandlungen in Genf scheiterten, liege das an den USA. Wenn Bundesregierung und USA nach Stationierungsbeginn nicht weiter verhandeln wollten, dann werde es in der SPD die schärfsten Konflikte wie 1914 oder 1933 geben.

Der Landesparteitag in Tönning im September 1983 unterstützte konsequent „Aktionen für den Frieden":

„Der unzureichende demokratische Einfluss der Bürger macht öffentlichen Protest bis hin zu symbolischem zivilen Ungehorsam erforderlich. Die Bürger sind daher auch zu gewaltfreien Widerstandsaktionen aufgefordert. Die Formen müssen den Zielen von Frieden und Demokratie entsprechen."

Die SPD Schleswig-Holstein bekräftigte in Tönning ihre 1981 in Harrislee gefassten Beschlüsse zur Friedens- und Abrüstungspolitik. Das Prinzip der Abschreckung und des militärischen Gleichgewichts habe zu einem „unverantwortlichen Wettrüsten" geführt. Jedes neue Waffensystem bedeute nicht mehr, sondern weniger Sicherheit. Einseitige Abrüstungsschritte seien ebenso wie wirksame Rüstungskontrollvereinbarungen eine vertrauensbildende Alternative zu einem „Gleichgewicht des Schreckens auf immer höherem Niveau":

„Deshalb lehnt die Sozialdemokratische Partei Deutschlands die Stationierung von Pershing II und Cruise Missiles ab. Dieses gilt sowohl für den Fall der Einigung als auch für den der Nichteinigung bei den Genfer Verhandlungen. Wir fordern von den Atommächten, dass sie sich endlich darauf einigen, bereits vorhandene Atomwaffen abzubauen. Unser Ziel ist ein atomwaffenfreies Europa."

Dann rief der Landesparteitag zu den Protestveranstaltungen der Friedensbewegung auf, weil noch mehr Menschen davon überzeugt werden müssten, dass „die Politik der sogenannten Nachrüstung die Existenz aller auf unerträgliche Weise gefährdet". Damit hatte sich Schleswig-Holsteins SPD mit den Zielen und friedlichen Aktionen der Friedensbewegung identifiziert. Anmerkung 7)

Der Beschluss des Landesparteitags unterstützte auch die Gemeinden, die sich als ersten Schritt zu einem atomwaffenfreien Europa selbst für „atomwaffenfrei" erklärten.

Schließlich wurde der Landesvorstand der SPD aufgefordert, sich auf Bundesebene dafür einzusetzen, dass die NATO sich ausschließlich auf die festgesetzten Vertragszwecke beschränkt und die erweiternden Absichten der US-Regierung entschieden zurückgewiesen würden. Die NATO müsse eine Sicherheitspartnerschaft mit dem Ostblock im Interesse der Friedenserhaltung anstreben.

Auf dem Bundesparteitag im November 1983 in Köln machte auch die Bundes-SPD endlich mit einem klaren Beschluss die Kehrtwende: „Die SPD lehnt die Stationierung von neuen amerikanischen Mittelstreckensystemen auf dem Boden der Bundesrepublik ab. Die SPD fordert stattdessen weitere Verhandlungen." Auf Initiative von Egon Bahr tauchte in dem Dokument von Köln dann zum ersten Mal der Begriff „Sicherheitspartnerschaft" auf.

Gewaltverzicht in Europa?

Im Mai 1984 war die Lage jedoch unverändert bedrohlich. Der Landesvorstand beschäftigte sich erneut mit Fragen der Abrüstung, weil in den letzten Jahren „die größten und gefährlichsten Rüstungen begonnen und teilweise verwirklicht worden" seien. Jetzt wurde die Bundesregierung aufgefordert. Sie sollte sich innerhalb des Bündnisses für das Prinzip „Keine Rüstung im Weltraum" einsetzen und innerhalb des Bündnisses auf ein völkerrechtlich verbindliches globales Abkommen drängen, durch das die Ausdehnung der Rüstung in den Weltraum verhindert würde. Sie sollte in West und Ost dafür eintreten, dass zunächst ein Stationierungs-Stopp für Raketen mittlerer und kürzerer Reichweite vereinbart würde, um damit die Voraussetzungen zum Abzug der bisher aufgestellten Raketen und die Wiederaufnahme der Genfer Verhandlungen über substanzielle Reduktionen zu erreichen.

Und zu aktuellen Abrüstungsverhandlungen in Stockholm: Die „begrüßenswerten Verhandlungen" sollten vertrauensbildende Maßnahmen in Europa erreichen, auch wenn damit noch nicht die Aufrüstung gestoppt werde. Neben den vertrauensbildenden Maßnahmen gegenüber Überraschungsangriffen sollte sich die Konferenz in ihrer ersten Phase auf ein Gewaltverzichtsabkommen in Europa gegen einen nuklearen und konventionellen Ersteinsatz konzentrieren.

Die Zusammenarbeit der Staaten Europas müsse einmünden in eine europäische Friedensordnung auf der Grundlage der Sicherheitspartnerschaft. Diese Friedensordnung könne nur Bestand haben, wenn das europäische ökonomische Potenzial zum Abbau von Konflikten und zur Bekämpfung von Hunger, Armut und Unterdrückung in den Ländern der Dritten Welt beitrage und dazu verhelfe, diesen Ländern eine Existenz frei von Unterdrückung und Ausbeutung zu sichern.

Beim ersten Golfkrieg brach die Friedensdiskussion im Landesverband wieder auf. Die SPD wollte keinen „Krieg um Öl". Norbert Gansel wies im Landesausschuss am 25. August 1990 in Rendsburg darauf hin, was deutsche Waffenexporteure angerichtet hätten. Die Bundesregierung habe seit 1984 Informationen über ein deutsches Engagement bei der Giftgasproduktion im Irak. Ein Vergleich zwischen Saddam Hussein und Hitler sei nicht falsch. Saddam könne nur von den Supermächten oder von der UNO aufgehalten werden. Deutschland müsse dabei auch einen Beitrag leisten. Joachim Strehlke (Jungsozialisten) monierte, die NATO habe in den islamischen Ländern ein neues Feindbild gefunden.

Schon früh setzten sich die Schleswig-Holsteiner für eine ausreichende Entwicklungshilfe ein. Auf dem Landesparteitag 1979 gab es einen Antrag dazu aus dem Kreisverband Schleswig-Flensburg: „Die Bundestagsfraktion wird aufgefordert, sich für die Erreichung des Zieles von 0,7 Prozent im Interesse der Solidarität mit den Entwicklungsländern einzusetzen."

Die „Grünhelme" von Willi Piecyk

1991 entwickelte der Landesvorsitzende Willi Piecyk einen eigenen Plan für ein „Deutsches Umwelt- und Katastrophen-Hilfswerk" und stellte ihn im Mai auf einem Landesparteitag in Travemünde zur Diskussion und zur Abstimmung. Er nannte sie „Grünhelme". Das Hilfswerk sollte eine zivile Alternative zu militärischen Blauhelm-Einsätzen sein. Es sollte national oder auf Wunsch anderer Staaten oder der Vereinten Nationen international zur akuten Linderung von Katastrophen und Flüchtlingsproblemen medizinische, logistische und technische Hilfe leisten.

Zur Gewinnung entsprechenden Personals und zur technischen Grundausstattung sollte der beginnende Abrüstungs- und Truppenreduzierungsprozess genutzt und qualifiziertes Personal aus der Bundeswehr in das Hilfswerk eingegliedert werden. Die Errichtung des Hilfswerks berühre weder eine eventuelle deutsche Beteiligung an UN-Institutionen noch den deutschen Beitrag zur Entwicklung und

Zusammenarbeit. Das Hilfswerk sollte bei internationalen Einsätzen keinen Kombattanten-Status haben. Und es sollte seine Arbeit in eine zu schaffende europäische Einrichtung einbringen und als Beitrag für eine anzustrebende UN-Katastrophenhilfsorganisation dienen.

Aussetzung der Wehrpflicht

1997 beschäftigte sich die Landespartei mit der Wehrpflicht und dem Zivildienst. Der Bundestagsabgeordnete Manfred Opel und der Landtagsabgeordnete Hermann Benker (beide ehemalige Militärs) hatten einen Vorschlag ausgearbeitet, wie – angesichts der Reduzierung der Bundeswehrstärke – künftig die Wehrstruktur aussehen sollte. Der Landesausschuss übernahm am 8. September das Konzept als Antrag an den Bundesparteitag im Herbst 1997. In dem Antrag hieß es, der Abrüstungsprozess in Europa sei nachhaltig fortzuführen. Mit der Öffnung der NATO für die Mittel-Ost-Europäischen Staaten und im Rahmen des laufenden Prozesses der Konferenz für Sicherheit in Europa (KSE) sei der Umfang der deutschen Streitkräfte weiter zu reduzieren und auf das sicherheitspolitisch gebotene Maß festzulegen.

MdB Manfred Opel, General a. D., setzte sich für eine Freiwilligenarmee ein.

Die Bundeswehr benötige dringend eine moderne Wehrstruktur, um ihren Verfassungsauftrag unter den veränderten politischen und finanziellen Bedingungen uneingeschränkt erfüllen zu können: „Um die Qualität der Ausbildung der Soldaten den neuen Anforderungen anpassen zu können, ist die Bundeswehr in eine Freiwilligenarmee umzuwandeln. Die allgemeine Wehrpflicht ist in normalen Friedenszeiten auszusetzen. Die Einzelheiten sind zusammen mit allen Betroffenen von einer Wehr- und Personalstrukturkommission zu erarbeiten."

Um den inzwischen als gesellschaftlich notwendig erkannten „Zivildienst" durch eine Aussetzung der Wehrpflicht nicht ausbluten zu lassen, sollten die zivilen Hilfsorganisationen, die Katastrophenhilfe und der Entwicklungsdienst zugleich durch einen freiwilligen „qualifizierten gesellschaftlichen Dienst" für Frauen und Männer unterstützt werden. Dieser sollte soziale Dienste, ökologische Dienste, Entwicklungshilfe, zivilen Friedensdienst u. Ä. umfassen und mit einer anerkannten Berufsausbildung verbunden werden. Die praktische Tätigkeit sollte bei entsprechenden Studiengängen und ähnlichen Ausbildungen anerkannt werden. Die bisher für den Zivildienst aufgewendeten Mittel waren danach dem „qualifizierten gesellschaftlichen Dienst" zur Verfügung zu stellen.

Der Bundesparteitag überwies den Antrag. Später wurde in der Partei dafür eine Kommission gebildet. Aber bis zur Bundestagswahl 2005 hatte sich die SPD nicht für die neue Position entscheiden können. Zu stark war der Einfluss derjenigen, die immer noch auf die angeblich stärker in der Bevölkerung verankerte Wehrpflichtarmee setzten.

Entscheidung für Blauhelmeinsätze

Lange Zeit hat Schleswig-Holsteins SPD Probleme mit dem Einsatz der Bundeswehr im Ausland gehabt. Immer wenn die Frage nach deutschen Blauhelmen aktuell wurde, gingen die Wogen hoch. Es gab viele bekennende Pazifisten in der Partei. Norbert Gansel hatte sich frühzeitig für die Beteiligung der Bundeswehr an Einsätzen der UNO ausgesprochen und wollte diese Möglichkeit bereits im Grundsatzprogramm (Berlin 1989) vorsehen. Er scheiterte damit auf Landesparteitagen. 1993 unternahmen Willi Piecyk und Egon Bahr einen Versuch, in einem sicherheitspolitischen Grundsatzpapier die Zustimmung der Partei zur deutschen Beteiligung an UNO-Einsätzen zu erreichen. Sie scheiterten ebenfalls am Widerstand einer starken Gruppe (Kuhlwein, MdB Lieselott Blunck, MdB Manfred Opel, Friedensforscher Prof. Klaus Potthoff, MdB Ulrike Mehl), die sich mit einem deutschen Sonderweg (Einsatz nur von Polizeikräften und nur nach polizeilichen Kriterien) durchsetzen konnten.

Aber die Diskussion über einen auch militärischen deutschen Beitrag bei UNO-Missionen im Ausland ging weiter. Es war die rot-grüne Bundesregierung von Gerhard Schröder und Joschka Fischer, die 1999 die eigene politische Wende einleitete: Deutschland beteiligte sich auch militärisch am Kosovo-Krieg. Und das sogar ohne ausdrückliches Mandat der UNO. Die SPD war zutiefst zerrissen. Es gab am 12. April 1999 einen außerordentlichen Bundesparteitag in Bonn mit dramatischen Appellen von Verteidigungsminister Rudolf Scharping und dem Altlinken Erhard Eppler, dass sich Deutschland am Kampf gegen den geplanten Völkermord im Kosovo beteiligen müsse. Die sicherheitspolitische Unschuld war vorbei. Jetzt konnte es nur noch darum gehen, für alle künftigen Fälle die zivile Konfliktprävention zu stärken und für den letzten Zweifelsfall, den militärischen Einsatz, restriktive Bedingungen zu formulieren.

Willi Piecyk suchte als Landesvorsitzender zwei Wochen später auf dem Reinbeker Parteitag nach neuen Antworten. Frieden und Menschenrechte ließen sich völkerrechtlich wie ethisch einwandfrei – und im Notfall auch militärisch durchgesetzt – nur durch eine handlungsfähige, modernisierte und gestärkte UNO sichern und erreichen. Und bei dieser Reform müsse auch das Vetorecht im Sicherheitsrat (ein UN-Mandat war an Russland gescheitert) hinterfragt werden. Piecyk (zugleich Schleswig-Holsteins SPD-Abgeordneter im Europäischen Parlament) sprach sich zur Befriedung auf dem Balkan für eine EU-Perspektive auch für Jugoslawien aus. Anmerkung 8)

Auf der Suche nach einer neuen Strategie

Der ordentliche Landesparteitag am 24. und 25. April 1999 in Reinbek änderte dann auch die Beschlusslage. Eckart Kuhlwein hatte den ersten Entwurf ausgearbeitet und mit dem designierten neuen Landesvorsitzenden Franz Thönnes abgestimmt. Es gab aber auch erheblichen Widerstand von Alfred Schulz (Mitglied der Nordelbischen Synode und früherer Landtagsvizepräsident) sowie vom Friedensforscher Klaus Potthoff. Der zentrale Absatz im beschlossenen Papier lautete:

„Die schleswig-holsteinische SPD verurteilt die Verbrechen der Regierung Milosevic gegen die Bevölkerungsmehrheit im Kosovo auf das

Schärfste. Gewaltsame Vertreibung und Mord dürfen von der internationalen Staatengemeinschaft auch dann nicht geduldet werden, wenn sie sich hinter dem geltenden Völkerrecht und staatlicher Souveränität verstecken.

Deswegen können auch Aktionen militärischer Gewalt gerechtfertigt sein, wenn es das Ziel ist, dadurch massenhafte Verbrechen zu verhindern oder einzudämmen. Allerdings bergen diese immer die Gefahr, dass ihnen auch Unschuldige zum Opfer fallen und dass der Konflikt eskaliert, Nachbarländer einbezogen werden und somit der Weltfrieden gefährdet wird. Deshalb müssen auch weiterhin alle nur denkbaren politischen Möglichkeiten zur Konfliktdämpfung ausgeschöpft werden. Ziel aller Aktionen – seien sie politisch oder militärisch – muss ein friedliches und demokratisches Kosovo in einer stabilisierten Balkanregion sein."

Der Landesparteitag „unterstützt die Bemühungen der Bundesregierung innerhalb der Europäischen Union und der NATO mit einem Vorstoß für einen Friedensplan, die UNO zu neuen Verhandlungen zu veranlassen und Russland in die Problemlösung einzubeziehen". Er forderte die Bundesregierung auf, ihre Bemühungen um eine politische Lösung des Kosovo-Konflikts fortzusetzen. Während der Dauer der Sondermission sollten keine NATO-Luftangriffe stattfinden. Der Landesparteitag lehnte den Einsatz von Bodentruppen durch die NATO zur Friedenserzwingung ab.

„Deutschlands neue Verantwortung"

2002 auf dem Landesparteitag in Kiel, auf dem die Bundestagsliste aufgestellt wurde, ist die neue Position gefestigt worden. Inzwischen hatte sich Deutschland auch, mit UNO-Mandat, am Einsatz in Afghanistan beteiligt. Eckart Kuhlwein hatte gemeinsam mit dem Kieler Bundestagsabgeordneten Hans-Peter Bartels einen Entwurf erarbeitet. Die Überschrift über dem Antrag lautete: Deutschlands neue Verantwortung. Im beschlossenen Text hieß es u. a.:

Deutschland habe in wachsendem Umfang Verantwortung übernommen. Nicht nur in der Europäischen Union, sondern auch in der Staatengemeinschaft der VN und ihren Unterorganisationen. Für einen aus der Geschichte und der geografischen Lage Deutschlands begründeten politischen Sonderweg gebe es nach dem Ende des Kalten Krieges keine Rechtfertigung mehr.

Die SPD habe in ihrer Geschichte Angriffskriege genauso abgelehnt wie militärische Interventionen außerhalb der eigenen Landesverteidigung. Sie biete mit dieser Haltung auch vielen Pazifisten eine Heimat. Sie sei jedoch gleichzeitig immer eine internationalistische Partei gewesen, die Solidarität erklärt habe, wo in der Welt Menschen und Völker unterdrückt und ihrer Rechte auf freie Entfaltung beraubt worden seien. Ob und inwieweit dies im Zweifel auch die Anwendung von militärischer Gewalt erforderlich machen und legitimieren würde, habe die SPD in den Zeiten des Kalten Krieges nicht beantworten müssen.

Heute sei Deutschland – nach eigenem Willen – Teil demokratisch bestimmter kollektiver Sicherheitssysteme und damit aufgerufen, nach gemeinsamer Verabredung, Verantwortung für die Sicherung des Friedens und für die Wahrung der universalen Menschenrechte und Freiheiten auch außerhalb der eigenen Grenzen mit zu übernehmen. Dabei stünden militärische Mittel nicht im Vordergrund. Sie dürften vielmehr nur in Frage kommen, soweit sie politisch geeignet, völkerrechtlich legitimiert und verhältnismäßig seien und alternative Mittel vergleichbarer Wirkung nicht zur Verfügung stünden. Sie könnten jedoch nicht mehr grundsätzlich ausgeschlossen werden.

Die in der Balkan-Krise und in Afghanistan gemachten Erfahrungen zeigten, dass der Einsatz von militärischer Gewalt Voraussetzung für die Einleitung von zivilen Friedensprozessen sein könne. Der Einsatz von Militär sei gleichzeitig zum Mittel einer erfolgreichen Friedens- und Außenpolitik auch in vielen humanitären, logistischen, robust-polizeilichen und vertrauensbildenden Missionen im Ausland geworden. Über die Mittel und den Umfang einer deutschen Beteiligung entscheide Deutschland in einem demokratischen innerstaatlichen Prozess selbst.

Die deutsche Außenpolitik sei fest in die Strukturen der internationalen Staatengemeinschaft eingebunden und orientiere sich an der gemeinsamen Willensbildung und Entscheidungsfindung insbesondere in der Europäischen Union und in den Vereinten Nationen. Das umfasse auch eigene Initiativen zur Schaffung einer nachhaltigen Entwicklung und einer gerechteren Weltwirtschaftsordnung. Das schließe ein, dass Deutschland im Rahmen der internationalen Vereinbarungen wie beim Klimaschutz Vorreiterfunktionen übernehmen solle.

Deutschland trete auch für die Schaffung von Stand-by-Forces bei den VN und die langfristige Etablierung einer europäischen Armee ein. Die SPD sei bereit, zugunsten der europäischen Integration auf nationale Souveränitätsrechte zu verzichten. Die demokratische Kontrolle müsse dabei jedoch in jedem Fall hinreichend gewahrt bleiben. Deutschland müsse vor allem ein Interesse haben, dass die EU in der UNO mit einer Stimme spreche.

Die Identifizierung drohender Krisen und ihre frühzeitige Prävention seien in der rot-grünen Koalition zu einem integralen Bestandteil der Friedens-, Außen- und Sicherheitspolitik geworden. Dazu gehörten die Bekämpfung der Armut in der Welt, die Arbeit an einer gerechteren Weltwirtschaftsordnung, das Engagement in der Umsetzung der Agenda 21 von Rio. Dazu gehörten ebenso der Zivile Friedensdienst, der Stabilitätspakt für Südosteuropa sowie der Einsatz der Bundeswehr in Mazedonien. Das vorhandene Instrumentarium für präventive und gewaltfreie Konfliktlösung und Konfliktmoderation müsse weiterentwickelt und ausgebaut werden.

Militärische Beiträge Deutschlands hätten in den letzten Jahren zur Sicherung der Menschenrechte, zur Beendigung von Gewalt und Unterdrückung und damit zur Befriedung in bestimmten Regionen beigetragen. Der Einsatz von Militär für unterschiedliche Aufgaben im Ausland sei damit zu einem möglichen außenpolitischen Instrument geworden. Die Anwendung militärischer Gewalt dürfe jedoch nur dann in Frage kommen, wenn alle anderen Konfliktlösungsbemühungen erfolglos geblieben seien.

Der Einsatz von Militär müsse sich dabei an strengen Kriterien orientieren und dürfe nicht der Durchsetzung eigener oder gemeinsamer ökonomischer Interessen dienen. Er müsse von der Mehrheit des Deutschen Bundestages getragen werden und setze die Einwilligung der Konfliktparteien oder ein Mandat der VN voraus.

Mit der Neuorientierung der Bundeswehr werde gleichzeitig die Frage nach der Zukunft der Wehrpflicht aufgeworfen. Vieles spreche dafür, sie ganz oder teilweise auszusetzen und frei werdende Mittel für die Professionalisierung und Modernisierung der Bundeswehr einzusetzen. Deshalb solle in der nächsten Legislaturperiode des Deutschen Bundestages eine Überprüfung der Wehrpflicht unter Einbeziehung der Erfahrungen unserer Partnerländer mit Freiwilligenarmeen erfolgen.

Kapitel 3: Der Radikalenerlass

Von Jochen Steffen in der „Freiheit des Geistes" (Godesberger Grundsatzprogramm) geschult, gab es in der SPD Schleswig-Holsteins sehr früh erheblichen Widerstand gegen die von Willy Brandt mit den Ministerpräsidenten der Länder verabredete Aussperrung von sogenannten Verfassungsfeinden (Mitglieder kommunistischer und anderer linker Organisationen) aus dem öffentlichen Dienst. Der zunächst „Radikalenerlass", später „Extremistenbeschluss" genannte Ukas führte zu einer Reihe von absurden Verfolgungsmaßnahmen. Alle Bewerber sollten „die Gewähr dafür bieten", jederzeit für die freiheitlich-demokratische Grundordnung einzutreten. Die SPD des Landes machte das „Berufsverbot" deshalb offensiv im Landtag zum Thema. Sie beteiligte sich an den überall (oft von der DKP beeinflussten) entstehenden „Initiativen gegen Berufsverbote". Das führte zu heftigen Auseinandersetzungen mit der CDU und der rechtsorientierten Presse des Landes.

MdL und Landesvorstandsmitglied Richard Bünemann kritisierte die Praxis auf dem Bundesparteitag in Hannover 1973 ebenso wie Günther Heyenn. Der sah sogar die Demokratie „K. O." gehen und nannte die Namen der SPD-Ministerpräsidenten Koschnick, Klose und Oswald. Im offiziellen Parteitagsprotokoll wurde diese Passage jedoch gestrichen. Gert Börnsen erinnerte noch auf dem Bundesparteitag 1977 in Hamburg an ein „Klima der Einschüchterung", das durch den „Extremistenbeschluss" erzeugt worden sei. Als Bünemann sich zu sehr mit der „Initiative gegen die Berufsverbote" identifizierte und sogar zur Gründung einer besonderen europäischen sozialistischen Partei aufrief, erntete er ein Parteiordnungsverfahren, in dem Jochen Steffen selbst die Anklage vertrat. Bünemann wurde ausgeschlossen.

Noch auf dem Landesparteitag 1979 musste ein Antrag aus dem Ortsverein Pinneberg behandelt werden, in dem „nachdrücklich alle Aktivitäten sozialdemokratischer Politiker, den Parteitagsbeschluss zur ‚Einstellung in den öffentlichen Dienst' in politische Praxis und Verwaltungshandeln umzusetzen" gewürdigt werden sollten. Der Parteitag hatte nämlich inzwischen den „Radikalenerlass" aufgekündigt.

Kapitel 4: Chancengleichheit durch Bildungspolitik

Auf der Höhe der Reformdebatte

Die schleswig-holsteinische SPD ist in der Bildungspolitik früh in die Reformdebatte der 60er Jahre eingestiegen. Im Januar 1971 formulierte ein Bildungspolitischer Kongress in Lübeck, wohin die Reise gehen sollte. Das war alles auf der Höhe der pädagogischen und bildungspolitischen Erkenntnisse der damaligen Zeit. Vieles davon ist später – nach 1988 – auch in Schleswig-Holstein in die Wirklichkeit umgesetzt worden. Zu den wesentlichen Forderungen gehörten die Integration der Sonderschulen, die integrierte Gesamtschule und die Ganztagsschule. Weniger wegweisend waren die geforderten großen Systeme und die „Verwissenschaftlichung" der Curricula. Auch die „Gesamtoberstufe" mit Integration der (zweijährigen!) Berufsausbildung ist nicht zukunftsorientiert gewesen. Anmerkung 9)

Heinz Lund war schon in den 70er Jahren als bildungspolitischer Sprecher ein Vorkämpfer für die Gesamt- und Ganztagsschule.

Zehn weitere Gesamtschulen angekündigt

In Heiligenhafen im „Schleswig-Holstein-Programm der Sozialdemokraten", das gleichzeitig Wahlprogramm für 1975 war, wurde die SPD etwas bescheidener, aber konkreter. Ihr ging es um ein „Gesamtkonzept" von der Vorschule bis zur Erwachsenenbildung. Der CDU wurde vorgeworfen, die inzwischen überall geforderten Reformen des Bildungswesens absichtlich verschlafen zu haben. Ganz im Gegensatz zu sozialdemokratisch regierten Bundesländern, wo die Arbeit an neuen Lehrplänen schon weit vorangeschritten sei. Reformen in den Inhalten der Schule seien „für Konservative und Reaktionäre gefährlich", weil die Schüler lernen könnten, deren Privilegien an den Normen des Grundgesetzes zu messen. Deshalb genüge es auch nicht, das dreigliedrige Schulsystem abzuschaffen. Es müsse eine konsequente Reform der Bildungsziele und -inhalte dazukommen.

Die SPD habe ein Gesamtkonzept vom Kindergarten bis zur Erwachsenenbildung. Sie wolle auch im Bildungsbereich ein Höchstmaß an Chancengleichheit – d. h. an Gerechtigkeit – verwirklichen. Zum Konzept gehöre

- die pädagogische Betreuung im Kindergarten für möglichst alle Kinder und die Einführung einer Vorschulpflicht für das fünfte Lebensjahr;
- die ganztägige integrierte Gesamtschule unter weitgehender Einbeziehung der Sonderpädagogik;
- der Aufbau eines schulpsychologischen Dienstes;
- die Bildung von Gesamthochschulen;
- ein breit gefächertes Angebot im Rahmen der Weiterbildung in öffentlicher Verantwortung.

Die SPD werde deshalb

- durch ein Schulgesetz die Einführung der integrierten Orientierungsstufe sowie der integrierten Sekundarstufen I und II vorbereiten;
- eine integrierte, d. h. schulformunabhängige Orientierungsstufe mit Stütz- und Förderkursen einrichten;
- mindestens zehn weitere Gesamtschulen mit wissenschaftlicher Begleitung schaffen;
- an wenigstens zwei Gesamtschulen die Sekundarstufe II unter Einschluss der beruflichen Bildung einbeziehen;
- bis zur allgemeinen Einführung der integrierten Sekundarstufe I ein freiwilliges allgemeinbildendes zehntes Schuljahr an Hauptschulen mit der Möglichkeit des Realschulabschlusses anbieten;
- Rahmenrichtlinien und Unterrichtsmaterialien erarbeiten;
- einen Modellversuch für die Lehrerfortbildung starten.

Gesamtschule nur im „Angebot"

Während die SPD-Bildungspolitiker noch davon sprachen, bei einer Regierungsübernahme das gesamte Schulsystem in Gesamtschulen umzuwandeln, trug Klaus Matthiesen als Oppositionsführer der aufgeheizten „Schulkampf-Stimmung" bei Eltern und Lehrern Rechnung. Gymnasialeltern und Philologenverband hatten starke Unterstützung in den Medien. Matthiesen verwässerte die Gesamtschulpolitik: Als Bedingung wurde ergänzt, dass die neue Schulform nur eine „Regelschule" unter den anderen werden sollte, und dass ihre Einrichtung vom Schulträger und von dem Elternwillen bzw. der Erreichbarkeit auch anderer Schularten abhängig gemacht werden sollte. So empfahl Willi Piecyk am 16. Mai 1987 im Landesvorstand einen pragmatischen Umgang mit dem Thema, Elternwille und Schulträger-Zustimmung seien erforderlich.

1988: Große Nachfrage nach Gesamtschulen

Nach der Regierungsübernahme 1988 wurden rund 20 neue Gesamtschulen im Land gegründet, vor allem in den Hamburger Nachbarkreisen. Aber von einer flächendeckenden Einführung war nicht mehr die Rede. Die Landespartei rückte in der Folge auch auf Parteitagen Schritt für Schritt von der in der Öffentlichkeit als „ideologisch" kritisierten Position ab. Es gab viele Elterngruppen, die für ihre Kinder diese Schulform wollten, und die Anmeldungen überstiegen bei weitem die Aufnahmekapazitäten. Es gab sogar Schulträger, die bereit waren, Schulen umzuwandeln oder eine neue Schule als Gesamtschule zu errichten. Aber im zuständigen Kultusministerium saßen die alten Bürokraten, die gern Bewegungen von unten abwürgten.

Eckart Kuhlwein legte deshalb im Landesvorstand im Oktober 1988 in Mölln einen Antrag vor, der die Entwicklung beschleunigen sollte. In vielen Gemeinden Schleswig-Holsteins gebe es mehr oder weniger gut vorbereitete Initiativen zur Gründung von Gesamtschulen. Viele davon seien von der örtlichen SPD gestartet worden bzw. würden von ihr unterstützt. Dabei sei jedoch deutlich geworden, dass nicht alle diese Initiativen ausreichend vorbereitet seien. Es fehle vor allem an ausreichenden Kenntnissen über die Geschichte, die Struktur und Arbeitsweise und über die Erfolge der Gesamtschule verglichen mit dem dreigliedrigen Schulsystem, und deshalb an Argumenten für die Auseinandersetzung mit den Gegnern der Gesamtschule. Es fehle an kommunalpolitischen Kenntnissen über Größe, Raumbedarf, Einrichtung von Gesamtschulen; an Konzepten für die politische Strategie vor Ort (Information, Mobilisierung, Konflikte, Zeithorizont) und an politischer Unterstützung durch die Landespartei.

Die Landesregierung habe sich bisher mit ihrem Vorgehen in Sachen Gesamtschule an den Buchstaben des Landtagswahlprogramms gehalten. Dieser Buchstabe dürfe jedoch nicht zu eng interpretiert werden. Sonst könne vor Ort der Eindruck entstehen, als seien Gesamtschulen eigentlich unerwünscht, würden jedoch zugelassen, wenn eine entsprechende Zahl von Eltern und der Schulträger dies unbedingt wollten. Die Partei müsse auf jeden Fall offensiver vorgehen und sich zur integrierten Gesamtschule als der bestmöglichen unter den derzeitigen Schulformen bekennen und dafür landeszentral werben; Initiativen vor Ort mit politischen und organisatorischen Möglichkeiten unterstützen und Informationen in den Gliederungen der Partei verbreiten.

Als Beitrag der Landespartei zur schrittweisen Einführung von Gesamtschulen in Schleswig-Holstein wurden u. a. eine Informationsveranstaltung für Initiativen und SPD-Kommunalpolitiker, ein Argumentationspapier für SPD-Kommunalpolitiker, ein Leitfaden zur Strategie, eine Pressekonferenz des Landesvorstands und eine Zusammenfassung von Elterninitiativen für die Gesamtschule auf Landesebene als Interessenvertretung und für die Öffentlichkeitsarbeit beschlossen. Schließlich sollte auf einem Erziehungswissenschaftlichen Kongress für ein neues Schulsystem geworben werden.

Der Geschäftsführende Landesvorstand beriet am 24. Oktober 1988, ein halbes Jahr nach der erfolgreichen Landtagswahl mit der absoluten Mehrheit, über eine Strategie zur Einführung von Gesamtschulen. Am 7. November gab es einen gemeinsamen Termin mit der Landtagsfraktion. Am 28. November meldete Piecyk im Geschäftsführenden Vorstand: Die Gesamtschulinitiativen sähen sich von Kiel im Stich gelassen und betrachteten Björn Engholm als „Verhinderer".

Am 10. Dezember befasste sich der Landesausschuss mit der Bildungspolitik. Kurt Hamer erinnerte daran, dass es seit zehn Jahren in der Gesamtschulfrage für die SPD drei Eckwerte gebe: Garantie des Bestands des dreigliedrigen Schulsystems, der Elternwille und die Bereitschaft des Schulträgers. Gerd Walter sah Gefahren: Das Klima vor Ort werde für die Gesamtschulen ungünstig, gleichzeitig entstehe der Eindruck, als verabschiede sich die SPD von ihrem Wahlprogramm, und an der Basis der Partei wachse die Distanz zur Gesamtschule. Die Partei müsse beweisen, dass wir es mit der Gesamtschule ernst meinten. Die Bildungsministerin Eva Rühmkorf: „Wenn es genügend Eltern gibt und der Schulträger will, wird die Gesamtschule genehmigt." Später gab es Empörung im Landesvorstand darüber, dass die Landesregierung keine einzige Gesamtschule förmlich selbst eingeweiht habe. In Itzehoe wurde sogar ein Bürgerbegehren gegen eine Integrierte Gesamtschule zugelassen, das dann auch erfolgreich war.

Schließlich ergriff Eckart Kuhlwein die Initiative und organisierte regelmäßige Treffen von Gesamtschulinitiativen mit Bernhard Brackhahn vom Kultusministerium (einem früheren Gesamtschulleiter) und mit Ruth Springer, der schulpolitischen Sprecherin, für die Landtagsfraktion. Viele Initiativen wurden dadurch umfassend über die Möglichkeiten informiert und konnten sich politisch besser durchsetzen.

Am 26. April 1992 wurde vom Landesvorstand eine bildungspolitische Arbeitsgruppe eingesetzt, die Kuhlwein leiten sollte. Ihm ging es vor allem um seine Themen im Bundestag, wo er Vorsitzender des Ausschusses für Bildung und Wissenschaft war: Berufliche Bildung, Bildungsgesamtplanung, Weiterbildung. Aber eine Reihe von sozialdemokratischen Bildungsreformern aus dem Kieler Ministerium ließ es sich nicht nehmen, die Vorstellungen zu formulieren, die in der aktuellen Politik im Kultusministerium nicht gefragt waren (zum Beispiel: Keine Zensuren mehr in der Grundschule) – gelegentlich ließen sich auch die Spitzenpolitikerinnen sehen. Als Kuhlwein dann ein Thesenpapier zusammenstellte, in dem auch die Namen derjenigen standen, die gelegentlich „mitgearbeitet" hatten, kam es zum Eklat. Die Landtagsfraktion distanzierte sich von dem „Kuhlwein-Papier" und organisierte ein eigenes Projekt unter ihrem Bildungssprecher Ernst-Dieter Rossmann.

Die Partei drängt

Die Landes-SPD war mit dem Stand der Entwicklung der Gesamtschulen jedenfalls unzufrieden. Deshalb musste sich erneut ein Landesparteitag damit beschäftigen. In Timmendorfer Strand 1989 wurde die Landesregierung aufgefordert, alle bis zum 15. Oktober 1989 bei ihr vorliegenden Anträge auf Errichtung einer integrierten Gesamtschule zum Schuljahr 1990/91 rechtzeitig zu genehmigen, soweit mindestens 60 Anmeldungen dafür vorlägen, ein Schulstandort mit ausreichender Raumkapazität und Ausstattung benannt sei und das dreigliedrige Schulsystem in der Nähe erreichbar sei. Politisches Ziel der SPD Schleswig-Holstein müsse sein, dass in jedem Kreis des Landes mindestens eine Gesamtschule errichtet würde.

Für die Errichtung weiterer Gesamtschulen müssten die erforderlichen finanzpolitischen und gesetzlichen Entscheidungen getroffen werden. Schulkonferenzen der Schulen, deren Gebäude für eine Gesamtschule benötigt würden, sollten kein Vetorecht haben. Wenn eine Kommune nicht in der Lage sei, die Trägerschaft einer Gesamtschule zu übernehmen, sollte der Kreis verpflichtet werden, Träger oder auch Mitträger einer Gesamtschule zu werden.

Das Kultusministerium wurde aufgefordert, Grundschuleltern umfassend über die Gesamtschule als eine zusätzliche Form der Regelschule zu informieren, aufgrund von Schulentwicklungsplanung Kreise und Kommunen bei der Einrichtung von Gesamtschulen zu beraten und offensiv in der Öffentlichkeit für Gesamtschulen zu werben.

Die große Gründungswelle aber blieb aus. Und das, obwohl die Zahl der Bewerbungen an den Gesamtschulen in vielen Jahren doppelt so hoch war wie die Zahl der Plätze. Noch im Schuljahr 2005/2006 gab es erst 22 integrierte und drei kooperative Gesamtschulen mit zusammen etwa 18.000 Schülerinnen und Schülern. Erst mit der großen Koalition von 2005 bis 2009 zog dann im Land ein relativer Schulfrieden ein: Die Gemeinden konnten selbst entscheiden, ob sie ihre weiterführenden Schulen zu „Gemeinschaftsschulen" zusammenlegen wollten, die neben den Gymnasien auch eine Oberstufe und das Abitur nach 13 Jahren anbieten sollten.

Die betreute Grundschule

In den 90er Jahren engagierten sich dann vor allem die Frauen in der AsF für „betreute Grundschulzeiten". Dafür war die Erfahrung maßgebend, dass der Unterricht in der Grundschule an manchen Tagen nur den halben Vormittag in Anspruch nahm. Das machte es für die Eltern sehr schwierig, berufstätig zu werden oder zu bleiben. Für den SPD-Landesvorstand hatte Ute Büchmann ein Konzept entwickelt, das sie dem Geschäftsführenden Landesvorstand am 19. August 1996 vorlegte. Sie bezog sich dabei auf den Koalitionsvertrag mit den GRÜNEN, nach dem ein Programm zur Unterstützung des stufenweisen Ausbaus der festen betreuten Grundschulzeiten an den Grundschulen des Landes vorgelegt und mit dessen Umsetzung begonnen werden sollte. Das Projekt „Betreute Grundschule" war beim Bildungsministerium angesiedelt. Für den Haushalt 1998 wurden 2,1 Millionen Mark bereitgestellt.

Ute Büchmann trug vor, dass sich im Laufe der letzten Jahre in Schleswig-Holstein viele Elterneinrichtungen gebildet hätten, um die Grundschule dahingehend zu verändern, dass sie ihren Kindern feste Betreuungszeiten anböten. Die Zahl von mehr als 200 Betreuungseinrichtungen (ein Drittel aller Grundschulen) in Schleswig-Holstein spreche dafür, dass sich die Grundschule mit ihrem Stundenangebot in Zukunft dahingehend verändern werde, dass die Kombination aus Unterricht und Betreuung stärker nachgefragt werde. Im Vergleich zu anderen Ländern sei in Schleswig-Holstein die Situation für Träger von Betreuungseinrichtungen extrem schlecht.

Es sei sinnvoll, das Projekt „Betreute Grundschule" mit Beschäftigungsmaßnahmen für Frauen zu verbinden und ab 1998 nur diejenigen Einrichtungen zu fördern, die Frauen auf der Grundlage sozialversicherungspflichtiger Beschäftigung angestellt hätten. Zuschüsse für Einrichtungen, die Frauen auf Geringfügigkeitsbasis beschäftigten, seien abzulehnen. Gefördert werden sollten alle Betreuungseinrichtungen, die bisher über ABM finanziert wurden, und diejenigen Betreuungseinrichtungen, die seit zwei Jahren ihre Betreuungskräfte mit „anständigen Arbeitsverträgen" (sozialversicherungspflichtige Beschäftigung) angestellt hätten.

Angelehnt an ein Modell aus Hessen sollte pro Gruppe und Haushaltsjahr ein Landeszuschuss von 30.000 DM veranschlagt werden. (Ein Drittel könne durch Elternbeiträge, ein weiteres Drittel durch den Träger aufgebracht werden). Ute Büchmann schlug dann auch noch eine Reihe von Mindeststandards und Übergangsregelungen für solche Betreuungsmaßnahmen vor, die bis dahin über Arbeitsbeschaffungsmaßnahmen finanziert worden waren.

Bund soll Ganztagsbetreuung mitfinanzieren

Der Landesparteitag hat im März 2001 unter anderem auch einen Vorstoß in der Ganztagsbetreuung in der Schule gestartet. Den Begriff „Ganztagsschule" wagte niemand ins Papier zu schreiben. Die einen glaubten, dass es Eltern und Schüler verschrecken könnte, den ganzen Tag in der „Schule" verbringen zu müssen. Die anderen – so der damalige Finanzminister Claus Möller – fürchteten, dass die CDU als Opposition gleich mit entsprechenden Anträgen im Landtag kommen würde, die nicht finanzierbar seien.

Eckart Kuhlwein nutzte die Tatsache, dass die SPD in Rheinland-Pfalz inzwischen mit einer Ganztagsschulinitiative einen erfolgreichen Wahlkampf bestritten hatte. Er brachte im Mai im Landesvorstand einen Antrag ein, mit dem an die Bundestagsabgeordneten appelliert wurde, bei den in Berlin anstehenden Beratungen zur Weiterentwicklung der Familienpolitik die auf dem Landesparteitag im März 2001 beschlossenen Positionen der Landes-SPD einzubringen. Dazu gehörten insbesondere gemeinsame Lösungen von Bund und Ländern zur Finanzierung der Kinderbetreuung und ein Konzept zur langfristigen Einführung einer Ganztagsbetreuung in der Schule.

Der Landesparteitag hatte dazu folgende Beschlüsse gefasst:

1. Die SPD tritt dafür ein, dass in der nächsten Phase der neuen Familienpolitik die Betreuungsangebote für Kleinkinder (Krippen) und Schulkinder (Horte) ausgebaut werden. Die Bereitschaft, in unserer Gesellschaft Kinder aufzuziehen, hängt in hohem Maß von der Möglichkeit ab, Kindererziehung und Erwerbsarbeit miteinander zu verbinden. Das ist eine gesamtstaatliche Aufgabe. Die SPD setzt sich deshalb dafür ein, dass Bund und Länder gemeinsame Lösungen zur Finanzierung der Kinderbetreuung finden.
2. Die SPD wird die Chancengleichheit für alle Kinder gewährleisten. Deshalb verfolgen wir das Ziel, in den nächsten zehn Jahren für die Sekundarstufen I und II ganztägige Schul- und Betreuungsangebote einzurichten. Wir wollen damit bei den Hauptschulen anfangen. Weil es sich dabei um eine gesamtstaatliche Aufgabe handelt, erwarten wir im Rahmen der gemeinsamen Bildungsplanung eine Initiative der Bundesregierung und eine entsprechende Berücksichtigung der Kosten in der Finanzverteilung zwischen Bund und Ländern. Wir wollen damit insbesondere auch die Integration der Kinder von Migranten und Aussiedlern fördern.

Auf dem außerordentlichen Landesparteitag im März 2002 in Kiel machte sich schließlich die gesamte Landespartei das „ganztägige Betreuungsangebot" zu eigen. In einem Beschluss hieß es, die demographische Entwicklung, aber auch die arbeitsmarktpolitische Situation und nicht zuletzt die „PISA-Studie" (eine internationale Vergleichsstudie über Lernerfolge in der Schule, bei der Deutschland, aber auch Schleswig-Holstein nicht besonders gut abschnitten) zeigten, dass den Familien und der Betreuungssituation von Kindern und Jugendlichen größere Aufmerksamkeit zuteil werden müsse.

Die Betreuungssituation der Kinder und Jugendlichen in Schleswig-Holstein sei verbesserungswürdig. Deshalb fordere der Parteitag alle Beteiligten (Bund, Kommunen, Landtag und Landesregierung) auf, alles in ihren Kräften Stehende zu unternehmen, um nachstehende Maßnahmen zur Umsetzung des ganztägigen Betreuungsangebotes zu erfüllen.

Kurzfristig gehe es um die Verbesserung der Information und Koordination, was in erheblichem Umfang zur Effizienzsteigerung und Verbesserung der Angebote vor Ort beitrage, deshalb müssten schnellstmöglichst regionale Koordinationsstellen geschaffen werden.

Konkret wurden gefordert ein bedarfsgerechter Ausbau der betreuten Grundschulen, die Einrichtung von ganztägigen Betreuungsangeboten an Schulen (punktuell) mit der Weiterentwicklung zum flächendeckenden Angebot für alle Schularten, die Öffnung der Schulhöfe nach dem Schulbetrieb und in Ferienzeiten für Kinder und Jugendliche, ein Angebot für Frühstück und Mittagessen in Schulen und Kindertagesstätten.

Mittel- und langfristig gehe es der Partei um das pädagogische Konzept der „Vollen Halbtagsschule" für alle Schularten mit Tendenz zur Ganztagsschule. Die Umsetzung der Maßnahmen und das damit verbundene Ziel der Verbesserung der Betreuungssituation von Kindern und Jugendlichen sei eine gesamtstaatliche Aufgabe. Bund, Länder und Kommunen müssten gemeinsame Lösungen zur Finanzierung der erforderlichen Einrichtungen finden, hierbei müsse jeder der Beteiligten Verantwortung – auch die finanzielle – übernehmen.

Kapitel 5: Die Energiepolitik

Von der Atomenergie zur Energiewende

Schleswig-Holsteins SPD hatte einen längeren Weg von der Atomenergie zur Energiewende zurückzulegen. Nach dem Motto „ein optimales Wirtschaftswachstum ist das oberste Klasseninteresse" förderten Jochen Steffen und sein wirtschaftspolitischer Chefberater Reimut Jochimsen vom „Institut für Regionalforschung" an der Kieler Universität (später Wirtschaftsminister in Nordrhein-Westfalen) alles, was das Land als Industriestandort attraktiv machen könnte. Im Landtagswahlprogramm 1971 unter der Überschrift „Wir machen die Zukunft wahr" hieß es denn auch im Kapitel „Sicherung der Energieversorgung", kostengünstige und ausreichende Energieversorgung könne in Verbindung mit anderen Faktoren standortbestimmend sein und die Wettbewerbsfähigkeit der ansässigen Betriebe verbessern:

„In Zusammenarbeit mit den übrigen Küstenländern muss daher versucht werden, die Voraussetzung für eine bessere Ausnutzung der Küstenlage und des damit verbundenen Zugangs zum freien Weltenergiemarkt zu schaffen. Um die Energiepreisdifferenzen gegenüber anderen Standorten nicht weiter anwachsen zu lassen, ist darüber hinaus in Schleswig-Holstein der Bau von Kernkraftwerken in Brunsbüttel und Geesthacht intensiv voranzutreiben. Die Standorte für zwei weitere Anlagen sind im Programmzeitraum festzulegen. Dabei ist die unmittelbare Nähe von bestehenden oder geplanten größeren Industriebetrieben zu bevorzugen."

Noch auf dem Heiligenhafener Programmparteitag 1973 spielte trotz erster ökologischer Einsichten die Kernenergie keine Rolle. Das Problem war in der Partei nicht hinreichend erkannt. Nur Eckart Kuhlwein und der damalige umweltpolitische Sprecher der Landtagsfraktion, Ernst-Wilhelm Stojan, hatten das Thema in der Fraktion schon einmal angesprochen. Ein vorsichtig formulierter Initiativantrag von Kuhlwein, in dem die Kernenergietechnologie kritisch überprüft werden sollte, wurde an den Landesausschuss überwiesen und nicht weiter verfolgt. In der Region Brokdorf, in der Wilstermarsch, wuchs jedoch der Widerstand. Im Dezember 1975 rief die Bürgerinitiative Umweltschutz Unterelbe (BBU) zu einer Bauplatzbesetzung auf. Von Jochen Steffen wird berichtet, dass er – noch immer MdL und Mitglied des Landesvorstands – ebenfalls skeptisch geworden war: „Wenn die Kritiker der Atomenergie nur zu 20 Prozent mit ihren Sorgen Recht haben, dann muss diese Entwicklung gestoppt werden" (zitiert aus der Erinnerung von Eckart Kuhlwein).

Ja zur Atomenergie im Landtag

Martin Tretbar-Endres schrieb seine Diplomarbeit an der Hamburger Universität über die Kernenergiepolitik der SPD Schleswig-Holstein und räumte dabei mit manchen Mythen auf.

Der Politologe Martin Tretbar-Endres, ein früherer Juso-Landesvorsitzender, hat 1983 über das Verhältnis der schleswig-holsteinischen SPD zur Kernenergie seine Diplomarbeit an der Hamburger Universität geschrieben. Die hier beschriebenen Diskussionen sind daraus entnommen:

Während der Energiekrise 1973 positionierte sich auch die SPD im Kieler Landtag: Klaus Matthiesen sprach am 4.12.73 von notwendigen Alternativen, sagte aber nichts über die Kernenergie. MdL Hans Schwalbach, Aufsichtsratsmitglied bei NWK und ÖTV-Vorsitzender des Landes, wollte das von ihm erwartete Wachsen des Strombedarfs über Kernenergie decken:

„Gehen wir davon aus, dass das Wachstum ... normal verläuft, müssen bis zum Jahr 2000 in Schleswig-Holstein – ich sage das sehr deutlich – 17 Kernkraftwerke der Größe des Kernkraftwerks Krümmel gebaut werden."

Schwalbach wollte deshalb eine Beschleunigung der Genehmigungsverfahren. Von Gefahren der Kernenergie war auch nicht am Rande die Rede. Es gab sogar eine gemeinsame Beschlussfassung mit der CDU. Am 31. Januar 74 gab es erneut eine energiepolitische Debatte. Schwalbach diesmal:

„Wir stellen fest – das ist nicht nur unsere Feststellung, sondern eine allgemeine Feststellung –, dass die Kernenergie für Schleswig-Holstein ein ausgezeichneter Energieträger sein wird ..."

Es waren zwei Jungsozialisten, die mit einem Dringlichkeitsantrag zum Landesparteitag am 20. September 1975 die Orientierung der schleswig-holsteinischen SPD veränderten: Hilmar Zschach und Klaus-Rainer Schliebs. Beide hatten die kritische Literatur nachgelesen, die es zu diesem Zeitpunkt bereits gab. Sie folgten den Wissenschaftlern, die „das Vertrauen in die Kernenergie ein Himmelfahrtskommando nennen". Beide nahmen für sich in Anspruch, dass es als Begründung für den Stopp der Einführung der Kernenergie ausreichen würde, wenn eine Anzahl von Wissenschaftlern Bedenken äußere, auch wenn diese in der Minderheit sei. Der Antrag an den Landesparteitag forderte eine dreijährige „Denkpause", um die Energiebedarfsprognosen zu überprüfen. In dieser Zeit sollten die Einwände gegen den Einsatz von Kernkraftwerken durch „Forschungsprogramme" untersucht werden. Der Antrag wurde vom Parteitag an eine Fachkonferenz überwiesen.

Die Fachkonferenz fand dann im April 1976 in Kiel statt. An ihr nahmen nur etwa 40 SPD-Mitglieder teil. Im dort beschlossenen Text hieß es: „Beim Bau, bei der Planung und bei der Genehmigung von kerntechnischen Anlagen ist daran festzuhalten, dass der Schutz der Bevölkerung vor möglichen Schädigungen absolute Priorität bei der friedlichen Nutzung der Kernenergie hat."

Die ersten kritischen Fragen

Inhaltlich gab es 1976 noch immer den Schulterschluss zwischen der Landes-SPD und der Energiepolitik der Bundesregierung. Aber der

Landesvorstand war auf Initiative von Gerd Walter zur Kurskorrektur bereit. Am 1. November 1976 beschloss er:

„Die Diskussion im Landesvorstand der SPD Schleswig-Holstein und die Beratung der Fachkonferenz ‚Kernenergie' des Landesverbandes der SPD Schleswig-Holstein haben ergeben, dass die wirtschaftliche Nutzung der Kernenergie, der Bau und der Export von Kernkraftwerken insgesamt mehr ungeklärte Probleme und unübersehbare Risiken enthalten, als bisher der breiten Öffentlichkeit bekannt geworden ist."

Die Schlussfolgerung daraus lautet: Vor weiteren Festlegungen sei eine politische Grundsatzdiskussion und -entscheidung über den zukünftigen Energiebedarf und das weitere Wachstum erforderlich. Solange eine Reihe von Fragen ungeklärt sei, dürfe der Bau aller geplanten Kernkraftwerke nicht in Angriff genommen werden, müsse der Außenhandel mit Kernreaktoren eingestellt werden, und die Fortführung der im Bau befindlichen Kraftwerke unterbrochen werden.

Dagegen jedoch protestierten Teile der Landtagsfraktion. Der Landesvorstand forderte daraufhin im November 1976 die Fraktion auf, sich an folgenden Zielen zu orientieren:

1. Sofortige Aufhebung der Anordnung der sofortigen Vollziehbarkeit der ersten Teilbaugenehmigung in Brokdorf. Konsequenz: Umgehende Einstellungen der Bauarbeiten bis zur Klärung der Rechtmäßigkeit der Teilbaugenehmigung.
2. Einstellung der Bauarbeiten an den übrigen Kernkraftwerken, sobald technisch vertretbar, spätestens jedoch, wenn erteilte Teilbaugenehmigungen auslaufen. Unter keinen Umständen dürfen im Bau befindliche Kernkraftwerke in Betrieb genommen werden.

Kurt Hamer, Mitglied des Landesvorstands, stellvertretender Fraktionsvorsitzender und Landtagsvizepräsident, setzte sich gegen diesen Beschluss zur Wehr. Er hielt ihn für undurchführbar und opportunistisch gegenüber den Brokdorf-Demonstranten. Und er kritisierte, dass der Landesvorsitzende Günther Jansen an der Demonstration in Brokdorf teilgenommen hatte. Hamer setzte sich damit an die Spitze einer Bewegung, die den Kernenergiebeschluss der Landespartei wieder kippen wollte.

Hans Schwalbach mobilisierte die ÖTV, seine Gewerkschaft Öffentlicher Dienst, Transport und Verkehr: „Der Beschluss der Landes-SPD Schleswig-Holstein ist nach fachlicher, sachlicher und gewerkschaftspolitischer Prüfung unvereinbar mit der Energiepolitik der ÖTV." Die ÖTV organisierte eine Gegendemonstration von 5.000 Mitarbeitern aus kerntechnischen Anlagen in Brokdorf. Es ging ihr um die Arbeitsplätze. Zu den Aktionen in Brokdorf sagte sie: „Die rechtswidrigen Aktionen werden von linksextremistischen Gruppen gesteuert." Landes-SPD und Gewerkschaften gerieten in Konflikt miteinander, Gewerkschaften und Bürgerinitiativen ebenso.

Hauptreferent der Fachtagung am 20. November 76 war Bundesforschungsminister Hans Matthöfer. 300 Teilnehmer aus dem ganzen Land waren inzwischen mobilisiert worden. Jansen eröffnete, Egon Bahr leitete die Diskussion, Matthöfer referierte und Klaus Matthiesen sprach das Schlusswort. Jansen gab zu, dass die Politik bei diesem Thema über Jahre versagt habe. Matthöfer sprach sich gegen einen Baustopp aus, denn man stehe nicht am Punkt null der Kernenergienutzung. Ein Moratorium würde die Abhängigkeit der Bundesrepublik vom Öl verstärken. Die Bürger sollten allerdings bei Genehmigungsverfahren früher als bisher üblich eingeschaltet werden. Für Matthöfer gab es Pfiffe und Missfallenskundgebungen. Die Konferenz machte deutlich, dass die Positionen der Landes-SPD und der Bundesregierung zur Atomenergie erheblich differierten.

Jansens Konflikt mit Helmut Schmidt

Günther Jansen als Landesvorsitzender suchte jetzt den Konflikt mit der eigenen Bundesregierung. Anfang Februar 1977 erklärte er, dass es hoffnungslos sei, von Bundesforschungsminister Hans Matthöfer eine Meinungsänderung zu erwarten. Er warf der Bundesregierung Inkompetenz vor: „Wenn Bürokratien von Regierungen nicht in der

Lage sind, die Renten richtig zu berechnen, dann darf man sich fragen, ob sie in der Lage sind, Zuwachsraten in der Energie richtig zu berechnen." Jansen wollte erreichen, dass nicht mit dem weiteren Bau von Atomkraftwerken Fakten geschaffen würden, bevor sich ein Bundesparteitag (für den Herbst 1977 geplant) damit beschäftigen könnte. Jansen konnte sich der Zustimmung eines größeren Teils der Landes-SPD in der Frage der Energiepolitik sicher sein.

Klaus Matthiesen (rechts) wollte auf die FDP Rücksicht nehmen. Hier mit Klaus Klingner im Landtag in Kiel.

Klaus Matthiesen reagierte kritisch. Er wollte in der Atomfrage Rücksicht auf FDP und SSW, seine möglichen Koalitionspartner nach der Wahl 1979, nehmen: „Wir haben in inhaltlichen Fragen, die bei uns selbst noch längst nicht entschieden sind, keine Kontroverse zu beginnen." Matthiesen fürchtete offenbar auch, dass sogenannte „Schmidt-Wähler" für die Landtagswahl 1979 verprellt werden könnten. Während der Oppositionsführer den Konflikt mit Jansen jedoch nicht öffentlich austrug, gingen die Gewerkschafter (zu ihnen gesellte sich auch der Gewerkschaftsfunktionär und MdL Paul Möller aus Ostholstein) in die Vollen und protestierten bei Jansen mit Kopie an Helmut Schmidt, Herbert Wehner, Egon Bahr (damals Bundesgeschäftsführer) und Hans Matthöfer: „Anscheinend ist dem Landesvorsitzenden nicht bewusst, dass eine solche Strategie unsere Partei in die Opposition führen muss." Folgerichtig kritisierten sie auch die MdBs aus Schleswig-Holstein, „die nicht den Mut haben, die von der Bundesregierung konzipierte bzw. beschlossene Energiepolitik mitzutragen." Günther Jansen bat daraufhin die Gewerkschafter um die Beachtung der Tatsache, dass in der SPD immer die Partei grundlegende Entwicklungen und Inhalte der Gesellschaftspolitik vorangetrieben habe.

Am 23. April 1977 rechnete Jansen ausgerechnet auf einer AfA-Landeskonferenz, der Arbeitsgemeinschaft für Arbeitnehmerfragen, mit der eigenen Bundesregierung ab – nicht nur in Sachen Kernenergie: „Einen schlechten Start der Koalition, den könnten wir den Bürgern noch erklären. Was wir ihnen nicht mehr erklären können, dass politische Akteure, die eigentlich starten sollten, dem Publikum – sprich den Bürgern – im Namen einer SPD-geführten Bundesregierung permanent vors Schienbein treten, und zwar mit Spikes." Viele Jahre lang wurden dann auf ordentlichen Landesparteitagen die „goldenen Spikes" an den oder die Genossin verliehen, der/die den wirksamsten „innerparteilichen Fußtritt" absolviert hatte. Klaus Matthiesen machte Helmut Schmidt 1979 auch dafür verantwortlich, dass die GRÜNEN bei der Landtagswahl in Schleswig-Holstein auftauchten und der SPD entscheidende Stimmen wegnahmen, und die angestrebte Koalition mit FDP (sic!) und SSW deshalb gegenüber der CDU knapp in der Minderheit blieb.

Ersatzkonflikt um den „Schnellen Brüter"

Nachdem der Generalangriff auf die Atompolitik der Bundesregierung zunächst auf Bundesparteitagen gescheitert war, konzentrierte sich die Landes-SPD mit ihrem Widerstand auf den „Schnellen Brüter", einen Plutonium-Brutreaktor, der im niederrheinischen Kalkar in Bau gewesen ist. Der Landesvorstand empfahl den Bundestagsabgeordneten aus Schleswig-Holstein, dieses Projekt im Bundestag zu blockieren.

Reinhard Ueberhorst (hier im Fraktionssaal in Bonn mit Heide Simonis) stellte mit seiner Enquete-Kommission die Atompolitik der SPD in Frage.

Beim Krisenmanagement in der Bundestagsfraktion unter Mitwirkung des stellvertretenden Fraktionsvorsitzenden Horst Ehmke und des Bundesforschungsministers Volker Hauff kam es dann zum Kompromiss: Die SPD-Fraktion werde die Einsetzung einer Enquete-Kommission „Zukünftige Kernenergiepolitik" beantragen und Reinhard Ueberhorst solle deren Vorsitzender werden. Diese Kommission hat das historische Verdienst, dass sie (später auch unter aktiver Mitwirkung des früheren Bundesforschungsministers Volker Hauff und von Harald B. Schäfer, einem Umweltpolitiker aus Baden-Württemberg) die SPD in der Kernenergiepolitik neu orientierte. Es dauerte allerdings bis zum Bundesparteitag von Nürnberg 1986, bis der Ausstieg in der Partei durch Beschluss mehrheitsfähig wurde. Aber es gab mit der Landespartei durchaus noch Konflikte wegen der „reinen Linie".

Der Landesvorstand hatte sich mit den MdBs zuvor, nämlich am 18.4.77, in Kiel zu einer gemeinsamen Sitzung getroffen. Horst Mühlenhardt (ein Landesvorstandsmitglied, das später zu den GRÜNEN abwanderte) sah darin eine „historische Sitzung", weil zum ersten Mal vor einer praktischen Entscheidung im Bundestag mit dem Landesvorstand diskutiert werde.

Der Landtagsfraktionsvorsitzende Klaus Matthiesen und sein Parlamentarischer Geschäftsführer Karl-Heinz Luckhardt sprachen sich gegen eine Empfehlung in der Sache aus, weil die Partei dies noch nicht ausreichend diskutiert habe. Jochen Steffen fragte, ob ein Landesparteitagsbeschluss als Stütze für das Gewissen erforderlich sei, oder ein Landesvorstandsbeschluss, oder ob es sich um „individualistische Politik" handle. Der Landesvorsitzende Günther Jansen verwies darauf, dass der Parteitag erst im Juni stattfinde. Gert Börnsen formulierte, der Landesvorstand stimme mit denjenigen überein, die im Bundestag dagegen stimmen wollten, gleich welche Konsequenzen das habe. Später war manchen Landesvorstandsmitgliedern der Kompromiss mit der Enquete-Kommission nicht ausreichend.

Am nächsten Tag erklärte Helmut Schmidt in der Bundestagsfraktion zur 2. Fortschreibung des Energieprogramms: „Regierung muss regieren und nicht schwätzen" und könne deshalb eine Entscheidung eines Bundesparteitags zur Kernenergie nicht abwarten.

In der Fraktionssitzung vom 10. Mai ging Herbert Wehner auf den Ueberhorst-Antrag ein und empfahl, in der Bereinigungssitzung des Haushaltsausschusses über eine Sperre der Mittel für den Schnellen Brüter zu sprechen, bis die Fragen nach der Markteinführung der Brüter- und Hochtemperaturreaktor-Technologie geklärt seien. Am 17. Mai 1977 berichtete Reinhard Ueberhorst dem Landesausschuss, die Verpflichtungsermächtigungen zum Schnellen Brüter würden gesperrt. Die Fraktion müsse über eine eventuelle Freigabe abstimmen. Im Ausschuss für Forschung und Technologie sei ein umfassender Bericht beschlossen worden. Und es werde eine Darstellung für die Konsequenzen aus einem Stopp des Projekts Kalkar (Schneller Brüter) geben.

Günter Jansen sagte deshalb auf dem Landesparteitag 1979 zum Thema Kernenergie:

„Das Landesvorstandsmitglied Horst Mühlenhardt hat seinen Vorstandssitz niedergelegt, weil der Landesvorstand sich nicht konsequent von der Zustimmung der schleswig-holsteinischen MdBs zum Weiterbau des ‚Schnellen Brüters' in Kalkar distanziert hat. Dabei wussten wir alle, dass der Erfolg, der bei diesem Beschluss in der Bildung einer Enquete-Kommission liegen konnte, nur eine kleine Chance war, die Macht des Faktischen eines fertiggestellten ‚Schnellen Brüters' zu begrenzen, der den endgültigen Einstieg in die Kernenergie und die Plutoniumwirtschaft bedeuten kann, und ich glaube: wird."

Klare Position der SPD gegen das AKW in Brokdorf.

„Die gesellschaftlichen Auswirkungen des konsequenten Ausbaus der Kerntechnologie haben eine andere – gravierendere – Dimension als beispielsweise die Verabschiedung der Anti-Terror-Gesetze oder die Nicht-Verabschiedung der vollen Parität bei den Mitbestimmungsgesetzen ... Der weitere Ausbau der Kernenergie nimmt uns jede Umkehr- und Veränderungsmöglichkeit ..."

„Unter den Konfliktfeldern ist schließlich auch noch die landesspezifische Frage, was macht der Fraktionsvorsitzende Matthiesen mit einer allgemein auf im Bau befindliche Kernkraftwerke und konkret auf Krümmel bezogenen Position, die er im Vorfeld als nicht regierungsfähig abgestempelt hat? Ich nehme an, dass sich der Oppositionsführer die Antwort überlegt hat und sie dem Parteitag nachher in der Debatte geben wird. Nur eines muss klar sein: Die hier in Burg beschlossenen Positionen gelten auch für die Landtagsfraktion – und zwar nicht nur als Programm zum Nachblättern, sondern wie bisher gemeinsam akzeptiert für die konkrete landespolitische Umsetzung."

Eine neue Energiepolitik

Auf dem Landesparteitag 1981 in Harrislee wurde ernsthafter als zuvor über Alternativen zur Atomenergie nachgedacht. Während noch in den 70er Jahren in erster Linie eine „Kohlevorrang-Politik" formuliert wurde, ging es jetzt vor allem auch um Einsparungen:

„Die These, Energieeinsparung sei die ergiebigste und billigste Energiequelle, ist durch die Fakten in einem Ausmaß bestätigt worden, das auch die Verfechter alternativer Energiekonzepte nicht für möglich gehalten hatten. In den Jahren 1980 und 1981 ist der Verbrauch von Mineralöl in der Bundesrepublik um ca. 20 Prozent gesunken, während das Bruttosozialprodukt ungefähr stabil geblieben ist ...

... Ziele sozialdemokratischer Energiepolitik bleiben:

- Einsparung von Energie durch bestmögliche Ausnutzung des vorhandenen Energiepotenzials,
- Vorrang der Kohle bei der künftigen Stromerzeugung,
- Ausbau der Fernwärme durch Kraft-Wärme-Koppelung,
- Umwandlung Energieversorgung in dezentrale Einheiten,
- demokratische Entscheidungsfindung, Parlamentarisierung,

- durch konsequente Sparmaßnahmen die Möglichkeit eröffnen, gegen Ende der 80er Jahre auf Kernenergie zu verzichten (Unterstreichung in der Vorlage absichtlich – d. Verf.).

„Die SPD fordert die Bundesregierung, Länderregierungen und Parlamentsfraktionen auf, auch die gesetzlichen Grundlagen für eine Politik der Energiewende zu schaffen."

„Die SPD hält im Sinne des Berliner Parteitagsbeschlusses daran fest, dass beide Optionen – die weitere Nutzung von Kernenergie wie der Verzicht auf Kernenergie – noch für eine gewisse Zeit nebeneinander bestehen bleiben müssen. Im Sinne eines notwendigen gesellschaftlichen Konsenses ist deshalb für die SPD die Haltung der Enquete-Kommission „Zukünftige Energiepolitik" über die endgültige Nutzung bzw. den endgültigen Verzicht auf die Kernenergie erst 1990 zu entscheiden, ein gesellschaftlich verantwortbarer Kompromiss. Voraussetzung dafür ist in den 80er Jahren die Verwirklichung der von der Enquete-Kommission vorgeschlagenen Sparmaßnahmen sowie der Verzicht auf den weiteren Zubau von Kernkraftwerken."

Als Rückzieher ist dann allerdings die Kommentierung für die Antragskommission zu verstehen:

„Der Leitantrag 7 ist vom LV ausschließlich mit dem Ziel Bundesparteitag so formuliert worden. Er hat zum Inhalt, die Bundespartei auf unsere energiepolitische Linie, die den Ausstieg aus der Kernenergie möglich machen soll, zu bringen, ohne die unterschiedlichen Einschätzungen, ob dies gelingen kann oder nicht, zum Mittelpunkt der Bundesparteitagsdebatte zu machen"

In der Regierung: Spitze bei der Windenergie

1988 gewann die SPD mit großem Vorsprung und absoluter Mehrheit die Landtagswahl, und Ministerpräsident Björn Engholm leitete eine neue Energiepolitik ein. Auf dem Landesparteitag 1991 wurde erstmals Bilanz gezogen: Schleswig-Holstein war jetzt zum Land der erneuerbaren Energien geworden. Engholm wörtlich:

„Geerbt haben wir in der Energieversorgung von den Konservativen u. a.:
- Brokdorf, Krümmel und Brunsbüttel; und damit die unverantwortliche Abhängigkeit vom Atomstrom;
- Fehlanzeige bei Energiesparen und Förderung regenerativer Energien.

Unser Ziel 1988 war eine moderne, möglichst risikoarme Energieversorgung.

Die Erfolge kann man bei uns von der Westküste bis zur Lübecker Bucht sehen:

- Schleswig-Holstein ist in Deutschland die Nr. 1 bei der Nutzung der Windenergie.
- Wenn es um die umweltfreundliche Nah- und Fernwärme geht oder um Schrittmacherdienste bei der Entwicklung dezentraler Erzeugung von Strom und Wärme: wir stehen in vorderster Linie;
- und wie kluge Köpfe auch zusammen mit einem Stromriesen Energie sparen können, haben wir mit dem VEBA-Vertrag (einem Vertrag über die Gründung einer Energiestiftung und eines Lehrstuhls an der Universität Flensburg – d. Verf.) vorgemacht.

Unsere Energiepolitik ist ein Markenzeichen der ökologischen Erneuerung Schleswig-Holsteins. Und auch sie liegt bei Günther Jansen in guten Händen.

Wir werden unseren Weg konsequent fortsetzen.

- Das Ziel ist schwer, aber unrevidierbar: die Energieversorgung der Zukunft wird eine ohne Kernenergie sein. Niemand will das mehr als wir. Und keiner hat mehr dafür

getan. Aber der Wille eines Landes allein kann keine Kernkraftwerke aus der Welt schaffen. Grundlegende politische und gesetzgeberische Veränderungen in Bonn müssen dazukommen. Sonst wird, beim besten Willen, unser Zeitplan zu eng.
- Wir schaffen ein Energiesparprogramm für alle öffentlichen Gebäude.
- Regenerative Energien werden weiter ausgebaut.
- Wer heute sein Haus mit geschlossenen Kreisläufen und optimaler Energieeinsparung baut, wird verstärkt gefördert werden: Wir wollen nicht nur für den Ausstieg stehen – wir wollen auch zeigen, dass es ohne Kernenergie geht."

Sicherheit vor Wirtschaftlichkeit

Im Landtagswahlprogramm 1996-2000 wurde Schleswig-Holsteins Weg aus der Kernenergie fortgesetzt. Eine Technik wie die Atomenergie, die niemals versagen dürfe, und bei der Menschen niemals versagen dürften, weil die Folgen unabsehbar und nicht beherrschbar seien, könne nicht verantwortet werden.

„Der Ausstieg aus der Kernenergie bedarf einer bundesgesetzlichen Regelung. Solange aber Kernkraftwerke noch am Netz sind, werden wir durch unsere Aufsichtspraxis für einen höchstmöglichen Sicherheitsstandard der Atomkraftwerke sorgen. Unsere Sicherheitsphilosophie lautet: Sicherheit vor Wirtschaftlichkeit."

„Im Verbund mit skandinavischem Wasserkraftstrom werden wir an den Standorten Lübeck und Brunsbüttel modernste Kohlekraftwerke bauen, um den Ausstieg aus der Kernenergie zu flankieren.

Wir werden uns an der sozialdemokratischen Initiative für ein Kernenergieabwicklungsgesetz beteiligen. Darin wird für jedes Kernkraftwerk eine Abwicklungslaufzeit festgelegt. Die Zukunft der Energieversorgung darf nicht von Gerichten, sondern muss von der Politik entschieden werden."

Forderungen an das Energiewirtschaftsrecht

1999 kümmerte sich der Landesvorstand mit einem Antrag an den Bundesparteitag um das in Berlin geplante neue Energiewirtschaftsrecht. Bundesregierung und SPD-Bundestagsfraktion sollten aufgefordert werden, sich für eine schnellstmögliche Novellierung des Energiewirtschaftsgesetzes und des Stromeinspeisungsgesetzes in folgenden Punkten einzusetzen. Es ging vor allem um mehr Gleichheit beim Wettbewerb für Stromanbieter:

- Gesetzliche Sicherstellung der Neutralität der Stromnetzbetreiber durch klare Netzzugangsregelungen sowie leistungs- und entfernungsunabhängige Tarife.
- Klare und marktorientierte Vorrangregelung durch eine Quote zur Sicherung und zum verstärkten Ausbau der Kraft-Wärme-Kopplung.
- Stärkung der Position der Gemeinden durch die Wiederherstellung des ausschließlichen Netzkonzessionsrechts für die Kommunen.
- Schaffung eines bundesweiten Lastenausgleichs für erneuerbare Energien.

Den Umbau der Energieversorgung fortsetzen

Im „Regierungsprogramm" 2000 bis 2005 wurden die großen Fortschritte aufgezeigt, die Schleswig-Holstein in den Jahren seit 1988 gemacht hatte. Die Linie war klar. Die SPD hatte ihren Kurs seit Günter Jansen nie verlassen. Sie musste allerdings zur Kenntnis nehmen, dass die Möglichkeiten von Landesregierungen, gegen einmal erteilte Betriebsgenehmigungen anzugehen, aussichtslos waren. Das Programm für die nächste Wahlperiode enthielt die Erfolgsmeldungen für die Windenergie und setzte sich für die Solarenergie, für Blockheizkraftwerke, Biomasse und Geothermie ein. Es sollte auch beim „schnellstmöglichen" (das war damals bundesweit die Kompromissformulierung der SPD) Ausstieg aus der Atomenergie bleiben. Anmerkung 10)

Kapitel 6: Gleichstellung der Geschlechter

Vorreiter in Sachen Gleichstellung

Lange Jahre hatten die Frauen auch in der schleswig-holsteinischen SPD eine nachgeordnete Rolle gespielt. Mal zwei oder drei im Landesvorstand und auch nicht mehr in der Landtagsfraktion.

Drei SPD-Frauen, Ingeborg Sommer, Anne Brodersen und Rosemarie Fleck, saßen nach der Wahl 1967 im Landtag. 1971 wurde Anne Brodersen durch die umtriebige Schacht-Audorfer Bürgermeisterin Brunhild Wendel abgelöst, der einmal von den Jusos Ämterhäufung vorgeworfen wurde, weil sie bis zu 32 Funktionen innehatte. Der Ansturm der Jungsozialisten 1971 hatte keine Frauenförderung mit sich gebracht. Da waren nur Männer von Männern unterstützt worden.

Am 21.5.77 machte der Landesvorstand zum Beispiel einen Wahlvorschlag für den Landesparteitag: Im gesamten Vorschlag keine einzige Frau. Die Diskussion über Frauenrepräsentanz wurde allerdings bereits kontrovers geführt.

Als die Frauenbewegung auch die schleswig-holsteinische SPD „unterwanderte", wurde der Landesverband zum gleichstellungspolitischen Vorreiter in der Partei. Zwar dauerte es bis zu einem Landesparteitag 1987, bis die Beachtung der Geschlechterquote förmlich in die Satzung aufgenommen wurde, aber schon vorher hatte die Arbeitsgemeinschaft sozialdemokratischer Frauen (AsF) den Aufstand geprobt: Dafür stehen Namen wie Gisela Böhrk (1988 erste deutsche Frauenministerin), Lianne Paulina-Mührl (1987 Landtagspräsidentin), Ute Erdsiek-Rave (Landtagspräsidentin, Fraktionsvorsitzende, Bildungsministerin), Edith Mecke-Harbeck und Dora Heyenn.

Der Landesvorstand diente ihnen einige Jahre als Übungsfeld. Und einige von ihnen tauchten dort in den 80er Jahren gern in langen, wallenden Gewändern auf. Aber die Männer übten sich in politischer Correctness.

Ein Programm für die Landespolitik

Gisela Böhrk MdL erläuterte 1981 auf einem „Forum Gleichstellung", worum es den SPD-Frauen ging. Sie bezog sich dabei auf das Landtagswahlprogramm 1979. Dort sei festgelegt worden, was eine SPD-geführte Landesregierung sich zur ständigen Aufgabe machen würde:

„Maßnahmen, Vorhaben und Programme des Landes und des Bundes daraufhin zu prüfen, dass das verfassungsrechtliche Gleichheitsgebot für Männer und Frauen erfüllt wird,

Programme, Untersuchungen, Forschungsvorhaben und Modelle zur Verwirklichung des Gleichheitsgrundsatzes in Beruf, Familie und Gesellschaft anzuregen,

Fast schon quotiert: Für die Landes-SPD zogen 1994 drei Frauen und sechs Männer in den Bundestag ein: (Von rechts) Ulrike Mehl, Lilo Blunck und Cornelie Sonntag-Wolgast. Die Kollegen finden das gar nicht so schlecht: Norbert Gansel, Reinhold Hiller und Eckart Kuhlwein.

Initiativen zur Durchsetzung des Gleichheitsgebotes in Schleswig-Holstein auf der Basis der Erfassung wichtiger Tatbestände, aufgrund von Beschwerden und Anregungen aus der Bevölkerung oder aus dem Kontakt mit Gewerkschaften oder Frauenorganisationen zu ergreifen. Sie wird deshalb eine Arbeitsgruppe ‚Gleichstellung von Männern und Frauen' einrichten, die dem Ministerpräsidenten zuarbeitet, und wird jährlich über Programme und Ergebnisse ihrer Gleichstellungspolitik berichten. Für die Regierungsübernahme hat das Wahlergebnis nicht ganz gereicht. Trotzdem haben wir den Auftrag aus diesem Programm wahrgenommen."

Das von einer Arbeitsgruppe aus Landesvorstand und Landtagsfraktion erarbeitete Aktionsprogramm zur Gleichstellung brachte zunächst eine Bestandsaufnahme im Bildungswesen, in der Arbeitswelt, im sozialen Bereich und in Bezug auf die Gesetzgebung in Schleswig-Holstein und im Bundesgebiet – gemessen an der Elle des Gleichheitsgrundsatzes.

Gisela Böhrk:

„Wir haben dann Ziele formuliert und aufgezeigt, was man im Landesparlament, was man in den Kommunalparlamenten und was man vor Ort, zu Hause und in den Betrieben, als Elternvertreter, als Lehrer konkret anpacken kann. Wir haben unser Augenmerk insbesondere auf landespolitische Handlungsspielräume gerichtet. Deshalb fehlen wichtige Teilbereiche, wie z. B. Frauen in der Politik, die Darstellung der Frau in den Medien, die besondere Problematik von ausländischen Frauen, Frauen und Militär. Das Programm ist insofern ergänzungsbedürftig."

Mit der Gleichstellung von Männern und Frauen gehe es um die Einleitung und politische Förderung eines umwälzenden gesellschaftlichen Veränderungsprozesses, der jeden Einzelnen direkt betreffe: in der Familie, im Betrieb, in der Nachbarschaft und im Freundeskreis.

„Gleichstellungspolitik geht weitgehend über das AUCH hinaus. Auch berufliche Positionen, auch über eigenes Geld verfügen, auch einen gerechten Anteil am Kuchen. Was wir mit Gleichstellungspolitik anstreben, ist nicht eine formale Gleichstellung in einer männlichen Gesellschaft. Unser Ziel ist nicht, Generaldirektor von Krupp zu werden oder NATO-Oberbefehlshaber. Wir wollen Teilhabe, um zu verändern, um die Gesellschaft menschlich umzugestalten. Wir fordern dazu die Teilhabe der Männer an dem ab, was Frauen heute tun und gelernt haben.

Wir meinen keineswegs, dass die Frauen all das lernen sollten, was Männer tun. Dass wir einen Vorsprung der Männer aufzuholen hätten, sondern dass umgekehrt die Männer einen eigenen hochgradigen

Rückstand abbauen müssen. Der Psychoanalytiker Horst-Eberhard Richter stellt bei Männern ein „beängstigend angewachsenes Defizit an seelisch-emotionaler Reife" fest. Die Männer neigten dazu, so Horst-Eberhard Richter, sich als technokratische Sachmenschen und Gefühlskrüppel darzustellen und auch selbst zu verstehen oder misszuverstehen. „Wir haben in den letzten 100 Jahren gelernt, den Frauen mehr männliche Möglichkeiten zuzutrauen, aber noch immer ist nicht hinreichend begriffen, wie viel ungelebte Weiblichkeit in den Männern steckt."

Gleichstellung und Grundwerte

Auf ihrem Landesparteitag am 21. November 1981 in Bad Segeberg beschlossen dann die schleswig-holsteinischen Sozialdemokraten ein Gleichstellungsprogramm. In diesem Programm wurde die Stellung der Geschlechter an den Grundwerten des demokratischen Sozialismus „Freiheit, Gerechtigkeit und Solidarität" gemessen.

Gleichstellung erfordere den konsequenten Ausgleich von Benachteiligungen. Frauen leisteten als Hausfrauen und Mütter einen Großteil der Gesamtarbeitszeit in der Bundesrepublik Deutschland unentgeltlich. Unser gesamtes Gesellschafts- und Wirtschaftssystem basiere auf dieser unbezahlten Arbeit;

- z. B. das heutige Schulsystem durch unregelmäßige Schulzeiten und Hausaufgaben, die ohne Hilfe und Aufsicht der Mütter nicht zu leisten seien;
- die Arbeitswelt, die ihren Nutzen daraus ziehe, dass Männer ihre volle Arbeitskraft ohne Einschränkungen in die Erwerbsarbeit einbringen könnten, weil Frauen ihnen die Erziehungsarbeit und Hausarbeit abnähmen, ohne dass dem Arbeitgeber zusätzliche Kosten entstünden;
- die Volkswirtschaft, indem sie die von Hausfrauen und Müttern geleistete Arbeit als unproduktive, nicht zum Bruttosozialprodukt zählende Arbeit werte.

Die SPD habe sich auf ihrem Weg engagiert für die Frauen eingesetzt, wie das Wahlrecht für Frauen, die Reform des Ehe- und Familienrechts und die Diskussion des Rechts auf Arbeit und der sozialen Sicherung der Frau zeigten.

Gleichstellung bedeute nicht nur das Schaffen von Chancengleichheit in einer an „männlichen Werten" orientierten Gesellschaft, sondern bedeute ein Aufbrechen der Rollen- und Machtstrukturen in unserer Gesellschaft. Deshalb sei Gleichstellungspolitik mehr als die Erfüllung des vorliegenden Programms. Gleichstellungspolitik müsse eine Änderung der Werte in der Gesellschaft bedeuten, sie müsse die starre Rollenverteilung zwischen Mann und Frau aufheben, damit beide wieder zu ganzen Menschen werden könnten, mit Verstand und Gefühl, ohne die eine menschlichere Gesellschaft nicht denkbar sei.

Gisela Böhrk wurde Deutschlands erste Frauenministerin und arbeitete erfolgreich für die Gleichstellung.

„Gleichstellung ist ohne Umdenken nicht möglich. Wir Sozialdemokraten wollen unseren Beitrag dazu leisten. Daher müssen die Menschen ungeachtet ihres Geschlechts schon vom Säuglingsalter an auf die gleiche Art und Weise erzogen werden. Nur so erreichen wir, dass künftige Generationen von Vätern sich auch aktiv an der Erziehung ihrer Kinder beteiligen und eine Bewusstseinsänderung in allen Bevölkerungsschichten erfolgt."

Zur Kommunalwahl 1982 fanden sich dann schon entsprechende Passagen als Absichtserklärung im Programm:

„Wir Sozialdemokraten wollen in den Gemeinden für die Gleichstellung von Männern und Frauen wirken. Deshalb wollen wir:

- die überlieferten Rollen von Männern und Frauen in den Bereichen Bildung, Ausbildung und Beruf verändern;
- Voraussetzungen für die Vereinbarkeit von Berufstätigkeit und Familienaufgaben für Männer und Frauen schaffen und familiäre Belange im Arbeitsleben stärker berücksichtigen;
- Gewalt gegen Frauen in allen gesellschaftlichen Bereichen verhindern."

Es dauerte aber noch eine Reihe von Jahren, bis Schleswig-Holsteins SPD mit der Quotierung von Frauen und Männern in der Politik ernst machte. Unter der Leitung des Landesvorsitzenden Willi Piecyk prüfte nach 1987 eine „Gleichstellungskommission" vor allen Wahlen, ob denn auch an der Basis Frauenkandidaturen ausreichend gefördert worden waren. Am 9. April 1988 beriet der Landesvorstand über eine satzungsmäßige Quotierung im Organisationsstatut der Bundespartei. Jetzt sollte der Landesausschuss entscheiden, wie sich Schleswig-Holstein zu den entsprechenden Vorschlägen des Parteivorsitzenden Hans-Jochen Vogel verhalten sollte. Die Schleswig-Holsteiner wollten eigentlich schneller vorangehen als die Bundespartei und die 40-Prozent-Beteiligung für jedes Geschlecht nicht erst für 1998, sondern schon für 1994 im Parteistatut verankern. Am 23.4.1990 machte der Geschäftsführende Vorstand in Eutin einen Listenvorschlag zur Bundestagswahl, der einen „Reißverschluss" bis Platz 8 vorsah, Männer und Frauen sollten sich auf der Liste abwechseln. Der Landesvorstand folgte dem auch ohne förmliche Festlegung in der Satzung.

Zehn Jahre später: Umsetzung in der Landespolitik

Björn Engholm berichtete auf dem Landesparteitag 1991 auch über die – wie er sagte – erfolgreiche Gleichstellungspolitik der Landesregierung seit 1988:

Es sei auch für Männer heute kein Geheimnis mehr, dass die Benachteiligung von Frauen ein kulturhistorisches Unrecht größten Ausmaßes sei. Gisela Böhrk als erste Frauenministerin in der Bundesrepublik Deutschland habe hervorragende Arbeit geleistet (und noch vor sich), um die Gleichstellung schrittweise zu verwirklichen.

In den größten Kommunen gebe es Gleichstellungsbeauftragte, die sich um die konkreten Probleme und Sorgen kümmerten. In diesem Zusammenhang berühre es merkwürdig, dass jede männliche Dienstpostenstelle ohne Probleme die Gremien durchlaufe – aber bei der Einrichtung von Frauenbeauftragten der Gang zum Gericht geprobt werde. Im öffentlichen Dienst würden Frauen verstärkt bei Einstellungen und beim Aufstieg gefördert.

Für die Landesregierung gehe es in der Frauenpolitik nicht um Tünche oder Kosmetik: Es gehe um entscheidende Schritte zu einer emanzipierten, aufgeklärten Gesellschaft, in der die Benachteiligung von Frauen Vergangenheit sei. Engholm kündigte dann ein Gleichstellungsgesetz für den öffentlichen Dienst und neue Initiativen zur Förderung der Frauen in der Privatwirtschaft an.

Die erste Ministerpräsidentin

Im Ergebnis war es dann eigentlich selbstverständlich, dass Schleswig-Holsteins SPD mit Heide Simonis die erste Ministerpräsidentin in Deutschland stellte. Und das hat sie auch nicht daran gehindert, weitere Frauen ins Kabinett zu holen: Ute Erdsiek-Rave (Bildungsministerin), Heide Moser (Sozialministerin), Ingrid Franzen (Landwirtschaftsministerin), Edda Müller (parteilose Umweltministerin), Gitta Trauernicht (Sozialministerin). Eine Notiz am Rande: Als die Bundespartei 1993 durch Urwahl einen Nachfolger für Björn Engholm als Parteivorsitzenden suchte, hatte die spätere Entwicklungsministerin Heidemarie Wieczorek-Zeul gegen ihre Mitbewerber Rudolf Scharping und Gerhard Schröder wenig Chancen. Nur in ihrer südhessischen Heimat und im nördlichsten Bundesland lag sie vorne. Frauen an der Spitze? In Schleswig-Holstein eine Selbstver-

Ministerpräsidentin Heide Simonis

ständlichkeit. Aber die Frauen haben sich das auch durch Hartnäckigkeit, Kompetenz und Führungsstärke selbst erkämpfen müssen.

Kapitel 7: Distanz zur Gentechnik

Die kritische Diskussion über die Anwendung der Gentechnik in der Medizin, aber vor allem in der Landwirtschaft, erreichte auch die schleswig-holsteinische SPD. Im Oktober 1988 setzte der Landesvorstand eine Kommission ein, die einen überwiesenen Antrag bearbeiten, eine Fachkonferenz und einen außerordentlichen Landesparteitag vorbereiten sollte.

Die SPD in Schleswig-Holstein war der erste Landesverband einer Partei, der zu allen Bereichen der Gentechnik eine eindeutige Position bezogen hat: Fast durchgängig ablehnend gegenüber der Nutzung der Gentechnik am Menschen, an Tieren und an Pflanzen. Bundesweit gab es Reaktionen auf diese Beschlüsse – zustimmende Anerkennung genauso wie scharfe Kritik.

Der geplante Landesparteitag fand am 8. Juli 1989 in Bad Segeberg statt. Die AsF hatte eine richtige Bewegung in Gang gesetzt. Federführend waren Ellen Mangold und Renate Schnack, und der Landesvorsitzende Willi Piecyk setzte sich an die Spitze der Bewegung. Gentechnik wurde als gesellschaftliche Herausforderung gesehen.

Im Beschluss des Landesparteitags begann es gleich kritisch:

„Gentechnik ist eine Schlüsseltechnik. Mehr als Atomtechnik es je vermochte, wird sie unser Leben, die Gesellschaft, Natur und Umwelt verändern können. Mit der Entzifferung des „genetischen Codes", der Zusammensetzung der Erbanlagen, ist es möglich geworden, weit mehr als bisher in natürliche biologische Prozesse einzugreifen und diese grundsätzlich zu ändern. Strukturen und Eigenschaften von Mensch, Tier und Pflanze können in völlig neuen Dimensionen damit verändert, manipuliert oder völlig neu hergestellt werden. Während sich die Vielfalt des Lebens mit der Milliarden Jahre langen Entwicklung nach dem Prinzip unendlicher Möglichkeiten, aber auch unendlich vieler Beschränkungen und dauerhaften Kontinuitäten, meist nur in kleinen Sprüngen entwickelte, wollen Forschung und Industrie den 8. Schöpfungstag nach ihren Normen ins Labor verlegen.

Obwohl viele Wissenschaftlerinnen und Wissenschaftler warnen, weil die Risiken in manchen Bereichen schon jetzt erkennbar zu groß und andere Risikobereiche noch nicht genügend erforscht sind, um sie einschränken zu können, werden manche Gentechniken mit weitgesteckten Zielen weltweit bereits angewandt: von der Freisetzung gentechnisch manipulierter Organismen über Medikamenten- und Nahrungsmittelproduktion, der Erschaffung und Patentierung neuer Pflanzen- und Tierarten, bis zu den Versuchen an Embryonen."

Seit der industriellen Revolution habe auch für Sozialdemokraten die Entwicklung und der Ausbau der Technik als gesellschaftlicher Fortschritt gegolten. Heute wüssten wir, dass Großtechniken, die nicht versagen dürften, zu menschenfeindlichen Destruktivkräften werden könnten. Deshalb müssten gerade zur Bewertung der Gentechnologie sozialdemokratische Maßstäbe der Technikgestaltung herangezogen werden.

„Technik muss fehlerfreundlich und rückholbar, von fehlbaren Menschen zu beherrschen und von künftigen Generationen zu revidieren sein. Technische Neuerungen, deren Risiken nicht abzuschätzen oder die demokratisch nicht beherrschbar sind, wollen wir verhindern." (Zitat aus dem damals vorliegenden Entwurf des Berliner Grundsatzprogramms).

Notwendig sei also eine Technik, die dem Menschen und der Natur gerecht werde, und nicht eine Technik, der sich Mensch und Natur anpassen müssten.

Ähnlich wie die Atomtechnik bedürfe auch die Gentechnik massiver Sicherheitsmaßnahmen. Unfälle in Chemie- und Kernkraftwerken hätten gezeigt, dass trotz gegenteiliger Versicherungen durch die Unternehmen die Sicherheit der Bevölkerung nicht gewährleistet sei. Die Gen- und Fortpflanzungstechniken würden zahlreiche soziale, ethische und ökologische Probleme aufwerfen. Politik und Gesellschaft müssten rasch entscheiden, wo für Wissenschaft, Forschung und Industrie Grenzen gesetzt werden müssten. Die Risiken seien weitaus größer als mögliche Chancen. In fast allen Bereichen seien gentechnische Methoden überflüssig sowie ökologisch und sozial gefährlich. Nicht jede technische Neuerung sei auch ein Fortschritt.

Es gebe in unserer Gesellschaft zahlreiche Ansätze menschenfreundlicher Medizin, artgemäßer Tierhaltung und ökologischer Pflanzenzucht. Diese Ansätze, die im Einklang stünden mit der Natur und den Grundsätzen einer demokratischen, solidarischen Gesellschaft, müssten ausgebaut und gefördert werden. Dort wo in einzelnen eingegrenzten Bereichen Gentechnik akzeptiert werde, dürfe ihr Einsatz nur unter strengen Genehmigungs- und Sicherheitsbestimmungen und unter öffentlicher Kontrolle stattfinden.

„Wir als SozialdemokratInnen dürfen nicht nur zusehen, wie die neuen Techniken unsere Gesellschaft und die Natur verändern. Wir müssen Einfluss nehmen."

Die Expertinnen, vor allem Ellen Mangold und Renate Schnack, versuchten weiter politischen Einfluss zu nehmen. Dem Landesparteitag im April 1997 in Husum berichteten sie über ihre Arbeit. Anmerkung 11)

Kennzeichnungspflicht für Lebensmittel

1992 unterstützte die SPD Schleswig-Holstein die Kampagne „Lebensmittel aus dem Gen-Labor – natürlich nicht!", und in den Folgejahren weitere Aktionen wie „Kein Patent auf Leben" und die Proteste gegen gentechnisch produzierte Rinder- und Schweinewachstumshormone. Im SPD-Landtagswahlprogramm für die Jahre 1992 bis 1996 konnte der Arbeitskreis wichtige Positionen im wirtschaftspolitischen Teil verankern. 1993 beschloss der Landesparteitag der SPD Schleswig-Holstein erneut die Ablehnung gentechnisch veränderter Lebensmittel und forderte eine generelle Kennzeichnungspflicht für solche Produkte. Darüber hinaus kritisierten die Delegierten das bestehende Gentechnikgesetz als völlig unzureichend und lehnten es aus der Verantwortung für die Gesundheit von Menschen, Tieren und Umwelt ab. Mit großer Mehrheit wurden acht Punkte zur Novellierung des Gesetzes beschlossen.

Im gleichen Jahr wurde bekannt, dass erste Freisetzungen gentechnisch manipulierter Pflanzen in Schleswig-Holstein geplant waren. Der Arbeitskreis erhob für den SPD-Landesverband form- und fristgerecht bei der Stadt Ahrensburg Einwendungen. Im Frühjahr 1993 zog die Universität Hamburg den Antrag auf Freisetzung gentechnisch veränderter Kartoffeln zurück. Der Arbeitskreis veröffentlichte die Sammlung „Gentechnologie – Beiträge zur gegenwärtigen Diskussion" mit Artikeln zu den Themen Patentierung, Medizin und Landwirtschaft.

An der Erarbeitung des Landtagswahlprogramms 1996 bis 2000 hat sich der Arbeitskreis erneut beteiligt, so dass auch hier Aussagen zum Thema Gentechnik verankert waren.

„Unsere Entscheidungsgrundlagen für die politische und gesellschaftliche Einordnung und Beurteilung sind die Selbstbestimmung des Menschen in der Gemeinschaft, das gleichberechtigte Zusammenwirken von Frauen und Männern in Familie, Gesellschaft und Staat. Die Würde des Menschen begründet den Anspruch des/der Einzelnen auf menschenwürdige Lebensbedingungen, aber auch ihre Verantwortung dafür, dass alle menschenwürdig leben können ... Forschung und Technik auf der einen, Politik und Gesellschaft auf der anderen Seite, müssen gemeinschaftlichen Werten verpflichtet sein und bleiben", schrieben im Mai 1988 die Gründerinnen des Arbeitskreises im Vorwort ihrer ersten Veröffentlichung der Broschüre „Zur Sache 28". In diesem Sinne haben die Mitglieder des Arbeitskreises weitergearbeitet und möchten auch in Zukunft die Gen- und Reproduktionstechnik innerhalb und außerhalb der Partei diskutieren und bewerten."

„Biotechnologie und Gentechnik verantwortlich gestalten"

Wie viele Initiativen in der Partei litt am Ende auch der AK Gentechnik an Auszehrung. Andere Themen dominierten. Die Landtagsfraktion erforschte das Thema mittels einer Enquete-Kommission. Die SPD-Landesregierung meldete Forschungen der Kieler Universität zur „grünen Gentechnik" sogar als Beitrag zur EXPO 2000 in Hannover an.

Ellen Mangold wurde in das 1996 neu gegründete „umweltforum" der Partei integriert.

Im Landtagswahlprogramm 2000-2005 klang dann durch, dass die SPD Schleswig-Holstein ihre Positionen relativiert hatte: Gentechnik biete eine Reihe von Chancen in der Grundlagenforschung, für bessere Behandlungsmethoden von Krankheiten sowie für die Verbesserung der Qualität von Produkten und Produktionsprozessen, heißt es da. Deshalb sei sie in diesen Bereichen wie andere zukunftsträchtige Entwicklungen zu fördern. Die Kehrtwende hatte auch damit zu tun, dass über 100 biotechnologische Unternehmen und Labors „einen wichtigen Beitrag zum Forschungs- und Innovationsstandort Schleswig-Holstein" leisteten. Es hatte also bereits einen großen Spagat zwischen den sehr grundsätzlichen Positionen der Landespartei und der Praxis der Landesregierung gegeben. Anmerkung 12)

Kapitel 8: Die Zukunft der Arbeit

Die Suche nach neuen Konzepten

Als in der zweiten Hälfte der 70er Jahre Arbeitslosigkeit zum wachsenden Problem in Deutschland wurde, suchte auch die SPD in Schleswig-Holstein nach neuen Konzepten. Unter der Überschrift „Die Zukunft der Arbeit" hatte deshalb der Landesvorstand schon 1983 eine Kommission eingesetzt, die einen „wirtschaftspolitischen Umdenkungsprozess" einleiten sollte und dafür eine breite Basisdiskussion eingeleitet hatte. Eckart Kuhlwein durfte diese Kommission koordinieren, in der u. a. Werner Geest (Arbeiterwohlfahrt) und Erik Gurgsdies (Friedrich-Ebert-Stiftung) mitarbeiteten. Auf dem Reinbeker Parteitag 1985 wurde das Papier beschlossen, das den traditionellen Begriff der Arbeit „zu einem Verständnis sinnvoller Tätigkeit (erweiterte), das die Trennung zwischen Erwerbsarbeit und gesellschaftlicher Arbeit, zwischen privatem und öffentlichem Leben überwindet".

Kritik der Wachstumsideologie

Dieser Ansatz, der einer Entwicklung Rechnung tragen wollte, in der klassische Vollbeschäftigung wegen sich beschleunigender Rationalisierung nicht mehr zu erreichen schien, ging in den Folgejahren wieder verloren.

Ein Kapitel hieß „Kritik der Wachstumsideologie". Danach müsse eine Wirtschaftspolitik, die allein auf quantitatives Wachstum zur Lösung der aktuellen Probleme setze, scheitern, weil sie Wachstumsfaktoren voraussetze, die heute bereits nicht mehr funktionierten, wie etwa die unbeschränkte Belastbarkeit des Menschen und der Natur mit Schadstoffen, Lärm, Abfällen und Stress, unbegrenzte Energie- und Rohstoffquellen und eine unbegrenzt leistungsfähige und ausbaufähige öffentliche Infrastruktur.

Das waren damals bittere Erkenntnisse, wobei der „Club of Rome" mit seiner Denkschrift „Grenzen des Wachstums" von 1972 überall auch die Tagesordnungen der SPD erreichte. Die Ansätze wurden jedoch bald wieder verschüttet. Aus Wachstum wurde „qualitatives" und später „nachhaltiges" Wachstum, womit das Ei des Columbus erfunden war. Anmerkung 13)

Kapitel 9: Der rote Faden der Gerechtigkeit

Ein Markenzeichen wird formuliert

Der spätere Landesvorsitzende Claus Möller hat regelmäßig „den roten Faden der Gerechtigkeit" als besonderes Markenzeichen der schleswig-holsteinischen SPD in Anspruch genommen. Das Thema fand sich in vielen Parteipapieren, Anträgen, Stellungnahmen und Beschlüssen. Es meinte nicht nur – wie das heute gern vornehmlich definiert wird – gerechte Chancen zur Teilhabe oder einen vorsorgenden Sozialstaat. Es meinte auch Umverteilung von oben nach unten durch das Steuerrecht und über Sozialleistungen.

Auf dem Parteitag 1981 in Harrislee beschäftigte sich die Partei zum ersten Mal mit den „Leitsätzen". Und dort fand sich als Grundsatzaussage:

„Gerechtigkeit bedeutet die Verwirklichung gleicher Freiheit, aber auch gleicher Rechte und gleichwertiger Lebenschancen für alle Bürger. Eine gerechte Gesellschaft setzt den Kampf gegen alle Arten von Klassenunterschieden voraus. Eine gerechte Gesellschaft erfordert mehr Gleichheit in der Verteilung von Arbeit, Eigentum, Einkommen und Macht, aber auch beim Zugang zu Bildung und Kultur. Eine gerechte Gesellschaft ist ohne die Gleichberechtigung von Mann und Frau undenkbar."

Gleichzeitig wurde aber auch die Erkenntnis formuliert, dass auch die Sozialeinkommen nicht immer beliebig weiterwachsen könnten:

„Ein grenzenloses Wachstum staatlich finanzierter Sozialleistungen ist weder denkbar, noch ist es wünschenswert und zu verantworten. Es ist nicht wünschenswert, weil es die Bevormundung von Menschen fördert und ihre Fähigkeit zu solidarischer Mithilfe verringert. Es ist nicht zu verantworten, weil staatliche Sozialleistungen immer stärker für die Folgen gesellschaftlicher Probleme aufkommen müssen, ohne dass deren Ursachen bekämpft werden. Es ist nicht denkbar, weil die Finanzierung an Grenzen stößt, die die Krise der Industriegesellschaft erzwingt: Weniger Wachstum bedeutet weniger staatliche Mittel für mehr soziale Probleme."

„Wir wollen das Netz der sozialen Sicherung erhalten und ausbauen, aber wir wollen dafür sorgen, dass es weniger gebraucht wird. Deswegen setzen wir uns für eine vorbeugende Gesellschaftspolitik ein, die die Ursachen sozialer Probleme beseitigt. Dazu gehören

- bessere und gesicherte Einkommen für die benachteiligten Gruppen der Bevölkerung, die es vielen Bürgern ermöglichen, auf die Inanspruchnahme staatlicher Sozialleistungen zu verzichten. Deshalb sind wir für das Recht auf Arbeit. Deshalb wollen wir die ungerechte Verteilung der Arbeitseinkommen und der Renten abbauen. Deshalb fordern wir garantierte Mindestlöhne. Und deshalb streiten wir für die gleiche Behandlung von Männern und Frauen.
- menschliche Wohn- und Arbeitsbedingungen, die die Entstehung körperlicher und seelischer Krankheiten vermeiden helfen ..."

Protest gegen Kohls „Zerschlagung" des Sozialstaats

Zwei Jahre später hat CDU-Kanzler Helmut Kohl die „Wende" eingeleitet. Er legte einen Bundeshaushalt vor, in dem eine Reihe von Sozialleistungen gekürzt werden sollte. Auf dem Landesparteitag 1983 protestierten Schleswig-Holsteins Sozialdemokraten gemeinsam mit den Gewerkschaften gegen den Sozialabbau:

„Die Arbeitnehmer in der Bundesrepublik Deutschland haben mit großer Empörung die Eckdaten des Bundeshaushalts zur Kenntnis genommen. Dieser Haushalt und die damit verbundenen Begleitgesetze führen zu einer Zerschlagung des Sozialstaats, der im Grundgesetz verankert ist. Die Sozialdemokraten werden die Gewerkschaften in ihren Maßnahmen gegen die Zerschlagung des Sozialstaats nachdrücklich unterstützen.

Während auf der einen Seite überflüssige Steuergeschenke z. B. im Bereich der Vermögensteuer und der Wirtschaft vorgenommen werden, wird auf der Seite der Arbeitnehmer und ihrer Familien und auf der Seite der sozial Schwächeren das soziale Netz zerschnitten, gerade in dem Augenblick, in dem es wirklich gebraucht wird. Dies trifft auch in besonders dramatischer Weise die ohnehin schon benachteiligten Frauen in unserer Gesellschaft.

Dass es sich nicht um Einzelkorrekturen bei Sozialleistungen, sondern um eine gezielte Umverteilungspolitik von unten nach oben handelt, wird deutlich, wenn man sich nur einige wenige Personengruppen, die betroffen werden, ansieht: Arbeitnehmer, Mieter, Wohngeldbezieher, Mütter, BSHG-Empfänger, Rentner, Kriegsopfer und Kranke, Behinderte, Arbeitslose und Sozialhilfeempfänger. Diese Politik gefährdet den sozialen Frieden in der Bundesrepublik."

Sozialpolitik nicht Anhängsel der Wirtschaftspolitik

1986 im Mai spielte erneut auf einem Landesparteitag die Sozialpolitik eine entscheidende Rolle. In Meldorf wurden die Bundestagskandidaten aufgestellt, und sie erhielten ihr Mandat mit auf den Weg. Gleichzeitig wurden Forderungen an das Bundestagswahlprogramm der SPD für 1987 gerichtet, nach denen Sozialpolitik nicht zu einem „Anhängsel der Wirtschaftspolitik verkommen" dürfe. Nicht Wachstum allein, vor allem dessen Verteilung sichere Lebensqualität für alle. Die Krise des Sozialstaats sei nicht Ursache, sondern Folge des wirtschaftlichen Systems. Heftige Kritik richtete sich gegen die Bundesregierung Kohl, welche die Krise für eine „gewaltige Umverteilungsaktion von unten nach oben genutzt" habe. Aus dem Sozialstaat entstehe „eine Zwei-Drittel-Gesellschaft". Anmerkung 14)

Sozialpolitik wird „Schwerpunkt"

Dem Landesparteitag 1993 berichtete Willi Piecyk, der Landesvorstand habe sich vorgenommen, den Schwerpunkt der Arbeit auf den ganzen Themenkomplex „Soziale Gerechtigkeit" zu konzentrieren. Er wolle dabei vor allem die Bereiche Wohnungspolitik, Steuergerechtigkeit, Sicherung vor Armut und Angebot an sozialen Einrichtungen angehen. Wenn die SPD bundesweit mehrheitsfähig werden wolle, müsse sie als die Partei der sozialen Gerechtigkeit anerkannt werden, die kompetent sei, die wirtschaftlichen, finanziellen und sozialen Probleme unserer Gesellschaft zu lösen. Ergebnis der Arbeit war ein Beschlusspapier, das dem Landesparteitag im Mai 1995 in Damp vorgelegt wurde:

In der Einleitung des Papiers hieß es:

„Die SPD will den Sozialstaat modernisieren, um seine Leistungsfähigkeit zu sichern und zu stärken, und um die Teilhabemöglichkeiten der Menschen zu erweitern.

Der Sozialstaat hat eine freiheitsstiftende Aufgabe: als Versicherung auf Gegenseitigkeit gegen die Risiken des Lebens und als Garant für die Teilhabe am sozialen und politischen Prozess. Beide Prinzipien machen den Charakter des Sozialstaates aus. Beide müssen gestärkt werden. Wir wollen den solidarischen Umbau des Systems der sozialen Sicherung. Dabei wenden wir uns gegen eine Privatisierung der elementaren Lebensrisiken.

Claus Möller wickelte als Landesvorsitzender von 2003 bis 2007 den „Roten Faden der Gerechtigkeit" für die schleswig-holsteinische SPD.

Ein hoher Grad sozialversicherungspflichtiger Beschäftigung ist die Voraussetzung für das Funktionieren der Sozialpolitik.

Wir brauchen daher:

- eine innovative Wirtschaftspolitik,
- eine aktive Arbeitsmarktpolitik,
- eine ökologische Steuerreform."

Das Papier forderte dann in der EU eine Sozialgesetzgebung, die diesen Namen auch verdiene. Über die verbindliche Umsetzung der Sozialcharta hinaus müsse es Ziel einer europäischen Sozialpolitik sein, soziale Rechte (z. B. Mindestsicherung, Aus- und Weiterbildung) europaweit festzulegen. Für alle Standards müsse gelten, dass es Mindeststandards seien, die sich aus den Mittelmaßen ergeben, die von den schwächsten Gliedern erst noch zu erreichen seien. Die stufenweise Erhöhung auf die weitestgehenden Standards in den Mitgliedsländern müsse als endliches Ziel fixiert werden.

Für Deutschland forderte die SPD Schleswig-Holstein eine Steuerpolitik, die insbesondere Geringverdiener und ihre Familien entlaste, die Auflösung des Ehegattensplittings, die Einführung eines einheitlichen Kindergeldes von 250 DM im Monat, höhere Lohneinkommen für Arbeitnehmer. Weiter ging es um die „bedarfsorientierte Mindestsicherung", die für Erwerbsunfähige, Rentner, Schüler, Studierende und Arbeitslose gezahlt werden solle. Das Papier wandte sich auch entschieden gegen die „Politik der Deregulierung", die eine Spirale ohne Ende in Gang gesetzt habe, und prangerte das „Scheitern des Wirtschaftsliberalismus" an.

Auch die Auseinandersetzung mit der Polemik gegen sogenannte „Sozialschmarotzer" fehlte nicht: Die SPD bekämpfe jegliche Form des Missbrauchs öffentlicher Leistungen, hieß es. Dazu gehörten Steuerhinterziehung, Subventionsbetrug, illegale Beschäftigung und Missbrauch von Sozialleistungen. Sie spreche sich aber gegen eine einseitige Diskussion über Sozialmissbrauch aus, die mit dem erkennbaren Ziel geführt werde, den Sozialstaat weiter zu diskreditieren und Hilfsbedürftige als Sündenböcke einer verfehlten Arbeitsmarkt-, Wirtschafts- und Sozialpolitik abzustempeln. Anmerkung 15)

Kapitel 10: Die Krise von 1993

Die Barschel-Affäre und die Folgen

1987 hatte der damalige CDU-Ministerpräsident Uwe Barschel im Landtagswahlkampf einen „Medienberater" engagiert, der Björn Engholm ausspionieren und öffentlich in Misskredit bringen sollte. Reiner Pfeiffer, über den Axel-Springer-Verlag vermittelt, zeigte sich als „agent provocateur", der eigene Geschichten anzettelte, um Material gegen Engholm zu sammeln. Aber die Machenschaften flogen auf: Pfeiffer offenbarte sich dem SPD-Pressesprecher Klaus Nilius. Der „Spiegel" berichtete noch vor dem Wahltag im September 1987 von „Waterkantgate". Die SPD wurde eine Woche später mit 36 Sitzen vor der CDU (33) stärkste Fraktion im 74-sitzigen Kieler Landtag. Auch mit der einen Stimme vom SSW (Karl-Otto Meyer) hätte es aber nicht zu einer Regierungsmehrheit gereicht. Die FDP hatte sich Uwe Barschel versprochen.

Günther Jansen bewertete nach der Wahl das Ergebnis vor dem Landesausschuss in Kiel: In Schleswig-Holstein sei die SPD regierungsfähig. Jetzt gehe es darum, das Wahlprogramm umzusetzen. Schleswig-Holstein zeige eine absolute Mehrheit gegen die Kernenergie, die Wahl sei eine Rückenstärkung für Hans-Jochen Vogel. Björn Engholm: Die Verliererpartei CDU versuche den Sieger zu spielen und die FDP (4 Sitze) begebe sich abenteuerlich in den Schoß der CDU, und die tue so, als hätte sie die Mehrheit. Karl-Otto Meyer habe auch eine Minderheitsregierung für möglich gehalten, das sei nicht undemokratisch. Engholm kündigte an, dass Landesvorstand und Landtagsfraktion eine Dokumentation über Häme und Skandale der letzten Jahre planten: „Aufräumen im Luderhaufen".

Carsten F. Sörensen aus Nordfriesland warnte vor „vorschnellen Neuwahlen". Der designierte Innenminister Hans-Peter Bull hielt eine Auflösung des Landtags auch durch den amtierenden Ministerpräsidenten Henning Schwarz für möglich. Norbert Gansel wollte, dass alle Möglichkeiten des Parlaments ausgeschöpft würden, bevor es zu Neuwahlen komme. Konrad Nabel (MdL aus Stormarn) erinnerte daran, dass Jansen im Wahlkampf versprochen habe, keine Koalition mit der FDP einzugehen.

Jansen will nicht mehr kandidieren

Am 7. Oktober 1987 fand eine Sondersitzung des Landesvorstands in Treia mit den Kreisvorsitzenden und Mitgliedern der Mannschaft statt: Jansen kündigte an, dass er auf dem bevorstehenden Landesparteitag nicht wieder kandidieren werde, vor allem aus familiären Gründen. Es gebe eine neue Konstellation: Gerd Walter, Willy Piecyk, Kirsten Röhlke (IG-Metall Flensburg) und Claus Möller. Der Frauenanteil müsse erhöht werden, es sollten nicht zu viele Fraktionsmitglieder in den Landesvorstand, außerdem müsse auf die regionale Verteilung geachtet werden.

Dann bat Jansen um Vertraulichkeit für die nächsten zwei Tage: Es handle sich um einen „diffizilen Bereich". Die Ermittlungen der Staatsanwaltschaft richteten sich bis heute ausschließlich gegen Pfeiffer (den Medienreferenten), Befragungen, Hausdurchsuchung, es gebe aber bisher keine offiziellen Ermittlungen gegen die Staatskanzlei. Erst seit heute gebe es einen „Anfangsverdacht" gegen den Ministerpräsidenten Barschel mit Antrag auf Aufhebung der Immunität. Die Staatsanwaltschaft habe dabei Erkenntnisse über Pfeiffer-Kontakte zur SPD registriert. Montag, der 7. September, sei der Tag der ersten Spiegel-Veröffentlichung gewesen. Jansen berichtete von Kontakten über den SPD-Pressesprecher Klaus Nilius zu Pfeiffer.

Uwe Barschel wurde am 10. Oktober tot in der Badewanne in einem Genfer Hotel aufgefunden. Bei einer gemeinsamen Sitzung von Landesvorstand und Landtagsfraktion am 13. Oktober kündigte Engholm den „Kampf um eine andere Regierung durch ein Votum der Wähler" an. Die Kampagne Pfeiffers sei mit Wissen und Duldung von Mitgliedern der Landesregierung organisiert worden. Die SPD sei weiter gegen Vorverurteilungen, Barschels Rücktritt sei durch Erklärungen seiner eigenen Freunde erfolgt. Der Landesvorstand sei am 7. Oktober über Kontakte Nilius-Jansen-Pfeiffer informiert worden. Es sei objektiv ein Fehler gewesen, dass Jansen, Nilius und Engholm Partei und Öffentlichkeit nicht früher darüber informiert hätten.

Engholm erklärte das so: Wenn ihm vor der Wahl gesagt worden wäre, hinter dem allem stecke der Ministerpräsident, dann wisse er nicht, wie die letzte Wahlkampfwoche abgelaufen wäre. Was wäre gewesen, wenn die SPD den Vorwurf erhoben hätte, Barschel lasse die SPD bespitzeln. Jansen und Nilius hätten außerdem ernsthafte Zweifel an der Figur Pfeiffer und an seiner Geschichte gehabt.

Nilius habe jetzt Probleme mit den Journalisten, er habe sich „nur halb richtig oder ganz falsch" geäußert, auch wegen möglicher Folgen im bevorstehenden Untersuchungsausschuss. Jetzt müsse ein Weg gefunden werden, so schnell wie möglich zu Neuwahlen zu kommen, sonst gebe es auf Monate hinaus ein „Patt" und die Glaubwürdigkeit der Politik gehe gegen null.

Jansen wusste, „dass das falsch war"

Jansen erklärte, er habe Pfeiffer am 7. September überhaupt zum ersten Mal gesehen. Jansen und der Anwalt hätten damals gesagt, dass die SPD die Finger davon lassen sollte, während des Gesprächs hätten sie aber nicht gewusst, dass es vorher bereits Kontakte zwischen Pfeiffer und Nilius gegeben habe. Nilius habe aus ehrenwerten Motiven gehandelt. Jansen habe am Wahlsonntag noch bestritten, etwas gewusst zu haben. „Ich wusste, dass ich etwas falsch mache."

Sigrid Warnicke, MdL aus Lübeck, fragte nach, warum Engholm am 13. September über Kontakte zu Pfeiffer informiert wurde, am 19. aber erklärt habe, ihm sei über Kontakte nichts bekannt. Klaus Klingner (der spätere Vorsitzende des Untersuchungsausschusses) kritisierte ein miserables Krisenmanagement. Es gebe eine konzertierte Bemühung der Gegenseite, „uns den Pfeiffer in die Schuhe zu schieben". Das politische „Schlachten" Barschels habe die CDU gemacht. Horst Hager, MdL aus Pinneberg, forderte, Jansen müsse Landesvorsitzender bleiben und Nilius Pressesprecher. Rüdiger Möbusz, MdL aus Lübeck, äußerte das Gefühl, dass noch nicht alles auf dem Tisch sei. Norbert Gansel meinte, das Stillschweigen nach dem 13. September habe die Funktion gehabt, uns gegenseitig zu schützen. Wir hätten uns taktisch richtig verhalten und der Preis sei Glaubwürdigkeit gewesen.

Günter Neugebauer, MdL aus Rendsburg, schlug vor, auf die Wahl eines Ministerpräsidenten zu verzichten. Eine Mehrheit könnte nur mit Überläufern gelingen, und das wäre kein guter Neuanfang. Wer für Aufklärung sei, dürfe sich nicht mit der anderen Seite zusammensetzen, es könne also keine gemeinsame Übergangsregierung geben. Es sei nicht vermittelbar, dass Nilius und Jansen nach dem 13. September geschwiegen hätten. MdL Ernst-Dieter Rossmann: Die SPD brauche jetzt einen unbelasteten Sprecher, Nilius sei ein Grenzgänger zwischen Pressesprecher und Nachrichtenhändler. Jansen dürfe die Partei jetzt nicht im Stich lassen. Peter Zahn, MdL aus Eutin, war gegen einen „Selbstzerfleischungsprozess". Nilius bat um Beurlaubung.

Gerd Walter erklärte, wir hätten seit dem 13. September in der Informationspolitik „Mist gebaut". Die Folgen der Fehler in der Partei seien nicht zu unterschätzen. Jansen habe das zwar allein entschieden und zu verantworten. Wir kauften uns durch billige Distanzierungen jedoch nicht von der Mitverantwortung frei. Jansen solle seine Rücktrittsankündigung revidieren. Sein Vorschlag sei die Tolerierung einer Geschäftsführenden Landesregierung unter dem stellvertretenden Ministerpräsidenten Henning Schwarz unter Bedingungen: Beschleunigung der Arbeit des Parlamentarischen Untersuchungsausschusses, eine Erklärung im Landtag, dass nach dem Abschlussbericht Neuwahlen eingeleitet würden, und eine Beschränkung des Wahlkampfs dafür. Wenn die CDU das ablehne, werde Engholm im Landtag kandidieren.

Jansen blieb dabei, dass ein „geordneter Wechsel" im Landesvorsitz nicht falsch sein müsse. Es wurde weiter über Strategie und Taktik gesprochen. Gansel bat Jansen, bis zu Neuwahlen in Schleswig-Holstein Landesvorsitzender zu bleiben. Engholm beklagte sich über eine Fortführung der Kampagne gegen ihn mit neuen Mitteln, er werde zurzeit rund um die Uhr bewacht, Verrückte riefen nachts an. Es gebe inzwischen außerhalb der Staatskanzlei einen Apparat, der nur der Desinformation diene. Das neueste Gerücht sei, er, Engholm, habe ein Zweit-Eigentumsappartement in Kiel.

Auf der ersten Klausursitzung des neugewählten Landesvorstands am 11. Dezember 1987 in Owschlag trug Gert Börnsen unter der Überschrift „Was lernen wir daraus" vor: Podien über politische Kultur, auch mit Parteifremden, Verfassungsrechtlern, Journalisten zum Thema 4. Gewalt (welche Rolle hat die Presse gespielt?). Auch Podien mit anderen Parteien, Flugblätter zur Aufarbeitung, Wählerinitiative Nord, Veranstaltungsreihe „Für einen neuen Anfang". Differenzieren, auch bei der CDU. So sah das auch Gerd Walter.

Der Fraktionsvorsitzende Gert Börnsen versuchte, die Partei zusammenzuhalten.

Die „Schubladen-Affäre"

Viereinhalb Jahre später, im März 1993, kam es zu einer neuen Krise. Jansen hatte in einer „Schublade" 40.000 DM für den notleidenden Pfeiffer gesammelt. Er musste das Kabinett verlassen. Im Mai 1993 wurde öffentlich, dass Engholm doch bereits vor der Landtagswahl 1987 von der Person Pfeiffer wusste. Auch Engholm trat von seinen Funktionen zurück. Es gab einen neuen Untersuchungsausschuss unter der Leitung von Heinz-Werner Arens. Die Schubladenaffäre zerriss die Partei. Die Affäre Barschel schien zur „unendlichen Geschichte" zu werden. In einem Artikel im „Stormarner Tageblatt" stellte Eckart Kuhlwein fest, dass aus den Opfern von 1987 heute nicht Täter gemacht werden könnten. Anmerkung 16)

Gansel kritisiert Engholms Verhalten

Die Diskussion in der SPD ging jedoch weiter. Norbert Gansel, Mitglied des SPD-Parteivorstands, kritisierte nach dem Rücktritt des Parteivorsitzenden und Ministerpräsidenten öffentlich, dass „Engholms Umgang mit der Wahrheit" nach der Grenzsituation von 1987 „nicht vertretbar" gewesen sei. Für den Kampf mit der Wahrheit sei in den letzten Wochen der Zeitpunkt verpasst worden. Engholm habe jetzt für sein Verhalten die Verantwortung übernommen und klare Konsequenzen gezogen. Das verdiene politischen Respekt, und das verdiene auch menschliche Anerkennung. Seine Leistungen für Schleswig-Holstein und die SPD blieben bestehen.

Die schleswig-holsteinische Landesregierung habe im Unterschied zu Barschels Staatskanzlei keine kriminellen Machenschaften organisiert. Die schleswig-holsteinische SPD habe keine Vergiftung des politischen Klimas betrieben, wie sie die CDU des Landes über Jahrzehnte zu verantworten hatte. Wir seien aber unserem selbst gesetzten Anspruch, in Schleswig-Holstein aufzuklaren und eine neue politische Kultur zu schaffen, nicht mit letzter Konsequenz gerecht geworden.

Sie waren sich nicht immer einig, Eckart Kuhlwein, Heide Simonis und Norbert Gansel. In der Krise der Partei spielten sie unterschiedliche Rollen. Am Ende war Heide ganz vorne.

Im Geschäftsführenden Vorstand wurde am 12. Mai 1993 die neue Lage beraten. Piecyk war spät über die jüngsten Erkenntnisse unterrichtet worden. Deshalb hatte es noch im März Durchhalteparolen der Landes-SPD gegen eine schleswig-holsteinische „Presseverschwörung" gegeben (auf dem Kreisparteitag in Rendsburg-Eckernförde hatte Engholm dafür sogar rote Boxhandschuhe geschenkt bekommen, um sich besser wehren zu können). Detlef Köpke, der Kreisvorsitzende und stellvertretende Landesvorsitzende, war deshalb besonders empört über die neue Wendung. Piecyk stellte die Frage, ob da noch mehr kommen könnte, und ob es für den Parlamentarischen Untersuchungsausschuss von 1987/88 weiteren Korrekturbedarf gebe.

Heide Simonis wird Nachfolgerin

Heide Simonis wurde vom Landesvorstand einstimmig als Nachfolgerin Engholms nominiert. Sie erklärte am 12. Mai vor einer großen Runde in Rendsburg (das halbe Landeshaus hatte sich zur „öffentlichen" – so wollte es die Satzung – Landesvorstandssitzung versammelt): Die Rücktritte von Jansen und Engholm hätten die SPD erschüttert, beide hätten über Jahre den Landesverband wesentlich geprägt. Sie hätten Verantwortung für Fehlverhalten übernommen, aber könnten sich weiter Genossen nennen. Es gebe eine Mischung aus Trauer und Enttäuschung. Jetzt sei die Frage, wie es mit der SPD-Politik in Schleswig-Holstein weitergehe. Personalfragen werde sie erst klären, wenn sie gewählt worden sei. Franz Thönnes, damals Kreisvorsitzender in Stormarn: Das Fahrwasser werde unruhiger werden, an Steuerbord und an Backbord, wir müssten darauf achten, dass wir bei dieser Fahrt niemanden verlören. Marianne Tidick machte Vorwürfe gegenüber denjenigen, die „das Gift des Zweifels" säten.

Heide Simonis wollte „neuen Stil üben". Niemand solle an „Leichen im Keller" denken. Die meisten hätten Vertrauen, dass das so sei, wie es jetzt geschildert worden sei. Sie müsse den Leuten glauben können. Alle, die sich nicht persönlich versündigt hätten, könnten in der Partei bleiben. Von innerparteilichen Untersuchungsausschüssen halte sie nichts.

Eckart Kuhlwein legte den Entwurf für eine „Eckernförder Erklärung" vor. Es gebe Fragen aus der Partei, ob noch etwas Wesentliches aus 1987 verborgen geblieben sei. Ob es noch etwas nachzutragen oder zu korrigieren gebe. Der Landesvorstand habe das nicht ausschließen können. Er habe sich vor dem Landesparteitag nicht volle Klarheit verschaffen können. Er sei auch kein Untersuchungsausschuss. Kuhlwein wollte mit der „Eckernförder Erklärung" die Partei wieder zusammenbinden. Nicht alle waren jedoch mit dem selbstkritischen Papier einverstanden. Im Geschäftsführenden Landesvorstand gab es vor allem durch Gisela Böhrk (stellvertretende Vorsitzende) noch Abschwächungen. Anmerkung 17)

Engholm und Jansen nehmen Stellung

Am 15. Mai 1993 erklärte Engholm vor dem Landesparteitag in Eckernförde: Nach der Falschaussage vor dem Parlamentarischen Untersuchungsausschuss habe er das nicht durchstehen können. Er habe sich mit einer Reihe von Freunden beraten. Alle seien sich einig gewesen, dass er das korrigieren müsse. Es gebe keine Vorwürfe gegenüber Beratern, niemand habe sich etwas vorzuwerfen. In kritischer Distanz müsse differenziert werden: Engholm und Jansen seien nicht Verursacher der kriminellen Machenschaften. Sie hätten Fehler gemacht und die Konsequenzen seien ausreichend.

Günther Jansen sagte, er habe beim Gespräch mit Pfeiffer im Lübecker Hotel „Lysia" 1987 in der letzten Woche vor der Wahl versucht, eine richtige Entscheidung zu treffen. Er habe Pfeiffer misstraut, diese Erkenntnis habe sich bestätigt. Er habe Pfeiffer jetzt privat geholfen, das könne gerichtet werden, aber „ich will es gemacht haben dürfen, weil endlich einer ausgepackt hat". Sein Appell an die Partei: „Hört nie bei Grundsätzlichkeit von Programmen auf, sondern setzt Schritt für Schritt die Programme um. Und lasst nie die Sozialpolitik in den Hintergrund treten."

Aber auch nach dem Landesparteitag kehrte keine Ruhe ein. Der Landesvorstand war gespalten in „Aufklärer" und „Vertuscher", wie einige das nannten. Der Landesgeschäftsführer hatte den Parlamentarischen Untersuchungsausschuss über seine Kenntnis der Abläufe informiert. Das führte zu einer heftigen Vertrauenskrise mit dem Landesvorsitzenden Willi Piecyk. Der Landesvorstand war sich am 4. Juni 1993 nicht einig, ob Kindsmüller richtig gehandelt hatte.

Am 31. Oktober 1993 kam die Landtagsabgeordnete und Rechtsanwältin Claudia Preuß-Boehart (Kreis Lauenburg), die SPD-Sprecherin im Untersuchungsausschuss, mit neuen Informationen in den Landesvorstand. Sie hatte Streit mit Gert Börnsen in der Fraktion gehabt und konnte sich gegen ihn nicht durchsetzen. Der Landesvorstand war ratlos, wie er mit den neuen Erkenntnissen und Thesen umgehen sollte. Der Bruch in der Partei vertiefte sich. Preuß-Boehart verwies darauf, dass sie auf das Landtagsmandat nicht angewiesen sei.

Piecyk in Sorge

Willi Piecyk sagte am 2. November 1993 nach einer Sitzung des SPD-Landesvorstandes im Namen des Gremiums:

„Nach jüngsten Hinweisen, Presseberichten und Zeugenaussagen hat der Landesvorstand der schleswig-holsteinischen SPD erneut über Fragen und Probleme im Zusammenhang mit dem Gegenstand des Untersuchungsausschusses ausführlich beraten. Der Landesvorstand ist in Sorge. Er erinnert an die „Eckernförder Erklärung" des Landesparteitages vom Mai 1993.

Der Landesvorstand unterstützt und begleitet alle Bemühungen der Landtagsfraktion, die sich aufgrund der Berichte und neuerer Zeugenaussagen ergebenden Widersprüche zu bisherigen Aussagen schnell aufzuklären und weiteren Schaden von der Partei abzuwenden."

Ein letzter Befreiungsschlag

Am 13. November 1993 gab es in Kiel-Friedrichsort einen weiteren Landesparteitag, auf dem Günther Jansen mit einer bewegenden Rede ein letzter Befreiungsschlag gelang. Werner Kindsmüller, der Landesgeschäftsführer, hatte noch fünf Tage zuvor im Geschäftsführenden Landesvorstand festgestellt, dass der laufende Untersuchungsausschuss unter der Leitung von Heinz-Werner Arens „eine erdrückende Beweislage" zeige. Piecyk sprach von Wahrnehmungsstörungen. Die Bundestagsabgeordneten wollten auf dem Parteitag einen Antrag für eine parteiinterne Untersuchungs- und Feststellungskommission einbringen. Sie wollten die Verantwortlichen des Landtagswahlkampfs 1987 auffordern, endlich die Wahrheit auf den Tisch zu legen und auf alle Funktionen und Mandate in der und für die SPD vorläufig zu verzichten. Angesichts des großen Beifalls für Günther Jansen verließ sie der Mut.

Die Debatte auf dem Parteitag lief nach Jansens Rechtfertigungsrede in eine andere Richtung. Die Partei wollte Frieden schließen. Die Aufklärung stand nicht mehr an der ersten Stelle. Der Parteitag beschloss deshalb die folgende Resolution:

„Durch Zeugenaussagen im Untersuchungsausschuss sind Zweifel entstanden, ob führende Sozialdemokraten 1987 nicht früher als angegeben von den Machenschaften Barschels und Pfeiffers gegen die SPD und Björn Engholm und von einem ‚Informanten aus der Staatskanzlei' gewusst haben.

Neue Beweismittel stehen im Widerspruch zu den Zeugenaussagen: Alle Betroffenen und Zeugen haben Anspruch darauf, dass die SPD keine voreiligen Bewertungen und Vorverurteilungen vornimmt.

Durch Fehler von Sozialdemokraten ist politischer Schaden entstanden. Die gesamte Partei wird dafür in politische Haftung genommen. Fehler von führenden Sozialdemokraten im Zusammenhang mit Informationen über die Machenschaften Barschels sind in keiner Weise mit den Machenschaften selbst zu vergleichen.

Der Landesparteitag erwartet, dass der Parlamentarische Untersuchungsausschuss seine Arbeit weiterhin zügig fortsetzt. Er unterstützt die Landtagsfraktion dabei, ohne Ansehen der Person im Sinne des Einsetzungsbeschlusses weiter aufzuklären. Die Betroffenen und die Zeugen haben Anspruch darauf, dass allen Hinweisen zügig nachgegangen wird.

Björn Engholm und Günther Jansen haben für ihre Fehler die politische Verantwortung übernommen und die Konsequenzen gezogen. Sie haben damit Maßstäbe gesetzt.

Wir müssen wieder all unsere Kraft auf die Lösung der Probleme unseres Landes konzentrieren können: die Bekämpfung der Arbeitslosigkeit, die Schaffung von ausreichendem Wohnraum, die Versorgung mit Kindergartenplätzen, die ökologische Erneuerung unserer Wirtschaft und Infrastruktur." Der Antrag wurde mit großer Mehrheit angenommen.

Börnsen wollte das PUA-Gesetz ändern

Im Februar 1994 kam es über der Frage, ob die im Untersuchungsausschuss „Betroffenen" Jansen, Engholm und Nilius auch als Zeugen (und damit vereidigungsfähig) geladen werden sollten, zum Konflikt zwischen Börnsen/Piecyk auf der einen und der Mehrheit des Landesvorstands auf der anderen Seite. Das von der SPD in den Jahren nach 1988 maßgeblich geprägte Gesetz über Untersuchungsausschüsse sah diese Möglichkeit ausdrücklich vor. Börnsen wollte deshalb das Gesetz ändern. Das wäre mit einer Einstimmenmehrheit im Landtag ohnehin schwierig gewesen, weil eventuell nicht alle mitgemacht hätten. Nilius drohte damit, gegen die entsprechende Bestimmung des Gesetzes vor das Bundesverfassungsgericht zu ziehen. Die erklärte Sorge der Fraktionsführung war, dass der Ausschuss „zur unendlichen Geschichte" werden und dann auch die Wahlen 1994 und 1996 negativ beeinflussen könnte. Heide Simonis und Hans-Peter Bull hielten nichts von einer Gesetzesänderung. Kuhlwein schlug vor, „im laufenden Verfahren aus rechtsstaatlichen Überlegungen auf eine Änderung des Untersuchungsausschussgesetzes zu verzichten". So wurde es dann auch beschlossen.

Willi Piecyk sah am 14. Februar „einen Webfehler im Gesetz". Heinz-Werner Arens berichtete über die Anhörung der Rechtsbeistände von Jansen und Engholm. Jansen sei bereit, als Zeuge für Sachverhalte zur Verfügung zu stehen, in denen er „nicht Betroffener" sei. Sonst nur nach einer verfassungsrechtlichen Prüfung. Gansel wies darauf hin, dass der Betroffenenstatus für die Akteure „Privilegien" enthalte, während die kleinen Zeugen mit ihren Aussagen Risiken eingingen. Ingrid Franzen, Landtagsabgeordnete aus Flensburg, warnte: Der Landesausschuss „würde es uns um die Ohren schlagen". In der Landtagsfraktion werde massiver Druck ausgeübt, aber Druck erzeuge „Gegendruck". Gansel: Wer vor dem Ausschuss die Wahrheit sagen wolle, habe nichts zu befürchten. Es gehe um die Einforderung politischer Verantwortung. Man könne niemandem erklären, warum Engholm, Jansen und Nilius nicht als Zeugen aussagen wollten.

Die „Schublade" dichtmachen?

Nach der glimpflich verlaufenen Kommunalwahl 1994 rechtete Börnsen im Landesvorstand: Jeder wisse, dass es im Land eine Veränderung der sozialdemokratischen Identität gebe, seit der Dreck unter erheblicher Beteiligung von Sozialdemokraten so kräftig umgerührt worden sei. Die SPD sei eine Partei genau wie alle anderen, wir hätten uns 1988 moralisch überhöht. Heute werde die „Schublade" als „Kontinuum" gebraucht, um immer wieder zu beweisen, dass Sozis Dreck am Stecken hätten. Es wäre richtig, den Menschen aufs Maul zu schauen, die wollten, dass endlich die Schublade dichtgemacht würde. Piecyk hielt es für „fatal, wenn im Ausschuss das eine oder andere offen bliebe".

Am 13. Februar 1995 in Rendsburg ließ sich der Landesvorstand von Arens berichten: Die 40.000 Mark in der Schublade stammten nicht von der SPD, aber vielleicht aus mehreren Kassen. Es gebe zwei Versionen – als „gewisses Dankeschön", oder unter Druck. Nilius habe 1987 „aktive Pressearbeit" betrieben, auch Engholms Eingeständnisse sprächen für eine Revision des ersten Untersuchungsberichts von 1988. Die acht Feststellungen im damaligen Bericht des Parlamentarischen Untersuchungsausschusses seien zumindest in der Form heute nicht mehr haltbar. Aber es gebe auch keine Klarheit, wie es wirklich gewesen sei.

Einige CDU-Leute meinten heute, so Arens, so schlimm sei Barschel gar nicht gewesen. Andere wollten – wie der Fraktionsvorsitzende Hennig – die Geschichte völlig umschreiben. Die politische Verantwortung werde immer bei Barschel bleiben, er habe Pfeiffer für den Landtagswahlkampf als Spezialisten geholt. Aber anders als 1987 müsse die Frage nach ausdrücklichen Aufträgen Barschels an Pfeiffer neu gestellt werden. Im Bericht sei auch eine selbstkritische Haltung der SPD notwendig. Einen Riss in der Fraktion könne es nur geben, wenn sie es nicht schaffe, zu einer gemeinsamen Bewertung zu kommen.

Kuhlwein wies darauf hin, dass der Landesvorstand „nicht Schiedsrichter" sein könne. Die Vorgänge müssten – wie in der Eckernförder Erklärung beschrieben – im Untersuchungsausschuss geklärt werden. Es liege an der Führungsfähigkeit des Fraktionsvorsitzenden, dass die Partei dabei keinen Schaden leide. Vielleicht ließen sich die Positionen gegenüberstellen und deutlich machen, dass eine restlose Klärung nicht möglich sei. Dies könnte wieder Frieden herstellen. Auch wenn dann ein Rest an Misstrauen und Unbehagen übrigbleibe. Börnsen bat den Landesvorstand um eine Erklärung des politischen Willens, „dies gemeinsam hinzukriegen".

Am 31. März forderte Piecyk die Landtagsfraktion auf, alles für einen „gemeinschaftlichen Bericht" der Fraktion im Landtag zu tun. Die CDU inszeniere eine Wahlbetrugsdiskussion, dagegen müssten wir uns gemeinsam verwahren. Wir könnten auch sagen, „dass wir Mist gemacht haben". Börnsen kündigte an, die Fraktion werde alles tun, um unterschiedlichen Positionen im Bericht Raum zu geben. Er wolle ein Papier anstreben, das von allen – auch von Karl-Otto Meyer (SSW) – mitgetragen werden könne.

Klaus Potthoff, Kreisvorsitzender in Plön, drückte die Erwartung aus, dass es in der Fraktion über den Bericht zum Konsens komme. Claudia Preuß-Boehart schränkte ein, die Konsensfähigkeit müsse sich an den Tatsachen orientieren. Die „Eckernförder Erklärung" habe klare Vorgaben gesetzt. Börnsen sah keine Streitigkeiten. Es gelte die Unschuldsvermutung, solange im Ausschuss keine Beweise erbracht würden. Es könne keinen Bericht auf der Grundlage von Verdächtigungen und Unterstellungen geben.

Kuhlwein wies wieder auf die Rolle der Fraktion und ihres Vorsitzenden nach der Eckernförder Erklärung hin. Damals habe es geheißen: „Wir sind die Aufklärungspartei." Sonja Jacobsen, die Schatzmeisterin der Landes-SPD, wollte „die Schublade zumachen, wenn sie leer ist".

Arens forderte vom Landesvorstand, auf dem Weg der Eckernförder Erklärung zu bleiben.

Widersprüche in den SPD-Aussagen

Am 23. Oktober 1995 berichtete Arens dem Landesvorstand über Widersprüche in den SPD-Aussagen, die der Ausschuss festgestellt habe. Außerdem deuteten Indizien darauf hin, dass Pfeiffer sehr viel selbstständiger gehandelt habe, als der erste Untersuchungsausschuss ermittelt habe. Aber es bleibe beim Missbrauch der Regierungsgewalt durch die Regierung Barschel.

Die zutiefst zerstrittene SPD sammelte sich nach dem Abschluss des Untersuchungsverfahrens wieder. Die Landtagswahl 1996 wurde von Heide Simonis mit 39,8 % der Stimmen gewonnen. Einige hielten das für eine Niederlage. Andere sprachen – angesichts der vergangenen Konflikte in der Partei – von einem sehr achtbaren Ergebnis. Aber die SPD musste ihre Alleinregierung beenden: Die GRÜNEN, mit vier Mandaten zum ersten Mal überhaupt im Landtag, wurden Koalitionspartner.

Und ein Nachspiel: Die Partei engagierte zur Vorbereitung der Landtagswahl 2000 einen Medienspezialisten. Thomas Röhr sollte den politischen Gegner beobachten. Der abgehalfterte CDU-Verteidigungsminister und frühere Generalsekretär Volker Rühe aus Hamburg war Gegenkandidat von Heide Simonis. Röhr erkundigte sich an der Universität Hamburg nach Rühes Examensarbeit als Gymnasiallehrer. Die Angelegenheit wurde öffentlich. Die SPD geriet in den Geruch, Uwe Barschel zu kopieren. Der Landesvorstand distanzierte sich schleunigst, Röhr wurde entlassen. Röhr hatte seine Aktion mit niemandem abgesprochen. Lothar Hay, der Fraktionsvorsitzende, berichtete am 14. September 1999: Die Privatsphäre sei absolut tabu. Die Aufgeregtheit war groß, ob in einer Pressekonferenz oder nur mit einer Pressemitteilung Stellung genommen werden solle. Die SPD werde sich bei Volker Rühe entschuldigen, was sie dann auch getan hat.

Kapitel 11: Der Streit um den Transrapid

Claudia Preuß-Boehart und Eckart Kuhlwein demonstrieren gegen die geplante Transrapid-Strecke von Hamburg nach Berlin – am Ende erfolgreich.

Noch unter der Regierung von Helmut Schmidt war im Bundesforschungsministerium die Entwicklung einer „Magnetschwebebahn" durch die Firmen Krupp und Thyssen mit einer Summe von am Ende beinahe zwei Milliarden DM gefördert worden. Im Emsland gab es eine Teststrecke, auf der dafür geworben wurde, irgendwo in der Republik eine erste „Anwendungsstrecke" zu bauen – mit weiterer Förderung aus dem Bundeshaushalt, versteht sich.

Nachdem erste Untersuchungen für eine Strecke zwischen Düsseldorf und Köln am Widerstand der Bevölkerung gescheitert waren, machten sich einige Schleswig-Holsteiner an das Projekt: Die Bundestagsabgeordneten Simonis, Jungmann und Gansel konnten sich noch 1987 vorstellen, dass der inzwischen „Transrapid" genannte Zug eines Tages zwischen Hamburg und Kiel verkehren würde.

Nach der Wiedervereinigung wurde die Bundesregierung konkret: Der erste deutsche Transrapid sollte zwischen Hamburg und Berlin hin- und herfahren. Die SPD Schleswig-Holstein musste Stellung beziehen, weil die Strecke durch Stormarn und das Herzogtum Lauenburg geplant wurde. Eckart Kuhlwein, als Wahlkreisabgeordneter direkt betroffen, setzte im Landesvorstand eine Arbeitsgruppe durch, die unter der Mitarbeit der Umweltpolitikerin und Bundestagsabgeordneten Ulrike Mehl zu dem Ergebnis kam, dass der Transrapid auf dieser Verbindung nicht wirtschaftlich betrieben werden könnte und deshalb auch ökologisch nicht zu vertreten sein würde.

„Wirtschaftlich unsinnig"

Im Mai 1992 beschloss der SPD-Landesvorstand ein kritisches Papier, das Kuhlweins Arbeitsgruppe vorgelegt hatte:

„Der SPD-Landesvorstand spricht sich aus wirtschaftlichen, finanziellen und ökologischen Gründen gegen die Aufnahme einer Referenz- oder Anwendungsstrecke des „Transrapid" in den Bundesverkehrswegeplan 1992 aus. Er setzt sich stattdessen für den zügigen Ausbau und Umbau des Schienensystems zu einem Schnellverkehrsnetz im Rahmen eines europäischen Verbundes ein ...

Der „Transrapid ist weder mit dem in der Bundesrepublik gewachsenen Verkehrssystem noch mit dem in Europa geplanten Eisenbahn-Hochgeschwindigkeitsnetz vereinbar. Ein zusätzlicher Verkehrsträger im Wettbewerb zum ICE-System macht wirtschaftlich und ökologisch keinen Sinn, da er zusätzliche volkswirtschaftliche Kosten und weiteren Landschaftsverbrauch bedeuten würde ...

Der Landesvorstand spricht sich dafür aus, dass in Forschung und Entwicklung das System der Magnetschwebebahn und des Linearmotors weiter verfolgt werden. Dabei müssen statt der Entwicklung von Hochgeschwindigkeitssystemen Einsatzmöglichkeiten im öffentlichen Personennahverkehr im Vordergrund stehen, da in den dort gegebenen Geschwindigkeitsbereichen günstige Wert bei den Lärmemissionen und beim Energieverbrauch zu erwarten sind."

Das war der Startschuss für eine kritische Debatte über die Magnetschwebebahn-Strecke Hamburg-Berlin auch im Landtag und in der Landesregierung. Eine Zeit lang leisteten Kieler SPD-Wirtschaftsminister noch Widerstand gegen die „Technologiefeinde" aus der Bundestagsfraktion. Aber auch im Landtag nahm der Druck zu – vor allem durch Abgeordnete aus der betroffenen Region. Am Ende machte Ministerpräsidentin Heide Simonis den Kampf gegen den „Transrapid" zum eigenen Programm und nannte ihn „Stelzenmonster". Die Landesregierung wehrte sich im Raumordnungsverfahren und ging gegen das Transrapidgesetz des Bundes in Karlsruhe vor. Anmerkung 18)

Immer wieder aber gab es auch Stimmen aus der Landesregierung und von Bundespolitikern der SPD, die am Transrapid festhalten wollten. Deshalb versuchte Eckart Kuhlwein, auf allen Ebenen an die gefassten Beschlüsse zu erinnern:

So hieß es zum Beispiel in einem Dringlichkeitsantrag zum Kreisparteitag der SPD Stormarn am 13. Juni 1998 in Ammersbek:

„Die Landesregierung wird aufgefordert, an ihrer bisherigen Position zu einer Transrapid-Verbindung zwischen Hamburg und Berlin festzuhalten. Das bedeutet insbesondere, dass das Normenkontrollverfahren in Karlsruhe weiterhin ernsthaft verfolgt wird, und dass die Landesregierung – wie bisher – alle rechtlichen Möglichkeiten nutzt, um den Bau der Trasse zu verhindern. Dabei erwartet die Stormarner SPD, dass alle Mitglieder der Landesregierung in öffentlichen Äußerungen die gemeinsam von Landespartei, Landtagsfraktion und Landesregierung erarbeitete Position vertreten. Für die Profilierung Einzelner gegenüber der eigenen Partei ist die Transrapid-Strecke kein geeignetes Thema.

Begründung: Der Bundesparteitag der SPD hat erst im Dezember 1997 mit großer Mehrheit einen Antrag des Kreisverbandes Lauenburg beschlossen, in dem es wörtlich heißt: Die SPD lehnt des Projekt einer Transrapid-Verbindung zwischen Hamburg und Berlin ab. Stattdessen wird eine ICE-Strecke zwischen den beiden Großstädten in den Schienenwegeausbauplan des Bundes aufgenommen. Die SPD wird die beteiligte Industrie bei der Suche nach einer verkehrspolitisch sinnvollen, ökologisch vertretbaren und wirtschaftlich rentablen ersten Anwendungsstrecke für die Magnetschwebebahn-Technik unterstützen. Öffentliche Mittel dürfen dafür nicht aufgebracht werden.

Diese Position, die auch den bisherigen – gut begründeten – Beschlüssen der schleswig-holsteinischen SPD entspricht, ist immer noch gültig. Bis heute sind in Bonn noch keine Tatsachen geschaffen worden, die eine SPD-geführte Bundesregierung an einem Stopp des Projekts hindern könnten. Der vom Kanzlerkandidaten der SPD angekündigte „Kassensturz" verbietet den Bau ökonomisch unsinniger Infrastruktur-Einrichtungen auf Kosten des Bundeshaushalts. Das sollten eigentlich auch alle Mitglieder der Landesregierung wissen und vertreten."

Und zum Landesparteitag 1999 beantragte der Kreisverband Stormarn unter der Überschrift „Ablehnung des Transrapid Hamburg-Berlin", dass die SPD Schleswig-Holstein den Beschluss des Bundesparteitags noch einmal bekräftigen sollte, nachdem die Bundes-SPD sich bis dahin nicht erkennbar bewegt hatte.

Im Laufe der weiteren Beschäftigung mit diesem Projekt hatte sich verstärkt herausgestellt, wie bedrohlich die Belastungen für die betroffene Region wären. Im Übrigen war deutlich erkennbar, dass der Finanzrahmen nicht gehalten werden könnte. Das Projekt verschob sich unter der Regierung Kohl Jahr um Jahr, weil immer neue Berechnungen angestellt werden mussten.

Bahnchef Mehdorn stoppt das Projekt

In der SPD war Hauptgegner der Schleswig-Holsteiner der hessische Ministerpräsident Hans Eichel, der Arbeitsplätze für Thyssen in seinem Wahlkreis in Kassel retten wollte. Und Hamburg schmückte sich plötzlich gegen den Rat des SPD-Landesvorsitzenden Jörg Kuhbier mit dem prestigeträchtigen, aber ökonomisch riskanten Projekt. Erst als im Januar 2000, kurz vor der Landtagswahl in Schleswig-Holstein, der neue Chef der Deutschen Bahn, Hartmut Mehdorn, das Machtwort sprach, dass die Bahn sich an dieser Verbindung finanziell nicht beteiligen werde, trat die inzwischen SPD-geführte Bundesregierung endgültig den Rückzug an: Hamburg-Berlin wurde gestrichen. Stattdessen tauchte das System als „Metrorapid" für das Ruhrgebiet und später als Flughafenverbindung für München wieder auf, wobei auch diese Projekte vor allem an der Wirtschaftlichkeit scheiterten.

Kapitel 12: Landespartei und kommunale Basis

Zwischen der „linken" Landes-SPD und der kommunalen Basis ging es nicht immer spannungsfrei zu. Waren das in der Zeit von Jochen Steffen noch eher grundsätzliche Konflikte um die Linie der SPD – einmal kandidierte sogar der Kieler Oberbürgermeister Günter Bantzer erfolglos gegen Steffen um den Landesvorsitz –, so spielten später vor allem finanzielle Verteilungskämpfe und Regelungen in der Kommunalverfassung eine Rolle. In der Steffen-Zeit fiel irgendwann der Begriff vom „kommunalen Sumpf". Die Oberbürgermeister von Kiel, Flensburg und Neumünster sahen sich als die erfolgreichen „Pragmatiker", die den „Ideologen" und „Theoretikern" zeigten, wie praktische sozialdemokratische Politik gemacht wird.

Die Jusos gründen die SGK mit

Um den Kommunalpolitikern in der SPD mehr Durchschlagskraft zu verschaffen, wurde Anfang der 70er Jahre bundesweit die SGK, die Sozialdemokratische Gemeinschaft für Kommunalpolitik, gegründet. In Schleswig-Holstein setzten sich die Linken an die Spitze auch dieser neuen Gruppierung. Mit Bodo Richter, dem Bürgermeister von Schleswig, wurde einer von ihnen auf der Gründungsversammlung zum Vorsitzenden gewählt. Das bedeutete zumindest, dass der Streit um die Grundsätze nicht mehr ausgetragen werden musste, zumal die Jusos und die Bundespartei inzwischen die Kommunalpolitik wiederentdeckt und sogar auf Parteitagen (z. B. Mannheim 1975) weitreichende Reformvorschläge gemacht hatten.

In den Regierungsjahren nach 1988 kam es dann erneut zu Konflikten: Spar-Aktionen im Landeshaushalt betrafen immer auch den kommunalen Finanzausgleich. Und die SPD-Kommunalpolitiker fühlten regelmäßig ihren Spielraum für eigenes politisches Gestalten beschnitten. Neben den Kreisvorsitzenden sammelten sich die Fraktionsvorsitzenden der Kreistage in eigenen Runden, um den Widerstand gegen die Landesfinanzpolitik zu organisieren. Das ging bis hin zur Drohung mit einem außerordentlichen Parteitag. Dem Landesvorstand blieb in solchen Situationen die Vermittlerrolle. Heinz Werner

Arens (damals Parlamentarischer Geschäftsführer) sprach am 25. Februar 1995 von einer „Machtprobe Kommunalpolitiker gegen die Landesregierung". Die Einheitsfront müsse gespalten werden. Die Abgeordneten bräuchten ihre kommunale Basis für den Landtagswahlkampf.

Der Streit um die Direktwahl

Schwierig wurde auch die Reform der Kommunalverfassung. Die Modernisierer in der Landesregierung und im Landtag wollten die Verwaltung durch eine Stärkung des Hauptamts reformieren. Direkt gewählte Bürgermeister und Landräte sollten die Verwaltungsspitze werden, die überlieferte „Selbstverwaltung" mit Ehrenbeamten im Magistrat und im Kreisausschuss sollte einer klaren Trennung von Verwaltung und Vertretung weichen.

Die ehrenamtlichen Kommunalpolitiker versuchten wiederholt, ihre Rechte einzuklagen. Kompromissformeln, nach denen bei der Reform gleichzeitig das Ehrenamt „gestärkt" werden sollte, blieben auf dem Papier stehen. Den Reformern kam zupass, dass die Bereitschaft von Bürgerinnen und Bürgern, sich mit Leib und Seele in die ehrenamtliche Kommunalpolitik zu stürzen, gleichzeitig nachließ. Es fehlte an engagiertem Nachwuchs.

Am 1. März 1993 beschloss der Landesausschuss, beim bisherigen indirekten Wahlverfahren für Bürgermeister und Landräte zu bleiben. Anmerkung 19)

Im Juni 1993 spitzte sich die Debatte über eine Änderung der Kommunalverfassung zu. Nach einem mäßigen Ergebnis bei der Kommunalwahl 1994 wurde im Geschäftsführenden Landesvorstand am 21. März 1994 die Kommunalpolitik als Arbeitsfeld der Partei wiederentdeckt, jedenfalls vom Landesgeschäftsführer Werner Kindsmüller. SSW und GRÜNE hatten erstaunlich gut abgeschnitten.

Es dauerte drei Landesparteitage

Es benötigte immerhin drei Landesparteitage, bis die Landtagsfraktion sich mit ihrer Forderung nach Direktwahlen für hauptamtliche Bürgermeister und Landräte durchgesetzt hatte. Auf dem Landesparteitag am 13. und 14. Mai 1995 in Damp beschloss dann die Partei gegen starken Widerstand von vielen Kommunalpolitikern, wie es die Landtagsfraktion wollte. Es gab nämlich eine nach der Landesverfassung mögliche erfolgreiche Volksinitiative zur Direktwahl. Und der Fraktionsvorsitzende Gert Börnsen fürchtete, sie könnte auf den Termin der Landtagswahl 1996 fallen und der SPD bei dieser Wahl schaden.

Der Beschluss stimmte dem Anliegen der Volksinitiative für die Einführung der Direktwahl der Bürgermeister und Landräte und einem entsprechenden Referentenentwurf des Innenministers zu. Damit sollten die Beteiligungsrechte der Bürgerinnen und Bürger erweitert, die Richtlinienkompetenz der Vertretung klar gegenüber der hauptamtlichen Verwaltung und ihrer Verantwortung abgegrenzt werden und aber auch gleichzeitig das kommunale Ehrenamt gestärkt werden. Der Parteitag sprach sich aber auch gegen eine Direktwahl der ehrenamtlichen Bürgermeister aus. Anmerkung 20)

Viele Kommunalpolitiker setzten sich bis zuletzt zur Wehr. Sie fürchteten eine Schwächung des Ehrenamts und eine Störung des jahrzehntelang bewährten Systems des „Gleichgewichts zwischen Hauptamt und Ehrenamt in der kommunalen Selbstverwaltung. Landtagsfraktion und Landesregierung wurden aufgefordert, es bei der bis dahin gültigen Regelung für die verwaltungsleitenden Organe zu belassen und sich in einer öffentlichen Diskussion „mit sinnvolleren Maßnahmen zur Stärkung der Bürgerbeteiligung zu befassen". Anmerkung 21)

Der Antrag des Landesvorstands fand eine deutliche Mehrheit. Aber die Wunden verheilten nicht so schnell. Insbesondere schwache Wahlbeteiligungen bei Direktwahlen waren in der Folgezeit ein Grund für viel Frust an der Basis der aktiven ehrenamtlichen Kommunalpolitiker.

Übrigens musste schon Ende der 90er Jahre die eben reformierte Kommunalverfassung in die zweite Runde. Zwar konnte die Rückkehr zur indirekten Wahl der leitenden Verwaltungsbeamten verhindert werden, aber die Ehrenamtlichen holten sich einen Teil der Macht über neue Kompetenzen für den sogenannten Hauptausschuss wieder zurück. In der Großen Koalition (2005-2009) wurde dann die Direktwahl der Landräte wieder abgeschafft: Die mangelhafte Beteiligung an den Wahlen ließ an der Legitimation der Gewählten zweifeln.

Am Ende stand 2002/2003 die Erkenntnis des Landesvorstands und des Vorsitzenden Franz Thönnes, dass die Kommunalpolitiker die eigentliche Basis der Parteiarbeit seien, und dass Dauerkonflikte nur vermieden werden könnten, wenn sie stärker in die Parteiarbeit auf Landesebene eingebunden würden. Deshalb sieht seit 2003 die Parteisatzung auch vor, dass sie in einem vom Landesparteitag gewählten Landesparteirat besonders stark vertreten sind.

Zweischneidige Erfahrungen mit Bürgerbeteiligung

In der Projektgruppe Grundsatzprogramm des Landesverbandes wurde die Problematik der direkten Bürgerbeteiligung mit skeptischen Untertönen aufgearbeitet. Dünne Wahlbeteiligungen bei Direktwahlen und niedrige Beteiligungen bei Bürgerbegehren stellten in Frage, ob die Instrumente der direkten Demokratie nicht hinreichend genutzt würden, oder ob es dadurch nicht zu undemokratischen Entscheidungen kommen könnte, hieß es in einem Zwischenbericht der Gruppe. Carsten F. Sörensen aus Nordfriesland machte sich in vielen Sitzungen der Parteigremien zum Wortführer. Anmerkung 22)

Kapitel 13: Umwelt und Nachhaltigkeit

Die schleswig-holsteinische SPD war bereits auf dem Weg zur „Umweltpartei", als es die GRÜNEN noch gar nicht gab. Das wird aus den Dokumenten der 70er Jahre deutlich, in denen die Probleme dargestellt wurden, die sich aus einem Wirtschaftswachstum ohne Rücksicht auf die Natur ergeben würden.

Die heftige Kritik an der Kernenergiepolitik der Regierung von Helmut Schmidt ließ die Sorge um die Lebensbedingungen künftiger Generationen ebenso erkennen wie die ersten Ansätze zur Nutzung regenerativer Energien. Als die SPD 1988 Regierungsverantwortung übernahm, wurde auch in vielen anderen Bereichen der Ökologie der schleswig-holsteinische Reformstau aufgelöst, wobei der parteilose Umweltminister Berndt Heydemann eine entscheidende Rolle spielte.

„Nachhaltige" Leitsätze 1981

Gerd Walter, Gert Rossberg (Flensburg) und Willi Geusendam (stellvertretender Landesvorsitzender aus Lübeck) schrieben im Entwurf der Leitsätze „Umdenken und Verändern", die dem Landesparteitag 1981 in Harrislee vorgelegt wurden, eine frühe Philosophie der „Nachhaltigkeit" auf, bevor dieser Begriff Ende der 80er Jahre durch Gro Harlem Brundlandts UNO-Kommission in die politische Diskussion eingeführt wurde.

Hauptthese war, dass auf einem endlichen Planeten Produktion, Bevölkerung, Energie- und Rohstoffverbrauch nicht endlos wachsen könnten. Ökologische Rücksichtnahme sei künftig ein unverzichtbarer Maßstab eines neu verstandenen Fortschritts. Die natürlichen Hilfsquellen dürften nur in dem Maße eingesetzt werden, wie ihre Regeneration sichergestellt sei. Die zerstörerische Ausbeutung der Natur müsse überwunden werden. Anmerkung 23)

Das Land als „Öko-Valley"

Im Landtagswahlprogramm 1987 „Aufbruch im Norden" wurde „Arbeit und Umwelt" ein zentrales Thema. Björn Engholm sprach gern davon, das Land solle ein „Öko-Valley" werden.

„In seiner Lage zwischen den Meeren an der Nahtstelle zwischen Skandinavien und Mitteleuropa, zwischen West- und Osteuropa und in seinen natürlichen Ressourcen liegen die Chancen für unser Land. 37 Jahre lang sind viele Möglichkeiten von der CDU vertan worden. Früher wurde die zentrale Lage des Landes besser genutzt, zum Beispiel von der Hanse ..."

„Wir Sozialdemokraten wollen unser Land zum modernen Zentrum im Norden machen. Wir wollen die Chancen für Schleswig-Holstein nutzen, mit einer auf die Ökologie hin ausgerichteten Politik für Wirtschaft und Technik. Eine Wirtschaftspolitik, die allein auf quantitatives Wachstum zur Lösung der aktuellen Probleme setzt, muss scheitern. Das Wirtschaftswachstum der Vergangenheit ist mit einem hohen Verbrauch von Energie und Rohstoffen sowie mit Schädigungen der Umwelt erkauft worden. Das Waldsterben und die sich häufenden Umwelt-, Abfall und Altlastskandale sind ein Beweis dafür, dass wir unsere Natur jahrelang überfordert haben.

In unserer Wirtschaftspolitik bauen wir weder einseitig auf die Kräfte des Marktes noch glauben wir an die Allmacht des Staates. Markt oder Staat sind in einer entwickelten sozial verpflichteten Industriegesellschaft falsche Alternativen. Staat und Wirtschaft müssen im Spannungsfeld unterschiedlicher Interessen jeweils einen eigenen Beitrag leisten für die Zukunft eines Schleswig-Holstein, in dem alle Menschen einen angemessenen Arbeitsplatz finden." Anmerkung 24)

Vorreiter beim Umweltschutz

Auf dem Landesparteitag 1991 legte Engholm seine erste Erfolgsbilanz zur Umweltpolitik vor:

„Das umweltpolitische Erbe der CDU bestand u. a. in:

- zersplitterten Zuständigkeiten;
- einer kraftlosen Verwaltung von Mängeln und
- Vollzugsdefiziten, Konzeptions- und Perspektivlosigkeit.

Wir haben umgehend ein Ministerium für Natur-, Umwelt- und Landesentwicklung eingerichtet. Sein Leistungskatalog ist umfangreich, ich nenne nur:

- Wir können heute auf eine umfassende Neuorientierung und Neugestaltung der Natur- und Umweltpolitik verweisen, die europaweit Anerkennung findet.
- Wer heute etwas über Gewässerreinhaltung oder Abfallwirtschaft erfahren will, kommt nach Schleswig-Holstein. Ein Riesenerfolg nach nur 3 ½ Jahren Arbeit eines neuen Ressorts!
- Und wir haben über 12 000 ha neue Naturschutzflächen ausgewiesen oder sichergestellt – mehr als dreimal so viel wie in der letzten Legislaturperiode.
- Auch das Inselschutzprogramm und die Verbesserung des Hallig-Konzeptes sind wegweisend.

Diese Politik werden wir konsequent fortsetzen:

- mit einem wegweisenden Landesnaturschutzgesetz;
- mit dem Aufbau eines landesweiten Biotop-Verbundsystems;
  mit einem Bodenschutzgesetz;
- und der konsequenten Umsetzung des Abfallwirtschaftsprogramms.

Unser Garant dafür ist einer, der sich für die Umwelt mit unendlich viel Kraft einsetzt, oft unbequem, aber immer zutiefst engagiert: Berndt Heydemann."

Mut zu einem neuen Naturschutzgesetz

Prof. Berndt Heydemann war der Wegbereiter einer neuen Umweltpolitik in Schleswig-Holstein. 2005 erhielt er für seine Verdienste den Umweltpreis der Deutschen Bundesstiftung Umwelt (DBU).

Mit dem Amtsantritt des parteilosen Umweltministers und Biologen Professor Berndt Heydemann 1988 war der Prozess für ein mustergültiges Landesnaturschutzgesetz in Gang gekommen. Aber die Führung der Landtagsfraktion tat sich schwer damit, weil sie Konflikte mit der Landwirtschaft und der Kommunalpolitik befürchtete. Deshalb sollte es vor der Landtagswahl 1992 zunächst bei weniger präzisen Aussagen in Form von „Eckpunkten" bleiben. In einer dramatischen Landesvorstandssitzung in Schleswig machten sich vor allem Eckart Kuhlwein und Ulrike Mehl dafür stark, einen konkreten ausformulierten Gesetzentwurf vorzulegen. Gert Börnsen warf Kuhlwein deshalb „Altersradikalismus" vor. Nach der erfolgreichen Wahl, bei der die GRÜNEN noch einmal knapp unter fünf Prozent gehalten werden konnten, wurde auch von ihm selbst gerade die konsequente Naturschutzpolitik als wichtiger Faktor für den Wahlsieg gewertet.

Heydemann trat Ende 1993 zurück, weil er bei Heide Simonis zu wenig Unterstützung fand. Er gründete mit seinem Privatvermögen das Zukunftszentrum Mensch-Natur-Technik-Wissenschaft in Nieklitz in Mecklenburg und erhielt dafür 2005 den Umweltpreis der Deutschen Bundesstiftung Umwelt.

Ökologische Erneuerung im Programm

Das Landtagswahlprogramm 1992 enthielt denn auch ein besonderes Kapitel „Schleswig-Holstein ökologisch erneuern". Ökologische Erneuerung war damals der Leitbegriff für eine auch an ökologischen Maßstäben orientierte Gesamtpolitik. Das Programm enthielt für alle Bereiche der Umweltpolitik eindeutige und mutige Aussagen. Der Kernsatz: Weltweit schreite die Zerstörung unserer natürlichen Lebensgrundlagen voran. Eine Umkehr sei zu einer Frage des Überlebens geworden. Anmerkung 25)

Energieversorgung umbauen

Und in der Energiepolitik waren es der zuständige Sozialminister Günther Jansen und sein Staatssekretär Claus Möller, die auf der einen Seite den Atomausstieg versuchten, auf der anderen Seite die regenerativen Energien und das Energiesparen förderten. Das Wahlprogramm machte auf die Schwierigkeiten der Landespolitik aufmerksam, eine eigene restriktive Kernenergiepolitik bei gegebenen Betriebsgenehmigungen zu verfolgen. Deshalb wurde dringend ein „Kernenergieabwicklungsgesetz" auf Bundesebene gefordert. Anmerkung 26)

Widerstand bei Bauern und Kammern

Der Entwurf des neuen Landesnaturschutzgesetzes hatte selbstverständlich den Widerstand von Kammern und Landwirtschaft auf den Plan gerufen. Der Konflikt war ja auch beabsichtigt. Und der SPD-Landesvorsitzende Willi Piecyk nahm den Entwurf auf einer eigens anberaumten Pressekonferenz in Schutz:

„Die gemeinsame Kritik von Gemeindetag, Landwirtschaftskammer, IHK's, Bauernverband, Handwerkskammern, Grundbesitzern, Landeskulturverbänden, Waldbesitzerverband und Unternehmensverbänden am Landesnaturschutzgesetzentwurf stellt nichts anderes dar als einen Frontalangriff auf die Umweltpolitik der SPD und der Regierung Engholm. Die konzertierte Aktion der Naturignoranten ist eine durchsichtige Wahlkampfhilfe für CDU und FDP. Offensichtlich gut funktionierende Seilschaften von Verbandsfunktionären betätigen sich dabei als willfährige Wahlhelfer von CDU und FDP. Wir nehmen diese Kampfansage auf. Am 5. April geht es auch um eine umweltpolitische Grundsatzentscheidung, ob sich eine Betonkoalition von CDU und FDP mit ihrem Rollback in der Natur- und Umweltschutzpolitik durchsetzt oder ob eine Politik fortgesetzt werden kann, die den Schutz unserer natürlichen Lebensgrundlagen ernst nimmt.

Wer heute noch glaubt, man könne Natur ohne die Aufgabe liebgewonnener Gewohnheiten schützen und bewahren, irrt. Es gibt dafür übrigens einen unverdächtigen Zeugen, den Präsidenten des Naturschutzbundes Deutschland und Schattenminister von Ottfried Hennig (der CDU-Spitzenkandidat zur Landtagswahl – E. K.), Klaus Dürkop. Er hat vor wenigen Tagen nach der Kritik des Wirtschaftsrates der CDU am Naturschutzgesetzentwurf wörtlich erklärt: „Die Diskussion war zum Teil blamabel, Naturschutz muss das oberste Ziel sein. Dort hinein hat sich der Mensch zu fügen. Alles andere ist Unfug." So berichten die Kieler Nachrichten vom 13.3.1992. Dürkop hat Recht. Leider realisiert er nicht, dass er als Alibi-Figur einer „unnatürlichen" Politik benutzt wird.

Die inhaltliche Kritik der aufgeregten Verbände trifft in ihren Hauptaussagen nicht: Einige der kritisierten Regelungspunkte sind keine Erfindungen von Professor Heydemann. Es stellt sich die Frage, ob der mitunterzeichnende Gemeindetag Vollzugsdefizite auf kommunaler Ebene zu überspielen versucht. So gibt es beispielsweise erst fünfzig Landschaftspläne in ganz Schleswig-Holstein, obwohl das Landschaftspflegegesetz ihre Aufstellung in zahlreichen weiteren Fällen verpflichtend längst vorsieht.

Der Mensch komme nicht mehr vor: Das Gesetz will 15 % Vorrangfläche für die Natur sichern. Auf den restlichen 85 % behält der Mensch eindeutig Vorrang. Dieses Ziel ist bei allen, die von Umweltpolitik etwas verstehen, unstrittig; von Heydemann über Töpfer bis Dürkop.

Das Biotop-Verbundsystem sei nicht zu bezahlen: Heydemann kalkuliert 1,2 Milliarden DM, verteilt auf über 20 Jahre. Das ist kostengünstiger als Pacht über lange Zeiträume und als der bisher praktizierte Reparaturbetrieb an der Natur. 15 % Vorrangflächen stellten Konkurrenz zur Landwirtschaft dar:

Der Aufbau des Biotop-Verbundsystems soll nach dem Prinzip der Freiwilligkeit erfolgen. Schon heute werden von der Landwirtschaft mehr Flächen angeboten, als Heydemann kaufen kann."

Das schleswig-holsteinische Landesnaturschutzgesetz aus der Feder von Minister Heydemann ist viele Jahre beispielhaft für die Reform des Naturschutzes in Deutschland gewesen.

Die Partei arbeitet im Umweltbereich

In einer „Kampagne ökologische Erneuerung" wurden zwischen 1991 und 1993 fünf Ökologieforen durchgeführt, die zum Teil von 200 Teilnehmern besucht wurden. Themen: Ökologisches Bauen, Sanfter Tourismus, Abfallwirtschaft, Ökologische Landwirtschaft, Neue Energiepolitik. Außerdem drei Fachkongresse zu Landwirtschaft und Naturschutz, Arbeit und Gesundheit. Das „Umweltbüro" der SPD beteiligte sich an der Umweltmesse in Neumünster und gab einen ökologischen Reiseführer heraus.

Gründung eines Nord-Süd-Forums

Auf einer Klausurtagung des Landesvorstands wurde am 4. Juni 1993 ein Nord-Süd-Forum Schleswig-Holstein gegründet, in dem die SPD mit entwicklungspolitischen Gruppen zusammenarbeiten wollte. Im Beschluss dazu tauchte der Begriff „dauerhaft" auf, der lange Zeit von vielen Sozialdemokraten an Stelle des noch sperrigeren Begriffs „nachhaltig" benutzt wurde:

1. Die SPD/SH richtet als regelmäßigen Arbeitskreis ab Herbst 1993 ein Nord-Süd-Forum ein. Federführung und Geschäftsführung bei Eckart Kuhlwein.

2. Das Forum soll folgende Aufgaben haben:

- Verbindung schleswig-holsteinischer Nord-Süd-Initiativen mit der entwicklungspolitischen Arbeit der SPD,

- Anregung und Vernetzung von Initiativen zur lokalen/ kommunalen Entwicklungszusammenarbeit,
- Weiterarbeit an vorhandenen SPD-Konzepten für eine dauerhafte Entwicklung in der einen Welt,
- Beiträge zur Öffentlichkeitsarbeit/Bewusstseinsbildung für eine dauerhafte Entwicklung.

Und dann kam das „umweltforum"

Die schleswig-holsteinischen MdBs Ulrike Mehl (links) und Eckart Kuhlwein arbeiteten im Bundestag in der Opposition an einem Antrag zur Umweltbildung. Seitdem berichtet die Bundesregierung in jeder Wahlperiode über dieses Thema, sehr zur Freude der damit befassten Verbände.

Mit dem Erdgipfel von Rio de Janeiro 1992 verpflichteten sich mehr als 170 Staaten dieser Welt, eigene nationale „Nachhaltigkeitsstrategien" (Agenda 21) zu entwickeln. Im Bund dauerte es immerhin acht Jahre, bis der entsprechende Diskussions- und Entscheidungsprozess in Gang gesetzt wurde. Auch in Schleswig-Holstein hatte man zunächst anderes zu tun. Zwar war die Umweltpolitik bei Berndt Heydemann (bis 1993) und auch bei seiner Nachfolgerin Edda Müller (bis 1996) in guten Händen. Aber eine fachübergreifende Strategie zu einer nachhaltigen Entwicklung wurde nicht erarbeitet. Erst das von Ulrike Mehl, Eckart Kuhlwein, Konrad Nabel und einigen anderen 1996 gegründete „umweltforum" lieferte den theoretischen Unterbau und formulierte Anforderungen an die Landespolitik.

Heide Simonis (Ministerpräsidentin seit 1993) hatte mit dem Begriff „Nachhaltigkeit" ihre Schwierigkeiten. Alle Bemühungen, das Thema zur Chefinnen-Sache zu machen, blieben an ihrem Vorurteil hängen.

Erst die Koalitionsverhandlungen mit den GRÜNEN im April 2000 brachten den Durchbruch: Im Koalitionsvertrag wurde festgehalten, dass die Landesregierung eine eigene Nachhaltigkeitsstrategie für Schleswig-Holstein erarbeiten würde. Der Prozess begann im Herbst 2000 ganz vielversprechend. Er ist noch nicht zum Abschluss gekommen, wurde aber auch in der Großen Koalition mit der CDU nach 2005 fortgesetzt.

Die Frage jedoch ist bis heute offen geblieben, ob und welche Folgen für die betroffenen Ressorts, auch außerhalb der eigentlichen Umweltpolitik, die Nachhaltigkeits-Appelle haben. Am stärksten hatte sich noch die Finanz- und Haushaltspolitik daran gewöhnt. Es verging kaum eine Rede von Finanzminister Claus Möller, in der nicht Sparen als „nachhaltige Finanzpolitik" zugunsten künftiger Generationen interpretiert wurde.

Ein eigenes Klimaschutzprogramm

Im Landtagswahlprogramm 1996-2000 wurde auf Vorschlag des umweltforums ein eigenes Klimaschutzprogramm für Schleswig-Holstein gefordert, in dem der Energieverbrauch vermindert, die Energie optimal genutzt und Energie ökologisch erzeugt werden sollte. Schleswig-Holstein sei als Land zwischen den Meeren vom Klimawandel besonders betroffen. Dann wurde ein ehrgeiziges Ziel formuliert: Bis 2010 sollten 20 bis 25 Prozent des Stromverbrauchs im Land durch Windenergie geliefert werden. Die Zahl sollte später bei weitem übertroffen werden. Schleswig-Holstein wurde auch durch diese Bemühungen zum Windland Nummer eins in Deutschland. Anmerkung 27)

„Ökologische Modellregion"

Nachdem Heide Simonis die Landtagswahl 1996 knapp gewonnen hatte und erstmals mit den GRÜNEN eine Koalition vereinbart worden war, mahnte der Landesvorstand auf Antrag von Ulrike Mehl und Eckart Kuhlwein am 10. Februar 1997 wesentliche Positionen aus dem Wahlprogramm an:

1. Die schleswig-holsteinische SPD hat in ihrem Regierungsprogramm zur Landtagswahl 1996 versprochen, das Land zu einer „ökologischen Modellregion" zu entwickeln. Im Text des Programms heißt es wörtlich:

   „In der Gemeinsamkeit von Ökologie und Ökonomie liegen die Zukunftschancen unseres Landes. Wir setzen auf eine integrierte und nachhaltige Entwicklung auch für künftige Generationen. Rohstoffe und Energie müssen gespart werden. Ökologische Schäden, für die alle zu bezahlen haben, müssen vermieden werden. Diese Politik eröffnet auch der Wirtschaft neue Chancen und schafft zusätzliche Arbeitsplätze."

2. Der Landesvorstand erwartet von der SPD-geführten Landesregierung ein zwischen den Ressorts abgestimmtes Konzept, wie die Entwicklung zu einer „ökologischen Modellregion" in praktische Reformschritte umgesetzt werden soll. Über den Stand der Umsetzung ist den Gremien der Partei regelmäßig zu berichten. Dabei sind die bisherigen Initiativen der Landtagsfraktion einzubeziehen.

3. Der Landesvorstand sieht in der mittelständischen Struktur der schleswig-holsteinischen Wirtschaft und in einem gut qualifizierten Handwerk beste Voraussetzungen für die ökologische Modernisierung des Landes. Ein von der Landesregierung in Auftrag gegebenes Gutachten über die Situation in der Umwelt-Wirtschaft in Schleswig-Holstein hat gezeigt, dass der nachsorgende Umweltschutz bereits ein bedeutender Wirtschaftsfaktur geworden ist, während der integrierte Umweltschutz in Verfahren und Produkten noch nicht ausreichend vertreten ist. Hier müssen zusätzliche Anstrengungen des Landes unternommen werden.

4. Der Landesvorstand erwartet von der Landesregierung, die im Regierungsprogramm vorgesehenen Projekte in Angriff zu nehmen.

Das umweltforum bleibt aktiv

Erste Sprecherin des 1996 gegründeten umweltforums wurde die Bundestagsabgeordnete Ulrike Mehl aus dem Kreis Rendsburg-Eckernförde, die das Forum als „Anwalt der Umwelt" in der Partei verstand.

Zum Landesparteitag 1999 in Reinbek berichtete das „umweltforum":

„Das ‚umweltforum' der SPD Schleswig-Holstein ist im November 1996 gegründet worden. Vorsitzende ist die Bundestagsabgeordnete Ulrike Mehl, Geschäftsführer Eckart Kuhlwein, die Landtagsfraktion ist durch Konrad Nabel in der „Lenkungsgruppe" vertreten.

Das umweltforum will die ökologische Kompetenz der schleswig-holsteinischen SPD fördern und weiterentwickeln, die Landes-SPD dabei unterstützen, sich in die umweltpolitische Diskussion im Land und in der Gesamtpartei einzumischen und als „Umweltanwalt" die Berücksichtigung ökologischer Fragen in allen Politikbereichen einfordern. Dazu sind sechs Arbeitsgruppen gebildet worden, die sich mit Ökologie und Wirtschaft, mit der Lokalen Agenda 21, mit Umweltbildung, mit Naturschutz, mit Energiepolitik und mit Abfallwirtschaft beschäftigen. Mitarbeit aus der Partei und von draußen ist ausdrücklich erwünscht.

Seit dem letzten ordentlichen Landesparteitag hat das umweltforum drei größere Veranstaltungen durchgeführt: zu Akzeptanzfragen des Naturschutzes in Groß-Vollstedt, zu Ökologie und Tourismus in Husum und den „Ersten ökologischen Wissenschaftstag" (als Broschüre schriftlich dokumentiert) in Kiel. Das umweltforum hat eine Reihe von Kreisverbänden (Pinneberg, Ostholstein, Lauenburg, Stormarn, Flensburg) und Ortsvereinen bei Tagungen und Initiativen zur Lokalen Agenda 21 unterstützt. Es hat Vorarbeiten für Parteitagsanträge und die Initiative der Landtagsfraktion zur Lokalen Agenda 21 in

Schleswig-Holstein geleistet und bei der SGK für die Umsetzung der Agenda 21 von Rio in unseren Kommunen geworben.

In die öffentliche Diskussion hat sich das umweltforum mit Pressekonferenzen und Stellungnahmen (auch im „Vorwärts") eingemischt, darunter eine kritische „Rendsburger Erklärung" zur Energierechtsreform der alten Bundesregierung und ein „Memorandum" zum ökologischen Bauen im öffentlichen Bereich. Für SPD-Ortsvereine und -Fraktionen wurde ein „Leitfaden" zur Erarbeitung einer Lokalen Agenda 21 zur Verfügung gestellt. In den letzten Monaten hat sich das umweltforum an den Vorarbeiten für das Landtagswahlprogramm 2000 beteiligt.

In der Lenkungsgruppe haben bisher mitgearbeitet: Ulrike Mehl (MdB), Eckart Kuhlwein, Konrad Nabel (MdL), Jürgen Blucha, Holger Krawinkel, Hans-Jörg Lüth, Irene Schöne, Wolfgang Vogel, Marion Wecken und Arnold Wilken."

Umweltpolitik im „Bündnis für Arbeit"

Im Namen des umweltforums beantragten Eckart Kuhlwein und Ulrike Mehl auf dem Reinbeker Parteitag 1999 ein „Bündnis für Arbeit und Umwelt" auf Bundesebene. Eine von den Gewerkschaften geplante Initiative „Arbeit und Umwelt" soll von SPD-Bundesregierung und Fraktion in Berlin aufgegriffen und durch eigene Beiträge verstärkt werden. Dazu gehörten nach Meinung des umweltforums die nächsten Stufen der ökologischen Steuerreform, der Abbau umweltschädlicher Subventionen im Energiebereich, eine verstärkte Anschubfinanzierung für die Solarenergie, aber auch die Stärkung der Produktverant-

In der SPD im Norden wurde schon 1990 vor dem Klimawandel gewarnt.

wortung der Hersteller beim Kreislaufwirtschaftsgesetz und die Förderung des Naturschutzes. Anmerkung 28)

Ein Diskussionspapier zur Umweltpolitik

Ebenfalls 1999 legte das umweltforum sein Diskussionspapier zum Landtagswahlprogramm 2000-2005 vor, in dem „Nachhaltigkeit und Modernisierung" im Mittelpunkt standen. In diesem Papier wurde der Begriff „Nachhaltigkeit" eingehend erläutert. Daran sollte die gesamte Politik ausgerichtet werden. Zukünftig müssten außer den Investitionen auch die langfristigen Nutzungskosten beachtet werden. Alle Politikbereiche müssten dabei einbezogen werden. Außerdem gehöre dazu eine breite Bürgerbeteiligung. Für Schleswig-Holstein wurde eine Studie „Nachhaltiges Schleswig-Holstein" angekündigt, wie sie damals für die Niederlande erarbeitet worden war. Land und Kommunen müssten Vorbildaufgaben übernehmen. In jeder Kommune sollte bis zum Jahr 2005 ein öffentliches Gebäude stehen, das nach den neuesten ökologischen Erkenntnissen saniert oder neu gebaut worden sei. Die Landesregierung müsse einmal in der Wahlperiode mit einem öffentlichen Bericht über die Erfolge bei der Umsetzung des Prinzips Nachhaltigkeit Rechenschaft ablegen. Anmerkung 29)

Studie „Nachhaltiges Schleswig-Holstein"

Dem umweltforum gelang es, die ökologische Grundorientierung auch im Regierungsprogramm der SPD für 2000-2005 zu verankern. Dort wird dann erstmals eine Studie „Nachhaltiges Schleswig-Holstein" angekündigt: „Wir werden eine Studie „Nachhaltiges Schleswig-Holstein" nach dem Vorbild der Niederlande initiieren, die eine genaue Analyse der Ausgangssituation vornimmt und verschiedene Handlungsoptionen benennt. Letztere sollen später von der Politik aufgegriffen und umgesetzt werden ..." Schleswig-Holstein solle seine Politik auch in Zukunft am Prinzip der Nachhaltigkeit orientieren. In der Landesregierung solle es dazu eine „Stabsstelle" geben. Anmerkung 30)

Ein „nachhaltiger" Koalitionsvertrag

Sogar in der Überschrift zum Koalitionsvertrag 2000 mit den GRÜNEN kam der Begriff „Nachhaltigkeit" vor.

In den Koalitionsverhandlungen mit den GRÜNEN wurde „auf gleicher Augenhöhe" auch die nachhaltige Entwicklung für Schleswig-Holstein vereinbart. Sogar eine landeseigene „Nachhaltigkeitsstrategie" sollte es geben. Für das umweltforum hat Ulrike Mehl das eine Woche vor der Regierungserklärung von Heide Simonis öffentlich begrüßt:

„Wir begrüßen ausdrücklich, dass der Koalitionsvertrag den gemeinsamen Willen beider Partner formuliert, das Prinzip einer nachhaltigen Entwicklung in allen Politikbereichen umzusetzen und zu fördern. Nachhaltig ist eine Politik dann, wenn sie die Bedürfnisse der heute lebenden Generationen erfüllt, ohne die Möglichkeiten künftiger Generationen zu beeinträchtigen. Schleswig-Holstein wird damit zu einer Modellregion für eine zukunftsfähige Entwicklung werden.

Nachhaltigkeit ist nicht nur eine Sache der Umweltpolitik. Sie betrifft insbesondere auch die Ostseekooperation, die Landesplanung und Regionalentwicklung, die Städte- und Bauleitplanung, die Verkehrspolitik, die Agrarpolitik, die Schul- und Hochschulpolitik, die Technologiepolitik und die Wirtschaftsförderung, die Verwaltungsmodernisierung und die Tourismuspolitik.

Das muss bei der im Koalitionsvertrag angekündigten Erarbeitung einer Nachhaltigkeitsstrategie für Schleswig-Holstein berücksichtigt werden. Die Landesregierung sollte deshalb von Anfang an für eine Vernetzung der Aktivitäten der verschiedenen betroffenen Ressorts sorgen. Von der Sache her würde sich empfehlen, die Federführung bei der Staatskanzlei anzusiedeln. Die wichtigste Frage für die Entwicklung des Landes muss Chefinnen-Sache sein."

Kapitel 14: Organisation im Wandel

Anfang der 80er war die Welt noch in Ordnung

In den 70er Jahren erwartete die SPD Schleswig-Holstein ihr 40.000stes Mitglied. Die größte Eintrittswelle in die Partei hatte es 1972 mit Willy Brandts Wahlsieg gegeben. Auch 1981 war die Welt noch in Ordnung. Rolf Selzer, der Landesgeschäftsführer, schrieb im Rechenschaftsbericht zum Landesparteitag:

„Schlussbetrachtung über die Kreisbereisungen: Die Parteiorganisation in Schleswig-Holstein ist einsatzfähig und – gemessen an ihren materiellen Voraussetzungen – mit dem in der Tradition der Sozialdemokratie stehenden Idealismus der ehrenamtlichen und hauptamtlichen Funktionäre hervorragend konstituiert. Sie leistet auch in Zeiten schwieriger Darstellungspunkte sozialdemokratischer Politik hervorragende Vertrauensarbeit. Die schleswig-holsteinische SPD ist eine mobile Partei. Sie belebt und erneuert sich durch Diskussion und weiterdenkende inhaltliche Beiträge. Sie findet ihre Verwirklichung in der Kommunalpolitik."

1996: Nachwuchs außen vor

15 Jahre später, im Jahr 1996, brachte der Juso Hans-Peter Bartels aus Kiel (später MdB) ein kritisches Positionspapier „Zur Jugendfrage der schleswig-holsteinischen SPD" in Umlauf. Sein Urteil über die demographische Lage der Partei war vernichtend. Bartels pflegte im Übrigen gern die Sticheleien gegen die 68er, die nach seiner Auffassung alle Aufstiegsmöglichkeiten in der Partei blockierten.

Das Wahlergebnis bei den Jungwählern bei der Landtagswahl 1996 sei für die SPD vernichtend gewesen. Von den Wahlberechtigten unter 35 Jahren habe sie nur ein Fünftel der Stimmen erhalten. Gleichzeitig sinke auch die Zahl der jungen Mitglieder. Seit Mitte der 80er Jahre hätten die Jungsozialisten kaum noch eine personelle Beteiligung „an der operativen SPD-Politik". Es sei Aufgabe der gesamten Partei, die Jusos als Organisation stärker zu machen und „sich nicht klammheimlich über ihre Schwäche zu freuen". Institutionelle Jugendfeindlichkeit sei kein Spezialproblem der SPD, „hier nur besonders befremdlich, weil zum goldenen Selbstbild der graumelierten Sozialdemokratie ja immer noch die jugendbewegte Aufmüpfigkeit gehört". Wenn junge Leute als Repräsentanten der SPD nicht zu finden seien, müsse man sie eben suchen. Anmerkung 31)

Die Antwort: Ein „Jugendforum" soll gegründet werden

Im Mai 2000 gründete der Landesverband ein „Jugendforum der SPD Schleswig-Holstein". Hauptziele waren:

- Die Beteiligung junger Menschen an der Arbeit und der Politik der SPD Schleswig-Holstein erhöhen.
- Entwicklung von Arbeitsformen und Projekten, die geeignet sind, junge Menschen stärker an der Arbeit der SPD zu beteiligen.
- Ein klares jugendpolitisches Profil der SPD Schleswig-Holstein schaffen (die Jugendpolitik ist in der Landesregierung weiter bei den Grünen angesiedelt).
- Den Anteil junger Menschen an der Mitgliedschaft erhöhen. (1998 lag der Anteil der Mitglieder unter 25 Jahre bei nur 3 %, unter 35 Jahre bei nur 11 %).
- Entwicklung eines Personalentwicklungskonzepts, um den Anteil junger Menschen an Ämtern und Mandaten zu erhöhen.
- Entwicklung eines Konzepts für die politische Weiterbildung, Qualifizierung und Professionalisierung für unsere Nachwuchskräfte.

Auf derselben Klausursitzung wurde auch noch ein „Kulturforum" gegründet. Die Ziele dafür wurden so formuliert:

- Kultur als Ressource für Kreativität und Innovation sowie demokratischer Debatte in der SPD Schleswig-Holstein neu zu entdecken und zu beleben.

- Kultur als Stifterin politischer Orientierung und Identität für die SPD in Schleswig-Holstein zu entdecken und zu nutzen.
- Die SPD im kulturellen Netzwerk Schleswig-Holsteins stärker zu verankern.

Zum Konzept gehörten:

- Eine Auftaktveranstaltung des Kulturforums, im Herbst 2000.
- 3-4 Kulturtourneen im Jahr zu Ateliers, Schriftstellern, Theatermachern usw. des Landes.
- Drei Salon-Debatten im Jahr zu aktuellen kulturpolitischen Auseinandersetzungen und ein Sommerkulturfest der SPD Schleswig-Holstein ab 2001.

Parteireform mit „Service 21"

Noch wichtiger als die neuen Foren war aber das Thema Parteireform. Der Landesverband konnte sich angesichts sinkender Mitgliederzahlen sein Personal nicht mehr leisten. Außerdem war er wenig kampagnenorientiert und nutzte auch die neuen Medien nur unvollkommen. Franz Thönnes als Landesvorsitzender und Christian Kröning als Landesgeschäftsführer trieben deshalb in einem mühsamen Prozess die Strukturreformen des Landesverbandes voran. Erster Schritt, ebenfalls im Mai 2000 eingeleitet, war ein Grundsatzbeschluss zum Projekt „Service 21".

Dabei sollten folgende Ziele und Eckwerte gelten:

1. Neubestimmung der Aufgaben des beim SPD-Landesverband beschäftigten Personals, um den Gliederungen der Partei (Ortsvereine, Kreisverbände, Landesverband, Arbeitsgemeinschaften, Mitglieder in parlamentarischen Vertretungen) unter den veränderten Bedingungen des 21. Jahrhunderts eine zeitgemäße Unterstützung ihrer politischen Arbeit zu bieten.
2. Konsequente Ausrichtung der Aufgaben und der Arbeit des Personals auf qualifizierte Dienstleistung, Beratung und einen

Service für die Ortsvereine, Kreisverbände, Arbeitsgemeinschaften und die Gremien der Landespartei sowie die Mitglieder in parlamentarischen Vertretungen.
3. Straffung der organisatorischen und technischen Verwaltungsabläufe (Mitgliederverwaltung, Buchhaltung, EDV, Materiallogistik).
4. Effektiverer Personaleinsatz, um mittel- bis langfristig eine Personalkostenquote von bisher 70 % auf 40 % des Haushalts (ohne Wahlkampfkosten) zu erreichen.
5. Dauerhaftes Personalentwicklungskonzept für den Umfang, den Einsatz, die Leistungen, die Kosten und die Qualifizierung des Personals.
6. Dauerhafte Sicherung der finanziellen Handlungsfähigkeit des Landesverbandes, der Kreisverbände, Ortsvereine und Arbeitsgemeinschaften.
7. Aufbau eines Bürger/innen Service- und Informationssystems.

Die größte Organisationsreform

Am 11. Dezember 2000 gab es im Landesvorstand mit „Service 21 – Projekt zur Erneuerung der SPD in Schleswig-Holstein" den nächsten großen Schritt:

„Am 12./13. Mai 2000 hat der Landesvorstand den Startschuss für das Projekt „Service 21" gegeben. Nach der gewonnenen Landtagswahl im Februar 2000 geht es nun darum, neue zukunftsfähige Strukturen der SPD in Schleswig-Holstein zu schaffen.

Seit Beginn der 90er Jahre erleben wir einen tiefgreifenden politischen, wirtschaftlichen, sozialen und technischen Wandel, der die Bedingungen und das Umfeld für die Arbeit der politischen Parteien grundlegend verändert hat (Globalisierung, digitale Revolution, Wertewandel). Darauf will und muss die SPD in Schleswig-Holstein Antworten geben, um das Land auch in der Zukunft nach sozialdemokratischen Werten und Zielen gestalten und regieren zu können.

Wir wollen am Beginn des 21. Jahrhunderts die modernste und organisatorisch stärkste Partei in Schleswig-Holstein sein.

Der seit zehn Jahren anhaltende Mitgliederrückgang, sinkende Beitragseinnahmen, die Altersstruktur, die hohen Personalkosten, die neuen Entwicklungen in der Informationstechnologie und in den Medien sind Anlass, die Parteiorganisation und ihre Finanzierung auf neue, für das 21. Jahrhundert zukunftsfähige Fundamente zu stellen. Darüber hinaus stellt uns der gesellschaftliche Wandel vor die Frage, wie wir die Bürgerinnen und Bürger – und vor allem junge Menschen – mit modernen, zeitgemäßen Politik- und Aktionsformen zum Mitreden, Mitentscheiden und Mitmachen in unserer Partei gewinnen können. Eine starke Demokratie braucht starke Parteien.

Mit „Service 21" übernehmen wir auch eine Vorreiterrolle für das entsprechende Projekt der Bundespartei.

Deshalb wollen wir die Parteiorganisation und die Parteiarbeit auf neue zukunftsfähige Wege bringen. Dazu gehören neben „Service 21" auch die Projekte „Zukunftswerkstatt Bürgergesellschaft im Norden", das „Jugendforum" und das „Kulturforum der Sozialdemokratie in Schleswig-Holstein", das Anfang 2001 gegründet wird.

Mit diesem Beschluss beginnen wir die größte Organisationsreform der SPD Schleswig-Holstein seit ihrer Neugründung 1946. „Service 21" ist ein Organisationsentwicklungsprozess, der von Anfang an die Wege und Ziele künftiger Parteiarbeit berücksichtigt und praktiziert hat: Volle Transparenz über Daten, Fakten und Informationen (Broschüre der Projektgruppe vom September), Beteiligung der Gliederungen und der Mitgliedschaft (verschiedene Umfragen und die regionalen Dialog-Veranstaltungen im Oktober) sowie beteiligungsorientierte, demokratische Willensbildung in der Projektkommission, in der die Kreisverbände, einige Ortsvereine und der Landesvorstand vertreten waren.

Der bisherige Prozess war schwierig, weil die Veränderung Ungewohntes mit sich bringt und zunächst Unsicherheit schafft. Wir haben ebenso miteinander erfahren, dass ein demokratischer Organisationsentwicklungsprozess in einer ehrenamtlich geprägten Partei weitaus schwieriger ist als in einem Unternehmen der Privatwirtschaft. Diese gemeinsame Erfahrung aller Beteiligten auf dem Weg zu diesem Beschluss hat aber auch ein neues Miteinander und neues Vertrauen geschaffen, das die notwendige Veränderung beflügeln kann. Der Landesvorstand dankt deshalb allen, die in der Projektgruppe, in der Projektkommission, in den Gremien sowie in den regionalen Gruppen und Veranstaltungen zu diesem Ergebnis beigetragen haben.

Mit diesem Beschluss wird die organisatorische Erneuerung für die nächsten 5 Jahre gestartet. Der Prozess ist weiterhin ergebnisoffen. Dieser Beschluss schafft keine vollendeten Tatsachen oder unverrückbare Fakten. Die Veränderungen tragen Modellcharakter, wir erproben, sind offen für bessere Lösungen, wir denken in Übergängen. Die Veränderungen werden laufend ausgewertet, überprüft und optimiert. Die Umsetzung dieses Beschlusses folgt dem Leitbild der ‚lernenden Organisation'.

Mit diesem Beschluss bringen wir die hauptberufliche Organisation des Landesverbandes auch in Einklang mit unseren finanziellen Möglichkeiten, die aufgrund der Mitgliederentwicklung reduziert sind. Daraus ergibt sich die Notwendigkeit, die Aufgaben der hauptberuflich Beschäftigten und der ehrenamtlich Tätigen in der Partei neu zu diskutieren und zu beschreiben und ihr Verhältnis zueinander neu zu definieren. Diese Diskussion muss jetzt angestoßen und parallel zur Umsetzung dieses Beschlusses geführt werden."

Parteiarbeit auf neuen Wegen

Und so klang es dann im Rechenschaftsbericht zum Landesparteitag 2001:

„Neben dem Mitgliederrückgang ist die Altersstruktur ein ganz großes Problem: Nur noch zehn Prozent unserer Mitglieder sind heute unter 35 Jahre, ein Drittel älter als 60. Wir müssen die Parteiarbeit so verändern, dass die Menschen, die zu uns kommen wollen, schnellere

Ergebnisse, mehr Spaß und mehr Sinn in ihrem Engagement in der SPD erfahren. Der Landesvorstand hat das „Jugendforum U 35" ins Leben gerufen. Hier vernetzen wir unsere jungen Kommunalpolitiker und Funktionsträger. Wir wollen ihnen für die Arbeit in ihren Fraktionen und Vorständen den Rücken stärken. Wir wollen mit ihnen erarbeiten, wie eine für jüngere Menschen interessante Parteiarbeit aussehen muss. Wir bringen sie in Kontakt und Dialog mit Spitzenpolitikern, und wir wollen ihnen gezielte Qualifikationsprogramme anbieten. Ziel ist es, jüngeren Menschen, die sich in der SPD engagieren, mehr Einfluss zu verschaffen und ihre Arbeit stärker zur Geltung zu bringen.

Neben der Generationengerechtigkeit ist die Bürgergesellschaft das Thema der nächsten zehn Jahre. In der Zukunftswerkstatt „Bürgergesellschaft" definieren wir, was für uns Bürgergesellschaft sein soll. Wir wollen herausfinden, wie Menschen heute für gesellschaftspolitisches Engagement zu gewinnen sind und wie sozialdemokratische Ortsvereine zu Motoren in der Bürgergesellschaft werden können. Wie halten wir die Gesellschaft zusammen? Auf diese Frage suchen wir nicht nur theoretische Antworten, sondern ganz praktische Ideen und Beispiele. Auf diesem Gebiet liegt ein Stück Zukunft der sozialdemokratischen Idee und Bewegung, so wie früher die Genossenschaften.

Im Landtagswahlkampf, in dem sich Günter Grass, Dieter Hildebrandt, Thomas Freitag und andere für die SPD engagiert haben, wurde versprochen, dass die SPD in Schleswig-Holstein wieder mehr Nähe zur Kulturszene schafft. Mit dem „Kulturforum der Sozialdemokratie in Schleswig-Holstein" wollen wir uns im Dialog mit Kunst und Kultur zu neuen Sicht- und Denkweisen inspirieren lassen und die SPD in der Kulturszene besser verankern. Sozialdemokratische Politik ohne die Nähe zu Kunst und Kultur ist wie eine Rose ohne Duft.

Service 21, Jugendforum, Zukunftswerkstatt, Bürgergesellschaft, Kulturforum – wir haben ein anspruchsvolles Arbeitsprogramm auf den Weg gebracht. Nachdem wir die Landtagswahl gewonnen hatten, geht es um die Frage: Was ist notwendig, damit wir künftig nicht nur die

erfolgreichste, sondern auch die modernste und schlagkräftigste Partei in Schleswig-Holstein werden? Damit wir nicht nur die nächsten fünf Jahre, sondern das ganze Jahrzehnt unser Land nach sozialdemokratischen Werten und Zielen regieren können. Der Erneuerungsbedarf ist groß. Und wir treffen jetzt die notwendigen Entscheidungen."
Anmerkung 32)

Kapitel 15: Der Landesausschuss als Kleiner Parteitag?

Die Rolle des Landesausschusses der Partei war jahrzehntelang umstritten. Sollte er das höchste Beschlussgremium zwischen den Landesparteitagen und damit so etwas wie ein „Kleiner Parteitag" sein oder nur ein Beratungsorgan für den Landesvorstand? Wie konnte man ihn attraktiver machen? Seine Beschlussfähigkeit war längst nicht immer sicher. Und viele Kreisverbände schickten in dieses Gremium auch nur ihre zweite oder dritte Wahl. Wie konnten Beratungsergebnisse verbindlicher gemacht werden, wie war das Interesse der ersten Garde der Kreisfunktionäre zu wecken? Am Ende wurde 2003 auf dem Landesparteitag durch Satzungsänderung ein Landesparteirat konstituiert, der vom Parteitag auf Vorschlag der Kreisverbände zu wählen war. Ob die Bedeutung dieses Organs dadurch wirklich zugenommen hat, wird die Zukunft zeigen. Skepsis ist angebracht.

Schon 1983 hatte Uwe Amthor als Vorsitzender des Landesausschusses eine Neuorganisation vorgeschlagen:

Neuorganisation des Landesausschusses

1. Zusammensetzung:

geborene Mitglieder:

- Kreisvorsitzende
- Geschäftsführender Vorstand der Landtagsfraktion
- Vorsitzende der Arbeitsgemeinschaften
- hauptamtliche Bürgermeister
- SGK-Vorsitzender

2. Aufgaben:

Wie bisher in der Landesverbandssatzung festgelegt, zusätzlich:

- Politische Grundsatzthemen werden zwischen den Parteitagen diskutiert.

- Zur Beratung politischer Themen bedient sich der Landesausschuss des Sachverstandes der Arbeitsgemeinschaften bzw. der Beiräte.
- Information und Einbindung in den Entscheidungsprozess der unteren (Kreis-) kommunalen und Partei-Ebenen.

3. Arbeitsablauf:

- gewählte Mitglieder: zwei (oder drei) Mitglieder je Kreisverband,
- der Landesausschuss-Vorstand besteht aus 2 Mitgliedern, die gleichberechtigt sind; es soll eine Frau und ein Mann sein,
- der Landesauschuss tagt regelmäßig (viermal im Jahr an festgelegten Terminen, die nur bei Katastrophen geändert werden dürfen!) und nach Bedarf (mit 14tägiger Einladung),
- der Landesausschuss nimmt feste Tagesordnungspunkte auf, z. B. Berichte aus der Landtagsfraktion, Landesvorstand, Beiräten, Arbeitsgemeinschaften, Kreisen usw.,
- der Landesausschuss setzt sich politische Schwerpunkte und lädt dazu Referenten ein; dazu ist es notwendig, dass sich der Landesausschuss bei jeder Neuwahl des Vorstands ein Arbeitsprogramm gibt,
- der Landesausschuss macht über den Pressesprecher des Landesverbands Öffentlichkeitsarbeit; gleichzeitig erscheint regelmäßig in „WIR" ein Bericht aus dem Landesausschuss.

Aber Amthors Initiative versandete. Der Landesausschuss blieb weiterhin ein bedeutungsloses Gremium, das nur vor Landesparteitagen mit Listenaufstellungen für Landtags- oder Bundestagswahlen einigermaßen volle Präsenz zeigte.

Der Stormarner Heiko Winckel-Rienhoff (der später zur Linkspartei wechselte), wollte Anfang 2000 als Vorsitzender des Landesausschusses einen neuen Anlauf nehmen. Er machte eine Reihe von Vorschlägen, die im Landesvorstand kontrovers diskutiert wurden. Eckart Kuhlwein hatte dazu ein Positionspapier geschrieben, in dem er vor allem das verbindliche „Beschlussgremium" Landesausschuss ablehnte. Gerade darauf hatten es jedoch die Funktionäre aus den Kreisverbänden abgesehen, weil sie hofften, dass dadurch der Landesausschuss attraktiver würde. Für Kuhlwein sagte jedoch das Organisationsstatut der Bundes-SPD, dass „die Leitung" der Partei dem jeweiligen Parteivorstand zustünde. Das Papier wurde am 12./13. Mai 2000 in Travemünde beraten. Anmerkung 33)

Der Landesvorstand hat dann folgenden Beschluss gefasst:

Der Landesvorstand nimmt die „Bewertung" der Vorschläge der Landesausschussvorsitzenden zur künftigen Struktur und Rolle des Landesausschusses zustimmend zur Kenntnis. Er unterstützt insbesondere das Anliegen, die organisatorische und politische Rolle des Landesausschusses auch durch eine satzungsmäßige Absicherung zu stärken. Dies darf jedoch die im Organisationsstatut vorgegebenen Verantwortlichkeiten nicht beeinträchtigen. Der Landesvorstand beauftragt den Landesgeschäftsführer, das weitere Vorgehen mit den Vorsitzenden des Landesausschusses zu erörtern.

Kapitel 16: Der Umgang mit SED und DDR

Die SPD Schleswig-Holstein hat sich schon früh um Kontakte zur DDR bemüht. Dabei kam angesichts der damaligen Machtverhältnisse vor allem die SED als Gesprächspartner in Frage. Schon 1984 (Protokoll der Landesvorstandssitzung vom 13.4.84) gab es eine halboffizielle Reise des Pressesprechers Bernd Michels und des Landesgeschäftsführers Klaus Rave zur SED nach Neubrandenburg. Dort wurde ein gemeinsames Seminar zwischen SED-Bezirk und SPD-Landesverband in der Gustav-Heinemann-Bildungsstätte in Malente mit Tagungsablauf und Gesprächsthemen vorbereitet. Im Landesvorstand wurde die Teilnahme von der Seite der SPD an dieser Veranstaltung festgelegt. Danach sollten Geschäftsführender Landesvorstand und Geschäftsführender Fraktionsvorstand sowie die Vorsitzenden der Außen- und Sicherheitspolitischen Beiräte an dieser Veranstaltung beteiligt sein.

Am 20.6.1988 – Björn Engholm war als Ministerpräsident frisch im Amt – wurde Klaus Rave im Landesvorstand gebeten, dem Bezirk Neubrandenburg eine Einladung für einen Besuch in Schleswig-Holstein zukommen zu lassen. Schwerpunktthema sollte „Austausch über Erkenntnisse des Umweltschutzes" sein. Parallel dazu sollte Björn Engholm (das Politbüro-Mitglied) Hermann Axen – in Abstimmung mit Egon Bahr – persönlich einladen.

Anerkennung der Elbe-Grenze

Björn Engholm sagte am 1. Oktober 1988 auf dem Landesparteitag zum Thema DDR:

„Wir sind dabei, die Beziehungen zu den osteuropäischen Nachbarn, zur DDR und zu den skandinavischen Staaten auszubauen. Der Wirtschaftsminister hat seinen ersten Besuch in Dänemark gemacht; ich bin mit Klaus Rave und Ute Erdsiek-Rave und meiner Frau in Schweden gewesen, und wir haben ein bisschen dazu beigetragen, bei der Auftaktveranstaltung des schwedischen Wahlkampfes, dass unser Freund Ingvar Carlsson so gut abgeschnitten hat, wie er letztendlich dann doch abgeschnitten hat.

Ich begrüße nachdrücklich, dass das Mitglied des Politbüros der SED, Hermann Axen, unserem Lande Schleswig-Holstein einen Besuch abgestattet hat. Dieser Besuch hat in einer politisch und menschlich erfreulichen Atmosphäre stattgefunden. Er wird ein Auftakt sein für mehrere Begegnungen, die wir im Bereich der DDR mit den dort Verantwortlichen planen. Und ich füge hier hinzu, wir wollen mit unseren Partnern in der DDR nicht nur über Wirtschaftsfragen reden – wir wollen auch das, was uns über die Grenzen bindet, die Sprache und die Kultur, zu einem gemeinsamen Anliegen machen.

Und ich werde bei meinen Besuchen in der DDR, und ich bin sicher, mit eurer Zustimmung, aus meiner Meinung, auch als neues Präsidiumsmitglied der SPD, kein Hehl machen, dass das, was unsere skandinavischen Freunde unter der Führung von Olof Palme und was wir jahrelang mit ihnen gemeinsam zu einem großen Ziel gemacht haben, nämlich die Schaffung einer atomwaffenfreien Zone in Mitteleuropa, dass dies nach wie vor zu unseren politischen Anliegen gehört, wo wir Deutsche gemeinsam kämpfen können.

Ich werde auch aus meiner Meinung kein Hehl machen, auch in der DDR nicht. Dass wir viele Dinge von der DDR erwarten, dass wir umgekehrt aber auch bereit sein müssen, den einen oder anderen berechtigten Wunsch der DDR auf unserer Seite endlich zu erfüllen. Und dazu gehört für mich die Beendigung des absolut nicht verständlichen, manchmal unsinnigen Streits um den Verlauf der Grenze auf der Elbe. Wenn 900 km Grenze zwischen der DDR und der Bundesrepublik durch Verträge gesichert sind, dann wäre es ein Aberwitz, aus nicht verständlichen Prinzipienreitereien bei den letzten 50 km nicht zur Einigung zu kommen. Wenn es an uns liegen sollte, eine solche Einigung wird möglich werden und damit der Weg zu neuer Kooperation verbessert werden."

Vom 7. bis 10. März 1989 fand dann im Töpferhaus eine gemeinsame Tagung von SPD- und SED-Funktionären aus dem Bezirk Neubrandenburg statt. Es ging um Friedens- und Umweltpolitik. Als im November 1989 die Berliner Mauer fiel, gab es im Landesverband Irritationen. Am 3. November, als die Fluchtbewegung aus der DDR über

Ungarn in vollem Gange und die DDR schon weitgehend isoliert war, trafen sich die Bundestagsabgeordneten und die Landtagsfraktion. Werner Kindsmüller wollte Schleswig-Holstein zum Ort des Ost-West-Dialogs machen. Es gebe Signale von der SED Neubrandenburg, die eine entsprechende Delegation wolle. Gerd Walter hatte eine Reise dorthin angekündigt.

Unsicherheit nach dem Fall der Mauer

In der Zwischenzeit hatte Willi Piecyk eine Vertreterin des NEUEN FORUMS getroffen, Norbert Gansel wies auf den Konflikt in der SPD zwischen Wiedervereinigungssehnsucht und Rücksicht auf die SED hin. „Die SPD ist die Partei der Freiheit, dafür haben wir gearbeitet." Die SED müsse ihr Machtmonopol aufgeben. Zur Finanzierung der Einheit müsse die zweite Stufe der Steuerreform ausgesetzt werden. Im Landesvorstand gab es am selben Tag Sorge wegen zunehmender Eskalation in der DDR und Angst vor einer „chinesischen Lösung". Sorge machten auch die Flüchtlingsströme (Aus- und Übersiedler). Walter hielt Aktionen vor Ort für erforderlich, weil sonst die Unterstützung für die Republikaner wachsen könnte.

Am 27. November 1989 sagte Walter im Geschäftsführenden Vorstand, er sei dagegen, dass die SPD mögliche Optionen der deutschen Geschichte kaputt mache. Wir dürften nicht abgekoppelt werden. Die SPD baue am gesamteuropäischen Dach so, dass verschiedene Möglichkeiten des Zusammenlebens eröffnet würden. Dann am 4. Dezember im Landesvorstand, die (in der DDR neu gegründete) SDP lohne unseren Einsatz. Es müsse auf dem bevorstehenden Bundesparteitag in Berlin eine deutschlandpolitische Entschließung gemeinsam mit der SDP geben. Viele interne SPD-Sitzungen in Bonn seien ohne Ergebnis geblieben. Die Parteilinke stelle ihre Kompetenz in der nationalen Frage nicht unter Beweis. Kritik müsse an Oskar Lafontaine geübt werden. Es gebe Informationen aus der DDR, dass dort die nationale Frage immer stärker gestellt werde.

Kurt Hamer wollte Klarheit darüber, ob die SPD die Siege in der DDR erringen wolle, die sie im Westen nicht geschafft habe. Hamer wollte die deutsche Einheit von Europa her konstruieren. Marianne Tidick merkte an, dass die „diplomatische Trottelei von Kohl vielleicht unser Versagen überdeckt". Werner Kindsmüller wollte „Spielraum für die DDR erhalten, für eine Entwicklung, mit der wir sympathisieren." Gerd Walter: Der Prozess in der DDR dürfe nicht mit Selbstgerechtigkeit begleitet werden, auch in der intellektuellen Debatte nicht. Was da ablaufe, sei nicht „unsere Revolution", die Freiheit könne ganz abstruse Folgen haben. Wir müssten entscheiden, ob wir für Selbstbestimmung seien. Einer Partei, die in der nationalen Frage keine Kompetenz habe, werde auch gesellschaftspolitisch nichts zugetraut. Die SPD stehe für europa-verträgliche Lösungen.

Am 12. März 1990 wurde im Geschäftsführenden Vorstand der Konflikt über die Wirtschafts- und Währungsunion zwischen Oskar Lafontaine und dem Rest der Welt erörtert. Auch Willy Brandt könne mit Oskar nicht mehr darüber reden. Einige im Parteivorstand wollten bei Artikel 146 (der eine neue gemeinsame Verfassung möglich gemacht hätte) draufsatteln, aber die Mehrheit fürchte, dass wir dabei nur verlieren könnten. Und kurz vor der Volkskammerwahl wurde festgehalten: „Die in der DDR wählen CDU, weil Kohl das Geld hat." So kam es ja dann auch.

Am 23. April berichtete Walter im Geschäftsführenden Vorstand erneut über das strategische Dilemma in der SPD. Sorgen machten auch die Folgen für die Sozialversicherung und für die Landesfinanzen. Schleswig-Holstein werde nach den Prognosen Engholms keinerlei politische Gestaltungsmöglichkeit mehr haben. Nach Berechnungen von Bundesfinanzminister Waigel müsse das Land jedes Jahr 500 Millionen Mark abgeben. Ob damit eine Länderneugliederung erforderlich würde? Hamer fragte, warum wir nicht von „Blut, Schweiß und Tränen" redeten. Was Oskar tue, reiche nicht aus. Die SPD dürfe nicht im Abseits stehen bleiben.

In der Bundestagsfraktion forderte Norbert Gansel am 24. April Steuererhöhungen zur Finanzierung der Einheit. Das Argument, die koste nichts, halte doch nur ein paar Wochen. Ingrid Matthäus-Maier, die finanzpolitische Sprecherin, konterte: Wir seien nicht die Verbreiter von Hiobsbotschaften, deshalb dürfe es keine Ankündigung von Steuererhöhungen geben. Gert Börnsen am 2. Mai bei einem Treffen von Landesvorstand und Landtagsfraktion: Die Wiedervereinigung sei eine nationale Aufgabe, die von den Starken getragen werden müsse. Engholm: „Wir werden eine Steuererhöhung machen müssen."

Norbert Gansel fragte am 25. August im Landesvorstand, warum man die Leute beschwindle. Die Kosten für die Einigung müssten auf den Tisch. Jetzt müsse auf Steuersenkungen (25 Mrd. DM) verzichtet werden, im Bundeshaushalt könnten 2,5 Mrd. für neue Munition gesperrt werden. „Teilung ist nur durch Teilen zu überwinden." Eine Ergänzungsabgabe für Einkommen ab 100.000 DM im Jahr sei erforderlich.

Am 11. Juni beklagte Kurt Hamer im Geschäftsführenden Vorstand das „Gefühl der Ohnmacht und Beschämung, welche klägliche Rolle" die SPD spiele. Gerd Walter habe auch die emotionale Seite der deutschen Vereinigung berücksichtigt. Es sei die große Gefahr, an den Gefühlen eines Volkes vorbeizugehen, hier und in der DDR. Die Leute dort seien 40 Jahre lang „beschissen" worden. Am 29. Juni im Landesvorstand in Rendsburg war dann alles klar: Nicht aus nationaler Gefühligkeit, sondern wegen der Frage, wie die neue deutsche Republik aussieht, berichtete Walter. Oskar Lafontaine würde Kanzlerkandidat bleiben, aber Vogel sei dagegen, dass er auch den Parteivorsitz übernehme.

Kapitel 17: Das Verhältnis Partei und Regierung

Die schleswig-holsteinische SPD hatte fast 40 Jahre Opposition üben müssen. Das war sie gewöhnt. Für die Partei war es deshalb gar nicht so einfach, 1988 beinahe über Nacht auf die Unterstützung einer eigenen Landesregierung umzuschalten. Dabei spielte natürlich das Selbstbewusstsein vom „Primat der Partei" eine starke Rolle. So appellierte Gerd Walter einen Tag nach der erfolgreichen Wahl, am 9. Mai 1988, an Partei, Regierung und Abgeordnete, die Partei müsse „gerade auch unter den jetzt gegebenen Bedingungen produktiver Unruhestifter bleiben, müsse mahnen und anregen auch in Richtung Gesamtpartei". Er unterstrich die Bedeutung der Organisation, der gesellschaftlichen Bewegung und der Öffnung der Parteiarbeit und forderte die Abgeordneten auf, in Zukunft an der Parteiarbeit mitzuwirken.

Sie waren gute Freunde, und Willy Brandt hat Björn Engholm gefördert.

Walter rief auch die Minister und Staatssekretäre dazu auf, mit Arbeitsgemeinschaften, Beiräten, Fachsprechern der Kreistagsfraktionen usw. zusammenzuarbeiten und regte hierzu in allernächster Zeit Gespräche der einzelnen Fachressorts an. Dies solle nicht zuletzt auch dazu beitragen, dass die Mitglieder der neuen Regierung das Klima der SPD Schleswig-Holstein kennen lernten, und es werde als wesentlicher und notwendiger Beitrag auch zur Rollenfindung der SPD als Regierungspartei angesehen.

Am 10. Juni trug Engholm dann dem Landesausschuss die Grundzüge seiner Regierungserklärung vor: Er wolle eine menschenwürdige, freiheitliche, liberale und solidarische Gesellschaft. Dazu einzelne

Punkte: Die Streichung des Radikalenerlasses, für 1990 eine kommunale Verfassungsreform, die Verbesserung des Datenschutzes, eine konzertierte Aktion für die Wirtschaft, ein Projekt „Hanse", ein neues Arbeitsmarktkonzept, eine Zusage „Ausbildung für alle", die Unterstützung einer Pflegefallabsicherung im Bund, den Ausstieg aus der Kernenergie („Die Entscheidungsunterlagen für den Beginn des Ausstiegs sollen 1990 vorliegen. Dann die Frage, wie dicht sind die Grundlagen, und reicht das für eine Stilllegungsverfügung aus. Sofortausstieg, aber rechtsstaatlich."). An allen Orten, wo das gewollt sei, werde ein 10. Hauptschuljahr eingerichtet, „schmale Korridore" für zusätzliche Lehrer, die Änderung des Schulrechts zur Mitte der Periode, die Gesamtschule als „Regelschule", wobei es auf die Kommunen ankommen werde. Transporte nach Schönberg (eine umstrittene Mülldeponie in der DDR in der Nachbarschaft von Lübeck) sollten durch Schleswig-Holstein „extrem erschwert werden". Und schließlich ein Gleichstellungsgesetz.

Engholm wollte nicht mehr als 50 % dessen ankündigen, „was man machen kann". Die SPD dürfe nicht nur auf die 35-%-Wähler setzen, „die wir immer haben", sondern auf die 55 % dieser Wahl. Gerd Walter sprach von Wahrung der SPD-Identität als Regierungspartei: Viele vor uns hätten „Kapital aufgehäuft": Willi Geusendam, Jochen Steffen, Walter Damm: „Vergesst nicht, woher ihr kommt und wer euch zu dem gemacht hat, was ihr seid!" Walter warnte vor „Gutsherrenart", der Staat sei nicht Beute von Parteien, die Bürokratie sei für die Menschen da, die Regierung werde nur auf Zeit übernommen. Die Partei sei keine Ersatzregierung und müsse nicht in jedes Detail hineinreden, die Perspektiven der Partei dürften nicht auf das Maß der Regierung zurückgeschnitten werden, die Partei müsse es ertragen können, wenn nur kleine Schritte gemacht werden könnten. Auch als Regierungspartei müsse die SPD „Programmpartei" bleiben und weiterhin auch Anstöße für die Bundespartei liefern.

„Die Landespolitik frisst uns auf"

Nach eineinhalb Jahren Regieren kam es am 1. September 1990 im Landesvorstand zu einer grundsätzlichen Aussprache über das Verhältnis von Partei und Landesregierung. Gerd Walter provozierte: „Wenn der Landesverband sich in dieser Richtung entwickelt, dann habe ich keine Lust mehr." Die Landespolitik fresse uns zunehmend auf, lenke von strategischen Fragen ab, es gebe eine schleichende Veränderung der Partei in Schleswig-Holstein, es drohten „Hamburger Verhältnisse". Die Debatte zeigte keine klaren Konturen. Die einen waren für die Kontrollfunktion gegenüber der Landespolitik, die anderen für eine klare Trennung.

Gert Börnsen meinte, das Tempo der Regierungsarbeit sei zu schnell, er erwarte von der Partei, dass sie bereit sei zu mobilisieren. Heinz-Werner Arens glaubte, dass die Partei nach 40 Jahren Opposition ihre Rolle noch nicht neu definiert habe. Walter fasste zusammen: Wenn der Landesvorstand die Partei auf Landespolitik reduziere, werde man die Partei nicht wiedererkennen. Die SPD wolle Bewusstsein bilden, eine inhaltliche Debatte zur Stiftung von Identität führen, abstrakte politische Grundüberzeugungen zur Überwindung von Gruppeninteressen vermitteln. Erfolg werde sie nur haben bei politischem Grundvertrauen zwischen den Beteiligten. Die Arbeitsteilung müsse sich auf „Kreuzungspunkte" konzentrieren.

Die Aufarbeitung der „Schublade"

Das Verhältnis zwischen Landesvorstand und Landtagsfraktion und ihrer Führung war vor allem in den ersten Jahren nach Engholm nicht immer spannungsfrei. Die mühsame Aufarbeitung der „Schublade" im Untersuchungsausschuss 1993-95 hinterließ ihre Spuren. Gert Börnsen konterte am 25.2.1995 in Treia in einer gemeinsamen Sitzung: Er beklagte bröckelndes Vertrauen, obwohl die SPD-Regierung eine gute Leistungsbilanz habe. Überall gebe es solide handwerkliche Arbeit, die auch von Gewerkschaften und Arbeitgebern anerkannt werde. Die Unzufriedenheit vieler Gruppen wegen der harten Sparpolitik habe nicht zu konservativen Trends geführt, es gebe eher „eine Sozialdemokratisierung des Landes".

Nur in der Partei, so Börnsen, gebe es Zweifel und mangelnde Unterstützung, z. B. in der Abfallwirtschaft (die parteilose Umweltministerin Edda Müller hatte gerade einen zusätzlichen Standort für eine Sondermülldeponie verkündet, was zu erheblichen Protesten vor allem im Kreis Herzogtum Lauenburg führte) und bei der geplanten Direktwahl der Bürgermeister und Landräte. Die Partei vernachlässige die Vorfeldarbeit. Der stellvertretende Landesvorsitzende Detlef Köpke sah die größere Verantwortung bei den Landtagsabgeordneten, welche die Auseinandersetzung vor Ort führen müssten.

Die Landesregierung kämpft auch in Bonn

Die Landesregierung mischte sich auch engagiert in die Bundespolitik ein. Und sie orientierte sich dabei an linken Grundlinien der sozialen Gerechtigkeit, welche die Landespartei sich erarbeitet hatte. Ministerpräsidentin Heide Simonis, Mitglied des Parteivorstands, schrieb am 22.4.96 in Sachen öffentliche Finanzen an den Parteivorsitzenden Oskar Lafontaine und den Fraktionsvorsitzenden Rudolf Scharping mit Kopie an die SPD-Ministerpräsidenten.

In dem Brief mahnt sie zunächst ein eigenes Konzept der SPD bzw. der A-Länder in den anstehenden Auseinandersetzungen mit der Regierung Kohl in Sachen Arbeitsmarkt-, Steuer- und Finanzpolitik an. Eine Konsolidierung der Staatsfinanzen werde es ohne Konsolidierung der sozialen Sicherungssysteme nicht geben. Sonderregelungen wie Beihilfeansprüche der Beamten oder die Versicherungspflichtgrenze müssten in Frage gestellt werden. Der Einstieg in die ökologische Steuerreform würde es ermöglichen, versicherungsfremde Leistungen der Sozialversicherung aus Steuern zu bezahlen. Alle Maßnahmen müssten darauf ausgerichtet sein, dass die Lasten gerechter als bisher verteilt würden. Der Brief ist ein Dokument für die damaligen steuer- und finanzpolitischen Positionen der SPD in Schleswig-Holstein. Anmerkung 34)

„Die Genossen hatten sich lieb"

Zehn Jahre nach der Regierungsübernahme durch Björn Engholm im Mai 1988 feierte die SPD in Rendsburg das Jubiläum. Die Kieler Nachrichten schrieben am 11.05.1998:

„Rendsburg – Die rote Festgemeinde in Rendsburg machte geistige Anlehnung beim „Meister" in Birmingham. Alle(s) habe man lieb: Die Deiche, die Meere, das Land und natürlich auch den Genossen Hans Wiesen, schmeichelte Parteifreund Franz Thönnes dem Ex-Landwirtschaftsminister, frei nach Guildo Horn. Die Mitfeiernden im Saal sahen das genauso und bedachten den frischgebackenen Politrentner mit donnerndem Applaus.

Doch natürlich war es nicht der allseits geschätzte Wiesen, den die SPD am Sonnabend noch einmal hochleben ließ; zehn Jahre Regierungspartei in Schleswig-Holstein, eine gewonnene Kommunalwahl im März, das sei „ein Grund zum Feiern", und ein wenig Auftanken für die Bundestagswahl, dachte sich der Parteivorstand, könne auch nicht schaden.

Also trommelte man alles zusammen, was in der Nord-SPD Rang und Namen hat oder hatte. Und da schwärmten dann frühere Minister wie Eva Rühmkorf, Hans Peter Bull und Klaus Klingner gemeinsam über glorreiche Wendezeiten 1988. Ex-Regierungschef Björn Engholm und Ex-Landeschef Günther Jansen, zwei Stars der ersten Stunden, die 1993 zurückgetreten waren, konnten oder wollten indessen nicht mitfeiern. Dafür applaudierte die Versammlung umso heftiger, als Landeschef Willi Piecyk die beiden als „große schleswig-holsteinische Sozialdemokraten" ausrief. „Ohne sie wären wir nicht da, wo wir heute stehen ..." Damit war dem historischen Tief der SPD-Regierungszeit Rechnung getragen und Raum genug für kräftiges Lob am eigenen Verein. 1988, das stehe für „eine neue politische Kultur" und mehr Liberalität. Das fanden auch Fraktionschefin Ute Erdsiek-Rave und Ministerpräsidentin Heide Simonis, die moderiert vom Historiker Uwe Danker das rote Jahrzehnt zwischen den Meeren Revue passieren ließen. Neue Wirtschaftskraft habe das Land erreicht, eine „ganz neue Reputation bei den Nachbarn im Ostseeraum".

Und so ähnlich verlief auch der weitere Abend. Um mehr als 60 Minuten überzogen die Akteure das Rahmenprogramm. Derweil harrte das kalte Büfett des Ansturms. Und so hörte mancher bei bereits knurrendem Magen, was Ex-Landtagsfraktionschef Gert Börnsen aus Werken von Alt-Vater Jochen Steffen rezitierte. Und während in Birmingham der „Meister" noch seines Auftrittes harrte, hatte Piecyk seine Botschaft längst schon unters Parteivolk gebracht: „Unser Weg geht weiter in das zweite sozialdemokratische Jahrzehnt in Schleswig-Holstein."

Aufstand gegen Franz Thönnes

Der Jubel über die 2000 erneut gewonnene Landtagswahl hielt nicht lange vor. Teile der Landtagsfraktion inszenierten eine Palastrevolution gegen den Landesvorsitzenden Franz Thönnes. Im März 2001 berichtete Michael Legband in den „Lübecker Nachrichten":

„Unter dem Eindruck des CDU-Parteitages vom Wochenende und den damit verbundenen positiven Schlagzeilen hat die SPD-Landtagsfraktion gestern heftig Kritik an Parteichef Franz Thönnes geübt. Die Parlamentarier befürchten im Falle einer „wiedererstarkenden CDU" den Verlust der Meinungsführerschaft bei politischen Themen an die Union, wie dies bereits beim Thema Kommunalverfassung geschehen sei. „Während die einen mit dem Florett argumentierten, benutzten andere das Beil", schildert ein Fraktionsmitglied das Klima der Diskussion mit dem Parteivorsitzenden.

Im Raum 383 des Landeshauses wurde Klartext geredet. Hauptredner waren Fraktionschef Lothar Hay und der innen- und rechtspolitische Sprecher Klaus-Peter Puls. Während Hay hart in der Sache, jedoch verbindlich im Ton diskutierte, war Puls in der „Diktion völlig eindeutig", bestätigte ein Fraktionsmitglied. „Puls hat voll vom Leder gezogen." Nach seiner „äußerst heftigen" Attacke auf den Landesvorsitzenden wird Puls jetzt von Fraktionsmitgliedern nur noch „der Vollstrecker" genannt, beschreibt ein Abgeordneter die Szene. Während Hay davor warnte, bei einer „wiedererstarkenden CDU" in weiteren Politikbereichen die Meinungsführerschaft zu verlieren, sieht Puls dies im Fall der Kommunalverfassung bereits als geschehen an.

Franz Thönnes wurde dafür kritisiert, dass ein Grundlagenpapier zur Reform der Kommunalverfassung auf dem Parteitag durch ihn „nicht befördert" wurde. Somit seien wichtige Eckpunkte nicht transportiert worden. Erst im Herbst will sich die SPD auf einem Sonderparteitag mit der Problematik befassen.

Bereits am vergangenen Wochenende hat die CDU in Weißenhäuser Strand klar gemacht, wie es auch laufen kann. Eindeutig bezogen die Konservativen Stellung und beschlossen unter anderem die Beibehaltung der Landrats-, Oberbürgermeister- und Bürgermeisterwahlen sowie die Direktwahlen auch für ehrenamtliche Bürgermeister. Ferner sprach sich die Union für eine Stärkung des Hauptausschusses aus. Neben Hay und Puls haben sich auch der Parlamentarische Geschäftsführer Holger Astrup und der Abgeordnete Peter Eichstädt aus Groß-Grönau an der Thönnes-Schelte beteiligt. Das sei keine der üblichen „Nörgel-Diskussion" gewesen, heißt es aus Fraktionskreisen.

Thönnes erklärte auf Anfrage: Meinungsführerschaft kommt nicht durch Parteitags-Schnellschüsse, sondern nur durch eine gute Diskussion mit guten Entscheidungen. Dafür habe die SPD den Weg vorgezeichnet. Landesvorstand und Fraktion hätten sich darauf verständigt, eine ausführliche Diskussion mit den kommunalpolitisch Aktiven zu führen. Dazu gehörten die Vorarbeit einer Projektgruppe sowie vier Regionalkonferenzen. „Landtagsfraktion und Landesvorstand werden dabei eng zusammenarbeiten", versichert Thönnes.

Kapitel 18: Die SPD auf Partnersuche

Die SPD Schleswig-Holstein hatte kaum jemals eine absolute Mehrheit zum Regieren erhofft. Aber sie war in Zeiten absoluter CDU-Mehrheiten sicher, dass die FDP (und vielleicht auch der SSW) als Partner für eine Regierung in Kiel in Frage käme. Beide Parteien wurden durch regelmäßige Kontakte gepflegt. 1979 fehlten Klaus Matthiesen für eine solche Koalition nur etwa 600 Stimmen von der CDU. Die GRÜNEN hatten zum ersten Mal kandidiert und der SPD Stimmen weggenommen. Nach dem Bruch der Bonner Koalition zwischen SPD und FDP im Oktober 1982 war auch im Land auf die FDP kein Verlass mehr.

Ein Spitzengespräch mit Uwe Ronneburgers FDP

Aber noch kurz zuvor, am 11. Juni 1982, hatte es ein Spitzengespräch mit einer gemeinsamen Verlautbarung gegeben, welche Hoffnung auf ein Zusammengehen auch nach der Landtagswahl 1983 machte:

Uwe Ronneburgers FDP war 1979 und bis zum Ende der Bonner Koalition Wunschpartner der SPD für Kiel.

„Die Bonner Koalition zwischen SPD und FDP ist angesichts der derzeitigen politischen Lage notwendiger denn je!", heißt es in einer Erklärung der Landesvorstände von SPD und FDP im Anschluss an eine gemeinsame Sitzung in Kiel, mit der die bisherigen Gespräche fortgesetzt wurden. Im Mittelpunkt der Erörterungen, die in einer offenen Atmosphäre stattfanden, standen die „großen" politischen Themen Friedens- und Arbeitsmarktpolitik.

Vor dem Hintergrund ihrer jüngsten Parteitage bekräftigten die Landesvorsitzenden Jansen und Ronneburger, dass es für politische Parteien überlebensnotwendig sei, in diesen Fragen Flagge zu zeigen und Wege für die Zukunft zu markieren. Trotz des „Hochschweigens" der CDU in der Wählergunst sei es dieser Partei nicht gelungen, klare Alternativen in diesen politischen Feldern aufzuzeigen. Für Schleswig-Holstein und seine diskussionsfreudige SPD und FDP könne festgestellt werden, dass das Bemühen um Lösungen im Vordergrund stünde, die sowohl tagespolitisch umsetzbar seien als auch die Rolle der Parteien als „Vordenker" von Regierungen widerspiegelten. So werde gleichzeitig das sozialliberale Bündnis in Bonn gestärkt und gegenüber einer kritischen Öffentlichkeit das Angebot zum Meinungsaustausch gemacht, das die Voraussetzung für die Fortsetzung von Reformpolitik unter schwierigen Bedingungen sei.

Dass es heute verstärkt darum ginge, gesprächsoffener, bereit zur Aufnahme von Kritik zu sein und zu toleranteren Umgangsformen zu kommen, betonte auch der designierte Spitzenkandidat der SPD, Bundesbildungsminister Björn Engholm. Dies gelte auch im Verhältnis zu alternativen Gruppierungen. Wenn solche Gruppen zu Wahlen anträten, dürfe politische Gegnerschaft nicht zu Selbstherrlichkeit verleiten. Gemeinsam stellten beide Spitzengremien nochmals fest, dass der für Schleswig-Holstein notwendige Wechsel 1979 maßgeblich wegen des Auftretens der ‚Grünen' nicht habe vollzogen werden können, die insofern an einer schweren Hypothek zu tragen hätten.

Im Landesvorstand wurde nach der Landtagswahl 1983, bei der Engholm mit 43,7 % (Bundestagswahl eine Woche zuvor in Schleswig-Holstein 41,7 % der Zweitstimmen) hervorragend abgeschnitten hatte, festgestellt, ein Horizont für eine neue linke Mehrheit im Land sei nicht mehr sichtbar. Engholm: „Das Wahlergebnis trifft uns viel tiefer, als wir bisher intellektuell begriffen haben." Die FDP komme nicht mehr in Frage, mit den GRÜNEN sei es „nicht wünschenswert".

1987 kamen die GRÜNEN schon eher in Frage. Jansen am 16. März im Landesvorstand: Mit der FDP gehe es nicht wegen ihres „Manchester-Kapitalismus" (Beispiel: Werftpolitik). Die damals kandidierende CDU-Abspaltung UWSH (Sammlung von Wählergemeinschaften) bleibe unter fünf Prozent, die GRÜNEN seien unsere inhaltlichen Gegner,

Auch Karl-Otto Meyers (rechts) vom SSW war ein begehrter Partner (hier mit Berend Harms und Eckart Kuhlwein im Landtag). Als der SSW 2005 eine rot-grüne Regierung tolerieren wollte, fehlte Heide Simonis trotzdem eine Stimme aus dem eigenen Lager. Der ‚Verräter' ist bis heute nicht entdeckt worden.

aber wenn sie reinkommen sollten, seien sie Gesprächspartner. Jansen nach der Landtagswahl im Landesausschuss am 30. September 1987 (die SPD hatte 36 Mandate, die CDU 33, die FDP drei und der SSW ein Mandat erhalten): „In Schleswig-Holstein sind die GRÜNEN überflüssig." Die FDP müsse nicht umfallen, aber ihr solle etwas „einfallen", zum Beispiel durch Stimmenthaltung im 3. Wahlgang bei der Ministerpräsidentenwahl, der FDP sei jeder zweite Wähler seit der Bundestagswahl davongelaufen.

Im Landesvorstand wurde am 9. April 1988 eine Meinungsumfrage von Mitte März diskutiert. Beim Gegenkandidaten Hoffmann von der CDU wüssten die Leute nicht, wofür er stehe. Bei einer Direktwahl hätten sich 53 Prozent für Engholm ausgesprochen, genauso viele seien für eine Alleinregierung der SPD. Engholm werde bereits als Ministerpräsident gesehen. Das SPD-Team der Experten sei allerdings weitgehend unbekannt. Der Slogan der GRÜNEN sei richtig: „Wer was anderes will, muss was anderes wählen." Für die SPD sei zwischen 44 und 50 Prozent alles drin. Die SPD gewann dann die Landtagswahl am 8. Mai mit 54,8 Prozent, die CDU erhielt 33,3 Prozent.

Für die Wahl 1992 (die SPD verfügte seit 1988 wegen der Barschel-Affäre über eine komfortable absolute Mehrheit) wurde im Landesvorstand am 15. Februar 1991 die Parole ausgegeben: Wer wolle, dass Engholm Ministerpräsident bleibe, müsse für eine absolute Mehrheit sorgen. Wer FDP wähle, wähle Risiko. Die SPD erhielt bei der Wahl wieder die absolute Mehrheit der Sitze, die GRÜNEN blieben weiter draußen.

Fragen nach den GRÜNEN

Noch im Februar 1995 in einer Landesvorstandssitzung in Treia war der Landesvorsitzende Willi Piecyk der Meinung, die SPD könnte auch 1996 ihre eigene Mehrheit verteidigen. Realistisches Wahlziel sei es, wieder alle Wahlkreise direkt zu gewinnen. Die SPD dürfe sich nicht „grüner als GRÜN" gebärden. Der Fraktionsvorsitzende Gert Börnsen war skeptischer: Man müsse davon ausgehen, dass auch in Schleswig-Holstein die GRÜNEN in den Landtag kämen. Die SPD müsse deshalb Wirtschaft und Ökologie in Zusammenhang bringen, sie sei immer auch eine „Wirtschaftspartei" gewesen. Zu den GRÜNEN müsse es eine „Konfrontationspolitik" geben.

Eckart Kuhlwein sah in den GRÜNEN beachtliche Annäherungen an Wirtschaftspositionen der FDP, sie seien die FDP 2000. Die parteilose Umweltministerin Edda Müller warnte vor einer Konfrontation mit den GRÜNEN in den Zielsetzungen. Der damalige Wirtschaftsminister Peer Steinbrück forderte „Abstand vom Koalitionsgerede". Konrad Nabel, Landtagsabgeordneter aus Ahrensburg, warnte vor einer schwerpunktmäßigen Kampagne gegen die GRÜNEN.

Zum ersten Mal Rot-Grün

Die Konstellation änderte sich mit der Wahl am 24. März 1996. Die SPD mit Heide Simonis an der Spitze erhielt – von jahrelangen internen Konflikten gebeutelt – immerhin noch 39,8 % der Stimmen, musste sich aber einen Koalitionspartner suchen. Börnsen schlug im Landesvorstand am 25. März Gespräche mit allen in Frage kommenden Partnern vor. Die GRÜNEN seien zum ersten Mal im Landtag und „völlig ungeübt". Die forderten denn auch sofort öffentlich zwei Minister und zwei Staatssekretäre. Die Bundestagsabgeordneten Rainder Steenblock für Umwelt, Energie und Landesplanung und Angelika Beer für den Bundesrat. Die SPD benannte ihre Verhandlungskommission: Je vier Vertreter bzw. Vertreterinnen aus dem Landesvorstand, der Landesregierung und der Landtagsfraktion. Die GRÜNEN wollten nur mit der SPD verhandeln.

„GRÜNE wollen in die Regierung"

Die Kieler Nachrichten meldeten kurz nach der Landtagswahl 1996, die Grünen wollten unbedingt in die Landesregierung:

MdB Rainder Steenblock verhandelte für die GRÜNEN über die Koalition.

„Die schleswig-holsteinischen Grünen haben von Ministerpräsidentin Heide Simonis eine klare Entscheidung für Rot-Grün verlangt. Die Kieler Fraktionsvorsitzende von Bündnis 90/Die Grünen, Irene Fröhlich, sagte am Mittwoch im ZDF-Morgenmagazin, sie fühle sich dabei unterstützt von einem großen Teil der SPD-Basis. Der Landesvorstand der Sozialdemokraten will Ende der Woche entscheiden, mit wem Koalitionsverhandlungen aufgenommen werden."

Das „Hamburger Abendblatt" berichtete derweil, die SPD stelle die Weichen für Rot-Grün. Die zwölfköpfige Verhandlungskommission der SPD werde klar von Anhängern einer solchen Koalition dominiert. Verhandeln sollen neben dem Landesvorsitzenden und der Ministerpräsidentin die Bundestagsabgeordneten Ulrike Mehl und Eckart Kuhlwein, die neugewählte Fraktionsvorsitzende Ute Erdsiek-Rave, die Kieler Abgeordneten Konrad Nabel, Holger Astrup und Ernst-Dieter Rossmann sowie Finanzminister Claus Möller, Bundesratsminister Gerd Walter und der Chef der Staatskanzlei, Klaus Gärtner.

Der Zeitung zufolge gibt es in der Fraktion allerdings starke Vorbehalte gegen Gärtner, der FDP-Mitglied ist. „Die förmlichen Koalitionsverhandlungen mit den Grünen sollten am 8. Mai abgeschlossen sein. Sondierungsgespräche soll die SPD am Mittwoch mit dem SSW und den Grünen führen, Ort und Zeit wurden jedoch nicht bekannt gegeben.

Die schleswig-holsteinischen Grünen haben unterdessen ihren Kurs für die Verhandlungen abgesteckt. Der Landeshauptausschuss beschloss am späten Dienstagabend einen Forderungskatalog. Wie Landesvorstandssprecher Klaus Müller am Mittwoch mitteilte, werde es für die Grünen nur dann eine Regierungsbeteiligung geben, wenn es zu einem Politikwechsel komme, der sich auch im Haushalt niederschlagen müsse.

Verhandlungspartnerin MdB Angelika Beer von den GRÜNEN.

Zum Politikwechsel gehört nach dem Beschluss der Grünen eine Verkehrswende, die Großbauprojekte wie die Ostseeautobahn A 20 verhindert. Fröhlich sagte aber, sie sehe die Ostseeautobahn nicht schon im Voraus als einen Bruchpunkt an, an dem die Verhandlungen mit den Sozialdemokraten scheitern könnten."

Am 29. März berichtete Piecyk dem Landesvorstand, der SSW werde ein „anständiger Partner" sein und die SPD habe Interesse an zusätzlicher Zustimmung. Die GRÜNEN seien „hochrealistisch", man müsse jedoch ganz vorsichtig miteinander umgehen. Ministerpräsidentin Heide Simonis kritisierte, dass die GRÜNEN zuerst über die Ressorts gesprochen hätten. Es gehe auch nicht an, dass sie die schönen Ressorts bekämen und die SPD sei dann „der Betriebsrat der Nation". Mit der FDP reiche es nicht zur Mehrheit. Finanzminister Claus Möller wollte auch für Bonn ein „sozial-ökologisches Bündnis". Landesgeschäftsführer Werner Kindsmüller hielt bei der eigenen Basis, vor allem bei den Gewerkschaften, eine Vermittlung für erforderlich, wenn es zu Verhandlungen mit den GRÜNEN komme.

Die Koalitionsverhandlungen mit den politisch unerfahrenen GRÜNEN waren schwierig. Sie hatten sich mit Rainder Steenblock und Angelika Beer zwei Bundestagsabgeordnete zu Hilfe geholt. Es gab viele Schnittmengen in den Wahlprogrammen. Aber es gab auch einige Knackpunkte, wie die Ost-West-Autobahn A 20, wo sie eher an Fundamentalopposition festhalten wollten. Heide Simonis war als

Verhandlungsführerin Kummer gewohnt. Sie hatte mehrere Jahre Tarifverhandlungen mit der ÖTV bis spät in die Nacht führen müssen. Das verschaffte ihr beim Psycho-Poker einen Vorteil. Und am Ende waren beide Seiten mit dem Ergebnis zufrieden.

Piecyk: Keine Liebesheirat

Auf dem Landesparteitag in Neumünster erläuterte Willi Piecyk die rot-grüne Koalition:

„SPD-Grün, das ist für uns keine Liebesheirat; das ist auch kein „historisches Bündnis". SPD-Grün war nicht unser Wahlziel, aber diese Koalition ist eine gute Chance, in den nächsten vier Jahren weiterzukommen mit Arbeitsmarktpolitik und der ökologischen Erneuerung, weiterzukommen mit Wohnungsbau, Kindergärten und Klimaschutz.

Und Chancen darf man nicht vertun. Chancen muss man nutzen. Das gilt für uns, das gilt für die anderen. Diese Koalition liefert eine pragmatische Reformperspektive für die nächsten vier Jahre.

Die Koalitionsverhandlungen waren hart. Wir haben uns gegenseitig nichts geschenkt. Schon gar nicht Zeit und Nerven. Aber das, was wir zustande gebracht haben, kann sich sehen lassen – das gilt für uns, das gilt für die anderen. Und lasst mich an dieser Stelle vorweg gleich sagen: Nachverhandlungen wird es nicht geben.

Umweltpolitik fängt nicht bei null an.

SPD und Grüne in Schleswig-Holstein heißt, dass alternative Energiepolitik seit 8 Jahren auf der Tagesordnung steht.

Heißt, dass der Ausstieg aus der Atomenergie seit den 70er Jahren Programm ist.

Heißt, dass unabhängig von der Notwendigkeit in Sachen A 20 seit Jahren Schiene und ÖPNV absoluten Vorrang haben.

Und heißt nicht zuletzt, dass seit 1988 mit einer Konsequenz Frauen- und Gleichstellungspolitik betrieben wird, die andere erst einmal nachmachen sollen.

Das hat nichts mit Rechthaberei zu tun. Schon gar nichts mit Arroganz, sondern das ist eine schlichte Beschreibung der Realität. Gerade weil das so ist, haben wir unsere Entscheidung getroffen, mit Bündnis 90/DIE GRÜNEN eine Koalition auszuhandeln. Weil es ein hohes Maß an programmatischen Gemeinsamkeiten gibt. Ihr seht: Der Koalitionsvertrag, der heute zur Abstimmung steht, bedeutet reformpolitische Kontinuität für unser Land.

Wir haben diesen Vertrag über viele Stunden, Tage und Nächte verhandelt.
Wir haben diesen Vertrag unterschrieben, weil wir zu der hier formulierten Politik stehen.
Und lasst mich zugespitzt sagen: Dieser Vertrag wäre sogar eine ordentliche Grundlage, wenn wir die Regierungserklärung alleine schreiben müssten.
Sozialdemokratische Politik ist Reformpolitik aus eigenem Anspruch und eigenem Können. Und das werden wir auch in den nächsten vier Jahren selbstbewusst unter Beweis stellen."

Heide Simonis wurde wieder zur Ministerpräsidentin gewählt. Rainder Steenblock wurde Umweltminister, Angelika Birk aus Lübeck Ministerin für Frauen und Wohnungsbau. Angelika Beer hatte auf einen Kabinettsposten verzichtet, nachdem ihr Versuch gescheitert war, Bundesrats- und Europaministerin zu werden. Die Koalition war nicht ganz konfliktfrei, gestritten wurde vor allem um Großprojekte in der Verkehrspolitik – den Bau der A 20 und die Fehmarnbelt-Querung nach Dänemark. Dennoch war die Regierung – vor allem auf sozialdemokratischer Seite – ziemlich erfolgreich. Für die Landtagswahl 2000 war dann allerdings große Sorge angebracht: Die rot-grüne Koalition in Berlin hatte im Herbst 1999 eine ausgesprochene Schwächeperiode durchzustehen. Und das schlug sich auch in den Meinungsumfragen in Schleswig-Holstein nieder.

Kohls Parteispenden helfen

Die CDU stellte mit Volker Rühe aus Hamburg ihren früheren Generalsekretär und Bundesverteidigungsminister als Spitzenkandidaten auf. Die SPD gewann im März 2000 dennoch mit großem Vorsprung (43,1 %) gegen 35,2 % für die CDU die Wahl, nachdem Helmut Kohl im November wegen illegaler Parteispenden auf die politische Anklagebank geraten war. Und in Kiel war es bei diesem Ergebnis selbstverständlich, dass SPD und GRÜNE ihre Koalition fortsetzten, die GRÜNEN allerdings mit neuen Gesichtern im Kabinett, mit Anne Lütkes aus Köln als Justizministerin und Klaus Müller als Umweltminister, der später auch noch für die Landwirtschaft zuständig wurde.

Noch einmal mit den GRÜNEN

Franz Thönnes konnte im März 2000 dem Landesvorstand über die Koalitionsverhandlungen mit den GRÜNEN berichten, die er diesmal geleitet hatte.

Im Protokoll der Landesvorstandssitzung heißt es dazu:

„Franz Thönnes begrüßt die Anwesenden und spricht von einem gelungenen Abschluss der Koalitionsverhandlungen mit Bündnis 90/ DIE GRÜNEN. Er erläutert die Schwerpunkte des Koalitionsvertrages: Arbeit, Bildung und Innovation und verweist auf die schwierige finanzpolitische Situation und die Prämisse der Sozialdemokratie, dass durch die geplanten steuerlichen Entlastungen der rot-grünen Bundesregierung in den kommenden Jahren die finanzpolitischen Spielräume der Länder sehr eng sind. Daraus resultiert eine stärkere Konzentration auf die Hauptziele und noch deutlichere Schwerpunktsetzung in der politischen Gestaltung, um damit Chancen der Zukunftsgestaltung und Politikfähigkeit mittelfristig zu haben. Wichtig ist es, nach außen deutlich zu machen, dass die anvisierte restriktive Finanzpolitik und das Sparen nicht als Selbstzweck dienen, sondern die Handlungsfähigkeit künftiger Generationen ermöglicht.

Die Kernverhandlungsgruppe aus jeweils 12 Vertreterinnen und Vertretern von SPD und Bündnis 90/DIE GRÜNEN haben ihre Verhandlungen auf der Grundlage von Arbeitspapieren einzelner Arbeitsgruppen geführt. Franz Thönnes bedankt sich bei der intensiven Zuarbeit.

Die Ziele der SPD-Verhandlungsgruppe, möglichst viele Inhalte aus dem SPD-Regierungs-Wahlprogramm durchzusetzen und auch das sehr gute Wahlergebnis der SPD bei der personellen Zusammensetzung und der Zuschnitte der Ministerien zu verdeutlichen, ist zum großen Teil erreicht.

Knackpunkte bei den Verhandlungen waren große Strukturprojekte wie die geplante und von der SPD befürwortete Fehmarn-Belt-Querung, die A 20 und die Elbquerung westlich von Hamburg bei Glückstadt.

Die eindeutige Vereinbarung im Koalitionsvertrag, in den Jahren 2001 bis 2005 tausend zusätzliche Lehrerstellen zu schaffen und alle frei werdenden Stellen wieder zu besetzen, markiert eine deutliche Schwerpunktsetzung für den Bereich Bildung.

Abschließend bedankt sich Franz Thönnes bei allen Mitwirkenden in der Verhandlungsgruppe, in den Unterarbeitsgruppen und bei Christian Kröning, der geschäftsführend die Koalitionsverhandlungen organisatorisch begleitet hat."

Kapitel 19: Der Streit um das Asylrecht

Die SPD des Landes hat lange am unveränderten Asylrecht des Grundgesetzes festgehalten. Ausschlaggebend dafür waren die Erfahrungen vieler Sozialdemokraten in der Nazizeit. Aber Anfang der 90er Jahre wurde eine Kehrtwende eingeleitet. Die Rede war jetzt im Landtag von einem „Zuwanderungsbegrenzungsgesetz".

Die Öffnung der Grenzen in Europa hatte neue Flüchtlingsströme erzeugt, viele beriefen sich auf das deutsche Asylrecht. Dabei kamen vor allem sehr viele Sinti und Roma aus Osteuropa. Der Geschäftsführende Landesvorstand beriet am 24.9.91 mit den Kreisvorsitzenden. Willi Piecyk stellte fest, wir seien „in die Defensive gekommen". Der Schleswig-Flensburger Kreistag wollte die Landesregierung daran hindern, eine Bundeswehrkaserne in Eggebek als Unterkunft für Asylbewerber zu nutzen. Es gab Angst in der Partei vor einem Rechtsruck in der Bevölkerung als Reaktion auf die neuen Gäste aus Osteuropa. Heiner Hethey (Kreisvorsitzender) sah einen Mangel an interkultureller Arbeit. Marliese Alfken berichtete aus Reinbek, wo es zum Konflikt zwischen Bürgerinitiative und Stadtvertretung gekommen sei. „Hass und Emotionen" seien erschreckend gewesen.

Der Landesvorstand traf sich mit dem Gemeindetag. Gerd Walter sah „Handlungsbedarf": Die Gesetzgebung für die Aussiedler müsse geändert werden, am Kernbereich des Asylrechts solle nicht gerüttelt werden, aber der neue Tatbestand „Wirtschaftsflüchtlinge" mache Quoten erforderlich. Die Gemeinden drohten damit, für die Unterbringung öffentliche Räume (z. B. Feuerwehrgerätehäuser) in Anspruch nehmen zu müssen. Damit werde die Toleranz gegenüber Flüchtlingen schwinden. Die Sozialministerin Heide Moser wies darauf hin, dass die Möglichkeiten zur Beschleunigung der Verfahren und zur Abschiebung weitgehend ausgereizt seien. Zu den Kritikern gehörte auch der Bundestagsabgeordnete Eckart Kuhlwein. Er erklärte am 3. September 1992 in der Sitzung des Landesausschusses in Rendsburg, er wolle Engholm auf dem inzwischen eingeschlagenen Weg nicht folgen. Anmerkung 35)

SPD beschließt „Zuwanderungsbegrenzung"

Am 11. September 1992 berichtete die Landtagsfraktion im Landesvorstand über eine gemeinsame Initiative mit der CDU im Landtag für ein „Zuwanderungsbegrenzungsgesetz", nachdem Björn Engholm als Parteivorsitzender in Bonn (in den „Petersberger Beschlüssen") eine neue Linie vorgegeben hatte. Gisela Böhrk: Wir konnten der Linie vom Petersberg nicht widersprechen. Piecyk: Das sei eine kritische Situation für die Partei, auch wenn keiner Engholm absägen wolle. „Zwei Züge fahren aufeinander zu." Norbert Gansel sprach sich am 14. September im Landesvorstand für eine gemeinsame Lösung im Bundestag aus: „Es geht darum, das innenpolitische Klima wiederherzustellen oder wenigstens zu stabilisieren."

Am 12. Mai 1993, dem Tag ihrer Nominierung als Ministerpräsidentenkandidatin, verteidigte Heide Simonis die neue Asylposition: Der Konflikt in der Partei sei da. Juristen sagten, das Problem sei auch ohne Grundgesetzänderung zu bewältigen, aber kein Jurist habe das beweisen können. Man müsse unterscheiden zwischen Armutsflüchtlingen und politisch Verfolgten. Wir könnten die Unversehrtheit von Flüchtlingen nicht mehr garantieren. Am schwierigsten sei die Entscheidung von Engholm zum Asyl ohne Diskussion in der Partei. Beim Asylrecht gehe es auch darum, die Position des jeweils anderen nachzuvollziehen.

Der Landesparteitag billigte dann das Votum Schleswig-Holsteins für den Bundesrat. Niemand wollte Heide Simonis gleich zum Start Schwierigkeiten machen. Es gab einige prominente Parteiaustritte. Und die Bundestagsabgeordneten stimmten im Plenum gespalten ab.

Kapitel 20: Das Karussell der Personen

Einen kleinen Aufstand gegen die Pläne Jochen Steffens für die Landesliste zur Wahl 1971 hatten die Jungsozialisten 1971 inszeniert. Eckart Kuhlwein war als Juso-Landesvorsitzender – auch ohne Wahlkreis – vom Vorstand auf Platz 15 gesetzt worden. Steffen bemühte sich gleichzeitig, mehrere Gewerkschafter, ebenfalls ohne Wahlkreis, auf der Liste abzusichern. Doch die Jusos kamen ihm – im Bündnis mit AsF und anderen – in die Quere und schoben Richard Bünemann gegen den DAG-Sekretär Gerhard Ramler nach oben. Noch ehe Jochen Steffen das grundlegend korrigieren konnte, gab es weitere erfolgreiche Juso-Kandidaturen auf aussichtsreichen Plätzen. Insgesamt sechs Jungsozialisten – alle allerdings bereits im reiferen Juso-Alter – kamen auf diese Weise in den Landtag: Klaus Matthiesen, Klaus Klingner, Berend Harms, Günther Heyenn, Werner Liebrecht und Eckart Kuhlwein.

In der Bundespartei „kreiselte" es damals erheblich. Gegen den Vormarsch der Linken im „Frankfurter Kreis" (mit MdB Karsten Voigt aus Frankfurt an der Spitze) hatte sich ein „Julius-Leber-Kreis" gegründet. In einem gemeinsamen Skiurlaub mit Familien in Schruns (Vorarlberg) beschlossen die vier MdLs Klaus Klingner, Werner Liebrecht, Günther Heyenn und Eckart Kuhlwein, den „Vorarlberger Kreis" zu gründen, der dann in Kiel erheblichen Staub aufwirbelte, ohne dass jemand ihn so richtig packen oder einordnen konnte.

Der geschäftsführende Landesvorstand 1973: Eckart Kuhlwein, Günther Jansen, Jochen Steffen und Günther Heyenn.

Auf dem Landesparteitag 1973 kandidierte Eckart Kuhlwein, von 1969 bis 1971 Juso-Landesvorsitzender, erfolgreich gegen Kurt Hamer um den ersten stellvertretenden Landesvorsitzenden. Günther Heyenn wurde Schatzmeister. Günther Jansen wurde ebenfalls zum Stellvertreter Jochen Steffens gewählt. Kuhlwein und Heyenn übernahmen die Arbeit des Geschäftsführenden Landesvorstands. Kuhlwein hatte 1974 in den Medien ein für die SPD katastrophales Kommunalwahlergebnis zu vertreten, weil Jochen Steffen Urlaub im fernen Österreich machte. In der Nachfolgefrage Steffens kam er dennoch nicht zum Zuge. Ihm war es nicht gelungen, den großen Vorsitzenden zu überzeugen.

MdB Friedrich Beermann sollte 1973 sein Mandat niederlegen, weil er den Militärputsch in Chile gegen Salvatore Allende gebilligt hatte.

1973 gab es auf dem Landesparteitag eine heftige Kontroverse mit MdB Friedrich Beermann um die Beurteilung der Ermordung von Salvador Allende in Chile. Brigadegeneral a. D. Dr. Friedrich Beermann war Abgeordneter des Wahlkreises Stormarn-Süd/Herzogtum Lauenburg seit 1969. Er war bei seiner ersten Kandidatur von den Stormarner Genossen aktiv unterstützt worden, weil er sich schon 1968 für die Anerkennung der Oder-Neiße-Grenze eingesetzt hatte.

Die Landespartei hatte in Heiligenhafen zu Chile und Allende eine Resolution geplant. Beermann hatte heftig widersprochen und die Legalität der Allende-Regierung in Frage gestellt. Ein Debattenbeitrag folgte auf den anderen. Beermann unterstellte Jochen Steffen und Eckart Kuhlwein, sie wollten die „sozialistische Revolution außerhalb der Verfassung". Steffen empfahl daraufhin Beermann, er solle sich doch mal „untersuchen" lassen. Am Ende forderte der Parteitag den Abgeordneten auf, aus seinem Verhalten „die politischen Konsequenzen" (gemeint war ein Verzicht auf das Mandat) zu ziehen. Anmerkung 36)

Die Geschichte hatte im Bundestagswahlkampf 1976 ein Nachspiel. Am Freitagabend vor der Wahl klebten Mitglieder der Jungen Union in einigen Städten im Kreis Lauenburg Plakate gegen Kuhlwein, auf denen sie ihm vorwarfen, er trage mit seinem Angriff gegen Beermann auf dem Heiligenhafener Parteitag Mitschuld, dass Beermann inzwischen verstorben sei. Kuhlwein wurde abends von Genossen in Geesthacht benachrichtigt. Die Geesthachter kassierten die Plakate alle ein, die Lauenburger taten das auch. Und im Nordkreis in Ratzeburg und Mölln sorgten Kuhlweins Frau Sigrid und eine befreundete Medizin-Studentin dafür, dass fünfzig Pappen eingesammelt und nach Großhansdorf gebracht wurden, wo Kuhlwein wohnte. Die Jungen Unionisten müssen am nächsten Morgen sehr verdutzte Gesichter gemacht haben.

Im Winterurlaub in Tirol mussten Eckart Kuhlwein und Günther Heyenn Anfang 1974 im „Spiegel" lesen, dass Lauritz Lauritzen nicht mehr die Zustimmung von Jochen Steffen genoss. Lauritzen hatte als Bundesverkehrsminister weder bei einem Fluglotsenstreik noch bei Tempo 100 auf den Autobahnen wegen der ersten Ölpreiskrise eine besonders gute Figur gemacht. Steffen hatte geschrieben: „Und wenn es kein anderer macht, dann mach ich den Kopfschlächter." Das war zwar nicht die feine Art, aber Lauritzen trat zügig von der Spitzenkandidatur zurück, und Steffen schlug Klaus Matthiesen vor, der dann auch neuer Spitzenmann für die Landtagswahl 1975 wurde.

Jansen wird Landesvorsitzender ...

Als Jochen Steffen 1975 auf dem Parteitag in Travemünde den Landesvorsitz abgab, schlug er Günther Jansen als Nachfolger vor. Eckart Kuhlwein, dem auch sein Juso-Nachfolger Gerd Walter vom Landesvorsitz abgeraten hatte, entschied sich für eine Bundestagskandidatur im Wahlkreis Stormarn/Süd-Herzogtum Lauenburg. Klaus Matthiesen war seit 1973 Fraktionsvorsitzender. Jansen und Matthiesen wetteiferten um die Rolle der Nummer 1. Aus der Bonner Ferne begründete derweilen der Lübecker Abgeordnete Björn Engholm, der 1976 als Parlamentarischer Staatssekretär beim Bundesminister für Bildung und Wissenschaft auch noch Regierungsmitglied wurde, seinen Mythos als charismatische Führungspersönlichkeit.

Engholm orientierte sich zum Ende der sozialliberalen Koalition (Oktober 1982) nach Schleswig-Holstein und wurde Spitzenkandidat für die Landtagswahl 1983 und dann Oppositionsführer, obwohl ihm der Wechsel in die „Provinz" schwer fiel. Klaus Matthiesen rückte entsprechend als Parlamentarischer Geschäftsführer ins zweite Glied. Aber er war auf der Suche nach anderen Betätigungsmöglichkeiten. Ende April 1983 teilte er dem Landesvorstand mit, er sei von Willy Brandt und dem Bundesgeschäftsführer Peter Glotz gefragt worden, ob er die Spitzenkandidatur zur Europawahl 1984 übernehmen wolle. Er tendiere eher zu nein, eine Entscheidung sei bei ihm aber noch nicht gefallen. Gerd Walters Kandidatur auf dem Schleswig-Holstein zustehenden Platz (Walter hatte 1979 Platz 12 der Bundesliste) sei dadurch nicht gefährdet.

... und Walter sein Nachfolger

In der Sitzung des Landesvorstands am 5. Oktober 1987 in Rendsburg kündigte Günther Jansen seinen Rücktritt an. Er gab dafür familiäre Gründe, aber auch sein Interesse am Eintritt in eine SPD-Landesregierung an. Drei mögliche Nachfolger kamen ins Gespräch: Piecyk, Walter und Gansel. Walter sah seine Rolle als Europaabgeordneter und Sprecher der deutschen Sozialdemokraten im Europäischen Parlament, war aber bereit zu kandidieren. Jansen schlug weiter vor, dem neuen Vorstand müssten mindestens fünf bis sechs Frauen angehören und nicht zu viele Fraktionsmitglieder. Willy Piecyk, der damals als Bildungsreferent in Malente arbeitete, stellte fest, Landesvorsitzender könne man nur sein, wenn man ein Mandat habe, bei einem Freizeitpolitiker wie ihm selbst reichten Zeit und Einflussmöglichkeiten nicht.

Lianne Paulina-Mührl, die Landtagspräsidentin, nannte Björn Engholm als möglichen Landesvorsitzenden, das könne eine Demonstration für den Kandidaten für das Amt des Ministerpräsidenten bei der bevorstehenden Wiederholungswahl 1988 sein. Edith Mecke-Harbeck stellte die Frage, ob Gerd Walter „Bezug zur Basis" habe. Günther Jansen erläuterte: Mit Norbert Gansel sei auch über den Landesvorsitz gesprochen worden, der würde sich unter Umständen rufen lassen, aber wenn Gerd Walter das mache, werde er sich nicht bewerben. Er widme sich lieber der Außenpolitik. Sabine Schröder merkte an, dass Gansel wegen seiner Haltung zum NATO-Doppelbeschluss als Bewerber ausscheide. Jansen betonte, Walter stehe für eine Eigenrolle der Partei. Kirsten Röhlke (IG-Metall-Vorsitzende in Flensburg) wurde als mögliche Stellvertreterin genannt.

Gerd Walter wurde neuer Landesvorsitzender. Am 9. April 1988 äußerte er sich im Landesvorstand kritisch über den stellvertretenden Parteivorsitzenden Oskar Lafontaine, der gerade einer Arbeitszeitverkürzung ohne Lohnausgleich das Wort geredet hatte: Es gebe erhebliche Probleme bei der organisierten Arbeitnehmerschaft auch in Schleswig-Holstein. Hans-Jochen Vogel (der Parteivorsitzende) dürfe sich von Oskar nicht auf der Nase herumtanzen lassen.

Björn Engholm gewann am 8. Mai 1988 mit einem deutlichen Vorsprung die Landtagswahl. Am 2. Mai 1990 kündigt er eine Kabinettsumbildung an: Marianne Tidick wurde Kultusministerin, Eva Rühmkorf ging in die Bonner Vertretung und Peer Steinbrück aus dem Büro von Johannes Rau in Düsseldorf wurde Staatssekretär im Umweltministerium in Kiel.

Engholm an der Spitze der Bundespartei

Nach der verloren gegangenen Bundestagswahl am 2. Dezember 1990 und dem Rückzug von Oskar Lafontaine aus der Bundespolitik wurde Björn Engholm von Hans-Jochen Vogel als neuer Parteivorsitzender ausgeguckt. Gerd Walter empfahl ihm am 7. Dezember im Landesvorstand in Schleswig, die Sache schnell zu entscheiden, und wenn er nein sagen wolle, müsse er einen anderen Vorschlag machen. „Was immer du entscheidest, es wird die solidarische Unterstützung der schleswig-holsteinischen SPD finden." Und Engholm entschied sich.

Am 15. Februar 1991 erklärte Gerd Walter, dass und warum er nicht mehr für den Landesvorsitz kandidieren wolle: Engholm wolle Parteivorsitzender werden. Bonn sei ein „Minenfeld". Nur wenn das mit dem Parteivorsitz gut gehe, dann habe man auch Erfolg in Schleswig-Holstein. Er habe mit Engholm verabredet, dass er ihm in Bonn als Berater für Europa und Internationales helfen wolle. Er habe ein Kontaktnetzwerk in Europa, das bisher in Bonn fehle. Die neue Aufgabe sei unvereinbar mit dem Amt des Landesvorsitzenden, Schleswig-Holstein brauche eine selbstständige Führung. Als Nachfolger schlage er Willi Piecyk vor, das bedeute „politische Kontinuität", sei eine neue Generation aus dem Steffen-Spektrum raus, Piecyk (der Walters persönlicher Nachrücker auf der Europa-Liste war) könne dann das Europamandat übernehmen.

Piecyk lobte Gerd Walter, erklärte, er habe eigentlich eine andere Lebensplanung gehabt und sei eigentlich ein „Auslaufmodell". Jeder solle wissen, er habe nur eine „schwachbrüstige" landespolitische Kompetenz, auch für Kommunalpolitik, wolle keine Nebenregierung, Konflikte müssten im Programm entschieden werden, er strebe das Europamandat an.

Als Stellvertreter kandidierten 1991 Udo Wnuck und Helmut Mikelskis gegeneinander. Beide gehörten zur jüngeren Generation. Mikelskis wurde gewählt. Leider verließen beide nach einem kurzen Ausflug in den Landtag Schleswig-Holstein, der eine wurde Banker, der andere Professor an der Universität Potsdam.

Engholm wurde auf dem Bundesparteitag in Bremen Ende Mai 1991 zum Parteivorsitzenden gewählt. Werner Kindsmüller hatte für ein Tau gesorgt, mit dem die Parteivorstandsmitglieder auf dem Podium zusammengebunden wurden. Am 10. Juni 1991 hieß es in einer Presseerklärung: „Nachdem wir über viele Jahre in der Bundespartei zur Minderheit gehörten, dann die inhaltliche Erneuerung stattfand, gibt es jetzt auch die personelle Entsprechung ... Das ist nicht nur gut für die SPD. Es ist auch gut für Schleswig-Holstein ..."

Heide Simonis Ministerpräsidentin

Der Jubel hielt nicht lange vor. Ende April 1993 stellte sich heraus, dass Engholm im Untersuchungsausschuss 1987 nicht die reine Wahrheit gesagt hatte. Er trat als Ministerpräsident und als Parteivorsitzender zurück. Der Landesvorstand entschied sich für seine Finanzministerin Heide Simonis als künftige Ministerpräsidentin. Norbert Gansels Interesse an diesem Amt blieb ohne Echo. Am 4. Juni 1993 wurde im Landesvorstand noch einmal verbissen um die Frage gerungen, wie mit der Affäre umgegangen werden solle. Gisela Böhrk, Frauenministerin und stellvertretende Landesvorsitzende, sprach von „Parteispaltung in Aufklärer und Vertuscher".

Am 11. April 1994 beriet der Landesvorstand über die Liste zur Bundestagswahl 1994. Willy Piecyk mokierte sich darüber, dass die amtierenden Abgeordneten ihre Vorstellungen bereits ausgehandelt hätten. Er wollte ein „frauenpolitisches Signal", einen „doppelten Reißverschluss". Gisela Böhrk stellte die Spitzenkandidatur von Norbert Gansel in Frage, der in der Schubladenaffäre zu den demonstrativen „Aufklärern" gehört hatte. Die Partei brauche einen „integrativen Vorschlag". Gansel bot an, von der Liste zu gehen, als „umstrittener und nicht mehrheitsfähiger Kandidat". Er wolle nicht dafür bestraft werden, dass er Engholm gezwungen habe, endlich die Wahrheit zu sagen. Wenn die Meinung sei, dass er, Gansel, der Partei schade, müssten die Konsequenzen gezogen werden, das gäbe aber für die Partei ziemlichen öffentlichen Ärger.

Gisela Böhrk erwartete, dass der Landesparteitag eine Spitzenkandidatur von Gansel nicht akzeptieren würde. Piecyk meinte, viele sähen Gansels Rolle in der Schubladenaffäre noch kritisch. Kuhlwein gab wegen seines Geburtstags eine Runde Sekt aus. Böhrk hielt einen Tausch zwischen 1 (Gansel) und 3 (Kuhlwein) nicht für problematisch. Cornelie Sonntag-Wolgast, Bundestagsabgeordnete, sah keine stichhaltigen Gründe gegen Gansel, auch die „nicht pflegeleichten" Abgeordneten gäben der SPD Schleswig-Holstein Profil. Detlef Köpke, stellvertretender Landesvorsitzender, schlug vor, dass Gansel als Nr. 1 der Männerliste auf Platz 2 gehen sollte.

Piecyk akzeptierte die Vorstellungen der Abgeordneten im Prinzip. Aber er hatte die Sorge, dass der Parteitag bei der Gelegenheit noch einmal die Schubladenaffäre diskutieren würde. Lieselott Blunck war nur schwer zu überzeugen, dass sie Cornelie Sonntag-Wolgast auf dem ersten Frauenplatz weichen sollte. Kuhlwein brauchte in Verhandlungspausen viel Überzeugungskraft und ging selbst auf Platz 4 zurück. Gansel gab sich mit Platz 2 zufrieden, weil er Sonntag-Wolgast akzeptierte, für Blunck hätte er nicht verzichtet.

Kindsmüller scheitert an der „Schublade"

Werner Kindsmüller hatte sich in der Schubladenaffäre als „Aufklärer" hervorgetan und Initiativen ohne Rücksprache mit Piecyk gestartet. Das Vertrauensverhältnis war gestört. Am 7. Februar 1994 erklärte er im Geschäftsführenden Landesvorstand, dass er eigentlich immer schon Ende 1994 aufhören wollte, das sei nach der Schubladen-Affäre schwieriger geworden. Er suche nach einer einvernehmlichen Lösung, bis dahin solle die Zusammenarbeit so gestaltet werden, dass die Partei nicht darunter leide. Der Landesverband brauche die Sicherheit, wer sich um die Wahlkämpfe kümmere. Piecyk wollte am liebsten ab Herbst 1994 einen neuen Landesgeschäftsführer haben. Kindsmüller hielt jedoch daran fest, dass er arbeitsrechtlich bis zum 31.12. bleiben könne.

Kindsmüller erfand 1994 „PerspekTide", eine Veranstaltungsreihe über Zukunftsfragen, welche die SPD des Landes profilieren sollte. Piecyk kündigte am 25. Februar 1995 in der Landesvorstandssitzung in Treia an, dass er wegen des Wahlkampfjahrs 1996 wieder für den Landesvorsitz kandidieren werde, obwohl dieser Posten „nicht vergnügungssteuerpflichtig" sei. Er wolle jedoch nicht der „Ersatzwatschenmann werden". In der Runde von Geschäftsführendem Vorstand und den Kreisvorsitzenden fragte Piecyk am 31. März 1995 nach Unterstützung für seine Wiederwahl. Der Stormarner Kreisvorsitzende Uwe Teut beklagte, dass der ganze Frust in der Partei bei Piecyk abgeladen werde. Die Umfrage ergab ein gemischtes Bild.

Gert Börnsen, der Fraktionsvorsitzende im Landtag, wurde zur Landtagswahl 1996 in seinem Kieler Wahlkreis nicht mehr aufgestellt. Die Fraktion brauchte einen neuen Vorsitzenden oder eine neue Vorsitzende. Piecyk hatte sich Ute Erdsiek-Rave, die Landtagspräsidentin ausgedacht, Heinz-Werner Arens, der sich als Vorsitzender des Schubladenausschusses energisch um Aufklärung bemüht hatte, sollte Landtagspräsident und Holger Astrup Parlamentarischer Geschäftsführer werden.

Edda Müller verlor mit der Wahl 1996 ihr Umweltministerium, das sie gerade zwei Jahre geführt hatte. Gegen den Rat der Umweltpolitiker wurde das Ressort an den grünen Bundestagsabgeordneten Rainder Steenblock abgegeben. Edda Müller sollte bei den Koalitionsverhandlungen mit den GRÜNEN die Untergruppe Umwelt beraten, hielt das aber für eine „Zumutung". Ulrike Mehl, Mitglied des Landesvorstands, bedauerte, dass das Umweltministerium an die GRÜNEN gehen sollte. Damit sei ein wichtiges Standbein der SPD weg.

Zur Verjüngung der Partei und ihrer Fraktionen hielt es Piecyk am 22. April 1996 nach der gerade noch erfolgreichen Landtagswahl für erforderlich, unverzüglich für die Wahlen 2000 mit einer Personalentwicklungsplanung anzufangen. Piecyk gab 1999 auf dem Reinbeker Parteitag den Landesvorsitz ab. Der Bundestagsabgeordnete Franz Thönnes (Wahlkreis Segeberg-Stormarn-Nord) wurde sein Nachfolger.

Putsch gegen Thönnes 2003

Der Segeberger Parteitag 2003 geriet dann für Franz Thönnes zum Desaster. Thönnes stammte aus der Gewerkschaftsarbeit, war IG Chemie-Vorsitzender in Hamburg gewesen, bevor er sich 1994 um das Bundestagsmandat in Segeberg/Stormarn-Nord bewarb und über die Landesliste ins Parlament einrückte. Schon 1997 war er zum stellvertretenden Landesvorsitzenden aufgestiegen, Willi Piecyk hatte ihn vorgeschlagen.

In Berlin hatte Thönnes inzwischen Karriere gemacht: Sozialpolitischer Sprecher, dann stellvertretender Fraktionsvorsitzender für Sozialpolitik. Und nach der Bundestagswahl 2002 wurde er zum Parlamentarischen Staatssekretär im Bundesgesundheitsministerium berufen, wo er sich um die Rentenpolitik kümmern sollte. Der Fehlstart der zweiten Regierung Schröder im Herbst und Winter 2002/2003 brach ihm dann in der Landespartei das Genick. Als Schleswig-Holsteins Sozialdemokraten Schuldige für die verheerende Wahlniederlage bei der Kommunalwahl am 2. März 2003 suchten (mit eben 29 Prozent das schlechteste Ergebnis seit 1950), erinnerten sie sich daran, dass Thönnes Regierungsmitglied in Berlin war.

In der Zwischenzeit hatte sich ein Gewitter unter einer Reihe von Kreisvorsitzenden zusammengebraut. Die einen nahmen ihm übel, dass er bei der Organisationsreform der Partei zu viel – auch zu Lasten der Kreisbüros – gespart hatte, anderen war die finanzielle Konsolidierung nicht energisch genug gewesen. Allgemein beklagt wurde programmatische Zurückhaltung, obwohl dieselben Kreisverbände gar nicht daran dachten, sich an der auch im Landesverband angebotenen Programmarbeit zu beteiligen. Unter den Kritikern fanden sich so prominente Größen wie der ehemalige Staatssekretär Dieter Swatek aus Plön und Finanz-Staatssekretär Uwe Döring aus Neumünster. In der Presse wurden Namen von alternativen Kandidaten genannt. Aber alle winkten ab. Wirklich dahinter steckte der Verdacht, der Staatssekretär aus Berlin müsse – egal wie kritisch die Lage sei – immer das Lied seines Herrn singen und sei für deutliche Stellungnahmen nicht zu gebrauchen. Seine Vorsitzendenrede, so meinten später einige Delegierte, sei denn auch eher eine Berliner Regierungserklärung gewesen.

Es kam dennoch unerwartet, dass Thönnes am 12. April abends im ersten Wahlgang mit nur 65 von 137 Stimmen durchfiel. Zu einem zweiten Wahlgang trat er nicht mehr an. Die Artisten in der Zirkuskuppel waren ratlos. Thönnes selbst rief Landesvorstand, Kabinett und Kreisvorsitzende zu einer Sondersitzung zusammen, begründete noch einmal den Verzicht auf die weitere Kandidatur und übertrug

Eckart Kuhlwein und Ulrike Mehl die Versammlungsleitung – zu seinen eigenen Stellvertretern im Amt hatte er zu wenig Vertrauen.

Claus Möller musste einspringen

Kuhlwein hatte sich zuvor am Vorstandstisch umgesehen, wer denn in die Bresche springen könnte. Da war nur Claus Möller, soeben nach zehn Jahren als Finanzminister freiwillig aus der Landesregierung geschieden, ein Kieler Urgestein, mit nunmehr freien Arbeitskapazitäten. Er hätte eigentlich am Abend zusammen mit Eckart Kuhlwein aus dem Landesvorstand verabschiedet werden sollen. Kuhlwein zu Möller: „Jetzt musst du das machen." Möller sagte wenigstens nicht gleich nein.

Es gab fast 30 Wortmeldungen in der ungewöhnlichen Krisenrunde. Die Frage, ob es denn auch jemand sein dürfe, der schon im Vorfeld als Gegenkandidat zu Thönnes genannt wurde, wurde bejaht. Kuhlwein bat Möller, sich eine Kandidatur zu überlegen. Claus Möller brachte die Namen von Heide Simonis und Brigitte Fronzek (Elmshorner Bürgermeisterin) ins Gespräch. Genannt wurden auch der Bundestagsabgeordnete Ernst-Dieter Rossmann (Elmshorn) und der Kieler Landtagsabgeordnete Rolf Fischer. Beide hatten jedoch abgewinkt. Dann zogen sich die Mitglieder des Kabinetts und Möller zur Beratung zurück. Kuhlwein setzte 22 Uhr als Termin für die Fortsetzung der Sitzung an. Der Parteiabend begann mit einem bescheidenen Buffet. Noch war kein weißer Rauch zu sehen.

Kurz nach 22 Uhr gab es die Fortsetzung der Sitzung im Raum „Provence". Heide Simonis erklärte sich. Sie habe nicht ausreichend Zeit, weil das Kabinett soeben beschlossen habe, stärker „vor Ort" zu gehen. Die Organisation der Landtagswahl 2005 bedeute jedoch eine große Belastung. Die Partei brauche jetzt „einen Johannes Rau, der sich um sie kümmert", sie wolle „eigentlich nicht". Möller versuchte noch einmal, den Kelch an sich vorbeigehen zu lassen und fragte Brigitte Fronzek. Die sah sich nicht in der Lage, die Organisationsarbeit zu übernehmen. Es müsse jemand besseres geben als sie.

Damit war die Situation klar: Kuhlwein fragte die anwesenden Kreisvorsitzenden und den Landesvorstand, ob sie eine Bewerbung von Möller unterstützen würden, wenn der zusage. Die Antwort war: Kein Widerspruch. Möller erbat sich Bedenkzeit am Telefon mit seiner Frau (spitze Zungen bemerkten, der Synodale Claus Möller habe mit der Bischöfin gesprochen), dann sagte er: „Ja, ich mache es gern." Daraufhin starker Beifall aller Anwesenden. Kuhlwein trug vor, dass Ulrike Mehl am nächsten Morgen vor dem Parteitag den Vorschlag machen werde, Claus Möller zum Landesvorsitzenden zu wählen. Möller erhielt denn auf dem Parteitag auch 130 von 134 abgegebenen Stimmen. Er wurde auch 2005 auf dem ordentlichen Parteitag wiedergewählt. Im Januar 2006 wählte ihn der Parteirat der Bundespartei zu seinem Vorsitzenden.

Anmerkungen

1) Jochen Steffen schreibt 1972 an die schleswig-holsteinischen MdBs (ohne Datum):

Werte Genossen,
auf seiner Sitzung am 8. Dezember hat der Landesvorstand nach einer ausführlichen Diskussion beschlossen, Euch zu bitten, Euch an der Arbeit der sogenannten Leverkusener Gruppe (das war 1972 die Fraktionslinke – E. K.) zu beteiligen.

Nach der Diskussion im Landesvorstand, der Rede des Parteivorsitzenden im Parteirat, die – wie gewohnt – manipuliert der Öffentlichkeit bekannt wurde – allerdings erfolgte diesmal eine „Richtigstellung" über den Pressedienst –, möchte ich noch auf einige Punkte hinweisen:

1. *die „Leverkusener" verstehen sich als „offene Gruppe". D. h. sie soll und darf keine ideologische Rechtgläubigkeit voraussetzen oder gar fordern. Tut sie das, oder entwickelt sich das, macht sie sich selbst kaputt.*
2. *Der „Apparat" der Fraktion befindet sich faktisch in den Händen der Kanalarbeiter. Sie verteilen damit faktisch alle „Arbeitsaufträge", Möglich- oder Unmöglichkeiten der „Profilierung", von*

den anderen Boni (Wohnung, Büro, Reisen usw.) einmal abgesehen.
3. Der „Fritz-Erler-Kreis" war bereits vor der Bundestagswahl durch Schmidt und Vogel gegründet. Seine Konstituierung erfolgte lediglich am Abend nach der Parteiratssitzung. Er liegt optisch, nicht organisatorisch nach dem Leverkusener Gründungsversuch.
4. Der „Leverkusener Kreis" hat nur eine Chance, wenn er versucht durch sachliches, kooperatives Arbeiten aller Mitglieder sowohl den Einzelnen von der Routine zu entlasten als auch den Einzelnen – in der und durch die Kooperation – für mehr qualifizierte Arbeit freizumachen. In meinem Verständnis ist er ein Versuch zur Rettung der tatsächlichen Möglichkeiten des Abgeordneten. Das ist in dieser Massenversammlung „Fraktion" und ihrer unumgänglichen Disziplinierung nach innen und im Verhältnis zur Regierung erforderlich. So, wie die Verhältnisse sind, habt Ihr nur die Wahl, entweder dass die Kanalarbeiter (der Erler-Kreis ist m. E. für Kanalarbeiter mit gehobenen Ansprüchen) dies machen, oder das in einer demokratischen Selbstorganisation zu tun.
5. Ich bleibe bei meiner Erfahrung, dass Ihr dies nur könnt mit einem Minimum an gemeinsamer hauptamtlicher Organisation.

Ich kann durchaus verstehen, dass einige von Euch ungute Gefühle haben. Das kann auch an ihrem früheren Verhalten gegenüber jenen liegen, mit denen sie jetzt zusammenarbeiten wollen. Wenn jemand meine Hilfe wünscht oder benötigt, kann er mich jederzeit anmorsen. Ab 10.1. mache ich Kur am Bodensee. (Tel. und Termine sind im LT-Büro zu erfragen).

Nach Unterhaltungen in Bonn habe ich die Hoffnung, dass es bei der Ausschussverteilung „anders" werden soll. Hoffen heißt, nicht wissen. Gut wäre es, wenn einer von Euch sich doch noch für den dornenreichen Weg des Haushalts- und des Finanzausschusses entschließen könnte.

Ich danke allen, die mir geschrieben haben, und hoffe, Ihnen nützlich gewesen zu sein. Falls das mit den „Leverkusenern" in etwa funktioniert, könnten wir zu einer Zusammenarbeit kommen, die effizienter zu werden verspricht. Für Abgeordnete in einer Koalition, in der es viele – wie mir scheint – vorprogrammierte Konflikte gibt, dürfte das sehr wichtig sein.

Mit sozialistischen Grüßen
Euer
Joachim Steffen

2) Aus dem „Heiligenhafener Programm" von 1973 „Demokratie sozialer machen", S. 10

„Die Probleme in unserer hoch industrialisierten Welt sind so groß geworden, dass sie im regionalen und nationalen Rahmen allein nicht mehr gelöst werden können. Deshalb muss unser politischer Handlungsraum durch demokratisch kontrollierte europäische und internationale Entscheidungen erweitert werden, weil Probleme einer Region nicht ohne Wirkungen auf andere Regionen gelöst werden können. Das gilt für Rohstoffe und Entwicklungshilfe genauso wie für Umweltschutz und Energieplanung. Und das gilt für soziale Sicherheit genauso wie für Entspannung und Abrüstung.

Demokratische Sozialisten wollen deshalb, dass die politische Macht der Mehrheit der Menschen international organisiert wird. Damit müssen wir in Europa anfangen. Wir wollen deshalb die politische und soziale Union Europas in einem parlamentarisch-demokratischen System mit einem direkt gewählten Europa-Parlament verwirklichen. Wir wollen die Bildung europäischer Parteien anstreben und den Aufbau europäischer Gewerkschaften fördern. Wir brauchen europäische Tarifverträge und wir müssen die Wirtschaftspolitik, die Sozialpolitik, die Gesundheitspolitik, die westliche Bündnispolitik, die Bildungspolitik, die Entwicklungshilfe gemeinsamen europäischen Maßstäben unterwerfen. Ohne europäische Stabilitätspolitik werden sich Konjunkturüberhitzungen und Rezessionen nicht vermeiden lassen; ohne europäische Regionalpolitik wird es keinen Ausgleich der Lebenschancen zwischen Süditalien oder Irland auf der einen und den Ballungsräumen an Rhein und Ruhr auf der anderen Seite geben.

Europäische Gesellschaftspolitik wird jedoch mit den herkömmlichen Instrumenten nicht auskommen. Deshalb brauchen wir eine europäische Währungsordnung, die Kontrolle und Lenkung von Investitionen im europäischen Maßstab und die Kontrolle der Politik multinationaler Konzerne in Europa durch gewählte Vertreter der Bevölkerung."

3) Karsten Henke in den „Kieler Nachrichten" 1977 über den Tönninger Parteitag

„Jahrzehntelang haben die deutschen Sozialdemokraten darum gerungen, an die Schalthebel der Macht zu gelangen. Nun aber, acht Jahre nachdem ‚demokratische Sozialisten' die Führung der Bonner Staatsgeschäfte übernommen haben, kann Bundeskanzler Schmidt jedenfalls nicht mehr damit rechnen, dass die Sozialdemokraten in Schleswig-Holstein auch nur den kleinen Finger für ihn rühren. Für den, nach eigener Einschätzung, letzten intakten linken Landesverband der SPD gibt es mittlerweile kaum etwas, das größeres Misstrauen verdiente, als die sozialliberale Bundesregierung.

Für die Schleswig-Holsteiner ist das in der vergangenen Woche verabschiedete Steuerpaket nämlich nicht die einzige ‚FDP-Kröte', die übrigens noch lange nicht verdaut ist. Der Landesverband ist sich immer weniger sicher, ob das Fortbestehen dieses Bündnisses überhaupt unterstützt werden kann. Einzig und allein die Alternative – eine von der CDU/CSU geführte Regierung in Bonn – ist für die Sozialisten im Norden derart ‚schrecklich', dass sie wohl auch weiterhin wenigstens nach außen hin bei der Stange bleiben werden.

Der ‚Macher' aber hat bei den schleswig-holsteinischen SPD-Funktionären ausgespielt. Nicht eine einzige Hand hob sich, als die 170 Delegierten auf dem Landesparteitag in Tönning in einem Antrag des Ortsvereins Preetz aufgefordert wurden, die „schwere Arbeit von Bundeskanzler Schmidt in kritischer Solidarität" zu unterstützen. Nicht einmal Egon Bahr machte den Versuch, diese Solidaritätserklärung dadurch zu retten, dass man sie von der anschließend geforderten Verurteilung der ‚laufenden unsachlichen Angriffe des Landesvorsitzenden Jansen' trennte.

Wie weit dieser SPD-Landesverband zu gehen bereit ist, wurde in der harten Auseinandersetzung deutlich, die die schleswig-holsteinischen Bundestagsabgeordneten wegen ihrer Zustimmung zu dem Steuerpaket über sich ergehen lassen mussten. Nur mühsam konnten sie den Delegierten verständlich machen, dass ihr Nein zu dem Paket das Ende dieser SPD/FDP-Bundesregierung bedeutet hätte. Für die Funktionäre des Landesverbandes besteht die Aufgabe der Fraktion heute nur noch darin, ‚etwas zu verhindern'.

Dabei wurde ein Widerspruch während der Debatten in Tönning nicht einmal angesprochen: Während die FDP in Bonn als ewiger Bremser und Freund der Millionäre verdammt wurde, warb Fraktionschef Matthiesen auf Landesebene um ihre Gunst: ‚Wir brauchen sie für die politische Macht.' Wie lange ein solches Bündnis überhaupt gut gehen könnte, darüber machte sich der längste Parteitag in der Geschichte der schleswig-holsteinischen Sozialdemokratie keine Gedanken. Wozu auch? Es gibt schließlich genügend anderes, über das sich trefflich diskutieren lässt. Der SPD-Bundesvorsitzende Willy Brandt hatte die Genossen im Norden aufgefordert, sich ‚weniger miteinander als mit dem politischen Gegner auseinanderzusetzen'. Sein Appell verhallte ungehört."

4) Aus den Beschlüssen des Parteitags von Timmendorfer Strand 1989 zur Friedens- und Sicherheitspolitik

„*Die Eutiner Beschlüsse der SPD Schleswig-Holstein von 1966 waren ein Anstoß zu einer neuen Ost- und Deutschlandpolitik der SPD und der Bundesrepublik Deutschland. Diese Politik wurde auf den Trümmern der gescheiterten Deutschlandpolitik der Union und gegen ihren erbitterten Widerstand durchgesetzt. Sie hat seit 1969 unter sozialdemokratischer Regierungsverantwortung Verträge und Abmachungen mit der DDR, Polen und der Sowjetunion ermöglicht, die der Entspannung in Europa und der Normalisierung zwischenstaatlicher Beziehungen dienten.*

Sie hat zur Existenzsicherung Berlins geführt, durch erweiterte Reise- und Besuchsmöglichkeiten, sowie durch Familienzusammenführung die

Teilungsfolgen für viele Menschen gemildert, den Helsinki-Prozess gefördert und dazu beigetragen, dass die Bürgerinnen und Bürger der DDR gegenüber der Staatsmacht ihre Rechte aus den KSZE-Beschlüssen einfordern können. Unsere Politik war so erfolgreich, dass die Kohl-Regierung sie übernommen hat und sich ihrer Erfolge rühmt.

Auf den Erfolg ihrer Regierungspolitik bauend, hat die SPD in der Opposition in Gesprächen mit der Staatspartei der DDR Vorschläge für eine atomwaffenfreie Zone in Europa erarbeitet. Sie hat damit in der internationalen Spannungsphase atomarer Aufrüstung zur deutsch-deutschen Verantwortungsgemeinschaft und zur Entspannung im Zentrum Europas beigetragen.

Unsere Politik bleibt richtig. Sie muss heute um die sozialdemokratische Vision eines einigen und friedlichen Europas ergänzt werden. Sie muss die neuen Chancen nutzen durch unsere Bereitschaft zu einem solidarischen Beitrag zum demokratischen Wandel in der DDR, damit die historische Chance der Freiheit, die sich in Osteuropa durch die Politik Gorbatschows eröffnet hat, auch von den Bürgerinnen und Bürgern der DDR genutzt werden kann.

Zum ersten Mal in der Nachkriegsgeschichte Europas besteht die reale Möglichkeit, durch Abrüstung und Zusammenarbeit Krieg in Europa unmöglich zu machen und durch einen demokratischen Reformprozess den Frieden auf die freie Zustimmung der Menschen in Ost und West zu gründen.

Zum ersten Mal besteht eine Chance, die drängenden ökologischen und ökonomischen Probleme im gemeinsamen Haus Europa gemeinsam zu lösen.

Zum ersten Mal führen Reformbewegungen in einer Reihe von Staaten des Warschauer Vertrages zu revolutionären Veränderungen.

Zum ersten Mal könnte der Traum einer sozialen und friedlichen europäischen Staatengemeinschaft Wirklichkeit werden, die auf den zu-

gleich vielfältigen und gemeinsamen Traditionen der Aufklärung und des Humanismus, der Demokratie und des sozialen Rechtsstaats fußen.

Zum ersten Mal besteht in Europa die historische Chance, den Demokratischen Sozialismus mehrheitsfähig zu machen ...

... Wir sehen aber auch die Risiken auf dem Weg zur Verwirklichung unseres Traumes.

Das moralische und ökonomische Versagen des Staatskommunismus ist offensichtlich. Über die Fehler der anderen dürfen wir aber nicht Fehlentwicklungen im eigenen Lande verdrängen: Das Modell der Zweidrittel-Gesellschaft im Westen ist keine Alternative zur Herrschaft der östlichen Parteibürokratien. Die Freiheit des Individuums muss immer und überall gegen die Macht von Staat und Bürokratie verteidigt werden. Auch im Westen sind ökologische und soziale Reformen notwendig.

Die Rechte nationaler Minderheiten müssen gestärkt werden. Aber der Verlust an Zentralmacht und der Gewinn von Freiheit für die Völker des Ostens dürfen nicht zu nationalistischen und chauvinistischen Reaktionen führen. Öffnung und Schließung von Grenzen führen unter den gegebenen Bedingungen zu Fluchtbewegungen. Wer aus Not, Unterdrückung und menschenunwürdigen Zuständen als Deutscher zu uns kommt, bedarf unserer Hilfe. Sie ist selbstverständlich, so wie wir auch denen helfen wollen, die als Nichtdeutsche wegen Verfolgung in ihrem Heimatland bei uns Asyl suchen. Fluchtbewegungen werden erst zum Stehen kommen, wenn es gelingt, ihre Ursachen zu beseitigen: die Defizite an persönlicher und politischer Freiheit sowie den Mangel an wirtschaftlicher Wohlfahrt und sozialer Gerechtigkeit im Osten. Nur eine Reformpolitik kann nötige Antworten liefern.

Wir in den Staaten Westeuropas haben eine Mitverantwortung dafür, dass der Reformprozess in Osteuropa gewaltfrei erfolgen kann. Strategien der Destabilisierung und Hoffnungen auf Zusammenbrüche sind unverantwortlich. Sie könnten für alle Menschen in Europa unabsehbare Folgen haben.

Die Wiedervereinigungsrhetorik aus den Reihen der Konservativen kann den Reformprozess im Osten gefährden. Nicht anachronistische Angliederungsvorstellungen, sondern nur die bedrohungsfreie und solidarische Begleitung einer eigenständigen und souveränen Reformpolitik in der DDR und in Osteuropa kann den Völkern in Osteuropa und den Deutschen helfen.

Auf dem Weg zum geeinten Europa sind notwendig:

1. *Die Anerkennung der Grenzen, die nach 1945 in Europa gezogen wurden. Wer heute die Frage der staatlichen Einheit Deutschlands in den Grenzen von 1937 aufwirft, gefährdet den Prozess der europäischen Sicherheit und der Reformen in Osteuropa. Er schadet damit allen, nicht zuletzt den Menschen in der DDR.*
2. *Sicherheitspartnerschaft, Abrüstung und Angriffsunfähigkeit der Streitkräfte mit dem Ziel, Nato und Warschauer Vertrag bis zum Jahr 2000 zu ersetzen durch ein gesamteuropäisches Sicherheitssystem, durch den Europäischen Frieden.*
3. *Die Verwirklichung demokratischer Prinzipien in den Staaten Osteuropas wie Versammlungs- und Meinungsfreiheit, freie Wahlen, das Recht auf politische Organisation, Reisefreiheit und das Recht auf Ausreise, die Garantie der Rechte nationaler Minderheiten, die Menschenrechte. Jeder Staat ist für seine Wohnung im Europäischen Haus verantwortlich. Wir wissen, dass wir auch bei uns vieles in Ordnung bringen müssen. Aber wenn die Zustände beim Nachbarn so unerträglich sind, dass sich Menschen zu uns flüchten, dann müssen wir auch dort auf Veränderungen drängen.*
4. *Eine großzügige Hilfe zur Belebung der Wirtschaft durch Westeuropa, die EG und vor allen auch die Bundesrepublik Deutschland ...*
5. *Ein Bauplan für die institutionelle Verklammerung der verschiedenen Teile Europas, der gesamteuropäische Institutionen (wie z. B. Umweltbehörde, Energievertrag, Abrüstungsbehörde) genauso möglich macht wie eine Verbindung*

von EFTA, EG und reformbereiten Staaten des Comecon durch eine Freihandelszone. Die westeuropäische Integration muss in den Dienst des ganzen Europa gestellt werden.

Ein erfolgreicher Prozess zur Einigung Europas ist eine Voraussetzung, die deutsche Teilung überwindbar zu machen. Die Anerkennung der gegenwärtigen Grenzen, die Verwirklichung von Demokratie und Selbstbestimmung für die Menschen in der DDR, die schrittweise Aufhebung der Bedeutung der Grenzen und die Relativierung der Staatlichkeit der beiden Deutschland durch Abtretung von Souveränität an europäische Institutionen und Integration in einem gemeinsamen europäischen Markt – das sind Elemente einer Deutschlandpolitik im Interesse aller Deutschen, vor allem auch der 18 Millionen in der DDR. Sie dürfen nicht die Deutschen werden, die zuletzt und allein den verlorenen Krieg zu bezahlen haben.

Wir sind uns bewusst, dass die Beziehungen zwischen den beiden deutschen Staaten in besonderer Weise ausgestaltet werden müssen, wie es die gemeinsame Geschichte und die Zugehörigkeit zu einer Nation nahelegen. Aus der Verantwortung vor ihrer Geschichte und aus ihrer historisch gewachsenen Situation können beide deutschen Staaten die Funktion als Bindeglied für das zusammenwachsende Europa übernehmen. Ihre Einheit kann nur eine Folge und ein Teil europäischer Einheit sein ...

... Die Fortsetzung von Kontakten und Vereinbarungen mit der Staats- und Parteiführung liegt im Interesse aller Deutschen, wenn dabei über alles gesprochen wird, was die Menschen in Ost und West bedrückt. Gespräche müssen zu Veränderungen führen.

In der DDR müssen die Voraussetzungen dafür geschaffen werden, dass sich oppositionelle Kräfte frei äußern und organisieren können. Wir wollen mit diesen Kräften ungehindert Kontakte aufnehmen und einen freien Meinungsaustausch führen.

Wir Sozialdemokraten werden die Kräfte politisch und moralisch unterstützen, mit denen uns die Prinzipien der Friedenssicherung und Abrüstung, der Demokratie, des Schutzes unserer Umwelt und sozialen Gerechtigkeit gemeinsam sind."

5) Aus der Rede von Björn Engholm auf dem ordentlichen Landesparteitag 1991:

„Die politischen Veränderungen in Europa, Not, Verfolgung und Hunger in vielen Ländern, rückten in diesem Sommer ein Thema auf die Tagesordnung, das uns seitdem nicht mehr loslässt: das Thema Asyl und Zuwanderung.

Da wir aber auch nicht alle Notleidenden der Welt aufnehmen können, müssen wir durch vereinfachte und verkürzte Verfahren die Belastung unserer Gesellschaft verringern – ohne das Recht der politisch, rassisch oder religiös Verfolgten zu beeinträchtigen; aber mit der Konsequenz, Nicht-Verfolgte auch kurzfristig zurückzuschicken.

Die Bundesregierung muss endlich ihre Pflicht tun, das heißt: Den unglaublichen Bearbeitungsrückstand beim Bundesamt aufholen und – die Beschleunigungsvereinbarungen aus dem Parteivorsitzendengespräch vom 10. Oktober umsetzen!

Ich bleibe auch bei der Auffassung, dass ein Vertreibungsdruck für die Deutschstämmigen aus Osteuropa nicht mehr besteht. Ihre Zuwanderung soll nicht abgeschnitten werden, aber sie muss sich über einen längeren Zeitraum erstrecken – entsprechend den Integrationsressourcen unserer Gesellschaft.

Für uns alle muss klar sein: Wer angesichts der deutschen Vergangenheit das Asylrecht einschränkt, hat die Lehren seiner Geschichte nicht gelernt. Zu dieser Geschichte gehört, dass Hass und Gewalt sich pestartig ausbreiten, wenn man ihnen nicht Einhalt gebietet. Gewalt gegen Ausländer heute kann morgen schon Gewalt gegen Einheimische sein. Deutschland ist ein offenes Land, so abhängig von der Welt wie kein an-

deres – und es muss es bleiben, wenn es seine starke politische und wirtschaftliche Rolle erhalten will.

Das bedeutet, gerade wir Deutsche dürfen die Tür zum Asyl für Verfolgte nicht verschließen oder durch ständiges Fummeln an der Verfassung diesen Eindruck erwecken: Das Recht auf Asyl darf nicht angetastet werden. Es ist schlimm, dass Biedermänner, die in Wahrheit Brandstifter sind, heute ihre Süppchen aus Überfremdungsängsten und kalt berechnetem Kalkül zu kochen versuchen. Leute mit Namen wie Volker Rühe, die Asylbewerber, die an der Grenze ankommen, mit dem Begriff SPD-Asylant belegen, solche Leute verderben die politische Kultur so tief, dass man Jahre braucht, sie wiederherzustellen.

Ich rate ihnen, besonders soweit sie in der CDU zu Hause sind, den mahnenden Worten des Bundespräsidenten Gehör zu schenken."

6) Aus dem schriftlichen Rechenschaftsbericht des Landesvorstands zum Segeberger Parteitag 2003:

„Am Ende der zweijährigen Amtszeit des Landesvorstandes hat es auch uns in Schleswig-Holstein bei den Kommunalwahlen am 2. März 2003 ganz bitter erwischt. Nachdem die SPD bei den Landtagswahlen in Hessen und Niedersachsen hohe Verluste erlitt, wurden unsere Kommunalpolitikerinnen und Kommunalpolitiker für etwas abgestraft, für das sie überhaupt nichts können: Die Kritik der Wählerinnen und Wähler an dem Erscheinungsbild der SPD-geführten Bundesregierung und das nicht erkennbare Gesamtkonzept für eine Erneuerung Deutschlands mit sozialem Augenmaß haben zur massiven Wahlenthaltung und zur Wahl anderer Parteien beigetragen. Auch in der Landespolitik gibt es einiges, wo wir unbedingt besser werden müssen.

Auch die Landespartei ist hinsichtlich dieser Herausforderungen programmatisch nicht auf der Höhe der Zeit. Zu sehr waren wir mit den Wahlkämpfen, den innerorganisatorischen Notwendigkeiten in der Partei und mit den schwierigen haushaltspolitischen Situationen in der Regierungsarbeit beschäftigt.

Das kommunale Fundament unserer Politik und damit das Rückgrat der Partei in Schleswig-Holstein ist schwer erschüttert worden. Ich kann verstehen, wenn unsere Politiker vor Ort, die sich oft über viele Jahre ehrenamtlich und in ihrer Freizeit engagiert haben, innere Wut und große Enttäuschung empfinden. Diese Situation haben wir knapp sechs Monate nach einer erfolgreichen Bundestagswahl, bei der wir zehn Direktmandate und ein Wahlergebnis errungen haben, mit dem die Bürgerinnen und Bürger in Schleswig-Holstein auch ein deutliches Signal zur Fortsetzung der rot-grünen Koalition in Berlin gegeben haben. Die Koalitionsverhandlungen wurden schnell und zügig abgeschlossen, jedoch wurde schon bald deutlich, dass ein roter Faden der Politik nur schwer erkennbar war.

So sinnvoll die Einsetzung von Kommissionen mit Fachleuten ist, so deutlich wird dadurch jedoch auch, dass die Gesamtpartei ein Defizit an innerparteilicher Diskussion über die großen Herausforderungen hat, vor denen wir angesichts der Globalisierung, der weltwirtschaftlichen Krisensituation, der demographischen Entwicklung, der Arbeitsmarktsituation und der Reform des Sozialstaates stehen. Hinzu kommen eine beispiellose Medienkampagne gegen die SPD-geführte Bundesregierung und damit einhergehende harte politische Attacken gegen die Gewerkschaften sowie neoliberale Angriffe auf die sozialstaatlichen Strukturen, die die deutliche Absicht der Schaffung einer rein marktorientierten Gesellschaftsform beinhalten.

Nach der auf Bundesebene angestoßenen Grundsatzprogrammdiskussion haben wir 2001 mit einer Veranstaltung mit Johano Strasser in Neumünster auch den Auftakt für eine Grundsatzprogrammdebatte im Norden gemacht. Doch weder auf Landesebene noch in den Kreisen ist es gelungen, eine Kontinuität in den Diskussionsprozess zu bringen. Vielleicht ist auch das Ruhen der Debatte auf Bundesebene vor dem Hintergrund der Diskussion über das Bundestagswahlprogramm und den anlaufenden Bundestagswahlkampf 2001/2002 ein Grund hierfür gewesen.

Unmittelbar nach dem Landesparteitag gilt es, diese Debatte wieder aufzunehmen und für die Gesamtpartei in Schleswig-Holstein einen

Diskussionsprozess zu organisieren, der in den kommenden 18 Monaten wieder zu einem deutlichen Profil unserer Nord-SPD führt. Dazu hat Eckart Kuhlwein gemeinsam mit Genossinnen und Genossen aus den Kreisverbänden einen ersten Diskussionstext erarbeitet.

Die im Landtag laufende Debatte um die Kommunalverfassungsreform hat uns stark beschäftigt und gefordert. Der lange schwelende Konflikt um die Frage der Direktwahlen führte in der Partei erneut zu heftigen Diskussionen. Regionale Konferenzen hierzu und ein Sonderparteitag im Herbst 2001 trugen schließlich zur abschließenden Meinungsbildung mit der Beibehaltung der Direktwahlen sowie einer Stärkung der ehrenamtlichen Mandatsträger bei.

Die bei verloren gegangenen Direktwahlen erkennbaren Defizite wurden teilweise aufgearbeitet, aber noch nicht stringent zu einer Gesamtkonzeption zum erfolgreichen Führen von Direktwahlkämpfen entwickelt. Gleichwohl lieferte der Landesverband, dort wo gewünscht, Hilfen und Unterstützung für Wahlen vor Ort aus den positiv gemachten Erfahrungen.

Eine Schlussfolgerung aus diesen Erfordernissen sowie aus der Absicht, mittelfristig ein Personalentwicklungskonzept aufzubauen, war die Bildung der „Kommunalakademie". Sie leistet, wie die Arbeit der Jusos, zwischenzeitlich einen unverzichtbaren Bestandteil zur Nachwuchsförderung und zur Ausbildung junger Kommunalpolitikerinnen und Kommunalpolitiker.

Die finanzielle Lage der Partei und die Umsetzung von „Service 21" erforderten in den vergangenen zwei Jahren auch weiterhin einen harten Kurs der Einsparungen, der Stellenreduzierung und der schwierigen organisatorischen Umsetzung im Landesverband und in den Kreisgeschäftsstellen. Die erfolgten Schritte waren richtig, zeigen Erfolge und müssen konsequent fortgesetzt werden.

Kein Zweifel: Die SPD ist in einer Krise und steht jetzt in einer der größten Herausforderungen in ihrer Geschichte: Es geht um die Bewältigung der massiven wirtschaftlichen und gesellschaftlichen Folgen der Globa-

lisierung. Es geht um die Bekämpfung der Arbeitslosigkeit, die Sicherung der Haushalte zur Finanzierung von Zukunftsinvestitionen und wichtiger Aufgaben in der Bildungspolitik. Es geht um die Sicherung des bedrohten Sozialstaats.

Wir müssen die Kraft aufbringen zu einer weitreichenden Erneuerung von Staat, Gesellschaft und Wirtschaft. Dabei stehen wir für Reformen mit sozialem Augenmaß. Auf unserem Landesparteitag am 12./13. April in Bad Segeberg werden wir den inhaltlichen und programmatischen Beitrag der SPD Schleswig-Holstein zu dieser Debatte miteinander diskutieren und formulieren.

Auf diesem Parteitag werden wir darüber hinaus mit Blick auf unsere Landtagswahl 2005 die Konturen und das Profil unserer Politik in Schleswig-Holstein erkennbar schärfen:

- *Wir werden Eckpunkte für das Landtagswahlprogramm 2005 diskutieren. Hier muss deutlich werden, welche Perspektiven sozialdemokratische Politik in Schleswig-Holstein den Menschen über 2005 hinaus bietet.*

- *Wir werden für die Schwerpunktfelder Arbeit, Bildung und Finanzierung der öffentlichen Aufgaben unsere Positionen klar bestimmen.*

- *Wir werden unsere Erwartungen und Positionen zu einer von der SPD maßgeblich gestalteten Bundespolitik formulieren, die in dieser Legislaturperiode vor der Aufgabe steht, in einer Welt der rasanten Veränderungen die notwendigen Schritte für Fortschritt, Wohlstand, Schaffung neuer Arbeit, Bekämpfung der Arbeitslosigkeit und Sicherheit im Wandel zu gestalten.*

Wir brauchen Mut zur Erneuerung.

Eine Zäsur bringt dieser Landesparteitag auch für unsere innerparteiliche Arbeit. Landesvorstand und Landesausschuss haben meine Initiative für die Verkleinerung des künftigen Landesvorstands auf elf statt bis-

her 17 Mitglieder aufgegriffen und empfehlen dem Parteitag eine entsprechende Satzungsänderung.

Das gilt auch für die Bildung des neuen Landesparteirates, der den bisherigen Landesausschuss ersetzen soll. Damit wollen wir den Landesparteirat zu einem echten Scharnier zwischen Landespartei und Kreisverbänden machen. Die Kreisverbände und die Kommunalpolitikerinnen und Kommunalpolitiker sollen im Landesparteirat intensiver als bisher an den Entscheidungen der Landespolitik beteiligt werden. Ich bin sicher, wir werden dadurch die Landespartei entscheidungsstärker und durchsetzungsfähiger machen und dabei mehr innerparteiliche Demokratie verwirklichen.

Alles kommt jetzt darauf an, dass wir unsere Kräfte auf einen Wahlerfolg im Jahre 2005 konzentrieren. Die Europawahl wird dabei eine ganz wichtige Wegmarke für uns sein. Die Kommunalwahl hat aufgrund des bundespolitischen Stimmungstiefs ein Zerrbild der Kräfteverhältnisse in Schleswig-Holstein geschaffen. Am 2. März sind unsere Wählerinnen und Wähler massenhaft zu Hause geblieben.

Nur fünf Monate zuvor haben wir bei der Bundestagswahl am 22. September 2002 mit 42,9 Prozent ein Ergebnis erzielt, das weit über dem SPD-Bundesergebnis (38,5 Prozent) lag. Dies aber bedeutet, dass wir das Vertrauen der Menschen zurückgewinnen können. Und das ist jetzt unsere Aufgabe. Die programmatische Leitlinie dafür kann in meinen Augen nur sein, dass wir den Mut zur sozialen Verantwortung mit dem Mut zur Erneuerung verbinden."

7) Aus dem Beschluss des Landesparteitags von Tönning 1983 zur Friedensbewegung:

„Gegen Maßnahmen, die die Gefahr eines Nuklearkrieges erheblich steigern oder gar der Vorbereitung eines Nuklearkrieges dienen können, sind alle Bürger zu politischem Protest aufgefordert. Weder die Ablehnung der Stationierung durch eine große Mehrheit der Bevölkerung noch die bisher unvergleichliche Aktivität der Bürger über Appelle, Demonstrationen, Verbände und Organisationen und Großveranstaltun-

gen hat die Regierung oder parlamentarische Mehrheit zu einem Einlenken bewogen. Unser Ziel ist der Abbau sämtlicher Massenvernichtungsmittel. Deshalb müssen wir noch mehr Menschen davon überzeugen, dass die Politik der sogenannten Nachrüstung die Existenz aller auf unerträgliche Weise gefährdet. Deshalb müssen wir durch gewaltfreie, friedfertige Aktionen für den Frieden durch Abrüstung werben ...

... Der unzureichende demokratische Einfluss der Bürger macht öffentlichen Protest bis hin zu symbolischem zivilen Ungehorsam erforderlich. Die Bürger sind daher auch zu gewaltfreien Widerstandsaktionen aufgefordert. Die Formen müssen den Zielen von Frieden und Demokratie entsprechen. Friedfertigkeit, Achtung der Person, Verbreitung und Vertiefung gesellschaftlicher Aufklärung und gesellschaftlichen Bewusstseins sind unverzichtbare Bedingungen gewaltfreier Aktionen. Schleswig-holsteinische Sozialdemokraten beteiligen sich daher an gewaltfreien Aktionen, die den genannten Bedingungen entsprechen. Die friedliche befristete Blockade zählt zu diesen symbolischen Aktionen, die angesichts der gegenwärtigen umstrittenen Rechtsprechung allerdings strafrechtliche Konsequenzen haben können. Ob und wie sich jemand beteiligt, bleibt die Gewissensentscheidung jedes Einzelnen, der auch die Bereitschaft besitzen muss, die persönlichen Folgen zu tragen. Alle Bürger, die friedfertig an gewaltfreien Aktionen teilnehmen, können der Unterstützung durch die SPD und ihrer Solidarität sicher sein."

8) Aus der Rede des SPD-Landesvorsitzenden Willi Piecyk auf dem Parteitag in Reinbek 1999:

"... Denn wir haben Krieg – direkt vor der Haustür – Krieg im Kosovo. Zum ersten Mal in der Geschichte nach 1945 kämpfen Europäer gegen Europäer, und zwar mit deutscher Beteiligung. Freiheit, Gerechtigkeit, Humanität, Menschenrechte – alle diese Prinzipien sind mitten in Europa gegenwärtig ausgelöscht. Das gewollte Ergebnis der menschenverachtenden Politik des serbischen Präsidenten Milosevic, heißt: Mord, Verfolgung und Vertreibung.

Zum ersten Mal seit 54 Jahren nimmt die Bundesrepublik Deutschland deshalb wieder an einem Krieg teil, dessen Ziel es ist, das Morden im

Kosovo zu beenden, und eine politische Lösung möglich zu machen und die Menschenrechte wieder zu errichten.

Wir wissen nicht, ob der gegenwärtige Weg zum Erfolg führt, und wir wissen nicht, ob eine Beendigung der militärischen Aktionen das Grauen nicht doch noch mehr vergrößert. Keine Seite kann garantieren, dass ihr Weg der bessere ist. Und einen Königsweg gibt es nicht. Menschenrecht gegen Völkerrecht, Moral gegen Moral, das ist nichts für Flügelkämpfe. Der Riss geht durch jeden von uns und jeder ist innerlich gespalten.

Erhard Eppler hat gesagt, dass man auf beiden Wegen schuldig wird. Es gehe darum, den Weg einzuschlagen, der weniger schuldig macht. Für ihn ist das der Weg der Bundesregierung, aber garantieren kann das niemand.

Auch ich bin innerlich gespalten: „Nie wieder Krieg", war die eine deutsche Lehre der NS-Zeit, aber: „Europa – und Auschwitz – wurden militärisch befreit", lautet die zweite Lehre. Wo hört die Gültigkeit der einen auf, wo beginnt die zweite? Willy Brandt sagte in seiner Abschiedsrede: „Wer Unrecht lange geschehen lässt, bahnt dem nächsten den Weg." Wo ist der Wendepunkt? Und dann der nächste Schritt: Kann man mit Bomben Menschen befreien, Menschenrechte errichten? Muss man nicht eingestehen, dass dieses ohne Bodentruppen, die zu Polizisten mutieren, nicht geht? Ich werde hier keine Bodentruppen fordern.

Aber: Wer sich entscheidet, dass er nicht weiter zusehen kann, wie zahllose Menschen vertrieben, gequält und ermordet werden, der muss wohl ins Kalkül ziehen, dass sein Handeln eventuell Schritte und Konsequenzen nötig macht, die sehr, sehr schwer fallen. Denn sonst kommt Unehrlichkeit ins Spiel: Bomben <u>und</u> Vertreibung, das kann es ja wohl nicht sein.

Ich akzeptiere und teile den Weg des letzten halben Jahres, weil die Vereinten Nationen – aus welchen Gründen und Absichten auch immer – nicht handlungsfähig waren. Aber: Das ist doch nicht die Zukunft! Zum Jubiläum der NATO-Gründung darf man wohl sagen: Die NATO ist ein Verteidigungsbündnis und ein kollektives Sicherheitssystem, aber sie ist nicht die Weltpolizei des 21. Jahrhunderts! Frieden und Menschenrechte lassen sich völkerrechtlich wie ethisch einwandfrei – und im Notfall auch militärisch durchgesetzt – nur durch eine handlungsfähige, modernisierte und gestärkte UNO sichern und errichten. Und bei dieser Reform muss auch das Vetorecht im Sicherheitsrat hinterfragt werden.

Gerade weil in diesen Wochen notgedrungen anderer Handlungsbedarf bestand, muss das die Lehre dieses Krieges werden. Ihr seht: Ich habe keine Antwort für heute, aber für morgen bin ich mir sicher: Es wird im Kosovo keinen NATO-Frieden geben können, sondern ein Frieden im Kosovo kann nur ein UNO-Frieden sein.

Hier müssen die Europäer ihre Interessen gegen die Weltmachtinteressen der USA im Bündnis durchsetzen. Es war absolut richtig, dass Gerhard Schröder als Ratspräsident der EU den UNO-Generalsekretär Kofi Annan zum Sondergipfel nach Brüssel eingeladen hat. Zu einem UNO-Frieden im Kosovo gehört der alte und aktuelle Grundsatz von Egon Bahr: Sicherheit in Europa gibt es nicht gegen, sondern nur mit Russland.

Militär kann Politik nicht ersetzen, d. h. wir brauchen eine Balkan-Konferenz – mit allen Beteiligten – deren Ergebnis durch UNO-Truppen abgesichert werden muss.

Der Balkan ist eine europäische Sache. Man kann nicht mit Slowenien den Beitritt verhandeln, Bulgarien und Rumänien im Beitrittsprozess haben, und die anderen wie Schmuddelkinder vor der Tür stehen lassen. Konkret: Jugoslawien und die anderen Republiken brauchen eine reale Perspektive für die Mitgliedschaft in der Europäischen Union."

9) Aus „SPD in Schleswig-Holstein – Bildungspolitischer Kongress in Lübeck 16. + 17. Januar 1971, Ergebnisse des ersten Tages":

- „Die Grundstufe umfasst die Vorklasse und die Klassenstufen 1 bis 4. Sie ist mindestens zweizügig.
- Lernbehinderte und verhaltensgestörte Kinder sollten nach ihren Lernschwierigkeiten und den die schulischen Schwierigkei-

ten bedingenden Ursachen in separaten Fördermaßnahmen gezielt gefördert werden. Für Kinder mit sonstigen Behinderungsformen sind Unterrichtsformen zu entwickeln, die eine möglichst weitgehende Integration in den Unterricht ermöglichen. Auf den Bau separater Sonderschulen für Lernbehinderte und Verhaltensgestörte wird verzichtet.
- *In der Grundstufe ist ein gefächerter Unterricht, z. B. mit sozialwissenschaftlichen, naturwissenschaftlich-technischen und fremdsprachigen Curricula einzuführen, wobei Organisationsformen und Lehrinhalte heutigen wissenschaftlichen Erkenntnissen entsprechen müssen. In der Grundstufe ist ein Unterricht mit innerer, flexibler Differenzierung vorzusehen.*
- *Die Sekundarstufe I ist als Gesamtmittelstufe zu konzipieren mit der 5. bis 10. Klassenstufe und führt zum Abitur 1. Sie sollte eine Sechszügigkeit nicht unterschreiten. Das erfordert einen minimalen Einzugsbereich von ca. 12 000 Einwohnern.*
- *In der Sekundarstufe I ist zur Vermeidung der Gefahren aus einer Fachleistungsdifferenzierung mit geringer Durchlässigkeit auch eine innere, flexible Leistungsdifferenzierung zu erproben.*
- *Der Bau von Mittelstufenzentren ist nach dem Fachbereichsprinzip zu planen. Es ist eine Zusammenfassung bisheriger Unterrichtsräume zu Großräumen vorzusehen.*
- *Die Sekundarstufe II hat die Form der Gesamtoberstufe. Sie integriert allgemeine und berufsbezogene Ausbildungsgänge. Eine weitgehende Verschulung der Berufsausbildung ist Voraussetzung. Die Gesamtoberstufe führt zu Berufsabschlüssen und Studienberechtigungen. Die Ausbildungsgänge umfassen einen allgemeinen Kernbereich mit Wahlmöglichkeiten innerhalb der sozialwissenschaftlichen, sprachlichen und mathematisch-naturwissenschaftlichen Bereiche und berufsbezogene Schwerpunktbereiche, die der Berufsausbildung dienen.*
- *Die Berufsausbildung orientiert sich an den Grundlagenwissenschaften. Sie gliedert sich in zumeist zweijährige Ausbildungsgänge. Im ersten Jahr ist eine nur geringe Gliederung innerhalb der technischen, des wirtschaftlichen und des pädagogisch-sozialen Sektors vorzunehmen. Alle Ausbildungsgänge*

führen nach zwei Jahren zur Fachhochschulreife und nach drei Jahren zur Hochschulreife.
- *Förder- und Stützkurse sind in allen Stufen vorzusehen.*
- *Grundstufe, Mittelstufe und Gesamtoberstufe sind als Ganztagsschule zu konzipieren. Sie übernehmen zugleich die Funktion des Bildungs- und Sozialzentrums. Der Sekundarstufe I und II sind öffentliche Büchereien, Volkshochschulen und Jugendfreizeitheime anzugliedern.*
- *Gesamtschulen verlangen eine neue Schulbaukonzeption mit entsprechenden Schulbaurichtlinien. Es sind kompaktere Schulbauanlagen anzustreben.*
- *Für alle Stufen sind neue Curricula zu entwickeln. Die Curricula sind auf die jetzigen und künftigen Lebenssituationen zu beziehen. Im Vordergrund steht das Erlernen von Verhaltensdispositionen."*

10) Energiepolitik im Regierungsprogramm 2000-2005 „Volle Kraft für unser Land":

„Schleswig-Holstein ist in der nachhaltigen und umweltverträglichen Energiepolitik Vorreiter in Deutschland:

- *Mehr als 1.600 Windenergieanlagen erzeugen Strom für ca. 480.000 Haushalte, und 1.500 Arbeitsplätze wurden in Schleswig-Holstein rund um die Windenergie geschaffen. Künftig wird auch der Off-shore-Bereich für weitere Windenergieanlagen genutzt werden. Diese Planungen müssen jedoch sorgfältig auf Umweltverträglichkeit und soziale Akzeptanz geprüft werden. Im Nationalpark Schleswig-Holsteinisches Wattenmeer wollen wir keine Windenergieanlagen zulassen.*
- *Wir wollen mit einer Solaroffensive die großen Zukunftschancen dieser „Technologie nutzen (Solarthermie und Photovoltaik) und durch eine Initiative „Mehr Sonne für die Jugend" mit Kindern und Jugendlichen in ihren Einrichtungen (Kindergärten, Jugendzentren, Schulen) eine Brücke ins Solarzeitalter schlagen. Wir werden das „100.000-Dächer-Programm" der neuen Bundesregierung durch eine eigene Landesinitiative unterstützen.*

- *Blockheizkraftwerke mit einer elektrischen Leistung von ca. 100 Megawatt arbeiten bereits in Schleswig-Holstein. Wir werden diesen Weg der dezentralen Strom- und Wärmeerzeugung weiterhin fördern.*
- *Wir wollen die Möglichkeiten ausbauen, Blockheizkraftwerke mit der bei uns reichlich vorhandenen Biomasse (Sägewerksabfälle, Gülle, Knickholz, Stroh) zu betreiben.*
- *Wir wollen Konzepte zur Nutzung der Wasserstofftechnologie – insbesondere in Verbindung mit Brennstoffzellen – vorlegen und die auch in Schleswig-Holstein verfügbare Erdwärme (Geothermie) nutzbar machen ...*

... Wir setzen uns nach wie vor für den schnellstmöglichen Ausstieg aus der Kernenergie ein. Als erster Schritt ist die Wiederaufarbeitung von Brennelementen zu beenden, für die Entsorgung der Atomabfälle soll nur die direkte Endlagerung zugelassen werden. Mit der Erkundung eines atomaren Endlagers in unterschiedlichen geologischen Formationen sowie der Planung ausreichender Zwischenlagerkapazitäten ist durch die Bundesregierung unverzüglich zu beginnen."

„Wir wollen einen geregelten Ausstieg aus der Atomenergie und erwarten, dass das älteste Kraftwerk in Brunsbüttel zu den ersten gehört, die abgeschaltet werden. Wir werden in Abstimmung mit den Gewerkschaften und den Energieversorgern dafür sorgen, dass in den betroffenen Regionen zukunftssichere neue Arbeitsplätze entstehen. Für die Region Brunsbüttel kommt der Bau eines modernen Kraftwerks mit einem hohen Ausnutzungsgrad in Frage. Wir werden uns zudem für einen koordinierten europaweiten Ausstieg aus der Kernenergietechnik einsetzen und in Schleswig-Holstein Modelle dafür entwickeln."

11) Aus der Geschichte des AK Gentechnik

„Im November 1985 fand in der Gustav-Heinemann-Bildungsstätte in Malente ein Seminar statt zum Thema: „Frauen gegen Gen- und Reproduktionstechniken". Eine Historikerin und eine Biologin informierten die Teilnehmerinnen über die Geschichte und die Möglichkeiten der Gen- und Reproduktionstechnik. Die vielen Gespräche führten immer

wieder zu der Frage, was kann getan werden, um innerhalb der SPD einen Diskussionsprozess über diese Techniken zu forcieren? Dies war der Beginn des Arbeitskreises „Gen- und Reproduktionstechniken". Jeden Monat trafen sich 10 bis 15 Frauen, um verschiedene Themen inhaltlich aufzuarbeiten, Thesen zu entwickeln oder Veranstaltungen vorzubereiten. Es wurden Referentinnen eingeladen, Seminare veranstaltet, Vorträge in Ortsvereinen und anderen Gliederungen der SPD gehalten, und es wurde mit anderen Arbeitsgemeinschaften zusammengearbeitet. Im Mai 1988 lag das erste schriftliche Ergebnis des Arbeitskreises vor: „Zur Sache 28 – Gen- und Reproduktionstechniken in der Diskussion". Das Heft war schnell vergriffen, das Thema innerparteilich in der Diskussion. Der Arbeitskreis bekam neue Mitglieder, Genossinnen und Biolog/innen zeigten Interesse und brachten sich in die Arbeit ein. Der SPD-Landesvorstand und die Landtagsfraktion baten um Informationen.

Im Oktober 1988 wurde auf dem Landesparteitag zum ersten Mal über das Thema Gen- und Reproduktionstechniken diskutiert. Außerdem hatte der Landesvorstand eine Veranstaltungsreihe in Schleswig-Holstein beschlossen, die am 4. März 1989 mit einem „Genkongress" in Kiel endete. Danach begannen die Vorbereitungen für den Landesparteitag am 8. Juli 1989. Dieser Parteitag sollte ausschließlich das Thema Gen- und Reproduktionstechniken diskutieren und Positionen dazu beschließen.

Die Arbeit im Arbeitskreis ging weiter, denn der Parteitag hatte auch beschlossen, „die Informationen und die Diskussionen über Gen- und Reproduktionstechniken sind dringend notwendig und in der Partei voranzutreiben. Wir dürfen nicht nur zusehen, wie die neuen Techniken unsere Gesellschaft und die Natur verändern. Wir müssen durch politische Initiativen Einfluss nehmen und die Zukunft gestalten".

12) Gentechnik im Regierungsprogramm 2000-2005 „Volle Kraft für unser Land"

„Ein wichtiger Innovationsbereich ist heute die gentechnikfreie Biotechnologie. Sie bietet Chancen für eine ökonomisch und ökologisch bessere Produktion und innovative Produkte. So können durch Schaffung geschlossener Stoffkreisläufe der Verbrauch von Rohstoffen und

Energie verringert und das Entstehen von Abfallprodukten reduziert werden. Die Nutzung nachwachsender Rohstoffe kann zu einer nachhaltigen und umweltverträglichen Entwicklung beitragen.

Für die Biotechnologie insgesamt müssen die Kriterien der Technikfolgenabschätzung und der ‚Technikfolgenbewertung' und das Prinzip der Rückholbarkeit gelten. Gentechnik als Teilbereich der Biotechnologie muss sich noch stärker als andere Bereiche von Forschung und Entwicklung an gesellschaftlichen Wertvorstellungen und ethischen Kriterien messen lassen und sich ständig der öffentlichen Diskussion und der demokratischen Kontrolle stellen.

Gentechnik bietet eine Reihe von Chancen in der Grundlagenforschung, für bessere Behandlungsmethoden von Krankheiten sowie für die Verbesserung der Qualität von Produkten und Produktionsprozessen. Deshalb ist sie in diesen Bereichen wie andere zukunftsträchtige Entwicklungen zu fördern. Dies gilt insbesondere für medizinische Anwendungsmöglichkeiten und die Herstellung von Roh- und Hilfsstoffen für die chemische Industrie im Nicht-Nahrungsmittel-Bereich.

Der Nutzen der Gentechnik wird insbesondere in der Landwirtschaft und im Bereich der Nahrungsmittelverarbeitung kritisch hinterfragt. Die Bürgerinnen und Bürger müssen selbst darüber bestimmen können, ob sie gentechnisch veränderte Lebensmittel kaufen wollen. Deshalb brauchen wir die dafür erforderliche Transparenz und eine umfassende Kennzeichnung.

Über 100 biotechnologische Unternehmen und Labors leisten heute bereits einen wichtigen Beitrag zum Forschungs- und Innovationsstandort Schleswig-Holstein und bieten qualifizierte Arbeitsplätze mit Zukunft.

Wir wollen systematisch die verantwortbaren Innovationspotenziale der Bio- und Gentechnologie fördern und weiterentwickeln. Die erfolgreiche Arbeit der gemeinsam mit Hamburg gestarteten Bioinitiative Nord, mit deren Hilfe eine Reihe neuer Unternehmen entstanden ist, wollen wir fortsetzen.

Wir wollen gleichzeitig das Regelwerk für die Risikovorsorge in der Gentechnik verbessern:

- *Wir lehnen Embryonenforschung und den Eingriff in die menschlichen Erbanlagen weiterhin ab und werden uns für den Erhalt des bestehenden Embryonenschutzgesetzes einsetzen.*
- *Wir lehnen medizinische Versuche, auch gentechnische, an Menschen ab, die nicht bewusst ihre Einwilligung geben können.*
- *Wir brauchen auf Bundesebene restriktive Regelungen für den Einsatz der Genom-Analyse.*
- *Wir setzen uns für eine umfassende Kennzeichnung von gentechnisch veränderten Lebensmitteln ein, verlangen eine Verbesserung der Novel-Food-Verordnung der Europäischen Union und erwarten von der EU eine entsprechende Verordnung auch zur Futtermittelkennzeichnung.*
- *Wir halten die Freisetzung von gentechnisch veränderten Pflanzen für besonders risikobehaftet. Dringend erforderlich sind ökologische Langzeitüberwachungen, ein Verbot von transgenen Pflanzen, die Antibiotika-Resistenzgene enthalten, und ein Genehmigungsverfahren, das dem Gesundheits- und Immissionsschutz Vorrang einräumt.*
- *Wir werden die qualitativen und quantitativen Voraussetzungen schaffen, um mit dem rasch fortschreitenden Wissensstand im Bereich der Gentechnik Schritt halten zu können und die Überwachung der gentechnischen Anlagen sowie der gentechnisch veränderten Lebensmittel sicherzustellen."*

13) Aus dem Grundsatzpapier „Zukunft der Arbeit", beschlossen auf einem Landesparteitag 1985 in Reinbek:

„Sozialdemokraten erstreben eine Gesellschaft, in der jeder Mensch seine Persönlichkeit in Freiheit entfalten und als dienendes Glied der Gemeinschaft verantwortlich am politischen, wirtschaftlichen und kulturellen Leben der Menschheit mitwirken kann (Godesberger Programm).

Unsere Grundwerte sind Freiheit, Gerechtigkeit, Solidarität. Sozialdemokratische Wirtschaftspolitik muss sich an diesen Grundwerten orien-

tieren. Das Verhältnis zwischen Kapital und Arbeit und damit die Situation der arbeitenden Menschen unterliegt derzeit einem tiefgreifenden Wandel. Deshalb müssen wir uns neuen Herausforderungen stellen:

- *Die natürlichen Lebensgrundlagen werden zunehmend zerstört;*
- *neue Technologien bewirken eine grundsätzliche Veränderung der bestehenden Arbeitsgesellschaft;*
- *die Emanzipation von Männern und Frauen erfordert neue gesellschaftlich organisierte Formen der Arbeitsverteilung;*
- *Industrieländer und sich entwickelnde Staaten der sogenannten Dritten Welt stehen vor der Alternative einer Verschärfung der internationalen Verteilungskrise oder neuer partnerschaftlicher Zusammenarbeit.*

Sozialdemokratische Wirtschaftspolitik muss deshalb auf eine soziale, demokratische und an ökologischen Gesetzmäßigkeiten ausgerichtete Volkswirtschaft hinarbeiten, sie muss das Recht auf Arbeit für Männer und Frauen verwirklichen, sie muss die Massenarbeitslosigkeit abbauen, die technologischen Veränderungen demokratisch und sozial steuerbar machen, die Verantwortung für die Natur übernehmen und einen solidarischen Ausgleich mit der Dritten Welt anstreben."

Und dann wurde ein „neuer Begriff von Arbeit" formuliert:

„In der Tradition der Arbeiterbewegung ist Arbeit in der Form der Erwerbsarbeit Mittel zur Existenzsicherung und Lebensinhalt zugleich. Gegenwärtig verändern sich jedoch Art und Umfang der Erwerbsarbeit vor allem durch den technologischen Wandel. Dies eröffnet die Chance, macht es aber auch notwendig, Arbeit inhaltlich zu bestimmen. Der traditionelle Begriff der Arbeit muss erweitert werden zu einem Verständnis sinnvoller Tätigkeit, das die Trennung zwischen Erwerbsarbeit und gesellschaftlicher Arbeit, zwischen privatem und öffentlichem Leben überwindet.

Selbstbestimmte Tätigkeiten im Bereich der Freizeit, der Eigenarbeit und bestimmter Ehrenämter, der Nachbarschaftshilfe, Familienarbeit und genossenschaftlichen Kooperation müssen als gleichwertig neben die Erwerbsarbeit treten.

Von daher sehen es Sozialdemokraten auch als ihre Aufgabe an, Möglichkeiten für Eigenarbeit und andere sinnerfüllte gesellschaftliche Betätigungen, vor allem im sozialen, kulturellen und politischen Bereich, zu fördern und zu schaffen und gesellschaftliche Arbeit und Erwerbsarbeit zwischen Frauen und Männern gleichberechtigt aufzuteilen. Wir wollen das Recht auf Arbeit für Männer und Frauen verwirklichen, und wir wollen auch ein ausreichendes Einkommen für die Menschen sichern, die nicht oder nur teilweise am Erwerbsleben teilnehmen.

Ein denkbares Instrument hierfür ist ein bedarfsgerechtes soziales Mindesteinkommen für diejenigen, die nicht über ausreichendes Einkommen aus Erwerbsarbeit oder anderen Quellen verfügen."

Widersprüche der Industriegesellschaft

„Die Industrieländer der westlichen Welt haben einen bisher nie gekannten Entwicklungsstand erreicht. Das durchschnittliche Pro-Kopf-Einkommen ist so hoch wie niemals zuvor. Es wird mit dem Einsatz von immer weniger Erwerbsarbeit produziert. Für einen beträchtlichen Teil der Bevölkerung ist der Grundbedarf an Nahrung, Wohnung und Konsumgütern gedeckt.

Dennoch verschärfen sich in diesen Ländern die Widersprüche: Das hohe Produktions- und Verbrauchsniveau wird mit einer nachhaltigen Schädigung und Zerstörung der natürlichen Umwelt (Boden, Luft, Wasser) sowie der physischen und psychischen Gesundheit der Menschen erkauft. Die Kosten des Umweltverbrauchs werden der Allgemeinheit angelastet, nicht aber den Verursachern.

Aber auch die sozialen Kosten werden nicht den Verursachern, sondern der Allgemeinheit und den von wirtschaftlichen Umstrukturierungsprozessen Betroffenen aufgebürdet: Immer mehr Menschen bekommen keine Arbeit oder werden auf Dauer aus dem Arbeitsprozess herausgedrängt. Die Einkommensverteilung wird immer ungerechter; Produkti-

vitätsgewinne werden kaum noch an die abhängig Beschäftigten weitergegeben, weder in Form von Lohnerhöhungen noch, was in der gegenwärtigen Situation dringlicher wäre, in Form von Arbeitszeitverkürzung bei Lohnausgleich.

Neue Armut entsteht; immer mehr Menschen werden von ihr erfasst: Die Zunahme von materieller Not, Obdachlosigkeit und psychosozialen Krankheiten zerstört die Lebensperspektiven der Menschen und führt für viele zur sozialen Ausgrenzung. Der Wohlstand in den Industrieländern entsteht zu einem erheblichen Teil durch die Ausbeutung der Dritten und Vierten Welt. Abhängigkeit und Armut dieser Länder werden durch Rüstungsexporte weiter gesteigert."

Kritik der Wachstumsideologie

Eine Wirtschaftspolitik, die allein auf quantitatives Wachstum zur Lösung der aktuellen Probleme setzt, muss scheitern, denn sie setzt Wachstumsfaktoren voraus, die schon heute nicht mehr funktionieren:

- *Unbeschränkte Belastbarkeit des Menschen und der Natur mit Schadstoffen, Lärm, Abfällen und Stress,*
- *unbegrenzte Energie- und Rohstoffquellen, unbegrenzte Konsummöglichkeiten,*
- *eine unbegrenzt leistungs- und ausbaufähige öffentliche Infrastruktur.*

Der bisher verwendete Wohlstandsmaßstab ‚Wachstum des Bruttosozialprodukts' sagt außerdem nichts darüber aus, ob die Menschen besser leben. Dieser Maßstab ist schon deshalb untauglich, weil er diejenigen Güter und Dienstleistungen einer Volkswirtschaft nicht erfasst, die nicht für den Markt erzeugt werden (Eigenarbeit/Hausarbeit) und ökologische oder soziale Kosten nicht gesondert ausweist."

14) Aus dem Beschluss des Landesparteitags von Meldorf 1986:

„*Die wirtschaftlichen und sozialen Rahmenbedingungen haben sich im letzten Jahrzehnt erheblich verändert. Wachstumskrise und Massenar-*

beitslosigkeit, Finanzierungsengpässe und Verschiebungen im Bevölkerungsaufbau, neue Techniken und Veränderungen in den Wertvorstellungen der Menschen stellen die Sozialpolitik vor neue Herausforderungen. Ungerechtigkeiten und Defizite im Sozialstaat sind bei insgesamt engerem finanziellen Rahmen spürbarer geworden.

Die Wenderegierung hat diese Herausforderungen nicht bewältigt. Sie hat die Krise unseres Wirtschaftssystems und die Finanzprobleme der sozialen Sicherungssysteme für eine gewaltige Umverteilungsaktion von unten nach oben genutzt. Sie hat gleichzeitig die gesellschaftlichen Machtverhältnisse durch den massiven Abbau von Arbeitnehmerrechten nach rechts verschoben. Immer mehr Menschen leben heute am Rande des Existenzminimums, vor allem Langzeitarbeitslose, jugendliche Arbeitslose, Alleinerziehende, ein Teil der Rentner, Familien mit Kindern. Das Entstehen einer „neuen Armut" – betroffen sind insbesondere Frauen – wird bewusst in Kauf genommen.

Die Politik der Wenderegierung läuft darauf hinaus, dass der Konsens des Grundgesetzes über den Sozialstaat zerbricht und stattdessen eine Zwei-Drittel-Gesellschaft entsteht, in der die Starken sich durchsetzen und auf einem hohen Standard leben können, während eine Minderheit der Gesellschaft finanziell und in ihren sozialen Beziehungen an den Rand gedrängt wird.

Die SPD wird diese Entwicklung nicht mitmachen. Die gesellschaftliche Entwicklung darf sich nicht an der Gewinnmaximierung orientieren, sie muss vielmehr die Teilhabe aller am Gemeinschaftsleben zum Ziel haben. Sozialpolitik darf deshalb nicht zu einem Anhängsel der Wirtschaftspolitik verkommen. Sie muss vielmehr die gesellschaftlich erarbeiteten Mittel so verteilen, dass alle Bürger eine Chance zur Entfaltung ihrer Persönlichkeit erhalten. Die Frage der Umverteilung stellt sich im Verhältnis zwischen Mann und Frau, zwischen Arbeitsplatzbesitzenden und Arbeitslosen, zwischen Gesunden und Kranken, oder allgemein formuliert, zwischen Arm und Reich.

Verteilungsfragen können nicht isoliert von Wachstum gelöst werden, sie stellen sich aber gerade als sozialpolitische Probleme umso dringli-

cher, je stärker sich Tendenzen von Entsolidarisierung, Anpassung und Isolation als Folge einer ausschließlich gewinnorientierten Politik ausbreiten, die letztlich antidemokratischen Entwicklungen Vorschub leisten.

Nicht Wachstum allein, vor allem dessen Verteilung sichert Lebensqualität für alle. Gegenwärtig wird Sozialpolitik zu stark auf die Funktion des Erfüllungsgehilfen der Wirtschafts- und Finanzpolitik reduziert, der lediglich nachträglich Korrekturen an sozialen Fehlentwicklungen anzubringen versucht. Insofern muss Sozialpolitik gegenüber der Wirtschafts- und Finanzpolitik mehr Eigenständigkeit gewinnen. Die Krise des Sozialstaats ist nicht Ursache, sondern Folge des wirtschaftlichen Systems. Daneben gilt, dass Sozialpolitik untrennbarer Bestandteil der Gesellschaftspolitik ist. Sozialdemokratische Verteilungspolitik kann nur in einem umfassenderen Konzept von Sozial-, Steuer-, Wirtschafts- und Finanzpolitik verwirklicht werden."

15) Aus den Beschlüssen des Landesparteitags von Damp 1995:

„Die SPD tritt dafür ein, dass möglichst viele Menschen durch eigene Erwerbsarbeit die Mittel erhalten, um ihre Lebensplanung ohne staatliche Hilfe zu verwirklichen. Die Sicherung eines ausreichenden Einkommens ist die Grundvoraussetzung dafür. Lohndumping und eine unsoziale Steuerpolitik haben in der Vergangenheit dazu geführt, dass immer mehr Arbeiter und ihre Familien von Sozialhilfe abhängig geworden sind. Wir fordern deshalb eine Steuerpolitik, die insbesondere Geringverdiener und ihre Familien entlastet. Die Pläne der Bundesregierung zur steuerlichen Freistellung des Existenzminimums sind unzureichend.

Als einen Schritt zur Gleichstellung von Männern und Frauen und der Anerkennung nichtehelicher Lebensgemeinschaften und anderer Lebensformen betrachten wir die Auflösung des Ehegattensplittings. In diesem Zusammenhang ist weiterhin eine Reform des Steuerklassensystems notwendig, um die historisch überholte Einteilung in Individual- und Familienlohn aufzuheben.

Wir halten unverändert an der Absicht fest, die ungerechten Kinderfreibeträge durch ein einheitliches Kindergeld in Höhe von 250 DM im Monat zu ersetzen. Das Kindergeld soll dabei unmittelbar bei der Steuerfestsetzung als Abzug von der Steuerschuld berücksichtigt werden. Dies ist auch ein Beitrag zur Steuer- und Verwaltungsvereinfachung.

Die Nettoeinkommen der Arbeitnehmer stagnieren seit Mitte der 80er Jahre. Um eine von staatlicher Hilfe unabhängige Existenz zu sichern, sind höhere Lohneinkommen der Arbeiter und Angestellten notwendig. Der internationale Konkurrenzdruck der Wirtschaft lässt sich durch Lohndumping nicht beseitigen.

Die Abgabenbelastung der Arbeitnehmer ist zu hoch. Wir bekräftigen unsere Absicht, durch eine finanzielle Beteiligung aller Teile der Gesellschaft an den Kosten einer aktiven Arbeitsmarktpolitik und durch die Senkung von Lohnnebenkosten im Zusammenhang mit der Einführung einer Ökosteuer, die Abgabenlast zu senken.

Es muss eine bedarfsorientierte Mindestsicherung für Erwerbsunfähige, Rentner/innen, Schüler/innen, Studierende und Arbeitslose und damit auch für Menschen, die sich der Erziehungs- und Pflegearbeit widmen, eingeführt werden. Sie muss ein Niveau haben, das die Sicherung der Existenz gewährleistet und eine Teilnahme am soziokulturellen Leben ermöglicht.

Als einen wichtigen Schritt zur Aufhebung der geschlechtsspezifischen Arbeitsteilung im Bereich der Kindererziehung muss der Erziehungsurlaub von beiden Elternteilen bindend je zur Hälfte genommen werden. Alleinerziehende haben Anspruch auf den gesamten Erziehungsurlaub, und bei Eltern, von denen nur eine Seite den Erziehungsurlaub in Anspruch nehmen will, ist der Anspruch auf die andere Hälfte verwirkt.

Wir setzen uns für die Sozialversicherungspflicht für alle Beschäftigungsverhältnisse ein und wollen die sozialversicherungsfreien Beschäftigungsverhältnisse abschaffen."

Gegen den Zerfall der Gesellschaft

„Die Zukunft von Freiheit und Solidarität liegt jenseits von Staat und Markt. Deshalb muss nicht nur der Einfluss des Staates auf das Leben der Menschen, sondern auch der des Marktes begrenzt werden. Die Ideologie des grenzenlosen Marktes führt zunehmend zu einem ruinösen weltweiten Wettbewerb und zerstört die Erwerbsgrundlagen von immer mehr Menschen. Die Politik der Deregulierung hat eine Spirale ohne Ende in Gang gesetzt: Lohnsenkungen schaffen die Voraussetzung für die Senkung der Sozialleistungen, und diese führen erneut zu Forderungen nach Lohnsenkungen usw. 80 Millionen Erwerbslose in der Europäischen Union und Millionen Menschen, die mit weniger als dem Existenzminimum auskommen müssen, sind Beleg für das Scheitern des Wirtschaftsliberalismus. Dagegen ist der Sozialstaat machtlos.

Die Konservativen versuchen gegenwärtig wieder, drastischen Sozialabbau durchzusetzen. Zu den gegenwärtigen Vorschlägen aus der Bundesregierung bzw. der Koalition gehören

- *Kürzung der Lohnersatzleistungen,*
- *Abbau der Lohnfortzahlung,*
- *ersatzlose Streichung von Feiertagen,*
- *Reduzierung der Sozialhilfe,*
- *Privatisierung weiterer sozialer Dienstleistungsbereiche zu Lasten der wirtschaftlich Schwächeren.*

Dies würde in einen anderen Staat führen, den sich nur die wirtschaftlich Starken leisten können."

Bündnis gegen Arbeitslosigkeit

„Eine Wirtschaftspolitik, die die Bekämpfung der Arbeitslosigkeit und die Wiederherstellung eines hohen Beschäftigungsstandes anstrebt, ist die wichtigste Aufgabe sozialdemokratischer Sozialpolitik. Die Rahmenbedingungen für Investitionen und Innovationen, die maßgeblich sind bei der Schaffung neuer zukunftsfähiger Arbeitsplätze und bei der öko-

logischen Erneuerung der Industriegesellschaft, müssen spürbar verbessert werden.

Die SPD wiederholt die Forderung nach einem Bündnis gegen Arbeitslosigkeit. Die Arbeitsmarktpolitik hat sich auf aktive Maßnahmen der Beschäftigungsförderung, der Qualifizierung und auf den Erhalt von Arbeitsplätzen zu konzentrieren. Die Kosten der aktiven Arbeitsmarktpolitik müssen aus der Bundesanstalt für Arbeit schrittweise herausgenommen werden und auf eine breitere Finanzierungsbasis gestellt werden. Die Finanzierung aktiver Arbeitsmarktpolitik darf nicht weiter aus den Beitragsmitteln aus der Arbeitslosenversicherung erfolgen, sondern muss eine eigene, steuerfinanzierte Basis erhalten. So wird es möglich, antizyklische Arbeitsmarktpolitik zu betreiben, um die Massenarbeitslosigkeit abzubauen ...

... Um die Arbeit gerechter zu verteilen, müssen alle Formen der Arbeitszeitverkürzung genutzt werden. Notwendig ist eine Teilzeitoffensive der privaten Wirtschaft und des öffentlichen Dienstes, flexible Vorruhestandsregelungen und weitere tarifliche Arbeitszeitverkürzungen."

Die Sicherungssysteme modernisieren

„Die Leistungen der sozialen Sicherungssysteme in Deutschland können langfristig nur erhalten werden, wenn ihre Finanzierungsgrundlage gesichert wird. Die Beseitigung der Massenarbeitslosigkeit ist deshalb auch unter diesem Gesichtspunkt das wichtigste sozialpolitische Ziel. Die Verdrängung von Arbeit durch Billigarbeit und Automation geht zu Lasten der Sozialversicherungssysteme.

Versicherungsfremde Leistungen wie die Finanzierung der deutschen Einheit dürfen nicht weiter aus den Sozialversicherungsmitteln bezahlt werden.

Wir werden nicht zulassen, dass sich Unternehmen durch verstärkte Frühverrentungen, Entlassungen und Rationalisierungsmaßnahmen auf Kosten der Solidargemeinschaft sanieren. Bei Fortführung der bisherigen Politik besteht die Gefahr, dass „Rosinen" privatisiert werden und *die risikoreichen und kostenträchtigen Leistungen bei der Allgemeinheit verbleiben. Wir werden weiterhin zuerst die Ziele für sozialstaatliche Leistungen definieren und erst danach über die zur Umsetzung dieser Ziele am besten geeignete Wirtschaftsform nachdenken.*

Unsere Sozialpolitik muss von der kompensatorischen zur vorbeugenden Sozialpolitik weiterentwickelt werden. Deshalb stellen wir die Verstärkung von Prävention auf allen Ebenen und die Verbesserung des Arbeitsschutzes ganz obenan. Die Wirtschafts-, Verkehrs- und Städtebaupolitik muss sozial- und gesundheitspolitisch „denken", um die Schädigung der Menschen und die Verursachung gesellschaftlicher und individueller Kosten zu minimieren. Das heutige System der sozialen Sicherung muss scheitern, oder es wird für immer weniger Menschen tatsächliche Sicherheit garantieren, wenn der Schritt zur Bekämpfung der Ursachen nicht getan wird. Damit muss die klassische Sozialpolitik zur Gesellschaftspolitik weiterentwickelt werden.

Innerhalb der sozialen Sicherungssysteme gibt es Möglichkeiten der Effizienzsteigerung. Sie müssen genutzt werden."

16) Eckart Kuhlwein am 27. März 1993 unter der Überschrift: „Barschel-Affäre – eine unendliche Geschichte" im „Stormarner Tageblatt":

„Wir leben in schnellen Zeiten. Es ist ja gerade erst sechs Jahre her, dass der CDU-Ministerpräsident des Landes Schleswig-Holstein einen Journalisten anheuerte, um seinen Gegenspieler Björn Engholm mit kriminellen Machenschaften öffentlich zu demontieren. Die Barschel-Affäre von 1987 wurde damals als der größte politische Skandal der Nachkriegsgeschichte bezeichnet. Aber heute tun viele Medienvertreter so, als sei gar nichts gewesen. Viel interessanter ist offenbar, wer damals wann und mit wem worüber gesprochen hat. Und der staunenden Öffentlichkeit wird eingeredet, das Opfer von damals sei eigentlich mehr oder weniger, direkt oder indirekt, zugleich Täter gewesen.

Aber die Geschichte lässt sich nicht umschreiben. Es gibt bis heute immer noch und nur eine „Barschel-Affäre", und keine andere. Die Staatskanzlei des ehemaligen CDU-Ministerpräsidenten war es, die Engholm bespitzelte, die ihn anonym der Steuerhinterziehung bezichtigte, die ihm die Immunschwächekrankheit Aids andichten wollte. Das hat ein Untersuchungsausschuss des Landtags eindeutig festgestellt. Und alles, was danach kam, war schlimmstenfalls politische Torheit und eine von Grund auf falsche Informationspolitik.

Noch wissen wir nicht, wer Interesse daran hat, aus der Barschel-Affäre eine unendliche Geschichte zu machen. Aber die Indizien sprechen für eine größer angelegte Kampagne gegen Björn Engholm, der als aussichtsreicher Kanzlerkandidat für 1994 rechtzeitig fertiggemacht werden soll. Die SPD hat Erfahrungen mit solchen Kampagnen. Auch Willy Brandt und die früheren schleswig-holsteinischen Spitzenkandidaten Jochen Steffen und Klaus Matthiesen sind in vergangenen Wahlkämpfen persönlich verunglimpft worden. Die SPD hat dennoch nicht gelernt, offensiv dagegen vorzugehen.

Natürlich hat die Kieler Regierungspartei auch selber Fehler gemacht. Die Wahrheit über den Sommer 1987 hätte längst zugegeben werden müssen. So aufregend, wie jetzt manche tun, war sie nämlich gar nicht. Oder sollte es wirklich Anlass zu öffentlicher Empörung sein, dass ein Pressereferent wie Nilius Geheimnisse an ein Nachrichtenmagazin weitergegeben hat, ein Magazin, das wie viele andere Gazetten auch gerade davon lebt, dass dort exklusive Stories und Nachrichten veröffentlicht werden? Und wer davon wann gewusst hat, ist für die Bewertung der Barschel-Affäre ohne Belang.

Belangvoll ist das nur für die Frage, ob rechtzeitig die Wahrheit gesagt worden ist. Aber dadurch werden aus den Opfern nach lange keine Täter. Günther Jansen ist zurückgetreten. Er wurde zu einem späten Opfer der Barschel-Affäre. Er hat in der Sozial- und Energiepolitik des Landes deutliche Spuren hinterlassen. Er war sich keiner Schuld bewusst, aber er spürte, dass ihm ein Teil der Öffentlichkeit nicht mehr glaubte. Er hat daraus die Konsequenzen gezogen. Das ist überaus honorig. Viele andere Politiker werden sich künftig daran messen lassen müssen.

Wenn es jetzt noch etwas aufzuklären gibt, ist dies Angelegenheit des Kieler Untersuchungsausschusses. Wer öffentlich spekuliert, sollte sich klar machen, dass er mit dem Schicksal und der Würde von Menschen jongliert. Und er sollte sich daran erinnern, dass es im Frühjahr 1988 zum ersten Schlussakt der Barschel-Affäre hieß, jetzt werde in Schleswig-Holstein eine neue politische Kultur Einzug halten. Hoffen wir, dass die heiligen Schwüre von damals nicht ganz vergessen sind."

17) Die Eckernförder Erklärung

„Die Veröffentlichungen der letzten Wochen und die Rücktritte von Björn Engholm und Günther Jansen von ihren Ämtern und Funktionen haben die SPD Schleswig-Holstein tief erschüttert. Wenn es nicht zu einer nachhaltigen Krise im Vertrauen zwischen Mitgliedern und Parteiführung bzw. Mandatsträgern kommen soll, müssen politische Konsequenzen gezogen werden. Dabei geht es insbesondere um die vollständige Aufklärung der Fehler bei der Bewältigung der Barschel-Affäre durch Funktionsträger der SPD, die Zusammenarbeit zwischen den Gremien auf den verschiedenen Ebenen, die Einbeziehung der Mitgliedschaft und die innerparteiliche Willensbildung. Die SPD Schleswig-Holstein muss ihre Strukturen überprüfen und ihr Profil als linke Volkspartei schärfen.

Der Landesparteitag stellt fest:

> *1. Die Partei erwartet die gründliche Aufklärung. Wir fordern alle SPD-Mitglieder, die zur Aufklärung des Untersuchungsgegenstandes beitragen können, auf, sich unverzüglich gegenüber dem Parlamentarischen Untersuchungsausschuss des Landtages zu erklären. Wer jetzt noch mit der Wahrheit hinter dem Berg hält, wird auf die Solidarität der SPD nicht mehr zählen können.*
>
> *2. Die Partei will die Strukturen der Zusammenarbeit zwischen den Gremien bzw. zwischen Gremien und Mitgliedschaft verbessern. Dies bedeutet konkret:*

o *Verstärkte Zusammenarbeit zwischen Landesvorstand, Landtagsfraktion, Bundestagsabgeordneten und Landesregierung. Die Partei und ihre Gremien müssen vor allen wichtigen politischen Entscheidungen von Regierung bzw. Fraktion einbezogen werden. Dabei muss die eigenständige Verantwortlichkeit von Regierung, Fraktion und Partei gewahrt bleiben.*

o *Stärkung der Bedeutung des Landesausschusses als höchstes Parteigremium zwischen den Parteitagen und Einbeziehung dieses Gremiums vor allen wichtigen Entscheidungen.*

o *Stärkere Einbeziehung aller Mitglieder in die innerparteiliche Willensbildung auch durch neue Formen der unmittelbaren Mitgliederbeteiligung.*

3. Die Partei muss die programmatische Initiative erlangen.
Es besteht die Gefahr, dass die Ereignisse der letzten Wochen die viel bedeutenderen Ursachen für die derzeitigen Schwierigkeiten der Partei überdecken. In einer Zeit, in der große Teile der Bevölkerung um ihre Besitzstände bangen, hat es eine Partei sehr schwer, die angetreten ist, die Gesellschaft zu verändern. Die ökonomische und technische Entwicklung verlangt nach völlig neuen gesellschaftlichen Strukturen. Doch der SPD ist es bisher nicht gelungen, sich im allgemeinen Bewusstsein als die politische Kraft darzustellen, die das Programm für die Lösung dieser Probleme hat. Deshalb muss die Partei ihr Profil als linke Volkspartei schärfen. Zu den wichtigsten Arbeitsfeldern der künftigen politischen Programmarbeit gehören:

- *Der ökologische und soziale Umbau der Industriegesellschaft.*
- *Konzepte für eine dauerhafte Entwicklung in der einen Welt.*
- *Arbeit und Ausbildung für alle durch grundlegenden Umbau der Arbeitsgesellschaft.*
- *Stärkung der Bürgerrechte.*
- *Eine solidarische und gerechte Wirtschafts-, Finanz- und Sozialordnung im Inneren.*

1. Die Partei will ihr Programm umsetzen. Sie erwartet deshalb auch von der neuen Landesregierung die Beachtung des Landtagswahlprogramms und der Beschlüsse der Landesparteitage. Bei den angesichts der schwierigen Finanzlage notwendigen Prioritätenentscheidungen sind die Gremien der Partei einzubeziehen.

2. Die Partei wird die neue Landesregierung nach Kräften unterstützen. Sie wird in Kreisen und Gemeinden engagiert für die Umsetzung der gemeinsam beschlossenen Politik eintreten."

18) Die Zeitungen zum Thema Transrapid und Raumordnung:

Am 18. April 1997 berichteten die Zeitungen im Land, Kiel sei der Meinung, der geplante „Transrapid" widerspreche der Raumordnung, so etwa „Flensborg Avis":

„Der geplante Bau des Transrapid zwischen Hamburg und Berlin widerspricht nach Ansicht der schleswig-holsteinischen Landesregierung den Erfordernissen der Raumordnung. Zu diesem Ergebnis sei das achtmonatige Raumordnungsverfahren gekommen, sagte Ministerpräsidentin Heide Simonis (SPD) in Kiel. Das Ergebnis des Raumordnungsverfahrens muss im folgenden Planfeststellungsverfahren berücksichtigt werden.

Schon die Einschätzung der Magnetschwebebahn-Planungsgesellschaft, der Transrapid sei realisierungsfähig, werde von der Landesplanung bezweifelt, erklärte die Regierungschefin. Zweifelhaft seien sowohl die Bedarfsprognosen und die 1990 geschätzte Zahl von 14,5 Millionen Transrapid-Passagieren jährlich. Sowohl das Trägerkonsortium als auch die Planungsgesellschaft hätten eingeräumt, dass die Baukosten und die Investitionen für die elektronischen Anlagen zu niedrig angesetzt worden seien. Die Mittel für den Fahrweg wurden 1993 auf 5,6 Milliarden Mark geschätzt, für die Betriebsgesellschaft wurden einschließlich der Fahrzeuge 4,8 Milliarden Mark veranschlagt.

Simonis betonte: „Für ein Planfeststellungsverfahren werden erheblich tragfähigere Daten zu Bedarf, Wirtschaftlichkeit und Finanzierung vorgelegt werden müssen. Die für das Raumordnungsverfahren gelieferten Daten halten einer Prüfung nicht stand." Im Raumordnungsverfahren seien erhebliche Eingriffe in Natur und Umwelt festgestellt worden. So solle der Sachsenwald durch die beabsichtigte Trassenführung weiter zerschnitten werden. Der zu erwartende Zubringerverkehr werde zusätzliche Flächen beanspruchen.

Schleswig-Holstein ist bisher das erste der von den Transrapid-Plänen betroffenen Länder, das in seinem Raumordnungsverfahren das Verkehrsprojekt als nicht vertretbar bezeichnet. Mecklenburg-Vorpommern hatte sich positiv geäußert, das Ergebnis aus Hamburg sowie Brandenburg und Berlin steht noch aus.

Die Entscheidung über das im Januar von der Landesregierung in Kiel angestrengte Normenkontrollverfahren gegen das Transrapidgesetz des Bundes wird nach Einschätzung der Staatskanzlei frühestens 1999 fallen. Nach Ansicht der Landesregierung verstößt das Gesetz gegen das Eigentumsrecht. Auch der prognostizierte Verkehrsbedarf für die Magnetschwebebahn wird bezweifelt.

Der Bund für Umwelt und Naturschutz Schleswig-Holstein (BUND) begrüßte es, dass „die Landesregierung diesem Projekt eine Abfuhr erteilt" hat. Weil die für Ende März angekündigten neuen Bedarfszahlen für den Transrapid noch nicht veröffentlicht seien, wertet dies der BUND als weiteres Indiz, dass kein ausreichender Bedarf für die Transrapid-Verbindung besteht."

19) Die Argumente des Landesausschusses zur Direktwahl

„Die SPD befürwortet die Beibehaltung des bisherigen Wahlverfahrens für Bürgermeister und Landräte durch die Gemeindevertretungen und Kreistage.

Einige Gründe:

Die von Befürwortern der Direktwahl in die Diskussion gebrachte Begründung, Direktwahlen der Verwaltungschefs beinhalteten mehr Demokratie, ist nur auf den ersten Blick einsichtig. Außer der unbestrittenen Tatsache, dass der Wahlgang selber ein Stück mehr Demokratie ist, bleiben beachtliche Nachteile:

- *Gemeindevertretungen sind, analog dem Landtag, die obersten vom Volk gewählten Organe im kommunalen Bereich. Sie bestimmen die Richtlinien der Kommunalpolitik und sie kontrollieren die Verwaltung.*
- *Aufgabe der Verwaltung ist es, die Beschlüsse der Selbstverwaltung auszuführen, die Selbstverwaltung zu beraten und übergeordnete Weisungsaufgaben zu erfüllen.*
- *Bürgermeister und Landräte sind Chefs der Verwaltung. Sie koordinieren deren Arbeit und sind verantwortlich für die Durchführung der Verwaltungsarbeiten. Darüber hinaus haben sie repräsentative Aufgaben und sie vertreten ihren Bereich nach außen, in Vertragsangelegenheiten und sonstigen Verpflichtungen.*
- *Direkt vom Volk gewählten Bürgermeistern und Landräten müssten, als weiteren vom Volk gewählten Organen, mehr Befugnisse zugestanden werden. Damit müssten die Selbstverwaltungsorgane Befugnisse abgeben. Beispielsweise wäre die Richtlinienkompetenz im Magistrat fast zwangsläufig die Folge.*
- *Direkt gewählte Bürgermeister und Landräte haben fast unangreifbar starke Stellungen. Beispiele aus dem süddeutschen Raum zeigen, wie an den Selbstverwaltungsorganen vorbei regiert wird. Abgehoben von der Volksvertretung werden oft selbstherrlich und eigenmächtig Entscheidungen getroffen.*
- *Wer durch das Volk gewählt ist, kann nur durch das Volk abgewählt werden.*

- Selbst bei nicht vorhandenem Vertrauen durch die Gemeindevertretung kann diese den Verwaltungschef nicht ersetzen.

20) Der Beschluss von Damp zur Reform der schleswig-holsteinischen Kommunalverfassung im Einzelnen:

1. Die schleswig-holsteinische SPD hat auf dem Landesparteitag am 18. Juni 1994 in Kiel die Einleitung des Gesetzgebungsverfahrens für eine 3. Stufe der Reform der schleswig-holsteinischen Kommunalverfassung befürwortet.

Auf der Grundlage dieses Beschlusses stimmte die SPD-Landtagsfraktion dem Anliegen der Volksinitiative für die Einführung der Direktwahl der Bürgermeister und Landräte zu. Der Innenminister legte daraufhin einen Referentenentwurf vor.

2. Die schleswig-holsteinische SPD bekräftigt ihre Absicht, die Kommunalverfassung weiterzuentwickeln, mit den Zielen:

- *die Beteiligungsmöglichkeiten der Bürgerinnen und Bürger zu erweitern,*
- *die Leistungsfähigkeit der Verwaltung durch Entbürokratisierung zu stärken,*
- *die Richtlinienkompetenz der Vertretung mit klarer Abgrenzung zum Verantwortungsbereich der hauptamtlichen Verwaltung zu sichern und*
- *das kommunale Ehrenamt zu stärken.*

3. Die SPD begrüßt besonders folgende Elemente des Referentenentwurfs:

- *Die klare Trennung der Zuständigkeiten und Verantwortlichkeiten von ehrenamtlicher Selbstverwaltung und hauptamtlicher Verwaltung.*

- *Die erweiterten Möglichkeiten des Einsatzes moderner Steuerungsinstrumente, um den öffentlichen Dienst beschäftigten- und bürgerfreundlicher gestalten zu können.*
- *Den Abbau der Mitwirkungs- und Genehmigungsvorbehalte der Kommunalaufsicht zugunsten von mehr Gestaltungsspielräumen.*
- *Die Absicht durch Änderung des kommunalen Finanz- und Wirtschaftsrechts, mehr Flexibilität bei der Erfüllung der gemeindlichen Aufgaben zu ermöglichen.*

4. Mit dem Landesparteitagsbeschluss vom 18. Juni 1994 hat die schleswig-holsteinische SPD offen gelassen, ob die Direktwahl auch für die ehrenamtlichen Bürgermeister/innen gelten soll. Nach gründlicher Prüfung spricht sich die SPD gegen eine Direktwahl der ehrenamtlichen Bürgermeister/innen aus. Sie fordert Regierung und Landtagsfraktion auf, in diesem Sinne tätig zu werden.

5. Die politische Richtlinienkompetenz liegt beim Hauptausschuss. Der Hauptausschuss wählt den/die Vorsitzende/n aus seiner Mitte. Der Bürgermeister ist beratendes Mitglied im Hauptausschuss.

6. Die SPD fordert die Übernahme der EU-Richtlinie zur Einführung des kommunalen Ausländerwahlrechts für EU-Ausländer. Durch Landesrecht muss sichergestellt werden, dass diese Richtlinie zur Kommunalwahl 1998 auch in Schleswig-Holstein wirksam wird. Darüber hinaus muss sichergestellt werden, dass Ausländerinnen und Ausländer, die von dieser Richtlinie nicht erfasst werden und seit längerer Zeit ihren Lebensmittelpunkt in Schleswig-Holstein haben, Rechte erhalten, die ihnen ermöglichen, an kommunalen Entscheidungsprozessen unterhalb der Ebene des Wahlrechts mitzuwirken.

7. Die Landtagsfraktion und die Landesregierung bleiben aufgefordert, in jeder Phase des Gesetzgebungsverfahrens eine Beteiligung der Partei zu gewährleisten.

21) Der Gegenantrag von der kommunalen Basis:

Gegenantrag des Ortsvereins Kellinghusen und der Kreisverbände Steinburg, Stormarn und Nordfriesland:

„Um eine Direktwahl zu rechtfertigen, sollen im Rahmen der 3. Stufe der Kommunalverfassungsreform insbesondere die Befugnisse der hauptamtlichen Bürgermeister/innen und Landräte/innen zu Lasten der kommunalen Volksvertretungen und des Volkes selbst erweitert werden. Das Volk verlöre durch diesen Entzug von Gestaltungs- und Kontrollmöglichkeiten ein entscheidendes Stück Volksherrschaft. Die Direktwahl von Bürgermeistern/innen und Landräten/innen mit gleichzeitiger Änderung der Organverfassung (Magistrat/Kreisausschuss) führt zu einer Schwächung des Ehrenamtes und stört das jahrzehntelang bewährte System des Gleichgewichts zwischen Hauptamt und Ehrenamt in der kommunalen Selbstverwaltung nachhaltig.

Die SPD Schleswig-Holstein befürwortet Ergänzungen des kommunalen Verfassungsrechts, die dazu geeignet sind, den Kommunen mehr Gestaltungsspielraum im Bereich der wirtschaftlichen Betätigung sowie bürgerfreundlichen Modernisierung der Verwaltung zu geben, und die insbesondere dazu dienen, die Vereinfachung von Verwaltungsabläufen zu erreichen (neue Steuerungsmodelle etc.)."

Der Landesparteitag lehnt daher den Gesetzentwurf zur Änderung des kommunalen Verfassungsrechts in folgenden Punkten ab:

- *die vorgesehene Direktwahl der ehrenamtlichen und der hauptamtlichen Bürgermeister/innen und der Landräte/innen;*
- *die Änderung der Magistrats- bzw. Kreisausschussverfassung;*
- *den Wegfall des Magistrats bzw. des Kreisausschusses als verwaltungsleitendes Organ und die damit verbundene Aufhebung der kommunalen Einheit von Haupt und Ehrenamt im Magistrat bzw. Kreisausschuss;*
- *die Einführung eines Hauptausschusses.*

Wir fordern die SPD-Landtagsfraktion und die Landesregierung auf, es bei der jetzigen Regelung für die verwaltungsleitenden Organe zu belassen und sich im Rahmen einer umfassenden Diskussion mit allen betroffenen gesellschaftlichen Gruppen mit sinnvolleren Maßnahmen zur Stärkung der Bürgerbeteiligung zu befassen.

22) Aus dem Zwischenbericht der Projektgruppe Grundsatzprogramm an den Landesparteitag 2003:

„Die SPD hat sich in ihrer Geschichte immer für die Ausweitung der Mitwirkungs- und Mitbestimmungsmöglichkeiten der Bürgerinnen und Bürger in allen Bereichen der Gesellschaft eingesetzt. Sie hat für die Bürgerbeteiligung in Ländern und Kommunen auch neue Instrumente wie Bürgerbegehren und Bürgerentscheid und die Möglichkeit von Direktwahlen von Bürgermeistern und Landräten geschaffen. Die SPD unterstützt gleichzeitig lokale und regionale „Agenda-21-Prozesse", in denen über Parteien und Wählergemeinschaften hinaus interessierte Bürgerinnen und Bürger Zukunftsvisionen und Handlungskonzepte entwickeln. Die Erfahrungen mit diesem Ausbau der Bürgerbeteiligung sind zweischneidig. Die mit viel politischem Engagement vorangetriebene „direkte Demokratie" wird nicht hinreichend genutzt. Die Beteiligung an kommunalen Wahlen und Bürgerentscheiden sinkt. Die Vorstellung, mit den neuen Instrumenten eine stärkere Mobilisierung der „Bürgergesellschaft" zu erreichen, hat sich bis heute nicht erfüllt. Auf der anderen Seite haben sich viele Menschen in Agenda-Gruppen zur Gestaltung der Zukunft ihrer Gemeinden neu engagiert.

Dieser Widerspruch erfordert neue politische Ansätze. Dazu gehört zunächst das Bekenntnis zur kommunalen Selbstverwaltung durch gewählte Vertretungen aus auf Dauer angelegten Gruppen bzw. Parteien, die stellvertretend für die Bürgerinnen und Bürger die öffentlichen Angelegenheiten auf den jeweiligen staatlichen Ebenen regeln. Das ist der Kern der repräsentativen Demokratie. Damit wird anders als bei Bürgerinitiativen politisches Handeln und die Übernahme von Verantwortung für dessen Folgen gebündelt. Dazu gehört aber auch die Mobilisierung der Demokratie durch die Parteien, denen das Grundgesetz eine besondere Rolle bei der politischen Willensbildung zugewiesen hat.

Die Parteien haben dies in der Vergangenheit nicht hinreichend geleistet. Sie haben zugelassen, dass „Parteienverdrossenheit" entstanden ist, weil sie sich nicht überall unmittelbar um die Probleme der Menschen gekümmert haben. Sie haben an Attraktivität verloren und leiden an Mitgliederschwund, während sich gleichzeitig viele junge Menschen in Initiativen, Nicht-Regierungsorganisationen und zivilgesellschaftlichen Vereinen engagieren. Die Parteien setzen damit ihren grundgesetzlichen Auftrag aufs Spiel. Die SPD muss sich deshalb stärker als bisher in die Gesellschaft öffnen, um mehr Bürgerinnen und Bürger zur aktiven Mitarbeit in der Demokratie und vor allem in der kommunalen Selbstverwaltung zu gewinnen.

Die SPD muss dabei auf allen Ebenen mit gutem Beispiel vorangehen. Das bedeutet für die Bundesebene, dass Entscheidungen oder Vorentscheidungen nicht in zufällige außerparlamentarische Gremien und Kommissionen verlagert werden, sondern dass sie dort fallen, wo sie im Grundgesetz vorgesehen sind: Im Deutschen Bundestag. Das bedeutet gleichzeitig, dass das Parlament wieder der Ort wird, wo wissenschaftliche Beratung, Interessenvertretung und außerparlamentarische Zuarbeit zur parlamentarischen Willensbildung gebündelt werden. Die zentralen gesellschaftlichen Konflikte und Kontroversen müssen wieder in und zwischen den Parteien und im Parlament ausgetragen werden. Das kann die Politik wieder so spannend machen, dass sich mehr Menschen zur Beteiligung am Diskurs angesprochen fühlen und sich dabei aktiv engagieren.

Die Wahrnehmung der Teilhaberechte muss jedoch auch gelernt werden. Die SPD unterstützt deshalb das „Lernfeld Demokratie" in allen Bereichen des Bildungssystems und die institutionalisierte politische Bildung. Das ist nicht nur der Schutz gegen die Fernsteuerung durch Massenmedien oder die Verführung durch neue Heilsverkünder, es kann auch das notwendige Handwerkszeug zur kenntnisreichen und verantwortlichen Nutzung demokratischer Rechte liefern. Demokratie ist nicht zum Nulltarif vom bequemen Fernsehsessel mit der Fernbedienung zu haben. Deshalb wollen wir zum Mut zur Übernahme von Verantwortung in der Demokratie erziehen.

Um die Legitimation der kommunalen Selbstverwaltung und der Bürgerbeteiligung über Bürgerbegehren und Bürgerentscheide (Volksbegehren und Volksentscheide) zu stärken, müssen wir hohe Wahlbeteiligungen erreichen. Dies gilt auch für Direktwahlen. Deshalb brauchen wir angemessene Quoren. Wir sollten prüfen, ob die Entscheidungskompetenz bei unzureichender Beteiligung an Direktwahlen bzw. Bürgerentscheiden an die gewählten kommunalen Vertretungen zurückfällt."

23) Aus dem Entwurf der „Leitsätze" auf dem Landesparteitag in Harrislee 1981:

„Wir müssen die Vorstellung überwinden, eine grenzenlos wachsende Industriegesellschaft führe automatisch zu wachsenden Möglichkeiten, die sozialen Probleme zu lösen. Mögen die Prognosen über unsere Zukunft auch umstritten sein, unbestritten ist: Auf einem endlichen Planeten können Produktion, Bevölkerung, Energie- und Rohstoffverbrauch nicht endlos wachsen. Wir haben uns auf die Grenzen des Wachstums einzustellen. Deswegen müssen wir über unseren zukünftigen politischen Weg neu entscheiden. Die sozialen und ökologischen Folgen eines unkontrollierten Wachstums drohen uns sonst zu überrollen.

Wir müssen ein Fortschrittsdenken überwinden, das in der wachsenden Naturbeherrschung die Voraussetzung für ein wachsendes Glück der Menschen sah. Die rücksichtslose Ausbeutung und die Zerstörung der Natur sind Schattenseiten großer Erfolge von Wissenschaft und Technik. Deshalb ist heute jedes Denken einseitig und unvollkommen, das nicht die ökologischen Zusammenhänge berücksichtigt. Und ökologische Rücksichtnahme ist künftig ein unverzichtbarer Maßstab eines neu verstandenen Fortschritts."

„Wir Sozialdemokraten wollen eine demokratische Wirtschaftsordnung verwirklichen und wir wollen eine ökologisch ausgerichtete Wirtschaftsordnung verwirklichen. Das heißt: Die zerstörerische Ausbeutung der Natur ist überwunden. Die natürlichen Hilfsquellen werden nur in dem Maße eingesetzt, wie ihre Regeneration sichergestellt ist. Die Wirtschaft ist in den ökologischen Kreislauf eingebunden. Wir sind uns dessen bewusst, dass es in einer Übergangsphase Konflikte zwischen

ökologischen und ökonomischen Zielen geben wird. Sie ergeben sich aus schwierigen Anpassungs- und Umstellungsproblemen, sind nicht von prinzipieller Natur."

"In absehbarer Frist müssen wir zu einem ökologisch verantwortbaren Wirtschaften übergehen. Dazu gehören unter anderem

- *Maßnahmen zur besseren Ausnutzung und zum Sparen von Energie, Nutzung von Solarenergie und anderen Formen umweltfreundlicher Energie;*
- *Maßnahmen zur Beseitigung von Umweltschäden;*
- *Herstellung dauerhafter, leicht reparierbarer Güter;*
- *Wiederverwendung von Rohstoffen in gebrauchten Gütern;*
- *Beschränkung und letztlich Verbot von umweltbelastenden und gesundheitsschädigenden Produktionsprozessen und Gütern;*
- *Entwicklung einer den ökologischen und humanen Bedingungen angepassten Technologie."*

Die neue Orientierung findet ihren Niederschlag auch in einem Kernsatz zum Kommunalpolitischen Programm für 1982:

"Nach dem Aufbau der Nachkriegszeit wird neben der Sicherung der Arbeitsplätze und der Herstellung des sozialen Ausgleichs der Schutz der natürlichen und gewachsenen Umwelt zur wichtigsten Voraussetzung der Lebensqualität."

24) „Die Natur als Kapital" schon im Wahlprogramm 1987:

"Von den Lauenburgischen Seen bis zum nordfriesischen Wattenmeer leben wir in einer unverwechselbaren und zum Teil einzigartigen Landschaft. Der Erhalt von Natur und Landschaft Schleswig-Holsteins ist gleichzeitig unser Kapital. Nur wenn wir durch politisches Handeln die begonnene Zerstörung stoppen und die geschädigte Natur wiederherstellen, werden wir und unsere Kinder eine Zukunft in diesem Land haben. Wir werden Techniken fördern, die schmutziges Wasser säubern und unsere Gewässer entlasten. Wir werden Wissenschaftler und Land-

wirte unterstützen, die uns zeigen, wie wir uns von dem Land ernähren können, ohne den Boden auf Generationen zu zerstören.

Wir brauchen die ergänzende Energieerzeugung zum Beispiel aus Wind, Sonne und Biogas, den Strom aus abgasarmen und effektiven Blockheizkraftwerken, die Optimierung der Energieeinsparung – und keine Atomkraftwerke.

Wir werden in diesem Lande Ökologen, Ökonomen, Techniker und Landwirte fördern, die neue Modelle einer umweltverträglichen Landschafts- und Landnutzung entwickeln. Wir werden neue Anlagen und Verfahren, die den Wasserverbrauch eindämmen, sowie Gifte und Schmutz aus der industriellen Produktion und den Haushalten weitestgehend verbannen.

Wir brauchen vorrangig Verfahren und Techniken, die sowohl in der Produktion als auch im täglichen Leben Müll gar nicht erst entstehen lassen. Wir brauchen eine intelligente Aufarbeitung des Wohlstandsmülls, der zum großen Teil wertvoller Rohstoff ist Wir setzen also auf die Chance der neuen Technologien, die zum Wohle von Mensch und Natur eingesetzt werden können und damit neue zukunftssichere Arbeitsplätze schaffen."

25) Die ökologische Erneuerung im Landtagswahlprogramm 1992:

„Die ökologische Erneuerung ist ein Grundprinzip sozialdemokratischer Politik: Von der Umweltpolitik und der Umweltbildung über die Energiepolitik und das ökologische Bauen bis zur ökologischen Wirtschaftsweise und zum ökologischen Landbau.

Weltweit schreitet die Zerstörung unserer natürlichen Lebensgrundlagen voran. Eine Umkehr ist zu einer Frage des Überlebens geworden. Der ökologische Umbau der Industriegesellschaft muss deshalb als die zentrale politische Aufgabe angepackt werden. Wir werden ökologisch orientierte Grundsätze im Landesplanungsrecht verankern.

Dafür haben wir in Schleswig-Holstein wichtige Voraussetzungen geschaffen:

- *Der Schutz der natürlichen Lebensgrundlagen hat jetzt in Schleswig-Holstein Verfassungsrang.*
- *Mit der Einrichtung eines Ministeriums für Natur, Umwelt und Landesentwicklung sind Grundlagen für eine wirksame, systematische Umweltpolitik geschaffen worden.*
- *Ein neues Landesamt für Natur und Umwelt soll einzelne Ämter vereinen und zu einer tüchtigen und effizienten Umweltverwaltung in Schleswig-Holstein beitragen.*
- *Die „Akademie für Natur und Umwelt" in Neumünster soll neue Impulse im Bereich der Fort- und Weiterbildung im Umweltbereich setzen."*

Biologischer Naturschutz

„Biologischer Naturschutz umfasst neben dem Schutz von Boden, Wasser und Klima den Schutz von Tieren und Pflanzen, ihrer Ökosysteme und Lebensräume. Er sichert die Lebensgrundlagen der Menschen. Mit speziellen Programmen verstärken wir den Artenschutz. Das Uferrandstreifenprogramm reduziert den Schadstoffeintrag in die Gewässer und stellt ökologisch wertvolle Ufervegetationen wieder her. Die Ausweisung oder Sicherung von über 30 neuen Naturschutzgebieten und der Ankauf von mehreren Tausend Hektar wichtiger Flächen für den Naturschutz sind Schritte zum Aufbau eines flächendeckenden Biotopverbundsystems in Schleswig-Holstein.

Der vorgelegte Entwurf für ein Landesnaturschutzgesetz ist ein vorbildlicher Schritt für eine ganzheitlich orientierte Naturschutzpolitik. Der Gesetzentwurf schöpft die vorhandenen Spielräume des Landes voll aus, ohne auf den Abschluss der Bundesgesetzgebung zu warten. Wir wollen jetzt handeln. Wir wollen 1992 das Landesnaturschutzgesetz verabschieden. In den folgenden Jahren werden wir das neue Gesetz mit Leben füllen. Dazu wird ein personeller und sachlicher Ausbau des haupt- und ehrenamtlichen Naturschutzes auf allen Ebenen notwendig sein.

Das Landesnaturschutzgesetz wird die Grundsätze des Naturschutzes neu fassen, um den schonenden und sparsamen Umgang mit den Naturgütern Boden, Luft und Gewässer wirksam durchzusetzen. Die Vielfalt der Arten, der Ökosysteme und der Populationen werden als gesetzliches Naturschutzziel verankert. Zu diesem Zweck sind Biotopverbundsysteme zu bilden. Ziel ist es, in einem Zeitraum von etwa 20 Jahren 15 Prozent der Landesfläche als vorrangige Flächen für den Naturschutz auszuweisen. Diese Flächen sind weitgehend der natürlichen Entwicklung zu überlassen und durch Ankauf oder Unterschutzstellung Zug um Zug langfristig zu sichern.

Eine neue Abfallpolitik

„Mit dem Aufbau einer an ökologischen Zielen orientierten Abfallwirtschaft haben wir nach Untätigkeit früherer Landesregierungen angefangen, den Entsorgungsnotstand und den Abfallexport zu beseitigen.

Unser Abfallwirtschaftsgesetz und das neue Abfallwirtschaftsprogramm sind den Prinzipien Vermeiden – Vermindern – Verwerten verpflichtet.

Wir fördern Maßnahmen zur Abfallvermeidung und -verwertung. Es wird eine umfassende Überwachung von Sonderabfällen aufgebaut. Wir werden in enger Kooperation mit den Kreisen und kreisfreien Städten eine neue Abfallwirtschaftsstruktur aufbauen, die Entsorgungssicherheit und größtmögliche Umweltverträglichkeit vereint.

Wir stärken die Abfallberatung der Betriebe und der Haushalte. Wir fördern neue Verwertungstechniken, insbesondere für Kunststoffe, Verbundstoffe, Klärschlamm und Gülle. Wiedergewonnene Rohstoffe müssen verwertet werden. Für die Herstellung abfallarmer Produkte und die Vermarktung von Sekundär-Rohstoffen bieten wir eine Anschubförderung ..."

Wasser schützen

„Der umfassende Gewässerschutz – von Grundwasserschutz über den Schutz der Oberflächengewässer bis hin zum Meeresschutz – und eine

an ökologischen Zielen orientierte Wasserwirtschaft sind ein Arbeitsschwerpunkt unserer Natur- und Umweltpolitik. Mehrere Landesprogramme haben Schleswig-Holstein auf dem Gebiet des Gewässer- und des internationalen Meeresschutzes und der Wasserwirtschaft im nationalen und internationalen Vergleich in eine Spitzenposition geführt.

Unser neues Landeswassergesetz berücksichtigt die ökologischen Belange des Grundwassers und der Oberflächengewässer bei der Abwasserreinigung und beim Küstenschutz stärker, verbessert die Abwasserbehandlung und macht die wasserwirtschaftlichen Daten öffentlich zugänglich. Alte Verfüllgenehmigungen und Nutzungen sollen überprüft werden ... Wir haben die Wasserschutzgebiete in Schleswig-Holstein um 43.500 ha (auf 2,8 Prozent der Landesfläche) erweitert ..."

Luft reinhalten

„Der Ausbau des lufthygienischen Messnetzes verbessert die Überwachung der Luftbelastung. Auch die Gülleverordnung ist Bestandteil des Immissionsschutzes, weil sie die Belastung der Luft mit Ammoniakgasen erheblich vermindert. Dadurch reduziert sich auch der Nährstoffeintrag in Nord- und Ostsee über die Luft. Mit einem Landesimmissionsschutzgesetz werden wir bestehende rechtliche Lücken bei der Luftreinhaltung und beim Lärmschutz schließen ..."

Ökotechnik und Ökowirtschaft

„Mit der „konzertierten Aktion Ökotechnik/Ökowirtschaft" arbeiten wir an der Einführung umweltorientierter Wirtschaftsweisen und der Entwicklung sowie Umsetzung ökotechnischer Verfahren. Wir fördern die Entwicklung und Umsetzung branchenspezifischer Umweltentlastungskonzepte, die für die ökologische Erneuerung der Wirtschaft von großer Bedeutung sind. Erste Pilotprojekte zur ökologischen Prüfung von Bau- und Werkstoffen und zur Gülleaufbereitung sind angelaufen. Wir werden zukünftig vorwiegend Projekte fördern, die zu umweltverträglicheren Produktionsweisen führen und zu Produkten, die nach ihrem Verbrauch wiederverwertet oder umweltverträglich beseitigt werden können. Das schließt auch die Entwicklung einer „Neuen Chemiepolitik" ein."

26) Die Energiepolitik im Landtagswahlprogramm 1992:

„Wir bekräftigen unser Ziel des Ausstiegs aus der Atomenergie in zwei Legislaturperioden. Dieses Ziel bis 1996 zu erreichen, bleibt bestehen, obwohl sich dieser Weg als technisch, juristisch und politisch schwierig erwiesen hat.

Die durch frühere Landesregierungen erteilten Betriebsgenehmigungen haben nach der Rechtsprechung einen hohen Bestandsschutz. Eine entschädigungslose Stilllegung eines Atomkraftwerks ist nach geltendem Bundesatomrecht nur möglich, wenn „die Gefahren für das Allgemeinwohl" technisch und rechtlich konkret am einzelnen Objekt nachgewiesen werden und der Betreiber die nachgewiesenen Mängel nicht technisch nachrüsten kann.

Wir haben deshalb die umfassendsten Sicherheitsprüfungen in der Geschichte der Nutzung der Atomenergie eingeleitet. Dabei sind mit Hilfe zahlreicher Gutachter alle Bereiche der technischen Sicherheit, der atomrechtlichen Genehmigungsverfahren und der Entsorgung der drei schleswig-holsteinischen Kernkraftwerke untersucht worden; diese Gutachten werden derzeit ausgewertet.

Der Handlungsspielraum Schleswig-Holstein ist durch die ausgeübte Weisungsbefugnis der Bundesregierung, die das Bundesverfassungsgericht bestätigt hat, weiter eingeschränkt. Umso dringender ist ein Kernenergieabwicklungsgesetz. Zusammen mit der SPD-Bundestagsfraktion und den anderen SPD-regierten Ländern bereiten wir dafür erneut eine Gesetzesinitiative vor. Dafür brauchen wir Mehrheiten in Bonn.

Wir lehnen die Auslandsaufarbeitung als Nachweis gesicherter Entsorgung ab. Auch hier haben wir die Initiative ergriffen. Wir fördern alternative Standortuntersuchungen für ein Endlager. Dieses soll lediglich die Größe haben, die erforderlich ist, um den bis zum Ausstieg entste-

henden Atommüll aufzunehmen. Wir fördern einen Stopp aller Ersatz- oder Zubaupläne für Atomkraftwerke.

Um die Gefahren der Atomenergie möglichst schnell zu beenden und gleichzeitig den Treibhauseffekt durch Verringerung des CO_2-Ausstoßes zu mindern, verfolgen wir in Schleswig-Holstein einen sparsamen, rationellen, umwelt- und sozialverträglichen Umgang mit Energie.

Unsere Energiepolitik hat vier Schwerpunkte:

- *Energieeinsparung,*
- *Förderung der Wärme-Kraft-Kopplung insbesondere auf Gas- und Kohlebasis mit moderner Umwelttechnik,*
- *Förderung erneuerbarer Energie durch Wind-, Sonne und Biogasanlagen sowie Wasserkraft und Erdwärme,*
- *mehr Verantwortung und Beteiligung der Kommunen.*

Schleswig-Holstein ist Vorreiter beim Energiesparen. Die in Schleswig-Holstein entwickelte Niedrig-Energie-Haus-Technik ist bundesweiter Maßstab für sparsamen Raumwärmeverbrauch geworden. Im Rahmen der Vereinbarung zwischen dem VEBA-Konzern und der Landesregierung („100-Millionen-Vertrag") wird die Einführung von Sparlampen und rationeller Straßenbeleuchtungen sowie die stromtechnische Modernisierung von Gebäuden gefordert. Wir haben ein neues Energieforschungsinstitut, eine Energieagentur und einen Stiftungslehrstuhl Elektrotechnik auf den Weg gebracht.

Im Vergleich aller Flächenländer liegt Schleswig-Holstein in der Nutzung von Nah- und Fernwärme und dem Einsatz von Blockheizkraftwerken vorn. Wir wollen auch in den nächsten Jahren durch den konsequenten Ausbau dezentraler Erzeugungsanlagen mit hohem Wirkungsgrad für den sparsamen und intelligenten Umgang mit Primärenergie sorgen. Wir werden in den 90er Jahren kleine Blockheizkraftwerke für mindestens 250 MW schaffen. Dabei soll als CO_2-armer Energieträger verstärkt Gas zum Einsatz kommen. Die vorhandenen Kohlekraftwerksstandorte müssen gesichert und im Rahmen erforderlicher Kapazitäten nach modernster Technik ausgebaut werden. Dabei werden wir auf den *modernsten Umweltstandard achten und dem Fernwärmeausbau hohe Bedeutung beimessen.*

Schleswig-Holstein ist das Windland Nr. 1 in der Bundesrepublik geworden. Wir bauen die Nutzung der Windenergie unter Berücksichtigung der jeweiligen Erfordernisse des Landschaftsschutzes aus. Bis zum Jahr 2000 wollen wir mindestens eine Winderzeugungskapazität von 250 Megawatt, das sind ca. 1000 Anlagen, erreichen. Windenergie wird einen zunehmenden Beitrag zur Stromerzeugung leisten. Ihre Bedeutung für Arbeitsplätze und technologische Entwicklung wächst. Auch für die schleswig-holsteinische Landwirtschaft ergeben sich neue Perspektiven.

Die Systeme kombinierter Naturkraftnutzung – Wind und Sonne bzw. Biomasse –, wie wir sie auf Fehmarn und Pellworm verwirklichen, haben europaweit Vorbildfunktion. Wir werden regenerative Energieträger staatlich fördern, bis durch den Umbau des Energiewirtschaftssystems die Wirtschaftlichkeit auch für bisher benachteiligte Techniken gegeben ist.

Wir haben die kommunale Verantwortung in der Energiepolitik gestärkt. Erstmals wird in Schleswig-Holstein in jeder Gemeinde über Verträge mit den Energieversorgungsunternehmen beim Energiesparen, bei Investitionen in dezentralen Energieerzeugungsanlagen oder erneuerbare Energieträger zusammengearbeitet. Diese muss gestärkt werden, um Sparpotenziale auszuschöpfen und eine Vernetzung der neuen Energiepolitik zu erreichen."

27) Das eigene Klimaschutzprogramm im Regierungsprogramm 1996-2000:

„Die Klimaschutzpolitik ist eine Voraussetzung zum Erhalt der natürlichen Lebensgrundlagen auf der Erde und für ein friedliches Zusammenleben der Völker. Deshalb setzen wir uns für die drei energiepolitischen Kernpunkte ein

- *Energieverbrauch vermindern*

- *Energie optimal nutzen*
- *Energie ökologisch erzeugen.*

Unsere Energiepolitik hat Maßstäbe gesetzt:

- *Heute decken über 1.000 Windanlagen rund 7 Prozent des Stromverbrauchs in Schleswig-Holstein ab. Das hat 1.000 neue Arbeitsplätze geschaffen. Wir sind das Windenergieland Nr. 1 in Deutschland.*
- *Mit inzwischen mehr als 75 Blockheizkraftwerken haben wir den Ausbau der Wärme-Kraft-Koppelung massiv vorangebracht.*
- *Auch im Bereich der Sonnenenergie steht Schleswig-Holstein heute nicht mehr abseits. 160 Photovoltaik-Anlagen und 300 Anlagen der thermischen Solarnutzung wurden mit Landesförderung errichtet.*

Unabhängig von den bundespolitischen Rahmenbedingungen kann Schleswig-Holstein eigene Beiträge zur Minderung der CO_2-Emissionen durch ein landeseigenes Klimaschutzprogramm leisten. Wir werden ein solches Programm mit breiter Beteiligung der Öffentlichkeit entwickeln und umsetzen, um die Kohlendioxid-Emissionen bis zum Jahr 2005 um mindestens 25 Prozent (bezogen auf 1990) zu verringern. Schleswig-Holstein sollte auch deshalb mit gutem Beispiel vorangehen, weil es als „Land zwischen den Meeren" von globalen Klimaveränderungen besonders betroffen wäre. Zu diesem Klimaschutzprogramm gehören folgende Elemente:

- *Wir werden auf Bundesebene Initiativen für eine sozial gerechte, ökologische Steuerreform unterstützen, die den Energieeinsatz steuerlich stärker belastet und dafür die Abgabenlast für Arbeitnehmer und Unternehmen reduziert.*
- *Wir wollen bis zum Jahr 2010 etwa 30 Prozent des Wärmebedarfs durch Kraft-Wärme-Koppelung decken. Bei der Planung von Neubaugebieten werden wir deshalb darauf achten, dass Blockheizkraftwerke errichtet werden, für die Anschlusszwang besteht.*

- *Wir wollen die schleswig-holsteinischen Energieversorgungsunternehmen gesetzlich verpflichten, für den Bezug von Strom aus Kraft-Wärme-Koppelung eine Einspeisungsgebühr zu entrichten, die sich an den dabei eingesparten Kosten für Fremdbezug von anderen Stromversorgungsunternehmen orientiert.*
- *Wir wollen über die Energiestiftung Schleswig-Holstein und die Versorgungsunternehmen dem Energiesparen als wichtigster Energiequelle Vorrang einräumen. Durch ein Landesenergiegesetz wollen wir die Stromversorgungsunternehmen verpflichten, einen bestimmten Prozentsatz ihres Umsatzes für Einsparmaßnahmen aufzuwenden.*
- *Wir wollen den Strombedarf des Landes im Jahr 2010 zu 20 bis 25 Prozent mit Windkraft erzeugen. Dabei setzen wir auf die Akzeptanz der Bevölkerung und werden den Landschaftsschutz berücksichtigen. Die Planungshoheit der Gemeinden ist zu gewährleisten. Im Konzept alternativer Energien muss die Windkraft einen festen, aber planerisch geregelten Platz haben. Wir werden alle landesrechtlichen Bestimmungen durchforsten, die eine nachhaltige Energieversorgung erschweren, und insbesondere in der Bauleitplanung dafür sorgen, dass regenerative Energietechnologien verwendet und fossile Energieträger und Biomasse z. B. durch Blockheizkraftwerke optimal ausgenutzt werden.*
- *Wir wollen einen aktiven Beitrag dazu leisten, die Sonnenenergie als Energieform der Zukunft zu fördern und auch in Schleswig-Holstein auszubauen – mit einem Sonderprogramm für die thermische Solarenergie und mit Anreizen für die Weiterentwicklung, Herstellung und Anwendung von photovoltaischen Systemen in Schleswig-Holstein.*
- *Wir wollen die dezentrale Entscheidungskompetenz in der Energieversorgung stärken und damit auch Einsatzmöglichkeiten für Biomasse verbessern, wobei Solarenergie, Gülle, Stroh und Restholz Vorrang haben sollen.*
- *Wir werden die Förderung von „Niedrigenergiehäusern" fortsetzen, von denen es in Schleswig-Hostein bereits ca. 1.000 gibt.*
- *Wir werden durch Änderung der Bauleitplanung energie- und ressourcensparende Bau und Siedlungsweisen fördern.*

- *Wir werden die naturnahe Neuwaldbildung wegen ihrer großen Bedeutung für den Abbau von Kohlendioxid noch stärker fördern als bisher.*
- *Wir werden den ökologischen Landbau stützen, weil er auch einen sparsamen Energieverbrauch aufweist.*
- *Wir werden durch Initiativen im Bundesrat auf eine umweltgerechte Neuordnung der Verkehrspolitik, insbesondere auf eine Änderung der Prioritäten bei der Finanzierung der Verkehrswege drängen."*

Solidarische Entwicklungszusammenarbeit

„Entwicklungszusammenarbeit ist auch eine landespolitische Aufgabe. Die Erkenntnis, dass die verschwenderische Wirtschaftsweise des Nordens und die wirtschaftlichen, sozialen und ökologischen Probleme des Südens sich nicht auf einen Teil des Globus begrenzen lassen, erfordert auch verstärkte landespolitische Anstrengungen.

Wir werden eine eigenständige Entwicklungspolitik des Landes weiterführen und ausbauen. Die finanziellen Mittel für Entwicklungszusammenarbeit und eine dauerhafte Entwicklung werden wir erhöhen.

Entwicklungspolitik ist eine Querschnittsaufgabe aller Ressorts der Landesregierung. Um die öffentliche Wahrnehmung zu fördern und Schwierigkeiten und Hemmnisse offenzulegen, aber auch, um Fortschritte und Initiativen bekannt zu machen, wird die Landesregierung aufgefordert, regelmäßig zu diesem Themenkomplex Bericht zu erstatten.

Wir werden Expertinnen und Experten aus der „Dritten Welt" und der Umweltbewegung regelmäßig in Beratungen der „Kieler Runde" einbeziehen.

In den Schulen soll das notwendige Wissen über die sozialen, ökonomischen und ökologischen Zusammenhänge der „einen Welt" verstärkt in den Unterricht eingebracht werden. Praktische schulische Initiativen in diesem Bereich sollen gefördert werden.

Wir werden die Entwicklungszusammenarbeit und eine Politik für eine nachhaltige Entwicklung in die Zielsetzung staatlicher und kommunaler Stellen integrieren ..."

Der weite Weg aus der Kernenergie

„Unser Ziel ist und bleibt der Ausstieg aus der Kernenergie. Eine Technik wie die Atomenergie, die niemals versagen darf und bei der Menschen niemals versagen dürfen, weil die Folgen unabsehbar und nicht beherrschbar sind, kann nicht verantwortet werden. Der Ausstieg aus der Kernenergie bedarf einer bundesgesetzlichen Regelung. Solange aber Kernkraftwerke noch am Netz sind, werden wir durch unsere Aufsichtspraxis für einen höchstmöglichen Sicherheitsstandard der Atomkraftwerke sorgen. Unsere Sicherheitsphilosophie lautet: Sicherheit vor Wirtschaftlichkeit.

Wir erwarten von den Betreibern der schleswig-holsteinischen Kernkraftwerke, dass die Auslandsentsorgungsverträge unverzüglich gekündigt werden. Die Anträge auf Nutzung von MOX-Brennelementen müssen zurückgenommen werden. Die Hansestadt Hamburg fordern wir auf, ihre satzungsgemäße Verpflichtung bei der HEW zum Ausstieg aus der Kernenergie umzusetzen. Dabei bieten wir unsere Unterstützung an. Wir wollen dabei sicherstellen, dass die in den Kernkraftwerken Beschäftigten berufliche Perspektiven in anderen Bereichen der Energiewirtschaft erhalten.

28) Antrag „Bündnis für Arbeit und Umwelt" vom Reinbeker Parteitag im Wortlaut:

„Das von der Bundesregierung organisierte „Bündnis für Arbeit" hat in seiner Startphase die beschäftigungswirksamen Möglichkeiten einer verbesserten Umweltpolitik nicht ausreichend einbezogen. Dabei sind sich SPD und Gewerkschaften seit vielen Jahren einig, dass ein schrittweiser Umbau des Steuersystems (Ökologische Steuerreform), ein modernes umweltpolitisches Ordnungsrecht und die ökologische Orientierung von öffentlichen Investitionen erhebliche positive Wirkungen auf dem Arbeitsmarkt haben würden.

Auch die schleswig-holsteinische SPD fordert seit langem eine „ökologische Modernisierung" der Wirtschaft, auch um auf diesem Wege neue und zukunftssichere Arbeitsplätze zu schaffen. Der Deutsche Gewerkschaftsbund wird in den nächsten Tagen mit der Vorstellung eines neuen Programms „Arbeit und Umwelt" die Initiative ergreifen, um in den Verhandlungen zum „Bündnis für Arbeit" auch in diesem Bereich neue politische Projekte anzustoßen.

Der Landesparteitag fordert deshalb Bundesregierung und SPD-Bundestagsfraktion auf, die geplante Initiative der Gewerkschaften im „Bündnis für Arbeit" aufzugreifen und durch eigene Beiträge zu verstärken. Er erwartet insbesondere von der Bundestagsfraktion die Wiedervorlage der in der vergangenen Wahlperiode von der Bundestagsfraktion und von der Bundespartei (Parteitagsbeschlüsse) erarbeiteten Konzepte für ein ökologisches Zukunftsinvestitionsprogramm, zur Klimapolitik, zur Modernisierung des Ordnungsrechts und zum Energiewirtschaftsrecht mit dem Ziel, diese Konzepte auch über die Bundesregierung in die Verhandlungen zum „Bündnis für Arbeit" einzubeziehen.

Zur Schaffung neuer Arbeitsplätze im Bereich „Arbeit und Umwelt" sollten in das „Bündnis für Arbeit" insbesondere folgende Forderungen der SPD einbezogen werden:

1. *Vereinbarungen über die im Koalitionsvertrag verabredeten nächsten Stufen der ökologischen Steuerreform.*
2. *Eine Novellierung des auch verfassungsrechtlich umstrittenen Energiewirtschaftsrechts der Regierung Kohl/Rexrodt.*
3. *Der Abbau umweltschädlicher Subventionen im Energiebereich.*
4. *Die Förderung des Energiesparens und der Energieeffizienz.*
5. *Eine über das 100.000-Dächer-Programm hinausgehende Anschubfinanzierung für die Solarenergie.*
6. *Die Anpassung von Gewässereinleitungen und Luftreinhaltung an den Stand der Technik.*
7. *Die Stärkung der Produktverantwortung der Hersteller in der Umsetzung des Kreislaufwirtschafts- und Abfallgesetzes.*

8. Die Förderung des Naturschutzes und die weitere Ausweitung von Großschutzgebieten.
9. Der Ausbau von Umweltbildung und Umweltforschung."

29) Integration des Prinzips „Nachhaltigkeit" im Diskussionspapier des umweltforums

„Wir werden unsere gesamte Politik am Prinzip der Nachhaltigkeit ausrichten. Das bedeutet auch, dass Folgen der Politik für die Umwelt von vornherein bewusst erfasst werden, um nachträgliche Reparaturen zu vermeiden. Das zahlt sich auch wirtschaftlich aus. Zukünftig müssen außer den Investitionen auch die langfristigen Nutzungskosten beachtet werden. Wir haben dafür bereits den rechtlichen Rahmen geschaffen.

Nachhaltigkeit ist nicht nur eine Angelegenheit der Umweltpolitik. Sie umfasst alle Politikbereiche. Wir werden deshalb die politisch-administrativen Entscheidungsverfahren einer systematischen Effektivitätsüberprüfung unterziehen und sie auf den notwendigen integrativen Ansatz ausrichten. Mit integrativen Konzeptionen in unserer Forschungs- und Technologiepolitik, Regional- und Strukturpolitik, Steuerpolitik, Arbeitsmarktpolitik und im Bildungs- und Ausbildungssystem setzen wir die nachhaltige und zukunftsfähige Entwicklung unseres Landes in allen Politikfeldern fort.

Die Ausrichtung aller Politikbereiche am Prinzip der Nachhaltigkeit bedingt eine intensive Zusammenarbeit mit der Wirtschaft, den Organisationen und Verbänden. Wir werden die vorhandenen Kooperationen nutzen und gemeinsam Perspektiven zur ökologischen Modernisierung erarbeiten.

Die Agenda 21 und das Prinzip Nachhaltigkeit verlangen aber auch eine breite Beteiligung von Bürgerinnen und Bürgern. Nach der Agenda 21 sollen vor allem Frauen und junge Menschen in die Entscheidungen einbezogen werden, damit sie ihre Interessen wirksam vertreten können. In Schleswig-Holstein haben wir viele neue Möglichkeiten einer demokratischen Mitwirkung, vor allem in der Kommunalpolitik, geschaffen. Wir werden uns im Bundesrat für stärkere Beteiligungsrechte bei Planun-

gen und Genehmigungsverfahren einsetzen. Planung dient der Rechtssicherheit. Wir werden durch die Bündelung von Zuständigkeiten die Verfahren beschleunigen, ohne Beteiligungsrechte zu beschränken. Wir werden die Bundesregierung dabei unterstützen, im geplanten Umweltgesetzbuch vereinfachte Verfahren bei Wahrung der qualitativen Standards zu schaffen.

Wir werden noch offensiver als bisher Wirtschaft und Forschungseinrichtungen in Schleswig-Holstein dazu anregen, Förderprogramme der Europäischen Union zu nutzen, wie z. B. das Programm „Umwelt und Energie" oder das Programm „Wettbewerbsorientierung und nachhaltiges Wachstum".

30) Nachhaltige Politik im Wahlprogramm 2000-2005

Die Leitidee von Rio, die gleichberechtigt wirtschaftliche, soziale und ökologische Ziele umfasst, heißt „Nachhaltigkeit". Unter Nachhaltigkeit ist eine Entwicklung zu verstehen, in welcher „die Bedürfnisse der heutigen Generation in einer Weise erfüllt werden, dass die Möglichkeiten künftiger Generationen nicht gefährdet werden". Nur eine solche nachhaltige Entwicklung ist wirklich zukunftsfähig. Deshalb wollen wir uns in der Landespolitik auch in Zukunft am Prinzip der Nachhaltigkeit orientieren und unser Land zu einem Vorreiter der ökologischen Modernisierung in Deutschland machen ...

„Eine wirklich nachhaltige Politik muss dies bei allen Planungen und Genehmigungsverfahren für öffentliche Vorhaben berücksichtigen. Zu diesem Zwecke werden wir eine Stabsstelle für Nachhaltigkeit in der Staatskanzlei einrichten ...

Bei der ökologischen Modernisierung müssen das Land und seine Kommunen Vorbildaufgaben übernehmen. Deshalb wollen wir schrittweise ein Öko-Audit (Umweltcheck) für alle Landesbehörden durchführen und bei politischen Entscheidungen alle bekannten ökologischen Instrumente einsetzen. Bei Nutzung vorhandener Förderinstrumente wollen wir erreichen, dass bis zum Jahr 2005 in jeder Kommune ein öffentliches Gebäude (Kindertagesstätte, Feuerwehrhaus, Krankenhaus, Altenzent-

rum, Schule, Rathaus usw.) steht, das nach den neuesten ökologischen Erkenntnissen saniert oder neu gebaut worden ist.

In der „Agenda 21" von Rio sind die Kommunen aufgefordert worden, lokale Handlungsprogramme für eine nachhaltige Entwicklung aufzustellen. In Schleswig-Holstein haben sich schon viele Städte, Gemeinden und Landkreise daran beteiligt. Wir werden das „Agenda-21-Büro" in Neumünster zu einem wirksamen Instrument für eine flächendeckende Agenda-Förderung und Bürgerinformation über die Agenda 21 ausbauen ...

Die Landesregierung wird einmal in der Legislaturperiode mit einem öffentlichen Bericht Rechenschaft über die Erfolge bei der Umsetzung des Prinzips Nachhaltigkeit ablegen ... Das Land wird in der Zukunft einen Wettbewerb durchführen, bei dem sich Vereine und Verbände um einen Anerkennungspreis für Nachhaltigkeit in eigener Verantwortung bewerben können."

Ostsee- und Nordsee-Kooperation

„Die SPD sieht in einer nachhaltigen umweltverträglichen Entwicklung große Chancen für die wirtschaftliche Entwicklung im Ostseeraum. In Europa kommt der Ostseeregion Modellcharakter bei der großräumigen und international abgestimmten Umsetzung des Leitbildes der Nachhaltigkeit zu. Deshalb unterstützen wir die vom Ostseerat im Juni 1998 verabschiedete „Agenda 21" für den Ostseeraum (Baltic-21) und werden einen engagierten Beitrag Schleswig-Holsteins zu ihrer Umsetzung leisten ..."

Schleswig-Holstein und „Eine Welt"

„Die „Agenda 21" von Rio fordert auch zur partnerschaftlichen Zusammenarbeit mit den Ländern auf der südlichen Halbkugel auf. Schleswig-Holstein hat dazu eine eigenständige Entwicklungspolitik erarbeitet. Die finanziellen Mittel für Initiativen der Entwicklungszusammenarbeit wurden erhöht. Seit der Einführung der BINGO-Lotterie für Umwelt und Entwicklung stehen Mittel für entsprechende Projekte der Verbände und Organisationen zur Verfügung. Die Eine-Welt-Arbeit ist als Querschnittsaufgabe in der Landespolitik verankert worden. Wir werden weiterhin konkrete Projekte der Entwicklungszusammenarbeit finanziell fördern und unsere politischen Entscheidungen immer stärker am Prinzip unserer Verantwortung für die „Eine Welt" ausrichten."

Klimaschutz – bei uns besonders wichtig

„Schleswig-Holstein ist als Land zwischen zwei Meeren von den durch den Menschen verursachten Klimaveränderungen und dem befürchteten Anstieg des Meeresspiegels besonders betroffen. Gerade für uns ist deshalb der Schutz des Klimas eine zentrale politische Aufgabe. In Rio 1992 hat sich die Bundesrepublik verpflichtet, die CO_2-Emissionen bis zum Jahre 2005 um 25 Prozent gegenüber dem Stand von 1990 zu senken. Ein Klimaschutzbericht für das Land und für seine Kommunen soll regelmäßig die Zielsetzungen in den einzelnen Handlungsfeldern und den Stand der Umsetzung aufzeigen. Mit dem Beitritt zum „Europäischen Klimabündnis" wollen wir ein Zeichen setzen und damit auch unsere Kommunen ermutigen, die Möglichkeiten für eigene klimapolitische Beiträge zum Beispiel durch Klimaleitstellen und lokale Klimaallianzen zu nutzen.

Wir wollen das Impulsprogramm zur Energieeinsparung bei Mietwohnungen fortsetzen und die Wohnungsbauförderung auf Niedrigenergie-Standard und auf die Sanierung von Altbauwohnungen konzentrieren. Klimaschutz und Energiesparen sollen als nachhaltiges Prinzip bei der Städte- und Bauleitplanung ebenso Vorrang haben wie bei der Verkehrsplanung die Vermeidung und Minimierung von Verkehren und der öffentliche Personennahverkehr.

Wir wollen lebendige Kommunen, in denen sich leben und arbeiten lässt. Wir können Emissionen und Bodenverbrauch vermeiden, wenn wir wieder mehr Wohnungen in den Innenstädten, „saubere" Arbeitsplätze in bisher reinen Wohngebieten und flächensparende, verdichtete Gewerbequartiere planen. Wir haben dafür die rechtlichen Voraussetzungen geschaffen. Die Verwendung von Biomasse und die Umsetzung *der Düngemittelverordnung leisten einen Beitrag der ländlichen Räume zum Klimaschutz. Das gilt auch für einen konsequenten Naturschutz."*

Neue Arbeitsplätze durch „Arbeit und Umwelt"

„Umweltschutz und Umweltvorsorge schaffen Arbeitsplätze. Diesem Leitgedanken hat die SPD in Schleswig-Holstein zum Durchbruch verholfen. Wir haben in unserer praktischen Regierungsarbeit dafür gesorgt, dass der scheinbare Gegensatz von Arbeit und Umwelt praktisch widerlegt worden ist. Wer rechtzeitig Umweltvorsorge betreibt, pflegt die Arbeitsplätze von heute und schafft die Arbeitsplätze von morgen. Allein in den letzten Jahren haben sich in Schleswig-Holstein zahlreiche neue Unternehmen gründen können, die mit Umweltschutz und umweltfreundlichen Produkten eine wachsende Zahl von Arbeitsplätzen begründen. Hieran wollen wir anknüpfen und mit hohen Umweltstandards dafür sorgen, dass rechtzeitig Vorsorge betrieben wird und dass sich Unternehmen gründen und ausweiten, die mit dem Umweltschutz auch zur Exportfähigkeit und zur Nachhaltigkeit von Arbeit beitragen.

Wir werden in der Wirtschaftsförderung, in Forschung und Entwicklung weiterhin vor allem auch Projekte unterstützen, die Ressourcen sparen, und damit Arbeitsplätze schaffen helfen. Dazu gehört auch ein Konzept, wie die vorliegenden Erkenntnisse der Ökotechnologie zusammen mit der mittelständischen Wirtschaft in marktfähige Produkte und Verfahren umgesetzt werden können. Wir wollen durch unsere Förderung erreichen, dass sich möglichst viele Unternehmen in Schleswig-Holstein am Öko-Audit beteiligen.

31) Das Papier von Hans-Peter Bartels im Wortlaut:

„1. Bei der Landtagswahl am 24. März 1996 war das Wahlverhalten junger Wähler von vier auch bundesweit typischen Großtrends gekennzeichnet:
  - *je jünger die Wahlberechtigten, desto geringer die Wahlbeteiligung;*
  - *je jünger die Wähler, desto deutlicher die Verluste der SPD;*

- *bei den jungen Männern profitiert vor allem die CDU (vor den Grünen);*
- *bei den jungen Frauen profitieren vor allem die Grünen (vor der CDU) von den SPD-Verlusten.*

In den Altersgruppen unter 35 Jahren ist die SPD inzwischen schwächer als bei den über 60-Jährigen (Infas). Von allen Wahlberechtigten unter 35 hat die SPD nur noch von etwa jedem Fünften die Stimme erhalten.

2. Innerhalb der SPD sinkt seit anderthalb Jahrzehnten die Zahl der jungen Mitglieder kontinuierlich, in Schleswig-Holstein hat sie sich seit 1980 etwa halbiert – auf jetzt etwa 5000.

Die personelle Beteiligung der Jusos an der operativen SPD-Politik im Lande ist seit Mitte der 80er Jahre gleich null: Landtagsfraktion, Landesvorstand, MdBs, Landesregierung ...

Möglichkeiten: „Personalpolitik" oder „Machtwechsel"

- *Die Verbesserung der Ausbildungs- und der Arbeitsmarktsituation junger Menschen kann Schleswig-Holstein nicht allein schaffen, dies ist wesentlich eine bundespolitische Aufgabe (und, jaja, eine europa- und weltökonomische Angelegenheit ...). Allerdings wäre es wohl nicht direkt verboten, von Schleswig-Holstein aus das jugendfeindliche Klima unserer Republik zu analysieren und Perspektiven zu entwickeln.*
- *Die ganze sozialdemokratische Partei braucht eine Konzentration auf politische Hauptsachen (Arbeitsbeschaffungsprogramm, Reichtumsverteilung, Ökosteuer, Solarprojekt, Einwandererintegration, universelle Menschenrechtspolitik), die meisten landespolitischen Fragen (Ausnahme: Bildung) gehören nicht dazu. Eine „politischere" Parteidiskussion tut not, auch eine strategische Polarisierung gegenüber dem politischen Gegner – das schafft Klarheit und Identifikationsmöglichkeiten für Mitglieder und Wähler, auch für junge.*

- Jusos als Organisation stärker machen, sich nicht klammheimlich über ihre Schwäche freuen, ist eine Aufgabe der gesamten Partei.
- Ohne das Eingeständnis der Etablierten, dass es einen – auch selbstverschuldeten – Generationenbruch in der SPD gibt, wird Besserung „von oben" nicht zu erwarten sein. Der erste Landtagskandidat unter 35 Jahren steht auf Platz 49 der Landesliste. Nur drei SPD-Abgeordnete sind jünger als 45 Jahre.
- Wenn jüngere Leute beteiligt werden, dann gern durch vereinzelte Kooptation führungssympathischer Genossinnen (Doppelquote).

3. Institutionelle Jugendfeindlichkeit ist kein Spezialproblem der SPD, hier nur besonders befremdlich, weil zum goldenen Selbstbild der graumelierten Sozialdemokratie ja immer noch die jugendbewegte Aufmüpfigkeit gehört.

„Die Gesellschaft" signalisiert ihrem Nachwuchs spätestens seit Ende des Vereinigungsbooms recht drastisch:

- erwartet keine Jobs (seid froh über Lehrstellen und Studienplätze),
- erwartet keine Karriere (ist alles noch besetzt, und in Zukunft wird sowieso abgebaut),
- erwartet keinen weiterwachsenden Wohlstand (stellt euch lieber auf Öko-Askese und Sozialdarwinismus ein),
- erwartet keinen Fortschritt (wir wissen selbst nicht mehr, was das ist, alles so unübersichtlich hier).

Ziele: Partizipation und Perspektiven

„Dialog mit der Jugend", Jugendliche „ernst nehmen", „Jugendbeiräte", „Jugendparlamente" sind Erscheinungsformen des Problems, keine Ansätze zur Lösung. Es geht um tatsächliche Teilhabe am wirklichen gesellschaftlichen Leben, das heißt: ordentliche Ausbildungsbedingungen ...

... Vielleicht muss auch erst die Situation so unhaltbar werden, dass die Bedingungen für einen innerparteilichen „Machtwechsel" entstehen, der gleichzeitig ein Generationenwechsel ist.

Es ist gewiss keine hinreichende, aber eine notwendige Bedingung für eine neuerliche Identifikation jüngerer Mitglieder und Wähler mit der SPD, dass die Partei an ihren verantwortlichen Stellen öffentlich mehr junge Leute postiert. Da gebe es doch gar keine mehr? Dann muss man suchen!"

32) Im Rechenschaftsbericht zum Landesparteitag 2001 heißt es dazu unter der Überschrift „Zukunft im Norden: SPD 21 (ZINS 21)":

„Unmittelbar nach der Landtagswahl hat der Landesvorsitzende Franz Thönnes mit seinem Papier „Volle Kraft für Aufbruch, Profil und Erneuerung – ZINS 21 – Zukunft im Norden" die Zukunftsthemen und Aufgaben der Landespartei beschrieben. Auf einer Klausurtagung im Mai 2000 wurden diese Themen ausführlich diskutiert, konkretisiert und konkrete Arbeitsschritte vereinbart.

Die SPD Schleswig-Holstein will mehr junge Menschen in der Partei fördern und für eine Mitarbeit und Mitgliedschaft gewinnen. Der Dialog zwischen SPD und Kulturschaffenden soll wiederbelebt werden. Die Kultur soll wieder stärker als Quelle von Kreativität, Innovation und Diskurs sowie als Stifterin politischer Orientierung und Identität in der SPD genutzt werden. Wie sieht die Bürgergesellschaft von heute und morgen in Schleswig-Holstein konkret aus? Was kann die SPD dazu tun? Auch diesen Fragen wurde intensiv nachgegangen.

Ebenso will und wird sich der Landesverband in die Debatte um ein neues Grundsatzprogramm der SPD offensiv und mit eigenen Schwerpunkten einmischen. Die Zusammenarbeit und der Austausch mit den skandinavischen Schwesterparteien wurden intensiviert und sollen weiter ausgebaut werden. Entscheidende Grundlage für eine zukunftsfähige Parteiarbeit ist die Reform der Organisation, die Zusammenarbeit von Ehrenamt und Hauptberuflichen sowie die Konsolidierung der Finanzen. Dies stand in 2000 ganz vorne auf unserer Tagesordnung.

Die SPD war in den letzten Jahren die erfolgreichste Partei in Schleswig-Holstein. Das zeigen die Stimmengewinne bei den Kommunal-, Bundestags- und Landtagswahlen seit 1998. Diese Erfolge konnten jedoch nicht in eine Erhöhung der Mitgliedszahlen umgesetzt werden. Der weiter anhaltende Mitgliederrückgang, sinkende Beitragseinnahmen, die Altersstruktur der Mitgliedschaft und die hohen Personalkosten im hauptberuflichen Bereich verlangen neue organisatorische und finanzielle Weichenstellungen. Die Entwicklungen in der Informationstechnologie und in den Medien bieten Chancen, Politik interessanter und informativer zu vermitteln. Auf diese neuen Aufgaben und Herausforderungen muss die Parteiorganisation vorbereitet werden.

Die veränderten und sich weiter ändernden gesellschaftlichen Rahmenbedingungen stellen neue Anforderungen an die SPD. Parteireform muss daher auch als Erneuerungsprozess verstanden werden. Die schwierige Haushaltslage der Landespartei ist ein weiterer wichtiger Grund, der eine Reform notwendig macht.

Mit dem Projekt „Service 21" hat der Landesvorstand im Mai 2000 den Startschuss gegeben, die Struktur der beim SPD-Landesverband hauptberuflich Beschäftigten neu zu organisieren, die Aufgaben von Ehrenamtlichen und Hauptberuflichen neu zu diskutieren und neue Wege der Parteiarbeit zu entwickeln. Die Arbeit in der kommunikativen Projektform hat sich bewährt. Bereits sechs Monate nach dem Planungsstart für das Projekt „Service 21" hat der Landesvorstand den ersten „Grundstein" für die Erneuerung der SPD Schleswig-Holstein legen können. Auf seiner Sitzung am 11. Dezember 2000 hat er einstimmig beschlossen, das erarbeitete Organisationsentwicklungskonzept „Service 21" in den nächsten fünf Jahren umzusetzen. Damit beginnt die SPD Schleswig-Holstein mit der größten Organisationsreform seit ihrer Neugründung 1946.

Die neue Architektur für die zukünftige Organisation der Partei liegt jetzt vor. In den Kreisverbänden werden bis zum 1. April 2001 die Pläne für die Ausgestaltung der jeweiligen regionalen „Etagen" erarbeitet. Bis zum Bundestagswahlkampf soll der erste „Bauabschnitt" für die neue

Organisationsstruktur fertiggestellt sein und für den Wahlkampf zur Verfügung stehen.

„Service 21" ist ein Organisationsentwicklungsprozess, der von Anfang an die Wege und Ziele künftiger Parteiarbeit berücksichtigt hat: volle Transparenz über Daten, Fakten und Informationen (Broschüre der Projektgruppe vom September 2000), Beteiligung der Gliederungen und der Mitgliedschaft (verschiedene Umfragen und die regionalen Dialog-Veranstaltungen im Oktober 2000) sowie beteiligungsorientierte, demokratische Willensbildung in der Projektkommission. Alle Mitglieder waren aufgefordert, ihre Erwartungen an die Parteiorganisation zu formulieren, und Hunderte Genossinnen und Genossen haben sich beteiligt.

Die gemeinsame Erfahrung aller Beteiligten auf dem Weg zu diesem im Konsens gefassten Beschluss hat ein neues Miteinander und Vertrauen geschaffen. Der Landesvorstand dankt allen, die in der Projektgruppe, in der Projektkommission, in den Gremien, in den regionalen Gruppen und Veranstaltungen sowie mit ihren Briefen und E-Mails zu diesem Ergebnis beigetragen haben."

33) Das Papier von Kuhlwein im Wortlaut

Der Geschäftsführende Landesvorstand hat am 2. Mai auf der Grundlage eines Papiers von Christel Buchholz und Heiko Winckel-Rienhoff die Rolle des Landesausschusses in der schleswig-holsteinischen SPD und eventuell erforderliche Satzungsänderungen eingehend mit einem der Vorsitzenden des LA erörtert. Dabei wurde übereinstimmend festgestellt, dass der Landesausschuss als politisches und organisatorisches Bindeglied zwischen Ortsvereinen, Kreisverbänden und Landesverband, Landtagsfraktion, Landesregierung, Bundestagsgruppe, Mitgliedern des Parteirats gestärkt werden muss.

Unterschiedliche Auffassungen gab es zu der Frage, ob und inwieweit der Landesausschuss in der Funktion eines „kleinen Parteitags" bindende Beschlüsse für die Gesamtorganisation fassen können soll.

Zu den Vorschlägen der LA-Vorsitzenden im Einzelnen:

1. Teilnahme der Vorsitzenden des Landesausschusses als Delegierte mit beratender Stimme an Landesparteitagen.
Kommentar: Eine entsprechende Satzungsänderung erscheint sinnvoll.

2. Zusammensetzung des Landesausschusses. Hierzu wird vorgeschlagen, dass der LA künftig aus den Vorsitzenden bzw. deren Stellvertretern in den Kreisverbänden besteht. Dazu soll je angefangene 1500 Mitglieder ein weiterer Kreisverbandsvertreter kommen, die von den Kreisparteitagen dafür gewählt werden.
Kommentar: Der LA würde verkleinert, was mehr Effektivität bedeuten könnte. Die Verbindlichkeit der Arbeit würde verbessert. Eine entsprechende Satzungsänderung erscheint sinnvoll.

3. Der LA soll „in Absprache" (heute „im Benehmen") mit dem Landesvorstand eingeladen werden.
Kommentar: Das sagt ziemlich genau beides dasselbe. Ohne „Absprache" ist auch kein „Benehmen" hergestellt. Eine Abstimmung der Einladungen ist zwingend erforderlich, wenn Präsenz der wichtigsten Akteure/Akteurinnen gesichert werden soll. Eine entsprechende Satzungsänderung erscheint überflüssig.

4. Sitzungen des LA müssen auf Antrag von drei Kreisvorständen (heute: drei Kreisparteitagen) stattfinden.
Kommentar: Entsprechende Satzungsänderung erscheint sinnvoll, weil Quorum Kreisparteitage wegen der Schwerfälligkeit der Organisation kaum realistisch ist.

5. Der LA soll eigenständiges beschlussfassendes Organ zwischen den Landesparteitagen werden, dessen Beschlüsse für den Landesvorstand „bindend" sein sollen.
Kommentar: Nach dem auch für Schleswig-Holstein verbindlichen Organisationsstatut (§ 23) obliegt „die Leitung" der Partei dem Parteivorstand. Das entspricht der Satzung des LV-SH, wo es zusätzlich heißt, dass der Landesvorstand für die Durchführung der Beschlüsse des Landesparteitags „verantwortlich" ist. Diese Verantwortung kann ihm der

Landesausschuss nicht abnehmen, weil er gegenüber dem Landesparteitag nicht rechenschaftspflichtig ist. Um die politische Rolle des LA zu stärken, könnte allerdings aufgenommen werden, was im Organisationsstatut (§ 28) dem Parteirat zugeordnet wird: „Der Parteirat berät den Vorstand <u>und fördert durch eigene Initiativen die</u> <u>Willensbildung in der Partei.</u>"
Um die Bedeutung der Beschlüsse des LA für die Partei zu unterstreichen, könnte die Satzung zusätzlich eine Verpflichtung für den Landesvorstand vorsehen, sich mit Vorlagen aus dem Landesausschuss auf seiner jeweils nächsten Sitzung zu befassen.

6. Der LA soll Beratungen und Beschlüsse in angemessener Weise durch seine Vorsitzenden „in eigener Zuständigkeit der Öffentlichkeit" bekannt geben. Kommentar: Das ist auch bisher schon weitgehend Praxis gewesen. So verfährt auch der Parteirat, wobei dort in der Regel der Vorsitzende gemeinsam mit dem Generalsekretär bzw. mit dem Vorsitzenden der Partei gemeinsam auftritt.

34) Der Brief von Heide Simonis im Wortlaut:

„Lieber Oskar, lieber Rudolf,

angesichts der dramatischen Entwicklung der Steuereinnahmen stehen zur Sanierung der Staatsfinanzen, zum Abbau der Arbeitslosigkeit und zur Sicherung der sozialen Sicherungssysteme schwierige Entscheidungen bevor. Partei, Bundestagsfraktion sowie die Ministerpräsidenten der A-Länder sollten ein gemeinsames Interesse daran haben, eine offensive und abgestimmte Antwort auf die Vorhaben der Bundesregierung zu entwickeln, die uns wieder in die politische Vorderhand bringt.

Es ist deshalb richtig, noch in diesem Monat ein eigenes Konzept der Öffentlichkeit vorzulegen, um die Vorstellungen der SPD in diesen wichtigen Fragen zu verdeutlichen. Eine SPD-Reaktion braucht aber zunächst die Kenntnis über das gesamte Regierungs-Paket. Entscheidend für einen politischen Erfolg unserer Partei in den kommenden Auseinandersetzungen mit der Bundesregierung dürfte aber sein, dass Partei, Bundestagsfraktion und die Ministerpräsidenten der A-Länder eine ge-

meinsame Strategie verfolgen und ein einheitliches Vorgehen verabreden, so dass es der Bundesregierung nicht gelingt, uns in einzelnen Fragen auseinander zu dividieren und uns in der politischen Defensive zu halten.

Dazu sollten wir anstreben, uns bei der anstehenden Klausurtagung am 25. und 26. April zwischen Partei, Bundestagsfraktion und Ministerpräsidenten der A-Länder auf ein gemeinsames Konzept zu verständigen, um von einer gemeinsamen Plattform aus die Auseinandersetzung mit der Bundesregierung zu suchen. Ein in dieser Weise abgestimmtes Konzept könnte auch eine Leitlinie der A-Länder für die bevorstehenden Gespräche der Ministerpräsidentenkonferenz sein.

Dabei sollten aus meiner Sicht folgende Positionen besondere Berücksichtigung finden:

- *Da die besonders drängenden Probleme der wachsenden Arbeitslosigkeit, der Struktur und Finanzierung der sozialen Sicherungssysteme und der generellen Konsolidierung der öffentlichen Haushalte eng miteinander verflochten sind, ist es besonders wichtig, dass unsere gemeinsame Position Antworten auf alle drei Bereiche formuliert. Es geht darum, die in vielen Einzel-Vorschlägen aus unseren Reihen bereits erarbeiteten Vorschläge zu einem konsistenten Gesamtkonzept zu verbinden.*
- *Eine Konsolidierung der Staatsfinanzen wird ohne Konsolidierung der sozialen Sicherungssysteme nicht auskommen. Althergebrachte Sonderregelungen wie der Beihilfeanspruch von Beamten oder die Versicherungspflichtgrenze für abhängig Beschäftigte müssen in Frage gestellt werden. Möglichkeiten der Einbeziehung von geringfügig Beschäftigten und Scheinselbstständigen in die Rentenversicherung sind zu prüfen. Durch den von uns seit langem propagierten Einstieg in eine aufkommensneutrale ökologische Steuerreform würde es möglich, die versicherungsfremden Leistungen der Sozialversicherungen statt aus dem Beitragsaufkommen aus dem allgemeinen Steueraufkommen zu finanzieren und da-*

mit zugleich die Lohnnebenkosten zu senken. Soweit ergänzend zu solchen finanziellen Konsolidierungsmaßnahmen auch Leistungen der sozialen Sicherungssysteme auf den Prüfstand müssen, so sind alle Maßnahmen daraufhin auszurichten, dass die Lasten gerechter als bisher verteilt werden und leistungsfähigere Einkommensgruppen stärker als bisher zu den Lasten beitragen.

- *Die arbeitsmarktpolitischen Probleme sind nicht durch konventionelle Maßnahmen oder traditionelle Ansätze der Konjunktursteuerung zu lösen. Das 50-Punkte-Programm der Bundesregierung enthält viele unerledigte Streitpunkte der Bonner Koalitionsparteien, aber keine zukunftsweisenden Ansätze zur Lösung der strukturellen Beschäftigungsprobleme. Notwendig sind u. a. konkrete Vereinbarungen mit Wirtschaft und Gewerkschaften im Rahmen „Bündnis für Arbeit", Regelungen zur Begrenzung der Überstunden, eine Teilzeitoffensive im privaten wie im öffentlichen Sektor, die Förderung von Arbeitsplätzen durch Existenzgründungen, die Stärkung der Nachfrage nach personenbezogenen, auch häuslichen Dienstleistungen, eine Umschichtung von Haushaltsmitteln zugunsten von Technologie und Forschung sowie statt finanziell ungesicherter Prestigeprojekte wie Transrapid Konzentration auf wirklich zukunftsträchtige Technologiefelder.*

- *Eine Erhöhung der Steuer- und Abgabenquote ist kein geeignetes Mittel, die öffentlichen Haushalte nachhaltig zu konsolidieren. Ziel muss sein, die bestehenden Lasten durch notwendige Reformen des Steuer- und Abgabensystems gerechter zu gestalten und zusätzliche Belastungen durch sozial gerechte Kürzungen, etwa bei den Subventionen, zu finanzieren.*

- *Wichtig ist, alle Reformmaßnahmen so auszugestalten, dass es zu keiner einseitigen Belastung der verschiedenen Ebenen (Bund, Ländern und Gemeinden) kommt. Nur wenn frühzeitig für diese entscheidende Voraussetzung Sorge getragen wird, kann es zu einer dauerhaft tragfähigen Lösung der eingangs skizzierten Probleme kommen.*

- *Für die Ausgestaltung der finanziellen Konsolidierungsmaßnahmen sind folgende Voraussetzungen besonders wichtig;*
  - *Im Interesse einer sozial verträglichen Lastenverteilung kommt eine Abschaffung oder Senkung der Vermögens-, Erbschafts-/Schenkungsbesteuerung nicht in Frage. Vorschläge zur Umschichtung innerhalb dieser Steuern sind von den A-Ländern unterbreitet worden.*
  - *Für uns kommt nur eine Gewerbesteuerreform in Betracht, die die Finanzautonomie der Gemeinden sichert.*
  - *Im Falle von Leistungskürzungen bei vorgelagerten Sicherungssystemen darf es keine einseitige Abwälzung von Kosten auf Länder und Kommunen geben. Sofern im Rahmen von Umschichtungen bestimmte Steuern aufkommensneutral erhöht werden müssen, bin ich gegen eine Erhöhung der Mehrwertsteuer und für den Einstieg in eine ökologische Steuerreform. Bei Nutzung der Mineralölsteuer als ‚Stellschraube' – u. a. mit Wegfall bzw. Umlegung der Kfz-Steuer – ist diese Steuerart als Gemeinschaftssteuer auszugestalten.*
  - *Dringend erforderlich sind wirksame Schritte zu einer Vereinfachung des Einkommensteuersystems, um den Wirtschaftsstandort zu stärken und um den Steuereinnahmenfluss zu stabilisieren; Leitlinie dabei sollte sein, Steuervergünstigungen bzw. -subventionen abzubauen und im Gegenzug die Steuersätze im Rahmen eines auch faktisch deutlich progressiven Steuersystems zu senken.*
  - *Die Finanzministerkonferenz hat festgestellt, dass die Bundesrepublik Deutschland nach dem derzeitigen Beitragsbemessungssystem der Europäischen Union, gemessen an der wirtschaftlichen Leistung, unverhältnismäßig stark – nämlich mit einer jahresdurchschnittlichen Überbelastung von rd. 3,5 Mrd. DM – belastet wird. Angesichts der erforderlichen Konsolidierung der Staatsfinanzen ist daher durch die Bundesregierung sicherzustellen, dass es bei der Überprüfung des Finanzsystems der EU zumindest nicht zu einer weiteren Erhöhung des deutschen Finanz-*

beitrags kommt, sondern eine konsequente Orientierung der nationalen Beiträge am Wohlstandsindikator der Mitgliedsstaaten durchgesetzt wird.

Ich hoffe sehr, dass es uns gelingt, bei unserer Klausur ein Konzept zu präsentieren, das dem engen Zusammenhang aller Lösungsansätze für die Beschäftigungs-, die sozialen Sicherungs- und die staatlichen Steuer- und Abgabensysteme Rechnung trägt. In diesem Sinne wünsche ich mir ein enges Zusammenwirken aller Beteiligten für die kommenden Aufgaben.

Mit freundlichen Grüßen ..."

35) Kuhlweins Rede zum Asylrecht im Landesausschuss

„Die veröffentlichte Meinung hat Björn Engholm nicht zu Unrecht unterstellt, er habe eine Wende in der Asylpolitik eingeleitet. Er hat vorgeschlagen, nun doch das Grundgesetz zu ändern. Er will damit die Zahl der Asylbewerber reduzieren, um die „Politikfähigkeit" der SPD zu demonstrieren, um einen Beitrag zur Wiederherstellung des inneren Friedens zu leisten, verbreitetem Unbehagen entgegenzutreten. Die Politik zerrede nur noch die Probleme, löse sie aber nicht. Ich bin sicher, dass der Parteivorsitzende die lautersten Motive hatte, als er uns auf dem Petersberg und danach seine Bereitschaft zu einer Änderung des Asylartikels im Grundgesetz erklärte. Es ist sein gutes Recht, der Partei Vorschläge zur Änderung der Generallinie zu machen. Es ist das gute Recht der Partei auf allen Ebenen, sich damit kritisch auseinanderzusetzen und – wenn es die Mehrheiten so wollen – auch nein zu sagen.

Ich gehöre zu denjenigen, die für nein plädieren. Ich werde ihm persönlich auf dem in Sachen Asyl und UNO eingeschlagenen Weg nicht folgen. Mir geht es heute vor allem um die Asylfrage, weil dort Eilbedarf angemeldet worden ist. Ich bewege mich dabei auf zwei Diskussionsebenen. Die eine hat mit der Frage nach politischer Glaubwürdigkeit zu tun, die andere mit der – wie ich meine – Schein-Lösung vom Petersberg.

Die SPD hat in der Vergangenheit immer wieder die historischen Gründe beschworen, die zur Aufnahme eines individuellen Grundrechts auf politisches Asyl in unsere Verfassung geführt haben. Bis hin zum Berliner Grundsatzprogramm und auch zum Landtagswahlprogramm. Das Asylrecht ist Teil sozialdemokratischer Identität, viele sind auch deshalb bei uns Mitglied geworden, für viele ist es unveräußerlich. Es gehört zu unseren Grundpositionen wie Freiheit, Gerechtigkeit und Solidarität. Wir haben es auf vielen Veranstaltungen verteidigt, auch wenn uns der Sturm populistischer Vereinfachung und aggressiver Fremdenfeindlichkeit ins Gesicht geblasen hat. Wir hielten uns in dieser Frage für unverwechselbar – trotz alledem.

Wenn das alles jetzt nicht mehr gelten soll, werden viele von uns einen Knacks bekommen, ihr Verhältnis zur Partei wird anders sein als zuvor. Ich kann das kompensieren, indem ich überall dort, wo ich darüber abstimme, meinem eigenen Erkenntnisstand, meinen Überzeugungen, meinem Gewissen Ausdruck gebe. Andere können das nicht. Ich warne davor, dass dieser Schritt bei vielen aktiven SPD-Mitgliedern Resignation und Rückzug bedeuten wird.

Und ich warne davor, dass diese Wende auch bei vielen Wählerinnen und Wählern zu einem Vertrauensverlust führen wird. Das mag in beiden Bereichen nicht die Mehrheit sein, aber es werden viele dabei sein, für die die SPD immer noch ein Stück Hoffnung auf eine menschlichere und solidarische Zukunft war. Wenn es richtig ist, dass Zuverlässigkeit im Reden und Handeln vor Wahlen und danach Voraussetzung für den Erwerb politischen Vertrauens ist, dann sind wir dabei, ein großes Maß an Vertrauen zu verspielen.

Und damit komme ich zur zweiten Diskussionsebene: Die Instrumente, die auf dem Petersberg entwickelt worden sind, werden das Problem der Zuwanderung nicht lösen. Selbst wenn wir die vorgesehenen Einschränkungen in die Verfassung aufnehmen, werden wir in ein bis zwei Jahren wieder mit leeren Händen dastehen. Und der viel beschworene Vertrauensverlust wird noch größer sein als zuvor. Lasst mich das an der Frage der Länderlisten deutlich machen: Diese Positiv- oder Negativ-Listen würden nur dann funktionieren können, wenn die Mehrheit der Bewerber sich an der Grenze offenbaren würde. Dort melden sich aber nur etwa acht Prozent: Und welche Länder sollen eigentlich auf der Liste stehen? Denkbar die, aus denen es bisher keine anerkannten Asylbewerber gegeben hat? Aus solchen Ländern kamen 1991 gerade mal 3,15 Prozent der Bewerber. Ob das wohl die versprochene Entlastung wäre?

Oder will jemand ernsthaft die Türkei und Rumänien auf die Liste der verfolgungsfreien Länder setzen, die Länder, aus denen 1991 neben Jugoslawien die meisten Bewerber kamen? Und wer wagt mit Sicherheit zu sagen, dass es nicht heute oder morgen in vielen GUS-Staaten politische, rassische oder religiöse Verfolgung gibt? Und glaubt jemand ernsthaft, dass bei der Erstellung solcher Listen nicht auch außenpolitische Rücksichten genommen werden, auf künftige Märkte, auf angebliche Demokratisierungsprozesse, wie wir es in Bezug auf China gerade wieder von der Bundesregierung gehört haben?

Nun sieht der Beschluss vor, dass für einzelne Bewerber auch aus Ländern von der Positiv-Liste Ausnahmen gemacht werden, wenn sie politische Verfolgung glaubhaft machen. Könnt Ihr Euch vorstellen, dass gerade die von Schleppern eingeschleusten Bewerber besonders gut auf diese Lektion vorbereitet sind, und die unter seelischem Druck Flüchtenden vielleicht nicht so gut: Und ist nicht auch für diese Ausnahmen dann ein rechtsstaatliches Verfahren erforderlich, mit vorläufiger Unterbringung und Sozialhilfe?

Und wenn wir keine Entlastung durch die vorgeschlagene Grundgesetzänderung bekommen – was viele voraussagen – werden wir dann im nächsten Schritt wiederum dem Druck der Union nachgeben, das Asylrecht ganz streichen, wie es konsequenterweise der CDU-Abgeordnete Eylmann, Vorsitzender des Bundestagsrechtsausschusses, heute schon empfiehlt? Und werden wir am Ende, weil auch das die Zuwanderung nicht wesentlich begrenzen wird, eine Mauer mit Stacheldraht um die Wohlstandsfestung Westeuropa errichten, um Zuwanderer abzuhalten, wie das die USA – auch ohne Erfolg – gegenüber Mexiko getan haben?

Ich glaube nicht, dass mein Szenario schlüssig widerlegt werden kann. Wir sollten uns deshalb – wie bisher – auf die Schritte zur Steuerung der neuen Völkerwanderung konzentrieren, die machbar und vielleicht erfolgversprechend sind, auch wenn wir wissen, dass keiner dieser Schritte eine schnelle Problemlösung verspricht. Dazu gehört die Umsetzung des Beschleunigungsgesetzes, dazu gehören Hilfen aller Art für Osteuropa und die Dritte Welt, dazu gehört eine gemeinsame europäische Einwanderungspolitik, Ihr kennt das alles. Wer glaubt, oder den Menschen weismachen will, er könnte mit einem Schlag den gordischen Knoten durchhauen, wird sehr schnell merken, dass er es mit einer Hydra zu tun hat, deren Köpfe immer wieder nachwachsen.

Schließlich zum Verfahren: Die schleswig-holsteinische SPD, die in der Vergangenheit viele Reformanstöße gegeben hat, muss bei der Wende rückwärts nicht vorangehen. Auch die Landtagsfraktion kann sich mit ihrer Meinungsbildung Zeit lassen, bis die Gesamtpartei ein Votum abgegeben hat. Wer in Grundsatzfragen die Programmatik der Partei ändern will, muss die Partei befragen. Wenn es angeblich so eilig ist mit der Asyl-Wende, müssen wir eben einen Sonderparteitag einberufen. Die SPD Schleswig-Holstein kann ihn ebenso beantragen wie andere Parteibezirke. Ich bin dafür, dass wir dies tun. Und bis zu dessen Entscheidung – übrigens auch über die Grenzen von Bundeswehreinsätzen im Rahmen der UNO – sind alle öffentlichen Stellungnahmen Beiträge zur Willensbildung und nicht die Meinung der Partei.

36) Der Konflikt um Dr. Beermann MdB auf dem Heiligenhafener Parteitag am 10. November 1973 (nach einer Niederschrift des Sekretariats für die Journalisten):

Beermann: *„Allende ist hier als der verfassungstreue Präsident bezeichnet worden, aber Allende war es nicht. Ich möchte hier nicht abstellen auf das Wirtschaftschaos und die Inflation, in die dieses Land gestürzt wurde und die zum Bergarbeiterstreik führten. Ich möchte nicht abstellen darauf, dass Allende im Parlament keine Mehrheit besaß und versuchte, trotzdem Maßnahmen durchzusetzen, für die eine Legalität nicht vorhanden war. Ich möchte auch nicht darauf abstellen, dass gerichtliche Urteile, die seinen politischen Auffassungen nicht entspra-*

chen, dort nicht vollstreckt werden konnten, weil er die Unterschrift verweigerte. Ich will auch nicht darauf abstellen, dass er Privatarmeen duldete, etwa bei der Linken 26.000 Mann und bei der Rechten 6.000. Aber ich will darauf abstellen, dass er seine Anhänger aufforderte, mit Waffengewalt Betriebe zu besetzen und sie in den Verteidigungszustand hineinzubringen. Und ich will darauf abstellen, dass ein Beschluss des chilenischen Parlaments, das aus freien Wahlen hervorgegangen ist, bestand in einer Aufforderung an die Streitkräfte des Landes, die verfassungsmäßigen Zustände in Chile wiederherzustellen.

Ich möchte hier an einen Vorfall aus der deutschen Geschichte erinnern, was wohl das richtige Handeln einer Armee gewesen wäre, wenn der Deutsche Reichstag im Jahre 1933 statt dem Ermächtigungsgesetz zuzustimmen, die Reichswehr aufgefordert hätte, Hindenburg und Hitler zu verhaften und die verfassungsmäßige Ordnung im Land wiederherzustellen. Die Identifizierung mit Allende könnte bedeuten, dass wir, die SPD, uns mit einem Manne gleichschalten, der eben nicht im Rahmen der Verfassung seines Landes gehandelt hat, sondern sie gröblichst verletzt hat und wir uns daher dem Vorwurf aussetzen, unsere eigene Verfassung hier nicht ernst zu nehmen. Jochen Steffen malt in Bezug auf Chile direkt und indirekt das Schreckgespenst eines deutschen Militärputsches an die Wand. Ich sage hierzu, der letzte deutsche Militärputsch war am 20. Juli 1944 ... war es nicht. Ich möchte hier nicht abstellen auf das Wirtschaftschaos.

Darauf **Eckart Kuhlwein**, *der unmittelbar danach auf der Rednerliste stand: „Ich bedaure die Äußerungen des Bundestagsabgeordneten Dr. Beermann, der Genosse Beermann hat offensichtlich nicht begriffen, dass in Chile von den multinationalen Konzernen ein Exempel statuiert worden ist, wo die Grenzen parlamentarischer Demokratien nach deren Interessen anzuwenden sind. Ich hoffe, dass Fritz Beermann Gelegenheit findet, sich für das, was er auf dem Parteitag gesagt hat, zu entschuldigen, weil ich fürchte, dass solche Äußerungen von SPD-Politikern eines Tages dazu dienen könnten, auch in der Bundesrepublik Ähnliches zu veranstalten, wenn bei uns mal demokratisch sozialistische Reformen durchgeführt werden ..."*

Darauf **Beermann:** „Ich denke nicht daran, der Aufforderung des Genossen Kuhlwein nachzugeben und mich hier für irgendetwas zu entschuldigen. Sich für Diskussionsbeiträge zu entschuldigen, das ist in der sozialdemokratischen Partei, der ich jetzt 27 Jahre angehöre, nicht üblich gewesen, und ich hoffe, dass es nicht üblich werden soll.

Das Nächste, was ich hier spürte, ist, dass die Genossen Jochen Steffen und Kuhlwein pauschaliter den Boden hier ebnen wollen, in diesem Land und in diesem Volk, für eine soziale Revolution außerhalb der Verfassung, dafür ... (letzter Teil des Satzes geht in Zurufen unter).

Ich wende mich dagegen, dass diese Tendenz, die vorhanden ist, diese Tendenz noch verteidigt wird, was ich mit sehr, sehr großer Sorge ansehe, und ich spreche es vor diesem Bezirksparteitag mit aller Offenheit und aller Deutlichkeit an, dass ich mich so lange wie möglich im Rahmen dieser Partei wegen dieser aufkommenden Tendenzen, die geschürt werden von Jochen Steffen, von Eckart Kuhlwein und ihren Anhängern, dafür ausspreche, dass Recht, Ordnung und unsere Verfassung weiterhin in diesem Lande bestehen bleiben."

Jochen Steffen: „Ich bin sehr wohl der Meinung, dass man in dieser Partei diskutieren kann. Aber wenn ich dies höre, Genosse Beermann, vor allen Dingen mit dem letzten Beitrag, nimm mir das nicht übel, aber so muss ich dich fragen, ob du weißt, was du sagst. Wenn ich das richtig sehe, war, bevor in der Partei überhaupt die theoretische Diskussion begann, war es diese Landespartei, die bereits die Diskussion aufgenommen hatte mit den Studenten, die darauf aufmerksam gemacht hatten – und sehr viel entschiedener als die Bundespartei –, dass es Formen der sozialen Veränderung gibt, die durch ihre Mittel und Methoden das Gegenteil von dem bezwecken, was sie erreichen wollen. Und das tun alle diejenigen, die glauben, dass man die Revolution, die nach sozialistischer Vorstellung eine Veränderung in der SACHE ist, durch Gewalt durchführen kann. Mit den Studenten haben wir diese Fragen sehr eingehend diskutiert. Da haben wir – und vor allem gegenüber den Studenten – unsere Positionen klar gemacht, die darin bestanden, dass wir sagten, und wenn wir die blutigste Revolution durchführen, eine Tatsache bleibt doch bestehen: Die Kohlenkrise bleibt die Kohlenkrise, und jede

Strukturkrise ist auch nach der Revolution eine Strukturkrise. Wozu gebrauche ich die? Und ich muss ganz einfach sagen, ich habe die Forderung nach deinem Rücktritt für übertrieben gehalten. Ich bin der Meinung, wir können hier alle Positionen diskutieren, aber was du hier gemacht hast, legt einfach die Forderung nahe, dass du dich einfach mal untersuchen lässt."

Klaus Matthiesen: *„Ich glaube nicht, dass man das Problem mit dem letzten Hinweis von Jochen lösen kann. Sondern dieses Problem ist b e w u s s t mit einer kalkulierten Strategie und Taktik von Friedrich Bermann in die Diskussion eingeführt worden, und der Parteitag hat auch sehr bewusst darauf zu reagieren. Erstens: Ich stelle für uns alle hier fest: Jochen Steffen verdient nicht nur unser Vertrauen, sondern hat das volle Vertrauen dieser Partei. Zweitens stelle ich für alle zusammen fest: Wer die inhaltliche Diskussion hier dazu benutzt, den politischen Freunden zu unterstellen, sie wollten außerhalb der Verfassung arbeiten, der betreibt das Spiel des politischen Gegners. Und drittens stelle ich für uns alle zusammen fest, Friedrich Beermann, dass du mit diesem Beitrag gewollt der Partei in der Vorphase zweier Wahlkämpfe Schaden zugefügt hast. Und viertens stelle ich für uns fest – und wiederhole die mit Recht gestellte Forderung – du hast dieser Partei das Mandat zurückzugeben, weil diese Partei für dich nicht mehr Heimat ist."*

Lauritz Lauritzen *(auf dem Parteitag zum Spitzenkandidaten für die Landtagswahl 1975 gewählt – E. K.):* *„Es ist uns wohl allen heute in gleicher Weise ergangen bei dem Beitrag des Genossen Beermann. Es ist völlig unerklärlich, in einer solchen Weise einen geschichtlichen Vorgang in Chile erklären zu wollen, mit der Argumentation, er wehre sich dagegen, dass hier in Schleswig-Holstein mit außerparlamentarischen Mitteln versucht werde, revolutionäre sozialdemokratische Politik zu machen.*

So gröblich kann man das nicht missverstehen, was Jochen Steffen heute Morgen gesagt hat. Er hat in so eindeutiger Weise sich für den demokratischen Weg zum Sozialismus ausgesprochen, und sehr eindeutig Gewalt abgelehnt, gerade, Jochen, dein Beitrag eben, dass auch ich den An-

griff des Genossen Beermann auf Jochen Steffen mit Entschiedenheit zurückweisen muss.

Genauso wie er auch den Angriff gegen Eckart Kuhlwein gerichtet hat. Ich komme nachher dazu, über die politische Arbeit der letzten Wochen und Monate zu sprechen, in denen ich gerade eng mit diesen beiden Genossen zusammengearbeitet habe, mit Jochen Steffen und Eckart Kuhlwein. Eckart Kuhlwein hat ja einen entscheidenden Beitrag geleistet zur Fassung dieses Programms. Ich habe so eng mit ihnen zusammengearbeitet, dass ich sagen kann, hier ist gemeinsame Arbeit geleistet worden. Und deswegen erlaube ich mir das Urteil, wie weitgehend die Auffassungen übereinstimmen und wie schrecklich die Missverständnisse sind, denen Beermann unterlegen ist, in der Beurteilung unserer politischen Arbeit und in der Beurteilung der Vorgänge in Chile.

Wer versucht, das etwa auf die Stufe zu stellen mit Maßnahmen gegen Diktatur und Gewalt, wie sie vielleicht in anderen Zusammenhängen denkbar wären, verkennt völlig die Situation, wie sie da gewesen ist, dass hier in Chile internationale wirtschaftliche Machtkonzentrationen einfach dieses brutale Mittel eingesetzt haben, um ihre eigenen kapitalistischen Interessen durchzusetzen, zu Lasten des chilenischen Volkes und zu Lasten der Freiheit in diesem Lande. Wir können diesen Parteitag nicht zu Ende gehen lassen, ohne dass ganz klar und deutlich unsere übereinstimmende Meinung nach außen hin in Erscheinung tritt. Diese Art, die Dinge zu betrachten, lehnen wir kategorisch ab, und wir verurteilen gemeinsam das, was in Chile geschehen ist."

Beermann *zum Schluss in einer persönlichen Erklärung: „Ich erkläre hiermit, dass ich nicht unterstelle, dass Jochen Steffen und Eckart Kuhlwein sich in ihrer politischen Tätigkeit außerhalb des Grundgesetzes bewegen."*

Nach einer Reihe von Krisensitzungen am Rande, bei denen Beermann auch gegenüber Egon Bahr erklärte, er habe nichts zurückzunehmen, fasst der Parteitag bei drei Enthaltungen und ohne Gegenstimmen folgenden Beschluss:

„Der Parteitag verurteilt die Ausführungen des Bundestagsabgeordneten auf dem Landesparteitag in Heiligenhafen. Damit hat Dr. Beermann die gemeinsame Grundlage verlassen und der Gesamtpartei schweren Schaden zugefügt. Er hat seine Vertrauensbasis in der Partei zerstört. Der Parteitag fordert Dr. Beermann auf, die notwendigen politischen Konsequenzen zu ziehen."

Der Zeichner und Karikaturist Volker Ernsting aus Bremen-Vegesack hat 1971 für schleswig-holsteinische Jungsozialisten (Eckart Kuhlwein war damals deren Vorsitzender) ein Bild von Jochen Steffen gezeichnet, mit dem die Jusos in den Landtagswahlkampf gezogen sind. Der Verfasser bedankt sich bei Ernsting für die Genehmigung zum Nachdruck.

Fotoquellen

Volker Ernsting (Titel und Seite 12), Sigrid Kuhlwein (S. 29, 45, 47, 53, 87, 96, 129, 168), Schleswig-Holsteinischer Landtag (S. 19, 71, 86, 177), Kieler Volkszeitung (S. 17), Bundespresseamt (S. 39), Hans E. Meier (S. 25), Privatarchiv Eckart Kuhlwein (S. 30, 120, 144), Privatarchiv Angelika Beer (S. 180), Privatarchiv Gisela Böhrk (S. 99), Privatarchiv Gert Börnsen (S. 119), SPD-Bundestagsfraktion (S. 43), Deutsche Bundesstiftung Umwelt (DBU) (S. 140), Privatarchiv Horst Jungmann (Seite 58), Privatarchiv Ursula Kähler (Seite 58), Privatarchiv Ulrike Mehl (Seite 147), Privatarchiv Claus Möller (Seite 113), Privatarchiv Manfred Opel (Seite 63), Landesjugendring Schleswig-Holstein (Seite 175), Privatarchiv Heide Simonis (Seite 101), Privatarchiv Rainder Steenblock (Seite 179), Privatarchiv Martin Tretbar-Endres (Seite 82), Folke Kuhlwein (Seite 34).

Personenregister

Alfken, Marliese	S. 185
Amthor, Uwe	S. 160-161
Arens, Heinz-Werner	S. 119, 123, 125-126, 128, 134, 170, 195
Astrup, Holger	S. 179, 195
Axen, Hermann	S. 163-164
Bahr, Egon	S. 16-17, 28- 29, 39, 41, 43, 45, 56-57, 59, 61, 64, 85-86, 163
Bantzer, Günter	S. 133
Barschel, Uwe	S. 115-117, 119-120, 124, 126, 128
Bartels, Hans-Peter	S. 66, 152
Beer, Angelika	S. 178, 180, 182
Beermann, Friedrich	S. 16, 188
Benker, Hermann	S. 63
Benneter, Klaus-Uwe	S. 28
Birk, Angelika	S. 182
Blucha, Jürgen	S. 148
Blunck, Lieselott	S. 13, 43, 47, 64, 96, 194
Böhrk, Gisela	S. 13, 95-97, 99, 121, 186, 193
Börnsen, Gert	S. 13, 41, 70, 88, 119, 122, 125-127, 135, 140, 167, 170, 172, 178, 195
Brandt Willy	S. 12, 14, 16-17, 39, 56, 70, 152, 166, 168, 190
Brodersen, Anne	S. 95
Büchmann, Ute	S. 77-78
Bünemann, Richard	S. 70, 187
Bull, Hans-Peter	S. 115, 125, 172
Damm, Walter	S. 40, 169
Danker, Uwe	S. 172
Derrik, Leo	S. 50
Döring, Uwe	S. 196
Dürkop, Klaus	S. 142

Eggerstedt, Otto	S. 40
Ehmke, Horst	S. 87
Eichel, Hans	S. 132
Eichstädt, Peter	S. 174
Engholm, Björn	S. 13, 16, 33, 36, 41-43, 75, 91-92, 100-101, 115-122, 124-126, 138, 163, 166, 168-169, 171- 172, 176, 185-186, 190-192
Eppler, Erhard	S. 65
Erdsiek-Rave, Ute	S. 95, 101, 163, 172, 179, 195
Fischer, Joschka	S. 65
Fischer, Rolf	S. 197
Fleck, Rosemarie	S. 95
Franke, Egon	S. 16
Franzen, Ingrid	S. 101, 125
Freitag, Thomas	S. 158
Fröhlich, Irene	S. 179
Frohme, Karl	S. 40
Fronzek, Brigitte	S. 197
Gärtner, Klaus	S. 179
Gansel, Norbert	S. 13, 16, 41-42, 47, 62, 64, 96, 115, 118-120, 125, 129, 165-167, 186, 190-191, 193
Geest, Werner	S. 108
Geusendam, Willi	S. 40, 57, 137, 169
Glotz, Peter	S. 190
Grass, Günter	S. 158
Gurgsdies, Erik	S. 108
Haase, Lothar	S. 16
v. Häfen, Jens	S. 34
Hager, Horst	S. 117
Hamer, Kurt	S. 25, 28, 30, 40-41, 75, 84, 165-167, 188
Harbeck, Karl-Heinz	S. 29

Harms, Berend	S. 13, 187
Hauff, Volker	S. 88
Hay, Lothar	S. 128, 173, 174
Henke, Karsten	S. 30
Hennig, Ottfried	S. 126, 142
Hethey, Heiner	S. 185
Heydemann, Berndt	S. 137, 139, 140, 142, 143-144
Heyenn, Dora	S. 95
Heyenn, Günther	S. 13, 16, 19, 33, 45, 70, 187-189
Hildebrandt, Dieter	S. 158
Hiller, Reinhold	S. 96
Hoffmann, Heiko	S. 177
Jansen, Günther	S. 13, 26, 28-31, 36, 41-42, 85-87, 89, 92, 115-119, 121-126, 141, 172, 175, 177, 187-189, 191
Jacobsen, Sonja	S. 127
Jochimsen, Reimut	S. 81
Jungmann, Horst	S. 13, 16, 57-58, 129
Kähler, Ursula	S. 13, 57- 58
Kiesinger, Kurt-Georg	S. 12
Kindsmüller, Werner	S. 122-123, 134, 165-166, 180, 192, 194
Klingner, Klaus	S. 13, 19, 86, 117, 172, 187
Klose, Hans-Ulrich	S. 70
Köpke, Detlef	S. 120, 171, 193
Konrad, Klaus	S. 16, 29
Koschnick, Hans	S. 70
Krawinkel, Holger	S. 148
Kröning, Christian	S. 154, 193
Kuhbier, Jörg	S. 132
Kuhlwein, Eckart	S. 13, 16, 19, 32-33, 39, 41, 43, 45, 47, 51-52, 64- 66, 73, 75-76, 78, 81, 96, 108, 119, 120-121, 125, 127, 129-131, 140, 143- 145, 147-148, 162, 178-179, 185, 187- 189, 193, 197-198

Lafontaine, Oskar	S. 47, 48, 165-167, 171, 191
Langmann, Leo	S. 28
Lauritzen, Lauritz	S. 16, 189
Leber, Julius	S. 40
Liebrecht, Werner	S. 19, 187
Lund, Heinz	S. 71
Luckhardt, Karl-Heinz	S. 28, 88
Lüth, Hans-Jörg	S. 148
Lütkes, Anne	S. 183
Machnig, Matthias	S. 53
Mangold, Ellen	S. 103, 105, 107
Matthäus-Maier	S. 166
Matthiesen, Klaus	S. 13, 25, 29-30, 41, 73, 82, 85-88, 90, 175, 187, 189-190
Matthöfer, Hans	S. 85
Mecke-Harbeck, Edith	S. 95, 191
Mehdorn, Hartmut	S. 132
Mehl, Ulrike	S. 43, 64, 96, 129, 140, 144-145, 148, 150, 179, 195, 197-198
Meyer, Karl-Otto	S. 30, 115, 127
Michels, Bernd	S. 163
Mikelskis, Helmut	S. 192
Möbusz, Rüdiger	S. 117
Möller, Claus	S. 13, 54, 78, 110, 113, 116, 141, 145, 179-180, 197- 198
Möller, Paul	S. 86
Moser, Heide	S. 101, 185
Mühlenhardt, Horst	S. 88, 89
Müller, Edda	S. 101, 144
Müller, Klaus	S. 180, 183
Müntefering, Franz	S. 51-52, 171, 178, 195
Nabel, Konrad	S. 34, 115, 144, 147-148, 178-179
Neugebauer, Günther	S. 118
Nilius, Klaus	S. 115-118, 125-126

Orth, Elisabeth	S. 16
Opel, Manfred	S. 43, 63- 64
Oswald, Albert	S. 70
Paulina-Mührl, Lianne	S. 95, 190
Pfeiffer, Rainer	S. 115-117, 119, 122, 124, 126, 128
Piecyk, Willi	S. 40-41, 43, 62, 64-65, 73-74, 100, 103, 112, 116, 120, 122-127, 141, 165, 172-173, 178, 180-181, 185-186, 190, 192-195
Preuß-Boehart, Claudia	S. 122-123, 127, 129
Potthoff, Klaus	S. 43, 64-65, 127
Puls, Klaus-Peter	S. 173-174
Ramler, Hans-Gerd	S. 187
Rathmann, August	S. 40
Rau, Johannes	S. 36, 191
Rave, Klaus	S. 13, 163
Reiser, Hermann P.	S. 16
Richter, Bodo	S. 13, 133
Röhlke, Kirsten	S. 116, 191
Röhr, Thomas	S. 128
Ronneburger, Uwe	S. 30, 175
Rossberg, Gerd	S. 137
Rossmann, Ernst-Dieter	S. 76, 118, 179, 197
Rühe, Volker	S. 128, 183
Rühmkorf, Eva	S. 75, 172, 191
Scharping, Rudolf	S. 47, 65, 101, 171
Schiller, Karl	S. 13
Schliebs, Klaus-Rainer	S. 83
Schmidt, Helmut	S. 16-18, 27, 29-32, 56-58, 85-88
Schnack, Renate	S. 103, 105
Schöne, Irene	S. 148
Schröder, Gerhard	S. 48-49, 65, 101, 196
Schröder, Luise	S. 40

Schröder, Sabine	S. 191
Schulz, Kurt	S. 41
Schulz, Alfred	S. 65
Schwalbach, Hans	S. 82, 85
Schwarz, Henning	S. 115, 118
Selzer, Rolf	S. 152
Simonis, Heide	S. 13, 16, 53, 87, 101, 120-121, 125, 128-130, 140, 144-145, 150, 171-172, 178-180, 182, 186, 193, 197
Sörensen, Carsten F.	S. 115, 136
Sommer, Ingeborg	S. 95
Sonntag-Wolgast, Cornelie	S. 96, 193-194
Springer, Ruth	S. 75
Steen, Antje-Marie	S. 47
Steenblock, Rainder	S. 178, 180, 182, 195
Steffen, Joachim	S. 12-15, 25-26, 28, 30, 39-42, 56, 70, 81-82, 88, 113, 169, 173, 187-189
Steinbrück, Peer	S. 178, 191
Steinkühler, Franz	S. 59
Stojan, Ernst-Wilhelm	S. 81
Strehlke, Joachim	S. 62
Suck, Walter	S. 16
Swatek, Dieter	S. 196
Teut, Uwe	S. 194
Tidick, Marianne	S. 121, 166, 191
Thönnes, Franz	S. 50-51, 53-54, 65, 121, 136, 154, 172-174, 183-184, 195-196
Töpfer, Klaus	S. 142
Tretbar-Endres, Martin	S. 82
Trauernicht, Gitta	S. 101
Ueberhorst, Reinhard	S. 13, 16, 33, 87-89
Vogel, Hans-Jochen	S. 16, 115, 167, 191
Vogel, Wolfgang	S. 148

Walter, Gerd	S. 13, 17, 28, 34, 40-42, 50, 75, 84, 116, 118-119, 137, 165-168, 170, 179, 185, 189-192
Warnicke, Sigrid	S. 117
Wecken, Marion	S. 148
Wehner, Herbert	S. 42, 86, 89
Wendel, Brunhild	S. 28, 95
Wieczorek-Zeul, Heidi	S. 101
Wiesen, Hans	S. 13, 172
Wilken, Arnold	S. 148
Wirtel, Berta	S. 40
Winckel-Rienhoff, Heiko	S. 161
Wnuck, Udo	S. 192
Zahn, Peter	S. 118
Zschach, Hilmar	S. 83